ELSA JENNER

# UNA ILUSIÓN COMO LO NUESTRO

Montena

Papel certificado por el Forest Stewardship Council®

Primera edición: noviembre de 2022

*Printed in Spain* – Impreso en España

ISBN: 978-84-19169-02-0
Depósito legal: B-16.658-2022

Compuesto en Compaginem Llibres, S. L.
Impreso en Black Print CPI Ibérica
Sant Andreu de la Barca (Barcelona)

GT 6 9 0 2 0

*A todas las lectoras y lectores que confían en mi trabajo*
*y que tienen hoy este libro entre sus manos*

Mis ojos recuperan la visión y de pronto soy consciente de que todos me miran. Permanezco inmóvil. Solo pienso en que este mar de oscuridad me arrastre hasta las profundidades y me saque de aquí. Quiero que dejen de señalarme, quiero hacerme invisible, quiero que alguien me abrace y me diga que todo va a estar bien, quiero volver a lo que fue, quiero comprender por qué.

Dicen que se puede pasar del éxito al fracaso y del todo a la nada con facilidad, pero nunca imaginé que fuera posible hacerlo en tan solo unos segundos.

Mis piernas se mueven temblorosas en busca de una salida. Veo las escaleras de emergencia. Subo los escalones de dos en dos, sin mirar atrás, sin pensar. Necesito aire, *necesito* respirar.

Salgo a la azotea. Todo está patas arriba, están de obras y parece que esta zona ya no es transitable; sin embargo, hay una especie de pasillo con tablas. Camino con cuidado y llego hasta el final. Me asomo al borde y miro al vacío. Por un momento pienso en que es la altura suficiente para poner fin a esto que siento. Me viene a la mente el recuerdo de esos sueños en los que caes al vacío y despiertas justo antes del impacto. Me pregunto cómo será no despertar, ¿dolerá?

Una pareja camina por la calle, pero no se percatan de mi presencia aquí arriba. Eso es todo lo que sucede durante unos minutos, ellos caminan y yo los observo casi sin parpadear, con el rumor de fondo del ligero tráfico nocturno.

Pienso en él y en lo que debe estar pensando de mí después de lo que acaba de pasar. Lo había visto entre el público, había venido a verme... ¿Será que en el fondo sí me quiere? Ya no lo sabré.

Hace mucho frío. Cierro los ojos. Todo lo que acontece en mi mente está envuelto por una niebla densa e irreal. Si me lanzo al vacío ahora, todo terminará. Es lo mejor. Esto no tiene solución, ya nada volverá a ser lo que fue. Todo el mundo hablará de lo que acaba de suceder, todos me señalarán a mí.

Por un momento me imagino lo impactante que será encontrarme ahí abajo con los sesos esparcidos por toda la calle y mi ropa impregnada de sangre. Siento que me va a explotar la cabeza de la presión.

Tengo miedo de abrir los ojos porque sé lo que va a pasar a continuación. He tomado una decisión, pero antes tengo derecho a contar mi historia.

# 1

## ADRIANA

Le di un sorbo al café y, antes de que pudiera percibir el aroma a vainilla, sonó el telefonillo. Me pregunté quién sería a estas horas de la tarde.

Dejé la taza sobre la encimera de la cocina y fui directa hacia el salón.

—¿Sí? —respondí tras descolgar el auricular.

—¿Adriana Castillo?

—Sí, soy yo.

—Una carta certificada.

—Ya le abro.

Mientras que el cartero subía hasta el cuarto piso, aproveché para ponerme los zapatos y ganar tiempo. Eran las cinco y media y tenía que estar en el cine a las seis para prepararlo todo antes de la primera sesión.

Sonó el timbre y abrí la puerta. El cartero me pidió el número del DNI y, después de firmar en un aparato electrónico, me entregó la carta. Cuando en el reverso del sobre vi el logo de la prestigiosa Escuela de Actores Carme Barrat, sentí una especie de sube y baja por el pecho. Sí, quería ser actriz, todas tenemos derecho a soñar. Por las mañanas, de lunes a jueves, iba a clases de interpretación, había hecho alguna que otra obra de teatro y un pequeño musical, pero nada serio. En la mayoría de castings te pedían tener un *videobook* profesional, y yo no tenía ni material ni dinero para hacerlo.

Dudé si abrir el sobre o esperar a estar preparada emocionalmente para una negativa. El reloj me dio la respuesta, faltaban apenas quince minutos para las seis. Ya iba tarde. Guardé la carta en el bolso y salí de casa a toda prisa.

Lo bueno de vivir en el centro de Madrid era que no tenía que coger el metro para casi nada. Aunque cualquiera al que le dijese que vivía al otro lado del río Manzanares, junto al Puente de la Reina Victoria, respondería que eso no era el centro, pese a estar frente al Parque del Oeste, a diez minutos del Templo de Debod y a quince del Palacio Real.

Tener un piso en propiedad en esa zona a mis veintiún años era todo un lujo. Aunque el precio que había tenido que pagar para ello había sido demasiado caro. No, no hablo de una hipoteca, sino del hecho de haber perdido a mis padres cuando apenas había alcanzado la mayoría de edad. Recibir una herencia tan joven no es ninguna suerte. Y menos cuando esta es una casa que pide a gritos una reforma, cuando te quedas con un montón de deudas y cuando pierdes a las dos únicas personas que conformaban tu familia. Bueno, estaba el abuelo Paco, que en realidad no era mi abuelo biológico, pero como si lo fuera.

Lo conocí gracias a la Fundación Grandes Amigos, una ONG en la que trabajaba como voluntaria una vez por semana haciendo compañía a personas mayores. Comencé a visitar a Paco dos años antes de que mis padres fallecieran y entablamos un vínculo que iba más allá de la amistad. La casualidad o el destino hizo que un día, mientras

12

charlábamos, Paco reparase en que ya nos conocíamos. De pequeña, jugué con él uno de esos fines de semana en los que mis padres me llevaban a merendar junto al río Manzanares, que por aquel entonces apenas era un riachuelo que arrastraba toda la mierda de la ciudad; en él no sobrevivían ni los patos. Mi madre nunca me dejaba jugar cerca del agua, y mucho menos bañarme. Por suerte, con el paso del tiempo, Madrid se había empeñado en integrar el río en la ciudad: habían rehabilitado sus siete presas, remodelado los puentes antiguos y construido algunos nuevos, y los alrededores ya eran zonas verdes repletas de árboles por las que poder pasear.

Paco se convirtió en un apoyo fundamental para mí cuando perdí a mis padres. Él tenía un pequeño cine al que iba a visitarlo más veces de las que el voluntariado exigía. No fue nada fácil convencerle para que me dejara trabajar con él cuando la señora que se ocupaba de todo se jubiló. Él quería que yo estudiase, y lo hice, hasta terminar el bachillerato. Luego, como no tenía dinero para matricularme en ninguna escuela de cine privada, me tocó ponerme a ahorrar. El abuelo aceptó que lo ayudara en el cine mientras encontraba una sustituta para la mujer que se había jubilado, algo que nunca llegó a suceder. Mi trabajo consistía en vender las entradas, hacer palomitas, servir refrescos y recoger toda la porquería que dejaba la gente después de ver una película que se había estrenado hacía ya siglos, porque el cine, obviamente, no pagaba los estrenos.

Dejé atrás la plaza de España y caminé a toda prisa por una vetusta calle del centro. El ruido de los coches se perdió en la lejanía. Al igual que la algarabía de la ciudad. Las gotas de sudor me recorrían la espalda. A esa hora, en pleno agosto, el calor era insoportable.

Entré en el cine por la puerta trasera. Era pequeño, apenas contaba con una sala y estaba medio en ruinas. En verano se estaba a gusto, sus grandes muros protegían del calor. Sin embargo, en invierno, hacía un frío insoportable, pues la calefacción no funcionaba bien. Pese a ello, la gente seguía yendo, aunque se puede decir que eran siempre los mismos: románticos enamorados del cine y del teatro. A veces también funcionaba como teatro y se representaban algunas obras, que pese a su originalidad no conseguían entrar en otros grandes teatros de la ciudad como el Teatro Real, el Circo Price, el Lope de Vega o el María Guerrero.

Era el único cine de la época que seguía abierto, el resto habían caído en el abandono o habían sido demolidos y sustituidos por grandes edificios. Muchas constructoras se habían interesado por aquel viejo cine para convertirlo en un bloque de pisos o en un hotel, pero el abuelo siempre se negó a venderlo. Él no necesitaba el dinero y su única pasión en la vida era aquel emblemático lugar. No lo voy a negar, a mí también me encantaba; tenía su magia, conservaba la esencia de los años setenta. Su sala acogedora permitía vivir una experiencia cinematográfica inigualable. Hasta los desperfectos de la pantalla hacían que la proyección tuviese un magnetismo que nada tenía que ver con el de las películas digitalizadas de hoy en día. Su ambientación *vintage* era única y se alejaba bastante de las macrosalas, quizá eso era lo que lo mantenía con vida; eso y los precios, pues por menos de lo que costaba una copa en cualquier bar del centro de Madrid podías ver una película, comerte un puñado de palomitas y tomarte una cerveza.

La taquilla original permanecía cerrada, por lo que las entradas se vendían en la misma barra en la que la gente compraba también los refrescos y las palomitas. Justo allí se encontraba el abuelo cuando entré. Le di un abrazo y dejé el bolso junto a unas cajas que había detrás del mostrador.

—Ya sé lo que te voy a regalar para tu cumpleaños —me dijo mirando la correa desgastada de mi bolso.

—Aún faltan casi dos meses para mi cumpleaños. —Me reí.

—Entonces tendré que regalarte un bolso nuevo antes, ¿o es que se trata de una de esas modas de los jóvenes? Como lo de llevar calcetines largos en verano y no llevarlos en invierno.

—No es ninguna moda. Y sí, llevamos calcetines en invierno, solo que no se ven, son tobilleros.

—No entiendo esas modas tan raras.

Me encogí de hombros sin saber qué decir. En parte estaba un poco de acuerdo con el abuelo. Yo tampoco entendía esa moda: pasar calor en verano y frío en invierno. En realidad, me importaba muy poco la moda. Demasiado poco, quizá.

—No puedes ir con este bolso por la calle. —El abuelo lo cogió—. Es que, si te dan un tirón, te quedas sin él seguro.

Puse en marcha la máquina de hacer palomitas y en ese momento vi de reojo que cayó al suelo el sobre. El abuelo se agachó a cogerlo.

—¿Y esto? —Frunció el ceño.

—¿Recuerdas aquel vídeo casero que envié el mes pasado para entrar en una prestigiosa escuela de actores de Barcelona?

—Sí, he reconocido el logo, por eso te pregunto.

—Pues hoy me ha llegado esa carta.

—Pero está cerrada, ¿a qué esperas para abrirla? —El abuelo se quitó las gafas y se rascó la frente.

—A tener tiempo, hay que...

—Eso puede esperar unos minutos. ¡Ábrela! —Me entregó el sobre.

—¿Y si son malas noticias? ¿Y si me dicen que no les ha gustado mi vídeo o que no hay plazas becadas suficientes como sucedió el año pasado? No voy a soportar otro rechazo.

No estaba preparada para abrir ese sobre, el miedo me lo impedía.

—Si no la abres, nunca sabrás lo que pone. Además, si este año tampoco puede ser, pues será el siguiente, o al otro. Y, si no, ya te aceptarán en una escuela mejor.

—No hay mejor escuela que esa en España.

—Pues entonces te irás a Nueva York o a Hollywood.

—¿Cómo voy a irme a Hollywood? —Me reí.

—Antes de morirme, venderé este cine y con el dinero que me den te pagaré el viaje y los estudios.

—No digas eso ni en broma.

—¿Quieres abrir la dichosa carta de una vez?

—Está bien.

Me temblaban las manos. Tuve que luchar con todas mis fuerzas para no perder el equilibrio cuando leí el mensaje.

—¡¿Qué?! ¡¿Qué dice?! —preguntó el abuelo.

Me tapé la boca con la carta para no gritar.

—¡¡¡Me han dado una plaza becada al treinta por ciento!!! —Mi cuerpo tomó el control y comencé a saltar de alegría—. ¡¡¡Empiezo en septiembre!!!

—¿Tan pronto?

—Sí. No me lo puedo creer. —Me abalancé sobre él y nos abrazamos.

—¿Y has dicho que la escuela está... en...?

—Sí, abuelo, en Barcelona —lo interrumpí y me aparté con delicadeza. Sabía lo que me iba a decir—. No me va a pasar nada. Voy a estar bien.

—En esos sitios hay mucha rivalidad y gente con mucha maldad. Son como una manada de fieras salvajes.

—¡Qué exagerado! Hay gente mala en todas partes. No me va a pasar nada. Además, viviré en la residencia con otros estudiantes de mi edad.

Al abuelo se le humedecieron los ojos.

—Anda, no estés triste. Aún falta casi un mes para que empiece el curso.

—¿Qué voy a hacer sin ti aquí?

—Te ayudaré a encontrar a alguien antes de irme —le aseguré.

—No me refiero al cine...

—Te llamaré a diario.

El abuelo esbozó una sonrisa triste.

No voy a mentir. Me daba mucha pena distanciarme de él y tenía miedo, estaba aterrada, pero llevaba años ahorrando para poder estudiar en esa escuela. Era la oportunidad de mi vida y no la iba a dejar pasar solo por miedo.

# 2

## GEORGINA

Sentada en el sofá de mi casa, miraba la pantalla del móvil desesperada. Había llamado tres veces a Martí y no respondía. Mi novio y su problema con la puntualidad, ¡iba a matarlo! Más de veinte minutos de retraso. Y yo despierta desde las siete de la mañana.

Ya había subido varias historias a Instagram: una de mis nuevos zapatos colegiales Simone Rocha, otra enseñando las ondas que me había estado haciendo la tarde anterior y otra anunciando que empezaban las clases en la Escuela de Actores.

Tenía ganas de volver, en todo el verano solo había hecho un casting. Me había pasado las tardes sin hacer nada en la playa hasta que caía la noche. Me apetecía mucho volver a la ajetreada rutina: las audiciones, los escenarios, las cámaras, la escuela...

Miré el reloj: las ocho y media. Estaba aburrida de esperar. No me gustaba tener que depender de Martí para que me llevara y me trajera, pero me negaba a subirme a un taxi, y mucho más a coger el autobús o el metro, y para ir a la escuela no me quedaba más remedio que ir en coche, andando podía tardar dos horas. Vivir en el lujoso barrio de Pedralbes, ubicado en la zona alta de la ciudad, tenía sus ventajas, pero también este inconveniente. Aunque nadie que viviese aquí lo vería como tal. La mayoría de personas de este barrio nunca bajaba más allá de la Diagonal, era como si tuviesen algún tipo de alergia a mezclarse con la muchedumbre. Yo, sin embargo, hacía vida en el centro. De septiembre a junio pasaba la mayor parte del tiempo en la escuela, ubicada en el barrio gótico, y, a decir verdad, me gustaba. Aunque yo no me alojaba en la residencia, ese lugar me parecía de lo más deprimente, así que todos los días mi padre me llevaba y me recogía; y si él no podía, me enviaba un chófer privado.

—Me voy ya cariño. —Mi padre apareció en el salón vestido con un elegante traje de chaqueta negro y oliendo al perfume que solía usar los fines de semana.

Según él, tenía una reunión de trabajo a primera hora en la otra punta de la ciudad, por eso no podía llevarme a la Escuela de Actores. Algo en su actitud o en la ropa me resultó raro, como si en mi mente no encajase esa excusa de la reunión. Últimamente mi madre y él parecían hacer vidas por separado, ya casi no salían juntos para nada.

—Escríbeme cuando llegues a la escuela. —Se acercó a mí y me dio un beso en la mejilla.

—¿Para qué? Estarás ocupado en la reunión. —Esta última palabra la pronuncié con cierto sarcasmo.

—Para saber que has llegado bien y quedarme tranquilo.

—No me voy a Nueva York, estoy a media hora en coche. —Puse los ojos en blanco.

—Mira, acaba de llegar Martí —dijo mi padre al abrir la puerta y ver el coche de mi novio.

—Por fin, ya era hora. —Me levanté, cogí el bolso y, antes de salir, fui a la sala de ejercicio a despedirme de mi madre.

—Adiós, mamá.

Se quitó los cascos.

—¿Ya te vas, cielo? —preguntó sin dejar de entrenar.

—Sí.

—Ten cuidado y no vayas a salir de la escuela sola, el centro es muy peligroso. Voy a llamar a Martí.

—Mamá, por favor, tengo veintidós años.

—Por eso mismo.

Me lanzó un beso y continuó con su rutina mañanera. Cerré la puerta algo furiosa. No soportaba que usara a Martí como si fuese mi guardaespaldas. Lo peor era que él, para ganarse la aprobación de mis padres, accedía a darles explicaciones sobre lo que hacíamos o dejábamos de hacer.

Martí se bajó del coche para saludarme.

—Lo siento, mi amor. Había demasiado tráfico. —Se acercó para darme un beso en los labios, pero yo le puse la mejilla.

—Siempre hay tráfico, ya lo sabes, por eso tienes que salir antes.

—No he podido salir antes, he tenido que esperar a que mi padre llegara de trabajar —refunfuñó.

Me subí a su Mercedes Clase E de color plata. Bueno, en realidad no era suyo, sino de su padre, eso explicaba el olor a tabaco impregnado en la tapicería. Martí tenía tres años más que yo y aún no podía permitirse un coche de aquel valor. Quizá nunca podría permitírselo. Algo que me había quedado bastante claro en los dos años que llevaba estudiando interpretación era que pocas personas conseguían triunfar y ganarse la vida con esta profesión. Pero yo quería ser actriz, soñaba con salir en alguna película, aparecer en revistas, ir a los estrenos de Hollywood... Y si para eso tenía que pasar por esta etapa más... humilde, pues lo haría, porque si algo tenía claro era que mi éxito sería inevitable.

Había tenido mucha suerte de que mis padres aceptaran mi decisión de no estudiar una carrera en alguna universidad de prestigio. Al ser hija única, me tenían demasiado consentida y yo me aprovechaba de ello. Martí, pese a ser hijo único, no tenía tanta suerte. A él lo obligaron a estudiar Administración y Dirección de Empresas, pero al segundo año lo dejó y se fue de casa. Se alquiló una habitación en un piso compartido del Eixample y se puso a trabajar en una cafetería. Estaba dispuesto a ahorrar lo que fuese para poder entrar en la prestigiosa Escuela de Actores Carme Barrat. Pero al poco tiempo de que se fuera de casa, su madre sufrió una embolia, y eso hizo que volvieran a ser una familia unida. Desde entonces, su padre no solo le dejaba el coche para que viniese a buscarme, sino que también le pagaba la cuota mensual de la escuela y la residencia. Además de hacer generosas donaciones.

Martí se subió al coche y, antes de poner en marcha el motor, me miró.

—Estás guapísima. —Se acercó y me dio un beso en los labios.

Llevábamos juntos menos de un año, aunque nos conocíamos desde hacía algo más. Entramos en la escuela casi al mismo tiempo, pero la chispa saltó a raíz de un rodaje que hicimos juntos. Lo bueno de la Escuela Carme Barrat era que te abría las puertas a muchos proyectos.

Martí era el tipo de chico con el que cualquier adolescente soñaría: alto, moreno, ojos verdes, fuerte y un poco arrogante a veces. Aunque yo sabía que esa actitud solo era una pose, y que, en el fondo, era menos presuntuoso de lo que pretendía aparentar. Y eso me gustaba.

Condujo en silencio por la avenida Pearson hasta llegar a Ronda de Dalt. Por la ventanilla entraba una brisa fresca que anunciaba el final del verano y el inicio de una nueva etapa. El sonido envolvente que emitían los altavoces del coche hizo que la canción que sonaba me penetrase los tímpanos. La virgen que colgaba del espejo retrovisor se balanceaba. Los padres de Martí eran muy católicos, él también, pese a que no lo parecía. Aproveché el resto del trayecto para mirar las notificaciones en mi móvil. Llegamos al centro casi sin darme cuenta. Aparcó lo más cerca posible y caminamos hasta la escuela.

Por fuera tenía su encanto, con esas paredes de piedra antigua combinada exitosamente con algunos elementos decorativos sobre los balcones. Lo antiguo y lo nuevo, una mezcla propia de la ciudad en general. Sin embargo, del interior no podía decir lo mismo.

Junto a la entrada, me encontré con la novelesca figura de «la loca de la puerta», una mujer de carne y hueso, pero que más bien parecía un fantasma. Se pasaba el día borracha y se entrometía en todo. Cuando llegué a la escuela el año anterior, me contaron que de joven fue alumna del centro, pero que un día, de pronto, perdió la capacidad para actuar y trató de encontrarla en el alcohol. Acabó viviendo en la calle, en concreto en esa.

Entré a la residencia y acompañé a Martí a su dormitorio para recoger a Liam, su compañero de habitación y mi mejor amigo, pero no estaba allí. Quizá se había ido ya a clase, aunque me extrañó que no me hubiese avisado, habíamos quedado en que pasaría por la habitación a buscarlo.

Dejé a Martí colocando sus cosas en la habitación y me dirigí al teatro para asistir al acto de presentación. Caminé por la residencia y me alegré de no tener que dormir allí. Carecía de muchas comodidades de las que yo no podía prescindir bajo ningún concepto. Por ejemplo, los alumnos compartían habitación y estas no tenían baño. Tampoco disponían de una sala de estar bien equipada, la televisión era demasiado pequeña y ni siquiera permitía conexión por *bluetooth* a los teléfonos. Y mejor no hablar de la decoración. El interior del edificio había sido renovado en su mayor parte hacía ya varios años, pero las aportaciones de los miembros no eran suficientes para grandes mejoras.

A veces me había quedado a dormir allí en la habitación de Martí, cuando Liam no estaba, y, sinceramente, no me veía viviendo allí por mucho que odiase tener que ir y venir todos los días.

De camino al teatro, me encontré con Víctor, el profesor de voz, y su sonrisa. El corazón me dio un vuelco al recordar el último día de clase antes de las vacaciones de verano.

—Georgina, ¡qué sorpresa encontrarla por aquí! —dijo con extremada educación. Nunca tuteaba a los alumnos.

—Espero que sea una sorpresa grata. —Sonreí pícara.

—Lo es.

—¿Qué tal ha ido el verano? —curioseé.

—No mejor que el suyo, desde luego.

—¿Por qué lo dice?

—Ya he visto que se lo ha pasado en grande todos los días en la playa del Bogatell, tomando helados en DelaCrem y de fiesta en Bling Bling.

—Vaya, cualquiera diría que me *stalkea*.

—Es lo que tiene tener el perfil de Instagram abierto y ser tan popular. Espero que este curso esté usted más centrada. Hay grandes proyectos a la vista.

—Ya sabe que me tomo muy en serio mis clases, sobre todo las suyas.

—Este año ya no está en clase de voz.

—Quizá asista como oyente. Creo que necesito refrescar algunos conceptos.

Sonrió, pues sabía a qué me estaba refiriendo con eso de «refrescar conceptos».

—Me alegro de verla —dijo antes de irse.

—Y yo a usted.

# 3

## ADRIANA

Nunca me había subido a un tren. Bueno, sí, al de la bruja que solían poner en las fiestas del barrio cuando era pequeña, pero ese no cuenta. Me pasé las dos horas y media del trayecto maravillada, tenía dos plantas y había un vagón con cafetería y todo, aunque yo no me tomé nada. Los precios no aparecían por ninguna parte y no quería arriesgarme a dejarme allí medio riñón. El tiempo se me pasó volando, ni siquiera pude terminar el libro que me había llevado para leer.

Cuando el tren se detuvo y vi que los pasajeros se levantaban y bajaban a la otra planta, pese a que por megafonía la tripulación decía que siguiésemos sentados, dudé si levantarme o seguir las indicaciones. Opté por lo primero, no sabía si el tren seguía su camino o se quedaba allí y tenía miedo de pasarme la parada.

Las puertas de la planta baja se abrieron y la gente comenzó a salir entre empujones. Nunca había visto tantas personas juntas. Me puse la chaqueta y mis gafas rosas y agarré con fuerza la bolsa de mano y la enorme maleta que llevaba. Antes de adentrarme en la estación de Barcelona Sants, volví la cabeza para mirar una última vez aquella maravilla de tren.

Todo cuanto me rodeaba era nuevo para mí. La estación parecía un centro comercial, estaba repleta de tiendas, cafeterías, restaurantes, había incluso farmacia. Miré las pantallas y busqué el acceso directo al metro. Había gente por todas partes. Llegué hasta unas máquinas expendedoras de color naranja que había junto a unos tornos y supuse que ese era el acceso al metro. De todas formas, para asegurarme, le pregunté a una señora con un chaleco reflectante y me dijo que no, que esas máquinas eran para los trenes de cercanías, que las del metro estaban al otro lado.

Me recorrí de nuevo toda la estación hasta dar con unas escaleras que bajaban al metro. No me podía creer que no hubiese escaleras mecánicas. Tenía que haberlas, o al menos un ascensor, pero no iba a ponerme a buscar, así que cogí la maleta y bajé con cuidado. No me caí rodando de milagro.

Compré un billete sencillo y entré en la línea tres. En comparación con el metro de Madrid, me sorprendió lo antiguo que era todo.

Una vez en el interior del tren, se escuchó un mensaje por megafonía: «Señores pasajeros, debido a una incidencia, los trenes no paran en Liceu». Me puse nerviosa porque esa era justo mi parada. Había mirado el trayecto a la escuela desde la salida de metro de Liceu. Miré el mapa y decidí bajarme una parada antes, en Drassanes.

Salí en plena Rambla y me encontré de frente con la estatua de Colón. Sentí esa felicidad que produce comenzar una nueva aventura. Aunque me duró más bien poco, iba tan cargada que el asa del bolso se me rompió y parte de la ropa que había guardado en él quedó esparcida en mitad de la calle como si se tratara de un tenderete ambulante. Mientras recogía a toda prisa las prendas, me imaginé una de esas escenas en las que aparecía el amor de mi vida a ayudarme, pero no, no apareció nadie. Al final, el abuelo tenía razón, había exprimido demasiado aquel bolso.

Caminé por las estrechas calles del centro, que tenían un aspecto un tanto barroco. Las fachadas de piedra, con balcones de hierro y ventanales de madera me trasladaron a otra época. No sé por qué me imaginaba calles más transitadas, pero me crucé con poca gente y la mayoría de locales estaban cerrados.

Llegué a una especie de túnel de piedra un tanto lóbrego y lo atravesé. Al otro lado, erizada entre iglesias, grandes casas y un redondeado edificio con las paredes de piedra oscurecidas como consecuencia del paso del tiempo, se encontraba la escuela. No desentonaba lo más mínimo con la estética del barrio.

El esplendor de las flores que colgaban de algunos balcones le daba a aquella calle la vida de la que carecía, pues no había ni un alma. A excepción de una señora que estaba en la puerta de la Escuela de Actores Carme Barrat y que parecía estar pidiendo. Supuse que se trataba de una indigente. Entré sin mirarla, de algún modo así evitaba despertar cualquier emoción y sentirme mala persona por no ayudarla.

Fui directa al mostrador que había en la entrada.

—Hola, soy nueva —le dije a la recepcionista—. Vengo para instalarme en la residencia.

—¿Me permites tu DNI, por favor?

—Sí.

La chica me registró en el sistema y me entregó una tarjeta identificativa, un sobre que contenía documentación diversa y las llaves de la habitación. Tras ello, me acompañó.

El pasillo era enorme, muy luminoso y estaba limpio. La decoración era sencilla, pero me parecía un lugar muy acogedor. Al entrar en la habitación, me encontré a una chica colocando su ropa en el armario. Tenía una melena rubia y lisa que le llegaba a la altura del pecho, y los ojos azules. Me analizó de arriba abajo con una expresión un tanto... desagradable.

—Esta es Cristina, tu compañera de habitación. Cristina, ella es Adriana —dijo la chica de la recepción.

—Hola. —Saludé con la mano y una sonrisa de oreja a oreja como si fuese una idiota.

Cristina se limitó a decir «hola» y siguió colocando su ropa en el armario con indiferencia.

—Estoy segura de que os llevaréis genial —dijo la recepcionista antes de irse.

—Muchas gracias por todo —dije antes de que cerrase la puerta.

Tragué saliva y busqué las palabras exactas para dirigirme a Cristina.

—Supongo que esta es mi cama.

Ella asintió.

—¿Solo hay un armario?

—Sí, y es para mí. El que estaba en tu lado se rompió y no han puesto ninguno, tendrás que hacer una reclamación.

—Bueno, tengo poca ropa, me las puedo apañar con esta cómoda de aquí.

Cristina siguió guardando la ropa sin decir nada.

—¿Es tu primer año aquí? —curioseé.

—No, el segundo.

Miré la ventana por la que entraba la última luz del día. Me asomé y vi que había un balcón enorme. Quise salir, pero antes de que pudiera hacerlo, Cristina me detuvo.

—Está prohibido salir, ¿no te has leído las normas?

—Ay, perdón... No lo sabía. ¿Dónde están las normas?

—En el sobre que te han dado y que has dejado en mi escritorio. Ahí viene el horario de las clases, del comedor, las normas de convivencia, los teléfonos de contacto en caso de emergencia...

—Lo siento, no sabía que este era tu escritorio. —Cogí el sobre y me senté en la que desde ese día sería mi cama.

La habitación tenía el suelo laminado. Se veía demasiado vacía, sin personalidad, pero yo le daría mi toque. Me acostumbraría a vivir allí. Ya me lo podía imaginar.


Los primeros días fueron demasiado complicados. Estaba muy emocionada, pero la acogida por parte del resto de estudiantes fue muy fría, supongo que porque ellos ya se conocían de años anteriores y tenían formados sus grupos. Yo era la nueva.

Cristina y yo íbamos limando nuestras diferencias y adaptándonos la una a la otra para poder convivir pacíficamente. Por ejemplo, a ella le molestaba que yo llamase al abuelo estando en la habitación, así que me iba a la sala de estar para hablar por teléfono. A mí me agobiaba la cantidad de perfume que se echaba cada mañana, así que le pedí que se perfumara en el baño, que estaba fuera de la habitación, y así lo hacía. Poco a poco, fuimos amoldándonos la una a la otra. Después de todo, nos tocaba compartir habitación durante todo un año, así que mejor llevarse bien.

Para colmo, nos habían anunciado que esa misma semana comenzaban las audiciones para la gran obra de teatro que la escuela representaba cada año. La rivalidad podía palparse en el ambiente. En ese momento recordé las palabras del abuelo, «Una manada de fieras salvajes», que describían muy bien la situación.

El día de la prueba me levanté un poco antes de lo habitual, fui a la cafetería a desayunar y, cuando vi que nadie me miraba, saqué el termo y lo rellené de café. Iba a necesitarlo ese día y tenía que evitar gastar dinero, así que aproveché que el café en el desayuno estaba incluido y era autoservicio. Cuando terminé, lo guardé con disimulo en el bolso, que por cierto había conseguido arreglar haciéndole un nudo en el asa.

Al llegar a las puertas del teatro, me encontré con que media escuela estaba allí apelotonada. Por un instante me sentí torpe, pequeña e insignificante. Los alumnos iban entrando, uno a uno, conforme les iban llamando por sus nombres. La mayoría salía con peores caras de las que entraban. Nadie hablaba con nadie. Había un silencio casi sepulcral, pero entonces una chica gritó con el rostro cubierto de lágrimas:

—¡Por favor, necesito que me dejéis repetir la prueba!

—¿Tú has visto cuánta gente hay? —le dijo un señor.

—Se lo suplico.

—Podrás intentarlo el año que viene.

—Necesito estar este año en la obra de la escuela.

—Lo siento. —El tipo le cerró la puerta del teatro en las narices.

La chica se fue de allí repartiendo empujones. Aquel suceso me puso más nerviosa aún.

Vi que la mayoría tenía un papel en las manos y que lo leían y trataban de memorizar lo que había allí escrito. Supuse que se trataba de un guion, pero nadie nos había dado el texto de la obra, o al menos a mí no.

Cristina, que estaba a unos pasos de mí, debió de percibir mi desconcierto y se acercó a mí.

—Todo va a salir bien, ya verás. Tú relájate —dijo poniéndome la mano en el hombro.

—¿Por qué todos están estudiando?

—Es el texto.

—¿Cuándo lo han dado?

—Venía en el correo.

—No, en mi correo no venía.

—Sí, en el enlace que había al final. Si pinchabas, te llevaba directamente a la página. Hay gente que se lo imprime, pero yo me lo estudio directamente desde el móvil.

—Soy un desastre —dije al tiempo que me abría paso entre la multitud para salir de allí.

—¿Dónde vas? —Cristina me agarró del brazo.

—A la habitación. No puedo hacer la prueba sin saberme el guion. No tengo ganas de hacer el ridículo.

—Por favor, Adriana, son cuatro frases. Te las estudias en media hora. Yo acabo de empezar. ¿Tú sabes lo importante que es estar en esta obra? Ten un poco más de fe en ti. Y si no pasas, pues nada, el año que viene; pero no te rindas sin haberlo intentado.

—Tienes razón, no he venido aquí para rendirme a la primera de cambio, pero es que todo esto me viene grande y con tanta gente me agobio, encima no paran de empujarme —refunfuñé algo alterada.

—Pues acostúmbrate porq...

Cristina no terminó de pronunciar la frase cuando un chico moreno de ojos azules y pelo alborotado se giró hacia mí y me dijo:

—Me encantaría darte el espacio que te mereces, pero no hay sitio. —Esbozó una sonrisa que me provocó demasiadas emociones.

Solo con aquella frase ya me había ganado.

—Soy Oliver —dijo sacándome de mi embeleso.

—Adriana. Encantada.

Hay personas que cuando aparecen en tu vida es como si hubieses conectado con ellas en otra. Eso fue justo lo que me pasó con Oliver ese día. No hablamos mucho más porque me puse como loca a estudiar el texto.

Los diálogos que debíamos decir durante la prueba venían destacados en amarillo. No supe reconocer a qué obra pertenecían, solo que eran demasiado... ¿intensos, románticos, empalagosos? ¿Cómo iba a hacerlo para no sobreactuar y decir esas frases de la forma más natural posible? El drama se me daba mejor que las comedias románticas, solo tenía que recordar el trágico suceso de mis padres para darle realismo. Las escenas románticas, tengo que confesarlo, no eran mi fuerte. Quizá porque nunca había vivido una verdadera historia de amor. Creo que era la única chica del Carme Barrat que conservaba su virginidad a los veintiún años. Y no porque fuese recatada... Bueno, quizá un poco sí, pero la verdadera razón era que no había tenido tiempo para salir y conocer gente. Hasta que me había trasladado a Barcelona, me había pasado todas las mañanas de lunes a jueves en la Escuela de Interpretación de Rosi, que estaba en el barrio de Lavapiés; los viernes por la mañana había estado trabajando como voluntaria en la Fundación Grandes Amigos; y las tardes, de lunes a domingo, había vivido metida en el cine del abuelo.

La única vez que sentí algo de verdad fue cuando besé a aquel misterioso chico que iba al cine a menudo. Al principio solo intercambiábamos algunas frases. Hasta que un día vino cuando ya la película había comenzado. Creo que lo hizo intencionadamente para que pudiéramos hablar, pues sabía que no habría nadie pidiendo palomitas ni comprando entradas.

Yo me encontraba detrás de la pequeña barra canturreando *Solita*, una canción de Nella que sonaba por la radio, mientras recogía las palomitas que se habían caído al suelo. Al incorporarme, me percaté de la presencia de una figura masculina parada en mitad del vestíbulo de la entrada mirándome con la sonrisa más perfecta que jamás había visto. Debí de ponerme roja.

—Así que también cantas —dijo sin dejar de sonreír.

No recuerdo qué le respondí, solo sé que continué haciendo mis cosas intentando aparentar calma y naturalidad, pero no tuve mucho éxito y, al final, se me cayó al suelo el cubo con agua que usaba para desinfectar la barra.

—¿Aún es posible comprar entradas para la sesión de las ocho? —preguntó.

Le dije que sí, pero también le avisé de que hacía diez minutos que la película había empezado. Él respondió que no le importaba, que había merecido la pena llegar tarde solo por escucharme cantar.

Me costaba reconocerlo, pero pensaba en él más de lo que habría querido, sobre todo en aquella cita que me prohibía recordar. Pero aquella historia era lo más cerca que había estado de experimentar el amor verdadero, ese que aquellas líneas del guion reflejaban.

Si algo había aprendido en la Escuela de Rosi era que un buen actor debía ser inteligente, no solo para memorizar los textos rápido, sino para saber utilizar a su favor las vivencias que pudieran enriquecer su interpretación. Vivir, observar e imitar, a eso se reducía todo. Rosi siempre decía que no se puede interpretar aquello que no se siente; tal vez por eso cuando me tocaban textos pasionales lo hacía de forma artificial y exagerada.

La historia con ese chico me hizo tanto daño que bloqueé cualquier sentimiento relacionado con el amor. Casi me dolía recordar hasta su nombre, pero había llegado el momento de liberar esas mariposas que habían estado enjauladas casi cuatro años. Insuflaría emoción a las palabras del guion reviviendo el sentimiento que experimenté cuando esa noche nos besamos por primera y última vez, trataría de no excederme con la naturalidad, pues eso supondría el fin de la actuación, pero evitaría cualquier atisbo de falsedad.

En ese momento, el señor que hacía una hora le había cerrado la puerta en las narices a aquella pobre chica que le había rogado entre lágrimas repetir la prueba salió y pronunció mi nombre.

Lo acompañé y entré por primera vez en el teatro de la escuela, ese que tantas veces había visto por internet y en el que tantas noches había soñado estar algún día. Había intentado visitarlo días antes, pero estaba cerrado, al parecer hasta que no acabaran con las audiciones no tendríamos acceso libre.

La escuela había sido en otro tiempo una antigua iglesia y habían convertido su auditorio en el teatro de la Escuela de Actores Carme Barrat. Aún conservaba el balcón original en forma de media luna y las altas vigas del techo. Era pequeño, aunque con las butacas vacías parecía más grande. Solo algunas de la primera fila estaban ocupadas por cinco personas con libretas, aunque un par de ellas también tenían ordenadores portátiles. La señora mayor del centro, con el pelo rubio, gafas y labios rojos, era la directora de la escuela: Carme.

—Adelante, Adriana —dijo sin levantar la vista de los documentos.

# 4

## ADRIANA

—Tu amigo está en la puerta —dice el abuelo al tiempo que entra en la barra.

—Vale, ya salgo —respondo mientras termino de barrer las palomitas que hay en el suelo.

—Deja eso, ya acabo de hacerlo yo. —El abuelo me quita la escoba—. Parece majo, no le hagas esperar.

—Sí —musito mientras cojo el bolso.

—Disfruta de la cita.

—No es una cita —me quejo.

—Bueno, pues vuestra primera quedada, ¿así es como lo llamáis ahora?

—No, además tampoco es nuestra primera quedada o sí, no lo sé.

—Ah, ¿entonces habéis quedado ya y no me lo has contado?

—Solo nos hemos visto en el cine.

—¿Os habéis besado?

—No, claro que no —grito avergonzada.

El abuelo se acerca y, con la media sonrisa aún en la boca, me da un beso en la mejilla.

—Ten cuidado. —Su voz ahora suena diferente, como más seria.

—Sí, abuelo, solo vamos a dar un paseo —digo al tiempo que salgo a la calle.

Él está de pie, apoyado en la fachada, guapísimo.

Lo había visto muchas tardes en el cine, habíamos hablado de muchas cosas, pero nunca habíamos salido solos. Digamos que todo hasta este momento habían sido encuentros casuales.

—Estás guapísima —dice al tiempo que me da dos besos.

—Gracias —musito avergonzada—. ¿Qué perfume usas?

—Hugo Boss, The Scent —dice con una sonrisa deslumbrante.

—Huele muy bien.

Caminamos por la Gran Vía hasta llegar a la plaza de España. Pasamos por una pizzería que vende porciones para llevar y, como no he comido nada y me muero de hambre, me quedo mirando por el cristal.

—¿Quieres un trozo? —pregunta él.

—¡Sí! ¡Estoy muerta de hambre!

Me pido una porción de cuatro quesos y él una de barbacoa. Insiste en pagar y no me queda más remedio que aceptar.

—Aplicar la galantería de la vieja escuela no me hace menos feminista, ¿no? —pregunta mientras seguimos caminando.

—Supongo que no. —Me llevo la pizza a la boca y le doy un bocado.

Como si lo hubiésemos planeado, llegamos hasta el Templo de Debod.

—Me encantaría comprarme un piso en esta zona —confiesa.

—Yo vivo cerca.

—Ah, ¿sí?

—Sí, al otro lado del río Manzanares.

—Un compañero del teatro también vive por ahí.

—¿Cómo va la obra que ibas a estrenar? —curioseo, pues la última vez que hablamos me contó lo ilusionado que estaba con este nuevo proyecto.

—Aún no han comenzado los ensayos, pero ayer hablé con el director y me contó que es probable que empecemos en un par de semanas.

—Entonces, ¿te quedas en Madrid?

—De momento, sí.

—Espero poder ver la obra, ya me dirás cómo se llama.

—Por supuesto, todavía no sé el nombre comercial que le van a dar.

—A mí me encantaría ser actriz.

—Vaya, eso no me lo habías contado. Si es que estamos rodeados de estrellas, tú en el cine y yo en mi casa.

No entiendo su comentario, pero tampoco le pregunto porque justo en ese momento un chico pasa por nuestro lado corriendo y me asusto.

—Vaya horas para salir a hacer deporte —comenta Álvaro.

Sonrío y continuamos caminando. Le cuento casi toda mi vida. No sé por qué, pues no soy de revelar información con tanta facilidad, ni mucho menos suelo hablar de mí con esa franqueza, pero le explico que mis padres murieron, que Paco en realidad no es mi abuelo biológico y, no sé cómo, al final terminamos hablando de Shakespeare.

—El mejor personaje de William Shakespeare fue él mismo, lástima que no quedara escrito —dice mirando hacia el Palacio Real y sus jardines envueltos por una capa de niebla.

—Total, Shakespeare no es nada sobre el papel, sus obras fueron creadas para el escenario —digo mientras contemplo la imagen que se alza ante nosotros.

—Eso es cierto.

Nos pasamos media hora o más hablando de Romeo y Julieta y de otros personajes de Shakespeare, y al final, cansada del tema, me quedo callada. ¿Es que es el único autor que ha estudiado en su vida o qué? No es que a mí no me guste Shakespeare, pero de ahí a que sea la única referencia...

Llegamos al Palacio Real y nos adentramos en el centro de la ciudad por una de las calles. Me pregunto a dónde me llevará.

—¿Dónde vamos?

—Es una sorpresa.

—No me conoces lo suficiente como para saber cómo sorprenderme.

—Bueno, hemos pasado casi veinticuatro horas juntos.

—¿Las has contado? —pregunto incrédula.

—Más o menos. He ido unas diez veces al cine este mes, me he perdido dos películas enteras para estar contigo y te he acompañado hasta el cierre el resto de los días. Igual son hasta más de veinticuatro horas.

Su comentario me roba una sonrisa y creo que me estoy sonrojando porque noto el calor en las mejillas. Nos detenemos en la puerta de un pequeño teatro y saca dos entradas del bolsillo.

—¿Así que esto es lo que tenías planeado? —digo nerviosa, pues me acabo de dar cuenta de que no tengo ningún control sobre la situación.

—Entremos —dice pasándome la mano por la cintura.

Me sorprendo al ver que el interior tiene más pinta de bar que de teatro, pues no hay escenario ni gradas. Nos acercamos a la barra y pedimos algo de beber.

—¿Qué te apetece? —pregunta con voz seductora y siento un cosquilleo al pensar en lo que de verdad me apetece.

—Una Coca-Cola.

—¿No prefieres una copa o una cerveza?

—¿Qué te vas a pedir tú?

—Un whisky.

—¿En serio? No me puedo creer que seas de esa clase de chicos.

—¿Qué clase de chicos?

—Los que se piden un whisky solo para aparentar elegancia, madurez y sabiduría.

—Estaba bromeando —dice mirándome a los ojos y con sonrisa en los labios.

—Sí, claro, ahora resulta que era una broma. —Suelto una carcajada.

—No, en serio. No soporto el whisky. Solo el olor ya me echa para atrás —dice serio.

—Entonces ¿qué vas a pedir? —pregunto en tono amigable.

—Una cerveza.

—Venga, pues que sean dos.

El camarero pone dos posavasos sobre la barra y, sobre estos, coloca los botellines.

Insisto en pagar yo en esta ocasión y él acepta. Brindamos y le doy un sorbo a mi cerveza. No puedo evitar contemplar los posavasos, en ellos está impresa la imagen del cartel de una antigua y conocida obra de teatro. Me parece de lo más original. Cogemos los botellines y bajamos por unas escaleras antiguas a una sala bastante acogedora con un pequeño escenario.

Una hora más tarde, cuando la obra termina, su mano sigue sobre la mía. Se ha pasado casi toda la obra acariciándome.

Cuando acaban los aplausos, la gente empieza a salir de la sala. Él no se atreve a cogerme de la mano mientras caminamos hacia la salida, y yo se lo agradezco; en la oscuridad del teatro era diferente.

—¿Te ha gustado? —pregunta cuando salimos a la calle.

—Mucho.

—Me alegro.

Llegamos a la boca del metro de Callao, donde supuestamente nos despediremos, pues, por lo que me ha contado, él vive al lado, en Malasaña.

—¿Qué haces? —pregunto al ver que tiene la intención de bajar conmigo.

—¿Crees que voy a dejarte volver a casa sola?

—Bueno, vuelvo sola todos los días —digo sin poder evitar dejar de sonreír como una tonta, porque en el fondo me ha gustado su comentario.

—Ya, pero hoy no estás sola.

—En serio, no hace falta que me acompañes; es absurdo que vayas y vuelvas.

—Quiero hacerlo.

—Venga, pues vamos andando, y me acompañas hasta plaza de España —sugiero y él acepta.

Llegamos al Templo de Debod y, como no podemos parar de hablar, nos sentamos sobre el muro de la parte trasera del templo, frente a la fuente. El cielo está cubierto por algunas nubes, pero pueden verse las estrellas.

Él se saca del bolsillo una bolsita y se empieza a liar un cigarro. No tardo demasiado en darme cuenta de que no se trata de un cigarro, sino de un porro. Vaya, parece que el chico perfecto no lo es tanto y se droga. Para colmo, lo hace con toda la tranquilidad del mundo, como si fuese algo normal.

—¿Te importa? —pregunta al ver que lo miro con cara de sorpresa.

Niego con la cabeza. Me llega el olor a marihuana antes incluso de que él le dé la primera calada. Estoy un poco tensa y no sé cómo reaccionar.

Trato de concentrarme en el sonido que produce el agua de la fuente al caer.

—¿Por qué lo haces? —me atrevo a preguntar al fin.

Él se encoge de hombros y no responde.

—¿Te pongo nervioso y necesitas relajarte? —bromeo.

Él se ríe.

—Por supuesto que no. ¿Quieres?

—No fumo.

—Yo tampoco fumo.

—Lo estás haciendo.

—Me refiero a que no fumo tabaco, esto es diferente y ya te he dicho que solo lo hago de vez en cuando.

Dudo. Por un momento quiero experimentar qué se siente al fumar. De pronto se me corta la respiración, porque estamos demasiado cerca y expulsa el humo sobre mis labios. Percibo una especie de soplo denso, no recuerdo haber experimentado nada similar antes.

No sé cómo ni por qué acabo aceptando probar esa mierda. Primero llega la tos, luego el calor en los pulmones y finalmente una sensación extraña que no sé describir.

—Me pregunto cómo hacían antes para comunicarse —dice de pronto sin venir a cuento.

—¿A qué te refieres?

—A que, si no me dieras tu teléfono, no tendría forma de escribirte o contactarte.

—Puedes ir a buscarme al cine o escribirme una carta —bromeo y ambos reímos.

—Pues casi que me gusta más esa idea. No creo que sea necesario estar conectados todo el día. Me gustaba más como era antes, cuando se quedaba con alguien y tenías que confiar en que esa persona se cruzara de nuevo en tu camino.

—Suena emocionante, aunque yo eso no lo he vivido. ¿Significa que debo confiar en que vendrás de nuevo a verme al cine? —digo un poco atontada a consecuencia de la marihuana.

—La confianza es algo que también se ha perdido, pero yo te doy mi palabra de que iré a verte.

—Acepto el reto.

Hablamos y reímos. La trama de la obra de teatro que hemos visto nos ha afectado, al igual que la marihuana, y decidimos darle a nuestra quedada ese halo de romanticismo propio de las películas de Meg Ryan de los años noventa.

La brisa se vuelve viento; las nubes ligeras, densas. Un trueno rompe el silencio de la noche. Caen las primeras gotas y, cuando el olor a tierra mojada lo inunda todo, nosotros comenzamos a correr. No podemos parar de reírnos a carcajadas, no queremos dejar de hacerlo. Quiero que nos riamos así por siempre. Juntos.

Empapados, nos metemos en la primera boca de metro que vemos.

Cuando llega el momento de despedirnos, se detiene frente a mí en el andén.

—¿Te he dicho que tienes unos ojos preciosos? —dice comiéndome con la mirada.

El corazón se me va a salir del pecho.

—¿Eres sensible a los halagos? —pregunta con una sonrisa dibujada en los labios.

—No, ¿por qué?

—Porque te has puesto roja.

Agacho la cabeza y lo miro de reojo. Ambos sonreímos.

—Gracias por esta noche —digo con voz temblorosa.

—¿Me darás tú número de teléfono? —pregunta sonriendo con diversión.

Alzo una ceja, pues eso supondría romper el pacto.

—Vale, mejor dejemos que sea el destino quien decida si unirnos de nuevo o no —continúa al ver la expresión en mi rostro.

—Sabes dónde encontrarme y te recuerdo que me has prometido que volverás.

—Sí, no pienso dejar de molestarte.

Se inclina hacia mí y me da la impresión de que está a punto de besarme. Dada la maravillosa velada que hemos pasado, no debería sorprenderme y, sin embargo, lo hace. Trato de mantener la calma. Me toma entre sus brazos y me pongo de puntillas para que no se tenga que agachar tanto. Cuando sus labios están a punto de rozar los míos, cierro los ojos e inhalo. Su beso tiene un perfecto equilibro entre sensualidad y dulzura. Su boca sabe muy bien. La rugosidad de sus labios me resulta de lo más excitante.

Poso las manos en su rostro y dejo que nuestras lenguas jueguen al tiempo que mi excitación aumenta.

El rugido del metro entrando en la estación hace que nuestras bocas se separen. No sé si ha pasado un instante o una eternidad. Apoya su frente en la mía y desliza las manos hacia abajo por mis brazos aún mojados. Nuestras miradas se encuentran cuando abro los ojos.

No me puedo creer que me haya convertido en una de esas chicas que pierden la cabeza por un chico en la primera cita. Sin embargo, tan pronto como las puertas del metro se cierran y abandono la estación, me siento vacía.

# 5

## ADRIANA

—Adriana... —me interrumpió una voz masculina que me sacó del papel.

—¿Sí? —Miré hacia la primera fila del patio de butacas.

Las dos chicas habían dejado de tomar nota en sus libretas y el chico había parado de escribir en el ordenador portátil que tenía sobre las piernas. Todos me miraban con atención.

—Es suficiente.

Sentí algo húmedo recorrerme las mejillas y entonces fui consciente de que tenía el rostro empapado en lágrimas. Me había metido tanto en el personaje que no me había dado ni cuenta de que estaba interpretando el papel con el recuerdo de aquella cita en la mente.

—¿Has estudiado en alguna escuela antes? —preguntó Carme.

—He hecho algunos cursos en Madrid —dije ambigua. No quería decirle el nombre del centro en el que había estudiado porque no creí que lo conociera y, de haberlo hecho, dudaba que eso me ayudara positivamente. La Escuela de Rosi era un viejo garaje en el barrio de Lavapiés donde hacíamos teatro algunos aficionados a la interpretación. No era un sitio serio.

—Veo que en tu trayectoria profesional solo has hecho teatro —observó la directora.

—Por ahora sí —confesé.

—¿Nada de cortos, televisión...?

—No —dije, e iba a añadir algo más en mi favor, pero no fue necesario porque...

—Pasas a la siguiente fase. Para esa prueba, elige una escena cualquiera de la obra que prefieras.

Me quedé tan sorprendida que no pude mostrar el más mínimo atisbo de felicidad. Me despedí cordialmente y salí de la sala algo conmocionada por lo que acababa de pasarme. Había conseguido meterme en el papel gracias al recuerdo de aquella noche y a todo lo que había aprendido durante los últimos años. Quizá en la Escuela de Rosi no aprendí mucho, pero fue el lugar perfecto para poner en práctica los conocimientos que iba adquiriendo por mi cuenta.

Había leído muchos libros sobre interpretación. Los de Uta Hagen y Peter Brook me habían enseñado prácticamente todo lo que sabía al respecto, y con Stanislavski había descubierto lo importantes que son la imaginación y la creatividad para actuar, sin ellas una actriz o un actor no podrían hacer su trabajo. Existían muchas técnicas, pero la de Stanislavski me gustaba especialmente, aunque nunca la había aplicado en escenas sentimentales. Para él todo era muy vivencial; su técnica se basaba en buscar en uno mismo experiencias personales que ayudaran a darle vida al personaje, a hacerte pedazos por él.

Una de las cosas en la que Stanislavski hacía hincapié en su libro *La preparación del actor* era que había que lograr que al espectador le pareciera verdad lo que estaba escrito en el guion, que había que transmitirle emociones y sinceridad con nuestra interpretación. Y eso era justo lo que yo acababa de hacer. Imaginarme que volvía a aquella tarde con Álvaro me había llevado a volar y darle vida a aquellas líneas que unos minutos antes me habían parecido solo palabras sobre un papel.

Tan pronto como me perdí detrás de las bambalinas, una chica se acercó a mí y me dio la enhorabuena por mi interpretación.

—Has estado genial, te felicito.

—Eh... Muchas gracias —titubeé.

—Soy Georgina, encantada. —Me dio dos besos que me pillaron por sorpresa.

—Adriana, un placer.

—Es tu primer año en la escuela, ¿verdad?

—Sí, ¿tanto se me nota? —bromeé.

—No, es solo que no te había visto antes por aquí.

—¿Tú llevas mucho tiempo estudiando aquí?

—Este es mi segundo año. ¿De dónde eres?

—De Madrid.

—¿En qué escuela has estudiado allí?

—En la de Rosi.

Georgina puso una cara extraña.

—No me suena.

—No es muy conocida —confesé—. ¿Es tu turno?

—No, ya he hecho la prueba, justo antes que tú. Ya me iba cuando he escuchado tu primera línea y no he podido evitar quedarme para verte.

—¿Y has pasado?

—Sí, me he preparado mucho para estas pruebas. El año pasado me quedé fuera, pero esta vez haré lo que sea para conseguir un papel en la obra.

—¿Por qué es tan importante salir en la obra de la escuela?

—Querida, por salir en esta obra es por lo que la gente quiere estudiar aquí.

—Ah, ¿sí? Pensé que era por la formación en general.

—¿Qué haces ahora? —preguntó.

—No tengo planes.

—Vente, he quedado con un amigo.

Salimos del teatro y nos perdimos por los pasillos de la escuela. Me presentó a su amigo Liam y me enseñó algunos rincones del edificio que yo no conocía todavía, como la terraza, donde a veces iban a beber cerveza y fumar, pese a que estaba totalmente prohibido. También pasamos junto a una puerta tapiada y oculta que había al lado de la biblioteca; al parecer daba a unos antiguos pasadizos a los que, por supuesto, también estaba prohibido acceder.

Nos sentamos en el patio, cerca de una fuente de piedra.

—Al principio todo esto te parecerá un mundo, pero ya verás como pronto te acostumbras. Lo importante es que te curres las audiciones para la obra anual de la escuela. Conseguir un papel en esa obra hará que te lluevan las ofertas —aseguró Georgina.

—¿Sí? Ojalá pase las pruebas.

—¿Tienes *videobook*? —preguntó Liam.

—No, por eso también quería entrar en esta escuela. Sé que por haber estudiado te llegan más ofertas de trabajo y que el centro se encarga de hacerte el *videobook*.

—Así es, pero no creas que es así con todos los alumnos. Esta academia te puede abrir las puertas a muchas oportunidades, pero para eso tienes que destacar —dijo Georgina al tiempo que se colocaba la larga y oscura melena detrás de los hombros.

—¿Y cómo destaco? —quise saber.

—Haciendo lo que hacemos la gente *cool*.

—¿Y qué hacéis?

—Para empezar, cómprate un bolso nuevo, ese ya lo has amortizado. —Liam y Georgina soltaron una risotada—. Y nada de ir con un termo a clases por las mañanas —dijo mirando el que yo acababa de sacar del bolso para beber un poco de café mientras charlábamos—. El café para llevar, o si quedas con gente, siempre de Starbucks. Si sales a tomar café sola, entonces mejor a alguna cafetería exclusiva como Caelum. Nada de Burger King o McDonald's, piensa que desde que entras en esta escuela estás en el punto de mira. Nunca sabes quién se puede fijar en ti, y te aseguro que ver a alguien comer ese tipo de comida dice mucho de esa persona. Ah, y totalmente prohibido llevar ropa que anuncia marcas.

—¿Lo dices por esta camiseta?

—Sí, cariño. ¿En qué estabas pensando para darle publicidad gratuita a Pull & Bear? Ni que fuera Dior. Y, aunque fuera de Dior, tampoco te lo recomiendo; no eres una valla publicitaria andante.

—Nunca me había parado a pensar en eso.

—Pues a partir de ahora lo harás. Ponte guapa hasta para irte a dormir, no salgas de la habitación sin mirarte en un espejo, piensa que siempre te están observando. Nunca sabes cuándo un productor o un director va a estar paseándose por aquí y se va a fijar en ti. Ya sabes que para los papeles protagonistas no seleccionan a gente fea. Si tonteas con un chico, nunca lo hagas por WhatsApp, siempre por Instagram

—¿Por qué?

—Porque se pueden borrar los mensajes y así no quedan pruebas. Nunca se sabe quién te puede traicionar cuando la fama llame a tu puerta. Además, Instagram te avisa si hacen capturas de pantalla de las imágenes subidas de tono que envías.

—Pero yo no tengo Instagram y tampoco envío ese tipo de imágenes.

—¿Cómo que no tienes Instagram? —Liam, que hasta ese momento parecía ausente, intervino con los ojos a punto de salírsele de las órbitas.

—Es que no lo necesito para nada, no me gusta.

—Pues a partir de ahora te va a encantar, porque será tu herramienta de trabajo. Una actriz sin Instagram no es nadie —sentenció Georgina.

—No sé, a mí todo esto me parece un tanto... artificial. Pensé que ser actriz iba más de ser auténtica, de mostrar sentimientos reales y...

—Vivimos en el siglo XXI —me interrumpió Georgina—. Hoy en día tienes que ser estratégica en cómo presentas algo al mundo, pero tú tranquila, que nosotros te ayudaremos.

Georgina, la chica popular de la escuela, intentando ayudarme a mí. ¡Qué ilusa! Si en ese momento hubiese sabido todo lo que sé hoy... Con el tiempo aprendería muchas cosas de ella, como que empezó en el mundo de la interpretación bailando cuando apenas tenía doce años o que apareció en una película con tan solo dieciséis. Aprendería que para ganar en este mundo hay que dejar a un lado los sentimientos, no se puede confiar ni siquiera en tu mejor amiga. En este mundo donde todos competíamos por un mismo papel, no había amigas, pero en ese momento yo no tenía ni idea de todo eso.

# 6

## LIAM

No entendía nada. ¿Por qué Georgina se había interesado por esa chica? Tenía que haber alguna explicación. Adriana no era el prototipo de amiga que Georgina elegiría para formar parte de su círculo.

—¿A qué juegas, Georgina? —le pregunté en cuanto la mojigata se fue.

—¿Yo? A nada, ¿por qué lo dices?

—¿Te has vuelto loca? ¿Por qué ayudas a esa mosquita muerta? ¿No ves que tenéis un perfil muy similar? Las dos morenas, pelo largo, misma estatura, ojos avellana...

—¿Crees que estoy ciega?

—Entonces ¿por qué quieres ayudarla a cambiar de aspecto? ¿Qué quieres, que sea tu doble? —Me reí con sorna.

—Muy chistoso. Jamás llegará a mi altura, pero si la hubieses visto durante la audición, lo entenderías. Esa chica tiene mucho potencial, y es cierto que tenemos un perfil similar, por eso podría ser una gran rival... Y ya sabes lo que dicen de los rivales: cuanto más cerca, mejor. Me interesa que crea que somos amigas, así sabré los castings que hace, las ofertas que le llegan, todos los pasos que da...

El hecho de que Georgina viera a Adriana como una rival me resultó morboso. No solo porque nunca, hasta ahora, había visto en ella un ápice de inseguridad, sino porque me encantaba la idea de verla competir con una recién llegada. Adriana parecía una chica corriente, del montón, pero su belleza natural hacía de ella un diamante en bruto.

—¿No pensarás meterla también en el grupo de WhatsApp de los castings?

—Por supuesto que no. Tranquilo, por mucho que la ayudemos, sin *videobook* y sin representante, no podrá llegar muy lejos, al menos de momento.

—Si consigue un papel protagonista en la obra anual, ¿para qué quiere un *videobook*? —pregunté sarcástico.

—¿En serio crees que le van a dar un papel protagonista a una recién llegada?

—No sé, dímelo tú que eres quien la ha visto actuar.

—En cualquier caso, para llegar a los proyectos grandes, se necesita un mánager.

—La escuela hace de mánager —le recordé.

En ese momento llegó Martí, mi amigo y compañero de habitación, y el tío con el que casi toda la escuela quería acostarse.

—Hola, ¿cómo ha ido la audición, cariño? —le preguntó a Georgina antes de comerle la boca.

Cada vez que los veía besarse, me entraba una especie de náuseas.

—Bien, sin más.

—¿Y tú qué? —me preguntó a mí.

Por un instante me quedé embobado mirando su barba recién recortada y admirando lo mucho que marcaba su masculina mandíbula.

—No he pasado, este año buscan principalmente chicas... ¿Tengo pinta de serlo?

Georgina se aclaró la garganta y ambos comenzaron a reír. Su «chiste» no me hizo ninguna gracia, pero disimulé.

—¿Y a ti cómo te ha ido la audición? —pregunté.

—Mal, me he liado con el texto, pero, bueno, he pasado a la siguiente fase.

—Entonces no te ha ido tan mal.

—¿Te vienes a comer, Liam? Vamos a ir al Ocaña, aquí al lado, en la plaza Real —preguntó Georgina.

—No puedo, he quedado con un amigo.

—Uyyy, ¿un amigo? —bromeó Martí.

—Sí, un amigo... ¡a secas! —aclaré.

Levanté el culo del poyete de piedra en el que estaba sentado y me despedí de ellos. Últimamente no sabía qué coño me pasaba, no los soportaba cuando estaban juntos. Martí también se comportaba diferente cuando estaba con Georgina, se comportaba como un auténtico gilipollas.

Me fui a la habitación y, al entrar, percibí el olor del perfume de Martí. Me encantaba aquel aroma, me hacía sentir como en casa. Saqué algunas cosas de la mochila y metí un libro antes de volver a salir.

Me compré un bocadillo en un supermercado que había junto a la escuela y me fui dando un paseo hasta el puerto. Allí me senté en un banco a comer mientras leía.

No era que fuese un antisocial, lo que pasaba era que no podía permitirme económicamente el restaurante al que habían ido mis amigos. A veces los acompañaba solo para que no sospecharan que iba mal de dinero, porque, sí, aunque ellos no lo supieran, mi economía estaba muy pero que muy por debajo de las suyas. Había crecido en familias de acogida hasta que me independicé con dieciséis años. Desde entonces, había trabajado fregando platos, de camarero, de promotor en ferias y eventos, como reponedor en un supermercado y como creador de contenidos. Aunque dicho así sonaba muy bien, en realidad lo que hacía era subir contenido «explícito» a una cuenta que me había creado en OnlyFans. Después de una colaboración que hice con un actor porno, se volvió un éxito, y no paraban de subirme los suscriptores.

Nadie en la escuela sabía de mis «actividades extraescolares», y mucho menos Georgina; de haberlo sabido, jamás habría sido mi amiga. A veces quería pensar que no cambiaría nada entre nosotros si se lo contaba, pero prefería no correr ese riesgo. Ella creía que yo venía de una familia adinerada, no tanto como la suya, pero no se imaginaba la realidad. Yo jamás le había mentido, pero le había dejado creer sus propias teorías, lo cual era lo mismo que mentir. No había notado nada, porque el poco dinero que me sobraba después de pagar la cuota de la escuela y de la residencia me lo gastaba en ropa para aparentar. Martí, con quien pasaba la mayor parte del tiempo, tampoco sabía nada, él era más pasota que Georgina en ese aspecto, no prestaba atención a esos detalles. Sin embargo, no me había atrevido a contárselo por miedo, no miedo a que dejase de ser mi amigo ni mucho menos, sino a que me mirase con otros ojos.

La tarde de lectura se me pasó volando. Cuando el sol comenzó a esconderse tras los edificios que iban cambiando sus tonalidades conforme avanzaba la tarde, regresé a la escuela. Se notaba que ya había entrado el otoño, anochecía antes y empezaba a refrescar al atardecer.

Entré en la habitación y me tiré sobre la cama. Martí no estaba, aunque debía de haber llegado, porque había dejado el pijama doblado sobre la cama.

Justo en ese momento, entró con una toalla blanca enrollada alrededor de la cintura y el pelo húmedo.

—Joder, tío. Se me ha olvidado el puto pijama —dijo mientras se dirigía a su cama.

Era la primera vez que le sucedía, al menos en mi presencia. No sé por qué, pero no pude evitar contemplar cómo se secaba las gotas de agua que le recorrían la piel bronceada. Cuando se quitó la toalla de la cintura, sentí algo golpearme en el pecho.

«¡Hostia puta! ¡Qué culazo!».

Desvié la vista hacia el otro lado y me puse a mirar el gotelé de la pared. Desde mi cama podía percibir el olor a limpio que desprendía su piel. Tuve la tentación de volver a mirarlo, pero tenía miedo de que me pillase.

No sé qué me pasó, pero noté como una descarga y un calor me recorrió todo el cuerpo.

Martí era tan irresistiblemente sexi que, en ese momento, todo mi cuerpo quería lanzarse sobre él, tocar su torso, deslizar los dedos por su piel... Mi pulso aumentaba cada décima de segundo, mi mente luchaba por controlar cada enloquecedor impulso.

¿Por qué me pasaba esto? ¿Por qué no lo podía ver como un colega, como él me veía a mí? ¿Por qué no podía actuar con la naturalidad que él actuaba?

—¿Qué haces, loco? —preguntó cuando terminó de ponerse el pijama al verme mirar la pared con tanta concentración.

Tardé en responder más de lo que me hubiese gustado, pero en el primer intento mi voz se ahogó al sentir en mi cara el impacto de la toalla con la que se había secado.

—Nada, miraba el gotelé... Me parece curioso.

—¿Curioso?

—Sí, no sé, es bonito —dije sin pensar.

—Joder, tío, vaya gusto de mierda tienes. Es la cosa más horrible que he visto.

Llevaba razón, el gotelé era una horterada y yo tenía un gusto de mierda, sobre todo para los tíos. ¿Por qué me tenía que fijar precisamente en mi compañero de habitación, hetero y novio de mi mejor amiga?

# 7

## ADRIANA

Los días en la escuela pasaban demasiado deprisa. Las audiciones para la obra anual se habían parado, pero no nos habían dado ninguna explicación. Simplemente nos dijeron que no nos preocupásemos, que nos avisarían con suficiente antelación.

El jueves de la semana siguiente nos invitaron al Teatro Coliseum, donde se celebraba el estreno de una película para Netflix en la que salía como protagonista el hijo de Carme Barrat. Al estreno asistían directores, mánagers y gente del mundillo del espectáculo. Era una gran oportunidad para hacer contactos, sobre todo porque después del evento había un cóctel al que también estábamos invitados. Algo me decía que el hecho de que se hubieran cancelado las audiciones estaba relacionado con esto. La directora debía de estar muy ocupada aprovechando el éxito que su hijo estaba teniendo.

Georgina no hablaba de otra cosa. Me había enseñado un sinfín de opciones de prendas para ponerse, todas espectaculares bajo mi punto de vista, pero al parecer a ella ninguna le convencía. Yo aún no sabía qué *outfit* llevaría al estreno, la verdad, no era algo por lo que me hubiese preocupado nunca, pero desde que había conocido a

Georgina, hacía unas semanas, se me había contagiado esa... pasión suya por la moda y por ir siempre divina.

—¿No vienes a clase? —preguntó Cristina sacándome de mis pensamientos.

—Sí —dije sin moverme de la cama.

—Ah, como te veo ahí tumbada mirando el móvil tan tranquila...

—No me he dado cuenta de la hora, después de comer me entra una pereza terrible. —Cerré la aplicación de Instagram que me había abierto hacía apenas unos días.

—¿Qué mirabas tan entretenida? —preguntó con sorna.

—No sé qué ponerme para ir al estreno de la película este jueves, no tengo nada. Estaba buscando ideas para comprarme algo.

—No hace falta que te compliques, si a nosotras ni siquiera se nos va a ver. En plan, vamos directas al patio de butacas, no pasamos por el *photocall* ni nada, eh.

—Ya, pero Georgina dice...

—Últimamente te veo mucho con ella y su amigo Liam —me interrumpió.

—Sí, ¿por?

—Ándate con ojo, esa niñata pija no es de fiar.

—No la llames así. Es muy buena gente, al menos conmigo.

—Yo solo te aviso. Vamos, que llegamos tarde a clase de Preparación a Castings.

Salimos de la habitación. Me había molestado mucho su comentario, pero preferí no decir nada más para no discutir con ella. No me gustaba que hablara así de Georgina.

La clase, como la mayoría, me resultó de lo más entretenida. Afrontar un casting no era tarea fácil. Sin duda, había que estar bien preparada para conseguir demostrar tu valía y aprovechar las oportunidades. Nos enseñaban desde cómo contactar con una agencia hasta cómo funciona un casting en general y cómo entender bien las bases de una convocatoria. La preparación que aportaba este módulo nos daba una clara ventaja respecto al resto de aspirantes en cualquier audición. Los trucos que aprendíamos potenciaban nuestro trabajo de forma drástica para que, cuando llegase el momento de enfrentarnos a un casting, mostrásemos nuestra mejor versión.

Cuando terminó la clase, mientras guardaba los libros y los apuntes en el bolso, Oliver, que estaba sentado un par de mesas detrás de mí, se acercó a saludarme. El jodido era guapo. Desde que lo había conocido el día de la audición en la entrada del teatro, habíamos hablado en un par de ocasiones, pero nada trascendental.

—¿Qué te ha parecido la clase de Casting? —preguntó con una sonrisita.

—Superinteresante, me ha encantado —dije mientras salía del aula en dirección a mi dormitorio, pues, aunque a continuación teníamos clase de Acting Camera, el profesor o profesora de este módulo aún no se había incorporado, por lo que tenía el resto de la tarde libre.

—No exageres —rio.

—No, en serio, es que me parece un curso muy práctico. Nunca había estudiado nada similar —respondí convencida.

—¿Qué haces ahora?

—Había pensado ir a dar un paseo por el barrio sin más. Apenas conozco el centro aún.

—¿Me esperas que deje esto en mi habitación y vamos juntos?

¿Juntos? ¿A pasear por Barcelona? ¿En plan cita?

—Sí, claro.

Me dedicó una sonrisa y se perdió por el pasillo. Me quedé allí parada como una boba hasta que reaccioné.

Oliver me enseñó parte del casco antiguo mientras me iba explicando curiosidades de esas icónicas calles que conformaban aquel laberinto repleto de edificios rebosantes de historia. Me habló de los vestigios que habían dejado los romanos y de las huellas de la Guerra Civil que había por la zona. Parecía haberse preparado el discurso para impresionarme, cosa que, la verdad, había conseguido.

Aquel pintoresco barrio era sin duda el corazón de Barcelona, un corazón lleno de encanto, un corazón capaz de mantener con vida la esencia de una ciudad que había crecido demasiado, un corazón capaz de enamorar a cualquiera. Era imposible no entusiasmarse con el encanto de las pintorescas terrazas y plazas, donde la animación de los pequeños bares y de la música en directo hacían de las últimas horas de la tarde todo un espectáculo.

Paseamos por la plaza de Sant Josep Oriol y, sin darnos cuenta, acabamos en la vecina plaza del Pi, rodeados del arte de los puestos del mercado y envueltos por el aroma de los productos naturales. Nos sentamos a tomar algo en la terraza de un bar con bastante ambiente frente a la iglesia que da nombre a la plaza.

Confieso que el hecho de que se tomara tantas molestias por enseñarme sus rincones favoritos del Barrio Gótico hizo que me sintiera muy cómoda en su compañía.

—¿Echas de menos tu casa? —me preguntó Oliver después de que el camarero dejara sobre la mesa las dos cervezas que habíamos pedido.

—Más que mi casa, a mi abuelo.

—¿Vivías con él?

—No, vivía en la casa que me dejaron mis padres cuando murieron.

—Vaya, lo siento, no sabía...

—Tranquilo. No pasa nada, puedo hablar de ello sin problema. —Le di un trago a la cerveza.

—¿Y es tu abuelo por parte de madre o de padre?

—De ninguno de los dos. —Sonreí divertida al ver la confusión en su rostro—. Lo conocí haciendo un voluntariado en una ONG de acompañamiento a personas mayores.

—Vaya, qué interesante. Siempre me ha atraído la idea de hacer voluntariado.

—¿Nunca lo has probado?

—Una vez me ofrecí para recoger alimentos en una campaña solidaria.

La conversación fluyó con naturalidad, un tema nos llevó a otro y, no sé cómo, nos terminamos la segunda cerveza hablando de mi virginidad.

—Mi madre decía que primera vez solo hay una y que, para bien o para mal, nunca se olvida, así que hay que saber elegir —le conté algo avergonzada, aunque fingiendo comodidad.

—Me gusta cómo pensaba tu madre, seguro que nos hubiésemos llevado muy bien.

—Creo que sí.

Después de pagar la cuenta y pelearnos por invitar (pelea que, confieso, dejé que ganara él), Oliver continuó haciendo de guía.

—¿Dónde vamos ahora? —pregunté al ver que caminábamos en dirección contraria a la escuela.

—Aquí al lado, estamos a cinco minutos. Ahora lo verás —dijo con la sonrisa pícara de un niño que oculta algo.

Un par de calles más adelante, nos detuvimos en una placita.

—Esta es la plaza de Isidre Nonell —anunció.

—¡Vaya! ¿Esto es lo que me querías enseñar? —dije al ver el famoso fotomo-saico del beso del artista Joan Fontcuberta.

—Eh... No, no... —empezó a decir él, nervioso.

—Menos mal, me habías asustado —bromeé—. Por un momento, al ver este mural, pensé que me habías traído aquí para darme un beso.

Su cara era de desconcierto total.

—No, no... El sitio al que te quería llevar está... por allí —dijo. Señaló una calle al azar y comenzó a caminar en esa dirección.

Le cogí la mano y, al sentir el contacto de su piel, se me aceleró el pulso.

—Estoy de broma —dije mirándolo a los ojos y sentí que se me secaba la boca.

—Entonces... ¿inmortalizamos nuestro primer beso delante de esta obra de arte?

—¿Y quién nos va a hacer la foto?

—¿Acaso la necesitamos? —En ese instante, Oliver acarició con las yemas de sus dedos el perfil de mis labios—. El recuerdo es la mejor foto que podemos guardar, porque de ahí jamás se borrará.

Sus labios se acercaron a los míos. Cerré los ojos cuando percibí su aliento. Él vaciló unos segundos, lo suficiente para que pudiera percibir el roce de su boca. Mi lengua, curiosa, salió a darle la bienvenida a la suya. Oliver perdió el control y me besó.

Cuando nuestros labios se separaron, una chica que pasaba por allí nos preguntó si queríamos que nos hiciera una foto. Ambos nos miramos esperando que el otro respondiera. Al final lo hice yo.

—No, muchas gracias, acabamos de hacernos una.

Oliver y yo nos acercamos al mural.

—Es impresionante —dije contemplando los cientos de fotografías pequeñas que conformaban el mosaico.

—Lo es. Cuántos besos habrá presenciado, cuántas historias esconderá... ¿Sabías que al principio se colocó de forma temporal?

—No tenía ni idea.

—Sí, pero finalmente el Ayuntamiento de Barcelona le ha dado carácter definitivo, dada la buena acogida.

—¿Tiene nombre o solo se llama «mural del beso»? —pregunté.

—*El mundo nace en cada beso.*

—¡Qué bonito!

No pude evitar perderme otra vez en el azul de su mirada.

Me quedé sin aire al sentir de nuevo sus labios en los míos. Fue un beso rápido, pero pasional, lleno de fuego y deseo.

# 8

## GEORGINA

Esa tarde no me apetecía volver a casa. Desde que mis padres me habían dicho días antes que se iban a divorciar, mi mundo ya no era el mismo. Quizá por eso decidí colarme como oyente en la clase de Voz, por eso o porque necesitaba evadirme de todo. Entre Víctor, el profesor, y yo había una gran tensión sexual no resuelta. Me había pasado el curso anterior provocándolo, pero el muy cabrón tenía un autocontrol envidiable. En ningún momento dejó que pasara nada entre nosotros. Sin embargo, la última noche antes de las vacaciones, nos besamos y acabó pasando algo más, aunque no llegamos a follar. Esa noche, él aseguró que sería la primera y la última vez que pasaba algo similar y que no volvería a «caer en mi juego»; esas fueron sus palabras y las cumplió. Siempre decía que cuando yo terminara de estudiar hablaríamos, pero que no podía arriesgar su trabajo; las normas de la escuela de no confraternizar con los alumnos eran muy estrictas.

Cuando entré en el aula, él todavía no había llegado. Vi a Adriana y me senté a su lado.

—¿Qué haces aquí? Tú ya habías estudiado este módulo el año pasado, ¿no? —me preguntó desconcertada.

—He venido de oyente.

—¿De oyente?

—Sí, ¿qué pasa? Quiero refrescar algunos conceptos.

En ese momento, Víctor entró en el aula y no tardó demasiado en advertir mi presencia. Me dedicó una leve sonrisa de la que nadie en el aula, excepto yo, se percató.

—Buenas tardes, en la clase de hoy vamos a ver cómo el actor trabaja el cuerpo y la voz para extraer su máximo potencial...

—Me encanta esta clase —susurró Adriana cerca de mi oído mientras el profesor seguía con su argumento.

«Y a mí», pensé.

—Para poder conectar con la esencia más interna de nuestra voz, solo hay un camino: sentir la lengua. ¡Venga, vamos a hacer una práctica! Introdúzcanse un lápiz entre los dientes y muérdanlo con suavidad. Ahora reciten el texto que les he pasado. Concéntrense en su lengua al tiempo que leen las líneas. ¿Qué tamaño tiene? ¿Qué textura? ¿Notan la punta cuando roza el lápiz o el paladar?

Todos comenzamos a practicar el ejercicio y se produjo una algarabía en el aula que solo desapareció cuando Víctor volvió a hablar.

—En lo que se refiere a la posición correcta de la lengua, muchos libros aseguran que debemos colocarla en medio del paladar o mantenerla abajo, tocando los incisivos inferiores. Error. La posición fisiológica de la lengua en estado de reposo ha de ser la misma en la que se encuentra al decir la palabra «no». A algunos les puede parecer que es lo mismo que decir que debe estar en medio del paladar, pero la realidad es que eso va a depender del tamaño del paladar o de si tienen ustedes los incisivos más o menos grandes. Lo correcto, por tanto, es decir «no» y quedarse aguantando la ene con la lengua. Vamos a hacer otro ejercicio. ¿Un voluntario o voluntaria?

Levanté la mano inmediatamente. También lo hicieron otros alumnos, pero Víctor me eligió a mí. Me puse de pie y me dirigí a su mesa. Sacó de su maletín una caja que contenía pequeñas bolsitas con granos de arroz y pidió que las repartiera. Luego nos explicó lo que teníamos que hacer usando mi boca de ejemplo.

—Vamos a hacer un ejercicio para tonificar la musculatura de la base de la lengua. Métanse un grano de arroz en la boca y traten de mantenerlo en la posición ene que acabo de explicar.

Sin apartar la vista de él, saqué la lengua provocativa, me puse el grano de arroz en la punta y luego me la metí de nuevo en la boca con suavidad. Vi el deseo en sus ojos.

—Voy a cronometrar cinco minutos. Durante este tiempo, tienen que intentar tragar en esta posición evitando que el grano de arroz caiga.

Cuando terminamos de hacer el ejercicio, antes de indicarme que podía regresar a mi asiento, Víctor me susurró al oído:

—Veo que conserva usted el buen dominio de su lengua.

Aquella frase me excitó.

—Practiquen este ejercicio todos los días. También, cuando salgan a tomar algo, pueden probar uno de proyección de voz que consiste en decir un texto a través de una pajita que esté en un vaso con refresco al tiempo que relajan los hombros y contraen el abdomen.

Cuando terminó la clase, dudé si acercarme a su mesa, pero pensé que la indiferencia provocaría un mayor efecto, así que salí con Adriana.

—¿Qué haces ahora? —preguntó Adriana mientras caminábamos por el pasillo en dirección a la residencia—. Seguimos sin profesor de Acting Camera, así que no hay clase.

—Voy con Liam y Martí a mirarme algo para mañana.

Faltaba un día para el estreno de la peli a la que nos habían invitado y yo aún no tenía modelito. Había pensado en pedirle a mi madre que hablara con su amigo el diseñador, él siempre tenía algo apropiado para este tipo de eventos y de mi gusto. Sin embargo, con todo el asunto del divorcio, no quise molestarla. Estaba rara, muy rara. Mi padre también, llevaba varios días sin dormir en casa; solo me recogía en la escuela, me dejaba en la puerta de casa y luego se piraba, según él, a un hotel hasta que todo se aclarase. ¿Cómo iba a aclararse aquello? ¿Acaso tenían previsto volver?

—Ah, vale. A ver cuando me presentas a tu novio, que ya tengo curiosidad —me dijo Adriana.

—Cierto, no sé cómo no hemos coincidido en estas semanas.

—Me lo estás ocultando —bromeó.

Mi móvil emitió un sonido, era un mensaje de Martí.

MARTÍ

Estamos fuera, ¿tardas mucho?

YO

Nada. Salgo ya. Os veo en la puerta.

—Bueno, pásalo bien —dijo Adriana despidiéndose.

—¿Te quieres venir? —propuse sin pensar—. Así te presento a Martí por fin.

Dudó unos segundos, tiempo suficiente para que yo me arrepintiera de haber formulado esa pregunta, por la sencilla razón de que era absurdo que me acompañara. Ella no podía permitirse comprar ni un simple pañuelo en las tiendas a las que yo solía ir, y, no voy a mentir, me daba vergüenza entrar con ella en sitios donde me conocían.

—Venga, me apunto —dijo decidida.

La miré de arriba abajo sin disimulo.

—Pero... no pretenderás venir así.

Llevaba unos pantalones vaqueros anchos que parecían dos tallas más grandes. La camiseta tenía un dibujo en el centro prácticamente desgastado, tanto que ni se distinguía qué era. Por suerte, no me preguntó qué le pasaba a su ropa. Hubiese sido demasiado violento tener que decirle que era horrible y que iba hecha un cuadro, pero un cuadro de Leonora Carrington.

Su rostro perdió la ilusión. Pensé que no tendría nada que ponerse. Si yo viviera en la residencia, podría haberme ofrecido a dejarle algo, pero no era el caso.

—Voy a cambiarme, espérame aquí.

Se marchó a toda prisa y, al cabo de diez minutos, apareció con una camisa de lino de manga larga en color verde militar que combinaba con el color de sus ojos. Unos *jeans culotte* de talle alto en un tono pastel que le dejaban los tobillos al descubierto, detalle que nos favorecía a las bajitas como nosotras porque generaban un efecto de piernas más largas.

—¿Cómo me ves? —preguntó ilusionada.

—Estupenda. Lo que no sé es por qué no te pones esta ropa para ir a clases, que vas siempre con lo mismo.

—Es que esto me lo ha dejado Cristina, mi compañera de habitación.

—Ah. ¿Y te gusta?

—Sí, bueno, no sé... Me siento rara.

—Es cuestión de que te acostumbres. Venga, vámonos, que mi novio y Liam están esperando y me van a matar. Espera, te falta un toque de color en los labios. Mira, te regalo este pintalabios. Lo he estrenado hoy, pero no me convence. A ti te quedará mejor —dije al tiempo que sacaba del bolso el último pintalabios Rouge Pur Couture de Yves Saint Laurent que me había comprado.

—No, no puedo aceptarlo.

—Claro que puedes. Me lo compré porque el color es muy parecido al que yo uso y me confundí de número: yo quería el diez y este es el cincuenta y cuatro.

—Ay, mil gracias, en serio. —Adriana lo cogió y se pintó los labios en el reflejo de uno de los cristales del vestíbulo.

—No es nada —dije al tiempo que salíamos juntas.

Al verme con Adriana, Liam no dijo nada, aunque su cara de sorpresa y confusión lo delataba.

Martí se presentó sin darme tiempo a presentarlos. Adriana le dio dos besos y lo escaneó de arriba abajo sin disimulo. No le quité el ojo de encima, solo me faltaba que se fijara en mi novio.

Caminamos por la calle Avinyó hasta llegar al área más comercial en el Portal de l'Àngel, pasando por la catedral.

—¿Qué tal con Oliver, Adriana? —preguntó Liam.

—¿Qué Oliver? —Lo miré para que me pusiera en situación.

—El nuevo de ojos azules que estaba a mediodía en la mesa de al lado, en el comedor.

—¿Os habéis enrollado? —Miré a Adriana escéptica.

—A ver... Hemos tonteado un poco. El otro día fuimos a dar un paseo por el centro y estuvimos tomando algo en plaza del Pi.

—¿Solo eso? —insistió Liam.

—Bueno, nos besamos porque estábamos frente al mural del beso...

—Ya, claro, qué casualidad... Y como estabais frente al mural, no podíais mantener las distancias, ¿no? —se burló Liam.

No me lo podía creer. Con lo mojigata que se veía y se había enrollado con el buenorro del nuevo.

—Anda con la mosquita muerta —musitó Liam de broma.

Le di un manotazo.

—Fue solo un beso, nada más.

—¿No te lo tiraste? —quise saber.

—No, claro que no —respondió con los ojos desencajados, como si hacerlo hubiese sido un delito.

—La tiene pequeña, es eso, ¿no? Yo tampoco podría follarme a un tío que la tuviera pequeña —confesó Liam.

—¿Y tú cómo sabes ese dato? —le pregunté.

—Siempre va en chándal y apenas se le marca.

—Igual es de sangre —intervino Martí.

Liam y yo lo miramos a la vez.

—¿¿¿Qué??? La mía tampoco se marca mucho y, sin embargo, luego...

—¡¡¡Parad!!! —gritó Adriana—. Que no es por eso. No sé si la tiene pequeña, es solo que... Bueno, necesito mi tiempo.

—¿No me digas que eres virgen? —pregunté al borde de sufrir un ataque de risa.

—No pienso hablar de eso —dijo avergonzada y algo molesta.

—A ver, nena, ser virgen es una cuestión personal. Nos queda claro que, con ese cuerpo y esa cara, lo eres porque quieres.

—No he dicho que sea virgen —se quejó.

—Entonces ¿lo eres o no lo eres? Déjate de rollos —dije muy seria.

—A ver, cuando mis padres murieron, me tuve que hacer cargo de muchas cosas. Me lo he perdido todo: las salidas de chicas, las discotecas, los rollos pasajeros... Me he dedicado únicamente a trabajar.

Por un momento pensé que iba a echarse a llorar y me sentí fatal.

—No tienes por qué avergonzarte de ser virgen, todas hemos pasado por ahí. Lo importante es que lo hagas cuanto antes —le aconsejé.

—A ver, tampoco le digas eso, tía. Cuanto antes no, cuando ella esté segura —intervino Liam.

—Es que quiero que sea con alguien especial.

—Eso es una tontería que nos ha frenado a todas; ya te digo yo que la primera vez va a ser una puta mierda. Cuanto antes superes esta fase, antes empezarás a disfrutar. Y vamos, que al final me cerrarán las tiendas y a ver qué me pongo mañana.

Tan pronto como llegamos al paseo de Gràcia, lo primero que hicimos Adriana y yo fue entrar a una boutique a la que solía ir porque tenían vestidos superexclusivos. Martí y Liam se fueron a Nike, ellos ya tenían el *outfit* para la fiesta. Liam no había querido decirme qué se pondría, pero Martí iría con un traje negro de Hugo Boss que ya había usado en alguna otra ocasión.

Me probé cuatro vestidos y ninguno me convencía. Según el chico de la tienda, lo ideal para el tipo de evento al que le había explicado que íbamos a ir eran colores fuertes, vibrantes y oscuros. A la pobre Adriana todas las opciones le parecían bien y me arrepentí de haber dejado que Liam se fuese con Martí, necesitaba su opinión. Por suerte, la cámara de mi iPhone era bastante fiel a la realidad, así que le envié una foto a Liam de cada uno de los vestidos. Ninguno le gustó.

Justo cuando todo parecía perdido, el dependiente apareció con un vestido de cóctel de manga larga y cuello redondo ligeramente desbocado que formaba un escote corazón. Estaba confeccionado en su mayoría en *crepé georgette*, salvo la parte superior del pecho y las mangas que eran de plumeti, una especie de tul aterciopelado. En ellas había bordadas unas estrellitas brillantes de diferentes tamaños que le daban un toque fresco.

Cuando me lo probé, sin necesidad de saber la opinión de Liam, supe que era el apropiado. Aun así, le envié una foto para tener la confirmación.

La parte de la espalda también estaba confeccionada en plumeti y dejaba entrever mi piel, lo que le daba un toque sensual.

—Mira, este bolso *clutch* rectangular con esquinas ligeramente redondeadas y confeccionado en ante le va ideal —dijo el dependiente, dándome un bolso color vino con cierre metálico en dorado que combinaba a la perfección con el tacón de las sandalias Yves Saint Laurent que tenía pensado ponerme.

—¿No te quieres probar nada? —le pregunté a Adriana cuando el chico se fue.

—Eh..., yo...

—Aprovecha, aunque no vayas a comprar nada, pero así te hago algunas fotos para tu Instagram en plan *shopping*. Tienes que empezar a darle vida a tu nueva cuenta.

—Vale —dijo ilusionada.

La muy cabrona tenía un cuerpazo. Todo le quedaba genial, parecía otra. Le hice varias fotos que la ayudarían a subir el número de seguidores.

# 9

## LIAM

Nunca había ido de compras con Martí. En realidad, rara vez hacíamos planes que no incluyeran a Georgina. Los únicos momentos en los que estábamos a solas eran en la habitación.

Entramos en varias tiendas, pero él no vio nada que le gustase. Yo no pretendía comprarme nada, pues me había gastado el poco dinero que me quedaba en el traje de chaqueta de Zara que llevaría en el estreno, traje que debía cuidar muy bien para poder devolverlo a la tienda al día siguiente del evento y recuperar lo que me había costado.

Fuimos a Nike y, mientras él observaba los percheros, yo aprovechaba para ver las fotos que Georgina me había enviado de los diferentes modelitos. Le respondí que no me gustaban; para lo exclusiva que era esa firma, creo que podía encontrar algo mucho mejor.

Martí se dirigió al probador con varias prendas en la mano. Mientras se probaba la ropa, me llegó una foto de Georgina con un vestido negro entallado en la cintura y con una falda de vuelo hasta justo encima de la rodilla. Me encantó; sin duda, ese era el idóneo para la ocasión. Le envíe un mensaje:

No busques más. Ese es perfecto, y te quedará genial con tus sandalias de tacón Opyum, esas que tienes con el logotipo troquelado de la firma YSL.

—¿Te gusta? —Martí apareció detrás de la cortina con una sudadera que le daba una apariencia de chico malo y un pantalón de chándal que se lo marcaba todo. Y cuando digo todo, es todo. No había lugar a la imaginación.

—¿No decías que a ti no se te marcaba cuando llevabas chándal? Creo que te queda un poco... estrecho, ¿no?

—Qué va, tío. Es mi talla. Yo creo que es así.

—¿Te traigo una talla más y ves qué tal te queda?

—Vale.

Busqué en el perchero de los pantalones hasta dar con la talla que buscaba y regresé a los probadores. Abrí la cortina y me encontré a Martí en ropa interior. Por unos segundos, me quedé bloqueado contemplando su cuerpo perfecto. No era la primera vez que lo veía en ropa interior, pero sí la primera vez que lo hacía en un espacio tan reducido. Tuve la sensación de que me faltaba el aire.

Su cuerpo era perfecto, el muy cabrón lucía tableta y todo. Apenas tenía vello, salvo algunos pelillos en las axilas y en la zona superior del pubis. El bóxer de Hugo Boss negro que llevaba puesto le quedaba demasiado ajustado. Sentí que un calor me recorría todo el cuerpo, un ansia por...

—Entra y cierra la cortina, que no me apetece exhibirme hoy. —Martí me sacó de mis pensamientos.

—Toma, una talla más —dije mientras le entregaba los pantalones.

Estar con él, en menos de dos metros cuadrados, sintiendo el aroma vivo que desprendía su cuerpo —un olor viril, indomable, enloquecedor—, hizo que estuviera a punto de perder la cabeza. Dudaba si ese era su olor natural o si se trataba de la mezcla de su perfume y el sudor de su piel. Se percibía tan natural, tan exótico.

No podía apartar la vista del bulto que se le marcaba en la entrepierna. Mi pulso aumentaba cada décima de segundo, mi mente luchaba por controlar el enloquecedor impulso de abalanzarme sobre él. Era la primera vez que sentía con tanta intensidad aquel ardiente deseo de rozar su apetitosa piel, de sentir sus deliciosos labios. Placer y dolor se instalaron en mi pecho.

La voz de Georgina al otro lado del probador fue como un golpe de realidad.

—¿Martí?

—Estoy aquí —dijo él abriendo la cortina con naturalidad.

No sé qué me pasó, pero me sentí muy mal, culpable por haber tenido esos pensamientos hacia el novio de mi mejor amiga.

—Cuidadito con lo que hacéis ahí dentro —bromeó Georgina.

—Eh..., yo... —tartamudeé como un imbécil mientras salía del probador.

Ella pasó de largo sin ni siquiera mirarme y le plantó un beso en los labios a Martí. Pero Adriana, que me observaba con atención, debió ver la culpabilidad en mi rostro, porque intercambiamos una mirada cómplice. En ese momento, supe que aquella chica que apenas conocía y a la que había tratado con tanta indiferencia era demasiado lista. Ya sabía mi mayor secreto: estaba enamorado del novio de mi mejor amiga.

# 10

## ADRIANA

Contemplaba con desgana la imagen que proyectaba el espejo de mi dormitorio. Aquel vestido, en comparación con los que me había probado en la *boutique* a la que fui con Georgina o con el que ella luciría esa noche, era una auténtica horterada. Me sentí frustrada, no quería ir así al estreno, pero no tenía otra cosa que ponerme. Me tumbé en la cama con la intención de llorar. Justo en ese momento sonó mi teléfono.

—¿Abuelo? ¿Todo bien?

—Sí, ¿qué pasa, que no me puedo preocupar por ti? Quería saber cómo estabas.

—Pero si hablamos ayer...

—¿Y por eso no podemos hablar hoy también?

—¿Qué tal el chico nuevo que ha empezado a trabajar en el cine?

—Muy bien, es muy apañado. Pero mejor cuéntame tú, que hoy tienes el estreno...

—Prefiero que hablemos de otra cosa... —le interrumpí al borde del llanto.

—¿Qué pasa, cariño?

—Nada, da igual.

—No, cuéntamelo —insistió.

—Es que no me gusta el vestido que voy a llevar.

—¿Y por qué no te pones otro? ¿O unos vaqueros?

—Porque no tengo otro. No tengo ropa apropiada para este tipo de eventos —dije furiosa.

—Seguro que estás guapísima.

—No, voy a hacer el ridículo.

—No digas eso, tú siempre...

—¡Esto no es tu cine! —lo corté con demasiada frialdad.

—¿Desde cuándo le das tanta importancia a la ropa? —preguntó, extrañado por mi reacción.

—Desde que la tiene. En este círculo, la imagen lo es todo.

—¿Eso piensas?

—Sí.

—¿Por qué?

—¡Porque sí! —grité.

—No me vale esa respuesta.

—Pues es la que tengo.

—¿Y desde cuándo te valen las respuestas simples?

El abuelo comenzó con su habitual interrogatorio. Nunca me había juzgado, nunca me había puesto límites. Quizá porque, al no ser mi abuelo biológico, no se sentía con derecho a hacerlo o quizá era su forma de educarme y obligarme a reflexionar. Nuestra relación era más bien la de dos amigos, dos personas que intercambiaban lo que tenían: él, experiencia y madurez, y yo, inocencia y juventud.

Esa noche no encontré las respuestas a sus preguntas o quizá sí, pero ni a mí misma me convencían. Colgué más pronto de lo que hubiese querido, sobre todo porque sabía que el abuelo se quedó preocupado y lo último que quería era que se preocupara por mí más de lo que ya lo hacía. Sin poder evitarlo, me eché a llorar. En ese momento, entró Cristina en la habitación.

—¿No vas al estreno? —me preguntó.

—No, solo tengo ganas de llorar.

—¿Por qué?

Se sentó a los pies de mi cama.

—Mírame, no puedo ir así vestida.

Su mirada me confirmó que tenía razón.

—¿Y por qué no te pones otra cosa?

—Porque no tengo nada más —confesé.

—Anda ven. —Me agarró de la mano, tiró de mí hasta su armario y lo abrió—. No te acostumbres, eh.

Cristina tenía tanta ropa que no sabía ni qué elegir para mí.

—Ponte este. —Sacó un conjunto negro de dos piezas. La parte superior, confeccionada en tul transparente y terciopelo, tenía un escote corazón muy marcado. La falda, de triple capa por encima de la rodilla, tenía demasiado vuelo para mi gusto.

—¿No crees que tiene demasiado escote?

—Anda, déjate de historias, que no vamos a misa —dijo mientras encendía la plancha del pelo para hacerme unas ondas. Cuando terminó, me lo cepilló y me lo recogió en una cola alta con la raya al medio. Por último, me aplicó un producto que proporcionaba al cabello un efecto mojado y tirante.

Me miré en el espejo y me sentí rara, como si la del reflejo no fuese yo. Nunca me había visto tan... ¿guapa?

—Espera, que te voy a poner un poco de sombra. Con este look, hay que intensificar la mirada —dijo.

Esa fue la primera vez que Cristina y yo nos abrazamos. Durante las primeras semanas, habíamos tenido una relación cordial, de compañeras de habitación, pero últimamente tenía muchos detalles conmigo. Era la segunda vez que me dejaba ropa, y eso solo lo hacen las buenas amigas. Ni siquiera Georgina, a quien sí consideraba una amiga, se había ofrecido a dejarme algo para el estreno. Aunque, claro, entendía que no quisiera dejarme sus vestidos si costaban una media de trescientos euros.

En ese momento llamaron a la puerta. Era Oliver, que ya estaba listo. Habíamos quedado para ir juntos al estreno. Cuando abrí, me miró de arriba abajo, como si no me reconociera.

—Estás... impresionante —dijo antes de darme un beso en la mejilla.

—Gracias. —Sonreí—. Espera, ya salimos.

Antes de irnos, me pinté con la barra de labios que Georgina me había regalado. Salimos los tres juntos de la residencia y caminamos hasta la calle Ample, donde cogimos un taxi que nos llevó al Teatro Coliseum.

Aquello estaba a rebosar de gente, cámaras y periodistas; casi no se cabía. Entramos por la puerta lateral, sin pasar por el *photocall*, obviamente; el *photocall* solo era para los invitados famosos y los actores que aparecían en la película. Reconocí a algunos de ellos, aunque no a todos. No supe distinguir a aquellos que salían en la película de los que no. Georgina me había enviado el tráiler, pero no quise mirarlo; prefería ver la película sin ningún tipo de expectativa.

La vi con Martí y Liam, y me pareció que me giraba la cara, pero pensé que igual solo eran imaginaciones mías, que seguramente no me hubiera visto. Así que me acerqué a saludarla. Iba guapísima con el vestido que se había comprado el día anterior, cuando salimos de compras juntas. Lo había combinado con unas sandalias de tacón de piel negra muy elegantes. Eran un complemento que sin duda le brindaba poder y sofisticación.

Me pareció que el tacón estaba troquelado con la forma del logotipo de la firma Yves Saint Laurent, lo reconocí con facilidad porque era la misma marca que la barra de labios que me había regalado.

—Vaya, ¿y ese conjunto? —Georgina me miró de arriba abajo.

—Me lo ha dejado Cristina —dije orgullosa.

—Ah, qué amable... ¿Y por qué no me pediste a mí que te prestara algo? Te habría dejado otra cosa que no fuera de terciopelo, ya no se lleva.

Una ilusión dentro de mí se apagó.

—¿No decías que estaba totalmente prohibido llevar ropa que anunciara el nombre de las marcas? —dije ignorando su comentario.

—¿Lo dices por mis sandalias de tacón?

—Sí. ¿Los complementos quedan excluidos de esa regla?

—Así es.

Su respuesta me pareció un tanto hipócrita, pero no tuve tiempo de reflexionar sobre ello, porque de repente empezamos a escuchar unos gritos.

—El protagonista de la peli acaba de llegar —anunció Liam.

Georgina y él caminaron hacia el *photocall*, y Martí, Cristina, Oliver y yo los seguimos. De pronto, el mundo se paró. Algo en mi interior explotó.

Las cámaras disparaban los flashes sobre él sin cesar. Las ráfagas de luz me hicieron perder la visión durante una fracción de segundo. Me quedé paralizada y traté de asimilar lo que estaba sucediendo.

—Álvaro, aquí, a la derecha.

—Álvaro, por favor, aquí, aquí.

—Álvaro, Álvaro, a la izquierda.

Los periodistas gritaban como locos. Él sonreía y miraba en todas las direcciones, se volvía con amabilidad hacia cada uno de los reporteros.

Había cambiado mucho desde la última vez, por supuesto, pero estaba segura de que era él. Tenía el pelo un poco más corto y el color era distinto, algo más oscuro quizá. Su cuerpo ya no era el de un niñato, sino el de un hombre. Si mis cálculos no me fallaban, debía de tener unos veintisiete años ya.

Aquel traje le quedaba de escándalo. Las mangas de la chaqueta se ajustaban a la perfección a sus pronunciados bíceps.

¡Dios mío, cómo posaba! ¡Qué sonrisa! ¡Qué labios! ¡Qué mirada! Estaba totalmente embelesada.

Cuando abandonó el *photocall* y pasó casi por delante de donde nosotros nos encontrábamos, sus ojos se clavaron en los míos y luego recorrieron todo mi cuerpo con curiosidad. ¿Me habría reconocido? Puede que sí, pero no tuve tiempo de preguntárselo, porque los periodistas comenzaron a bombearlo a preguntas.

—¿Crees que tu papel en esta película te puede abrir las puertas a Hollywood? —preguntó un periodista de una conocida cadena de televisión.

—Es una gran oportunidad —respondió él con una sonrisa y sin titubear, como si llevase la respuesta preparada.

—¿Qué nuevo proyecto tienes en mente? ¿Será también una comedia romántica? —El mismo periodista volvió a la carga.

Él respondió que no lo sabía y continuó atendiendo las preguntas de otros medios de comunicación.

—¿Ese es el hijo de la directora de la escuela? —pregunté.

—Sí, Álvaro Fons Barrat —respondió Georgina.

# 11

## ÁLVARO

Para eludir a la prensa y a los fans, un coche nos recogió a mi madre y a mí en la parte trasera del teatro. Dio la vuelta a la manzana hasta el paseo de Gràcia para dejarnos en el Hotel Mandarín Oriental, donde celebraríamos el estreno de mi primer filme internacional.

Mi madre no paraba de hablar de la película, de comentar las cosas que ella hubiese cambiado y hecho de otro modo. Siempre quiso ser directora de cine, pero se tuvo que conformar con ser la directora de una de las escuelas de cine más importantes del país. Digo «conformar» porque, aunque cualquier mujer daría lo que fuera por tener su éxito, en el fondo yo sabía que ella no se sentía realizada, siempre le quedaría esa espina de no haber dirigido su propia película.

La dejaba hablar, pero no le prestaba atención. En ese momento solo podía pensar en que, mientras los periodistas me bombardeaban con sus preguntas, entre la multitud, me había parecido ver a Adriana. Estaba casi seguro de que se trataba de ella. ¿Cómo olvidarla? ¿Cómo olvidar aquellas tardes en Madrid en las que iba a su cine con la única excusa de verla y charlar con ella? A veces bastan unas horas junto a una persona para que esta deje una huella imborrable en tu vida.

Estaba muy guapa... El pelo recogido le sentaba muy bien. ¿Qué haría allí? ¿Habría venido desde Madrid solo para el estreno? ¿Lo habría hecho por mí? Tenía que hablar con ella.

Cuando subimos a la terraza del hotel, saludé a todos los compañeros de reparto, a algunos cámaras, al director... La gente —personas a las que ni recordaba— se acercaba sin cesar a saludarme y a felicitarme. Entre saludo y saludo, miraba alrededor a ver si la veía, pero ni rastro. Quizá había sido solo una visión... Pero no, era ella, estaba seguro, aún podía recordar la inocencia en su mirada. Cuando la conocí, era una cría, apenas tenía dieciocho años y, aunque se veía diferente, más mujer, aún podía ver esa pureza en ella.

Fui al baño y aproveché para dar una vuelta a ver si la encontraba. Me abrí paso entre la muchedumbre. Por el camino me encontré a Lucía, la protagonista de la película. Un fotógrafo nos pidió una foto juntos. La agarré de la cintura y posamos. Era todo muy automático. Junto a las puertas que daban acceso al baño, me pareció ver a Adriana de espaldas, así que, en cuanto el fotógrafo acabó de hacer las fotos, me disculpé con Lucía y fui directo a la cola del baño, pero cuando me acerqué, comprobé que no se trataba de ella.

Se me vino a la cabeza la imagen de Adriana cantando aquella canción de Nella, detrás de la barra, entre las palomitas. No pude evitar esbozar una sonrisa.

Alcancé a ver un grupo de jóvenes y entonces, como si se tratara de una aparición, la vi en medio de todos ellos. No tenía dudas, era ella. La luz que desprendía era única.

# 12

## ADRIANA

Hubo un momento, durante la película, en el que quise abandonar el patio de butacas y salir al baño para tomar un poco el aire. Sentía que me iba a asfixiar, pero, por otro lado, no quería perderme ni un minuto del filme. Es difícil de explicar qué se siente cuando ves por primera vez las imágenes de alguien por quien sientes algo besar o hacerle el amor a otra chica. Aunque sepas que no es real, que es una película, la sensación es de lo más perturbadora. Sentía celos, rabia, dolor, envidia. Me odiaba por experimentar esas emociones, pero ¿qué podía hacer? Yo quería ser esa chica; no solo en la película, sino también en la vida real.

Oliver se percató de lo incómoda que estaba y me cogió la mano.

—¿Estás bien? —me susurró al oído.

Asentí y forcé una sonrisa, a lo que él me respondió dándome un beso en la mejilla. Estuvo muy atento durante toda la película, aunque eso no hizo que mi estado de ánimo cambiase.

El final, como la mayoría de los finales de las comedias románticas, incluía una escena de los protagonistas en una playa paradisíaca. Él la cogía en brazos y ambos se sonreían, felices... Sentí repulsión.

Cuando terminó, fuimos caminando hasta el Hotel Mandarín

Oriental, en cuya terraza se celebraba la fiesta, pues estaba a apenas cinco minutos del Teatro Coliseum. Durante el trayecto no dije nada, solo pensaba en si Álvaro estaría en ese hotel y en qué pasaría si nos cruzábamos.

La terraza del hotel parecía una pasarela de moda. La gente derrochaba glamour. Contemplé las impresionantes vistas de la ciudad, se veía todo el paseo de Gràcia y también, al fondo, el mar.

Un camarero me ofreció una copa de champán. Yo no era de beber alcohol, pero allí todo el mundo tenía una copa en la mano, así que hice lo mismo.

Me acerqué a donde estaban Oliver y Cristina.

—¡Qué frío! Me voy a poner mala con este escote.

—¡Qué exagerada! —Cristina puso los ojos en blanco.

—¿Dónde están Georgina, Martí y Liam? —pregunté al no verlos donde acababa de dejarlos.

—En el baño —dijo Oliver.

—¿Otra vez? ¡Pero si acababan de ir! ¡Están todo el día meando!

—¡Qué inocente eres! —dijo Cristina antes de darle un sorbo a su copa.

Miré a Oliver sin entender nada.

—No van a mear —aclaró él.

—¿Entonces?

Los dos intercambiaron una mirada cómplice.

—¿En serio lo estás preguntando? —Cristina me miró incrédula.

Asentí.

—A meterse una raya, ¿a qué van a ir si no...?

Oliver me abrazó y me dio un tierno beso en el pelo.

—Mira, ya vienen. ¿Ves qué caras más felices traen...? Voy a dar una vuelta —dijo Cristina antes de irse.

Ella y Georgina no se llevaban demasiado bien.

—¿Qué me he perdido? —preguntó Georgina al ver que Oliver me agarraba de la cintura.

—Nada —aseguré.

—Ven, vamos a hacernos una foto —le dijo Liam a Martí—. Agárrame así con tu brazo.

—¿Así? —Martí, que estaba detrás de él, le pasó el brazo por el cuello y Liam trató de hacer una foto un tanto extraña.

—Remángate más la chaqueta, que no se te ven los tatuajes del brazo.

—¿Qué clase de foto es esta? —curioseé.

—Una para mi Instagram en la que solo se vean mis labios, su brazo, los tatuajes y el reloj.

—¿Para qué?

—Para despertar envidias y que se crean que es mi nuevo ligue.

Miré a Georgina, que levantó una ceja sin apartar la vista de su móvil.

A veces dudaba de si estaba tan ciega como para no darse cuenta de que su mejor amigo estaba enamorado de su novio o si solo se hacía la tonta.

—Ya está bien —se quejó Martí después de varios intentos.

—¡Joder, qué sieso te pones cuando estás con tu novia! —El comentario de Liam hizo que Georgina le lanzara una mirada fulminante.

—¿Perdón? —dijo con tono inquisitivo.

—Que parece que te tuviese miedo —soltó Liam sin miramientos.

—Yo no le tengo miedo a nadie, pero es que eres muy pesado con tanta foto y tanto postureo, tío. —Martí se colocó bien la manga de la chaqueta.

—Llevas media hora dando por culo con la puta foto, es normal que esté cansado ya —dijo Georgina alzando el tono voz.

—Cuidado, chicos, la directora —avisó Oliver.

Forzamos una sonrisa y comenzamos a charlar de otra cosa para disimular. Carme pasó por nuestro lado y nos dedicó una ligera sonrisa.

Al cabo de un momento, se hizo el silencio entre mis amigos y sus rostros palidecieron. No sabía si me miraban a mí o si algo sucedía a mi espalda. No tuve tiempo de girarme a comprobarlo, porque su voz me erizó la piel:

—¿Adriana?

Sentí un cálido aliento sobre mi oreja. Supe que era él antes de darme la vuelta. Seguía usando el mismo perfume, ese que nunca había vuelto a oler, ese que cada vez que iba a una perfumería me resistía a oler por miedo a todas las emociones que pudiera despertar.

Me giré y me encontré con sus ojos melados.

Un escalofrío me recorrió el cuerpo. No podía creer que después de todo el tiempo que había pasado desde aquella cita, Álvaro aún provocara en mí tantas sensaciones.

No me salían las palabras. Me había quedado muda. Las emociones estaban a flor de piel. Sentí un revoloteo en el estómago.

—¿Te acuerdas de mí? —preguntó.

El tiempo pareció congelarse.

¿Que si me acordaba? Claro que me acordaba, ¿cómo olvidarlo?

—Sí. —Sonreí y él pareció suspirar aliviado.

—Estás espectacular.

—Gracias —dije.

Temía derretirme allí mismo.

—¿Qué haces aquí?

—He venido con ellos.

Miró a mis amigos y los saludó.

—¿Te importa si nos hacemos una foto? —Liam aprovechó la oportunidad.

Álvaro le sonrió y accedió a hacerse una foto con él. Tras ello, Georgina siguió su ejemplo y le pidió a Martí que le tomará una foto con Álvaro. Cuando pensé que ya nadie más iba a pedirle una foto, llegó Cristina.

—¿Tú también quieres una foto? —preguntó Álvaro en un tono bromista.

Ella aceptó encantadísima.

—¿Quieres beber algo? —me preguntó cuando terminó la ronda de fotos.

Por un momento dudé. Habían pasado cuatro años, pero aún me dolía aquel *ghosting*... (no había una palabra en español que definiese mejor lo que me hizo después de aquella cita). Desapareció por completo, nunca más volví a verlo ni a saber de él.

Finalmente, acepté su invitación y fui a tomarme algo con él. Le dije a mis amigos que volvía enseguida. Oliver apretó la mandíbula, pero no dijo nada.

—Nos hemos vuelto a encontrar —dijo cuando llegamos a la barra.

¿Era aquello algún tipo de broma? ¿Acaso iba a decirme que fue cosa del destino que desapareciera de mi vida y que nos volviéramos a encontrar esa noche?

—Eso parece —dije sarcástica, aunque creo que él no lo percibió o quizá sí y solo se hizo el loco.

—El cine nos ha vuelto a unir, como sucedía en aquella obra que vimos.

—Me alegro de que hayas alcanzado tu sueño. Has estado excelente en la peli —dije ignorando su alusión a nuestra cita y controlando mis ganas de recriminarle que hubiera permitido que me hiciera ilusiones con lo nuestro para luego desaparecer de mi vida como lo hizo.

—Ha sido más difícil de lo que pueda parecer.

—La fama tiene un precio.

Aquello había sido un golpe bajo con toda la mala intención del mundo.

—Me encanta tu peinado —dijo sin hacer caso a mi ataque.

—¿Mi peinado? —exclamé confusa toqueteándome uno de los mechones.

—Sí, no sé... Te queda muy bien el pelo recogido.

—Estarás harto de ver a chicas bien peinadas. La protagonista de la película llevaba el pelo perfecto en todas las escenas.

—Sí, puede ser, pero me gusta cómo te queda a ti. Tiene un color castaño muy natural y brillante.

—Eso es por un producto que me ha puesto Cristina, mi compañera de habitación.

—Pues te queda muy bien. ¿Eres de vino tinto o blanco?

—Blanco —respondí.

—Yo también lo prefiero blanco, el tinto mancha los dientes.

—¡Qué presumido! —Reí.

—Mi dentista me ha dicho que lo evite si puedo. —Lanzó una carcajada seca.

—Y tú le haces caso, como buen paciente...

—Claro. Además, el blanco también me gusta... ¿Verdejo, entonces?

—Lo prefiero semidulce.

—¿En serio? —preguntó decepcionado.

—Sí, me gusta todo dulce. —Mi tono sonó bastante provocador.

—Dulce como tú. —Posó la mirada sobre mis labios y ese único gesto ya me derritió.

Pedimos dos copas de vino blanco, para él uno seco y para mí uno afrutado, porque semidulce no tenían.

—¿Brindamos? —sugirió antes de darle el primer sorbo a su copa—. Por lo que ha unido el cine.

Me perdí en sus ojos de color miel tan insufriblemente atractivos y cautivadores. Álvaro tenía ese tipo de mirada oscura que hacía que cualquier chica supiera que debía huir; sin embargo, una vez que cruzabas la mirada con él, resultaba imposible hacerlo.

# 13

## ADRIANA

Le di un sorbo a la copa y me quedé mirando hacia donde se encontraban mis amigos, que no nos quitaban el ojo de encima.

—Entonces ¿te ha gustado la película? —preguntó Álvaro demasiado interesado en mi respuesta.

—Sí, ya te he dicho que has estado excelente.

—Ya, bueno, pero viniendo de ti, esperaba una crítica más...

—¿Extensa? —lo interrumpí.

—Iba a decir cinematográfica. ¿Te gustó el plano con el que se presenta a mi personaje?

—¿Te refieres a esa escena en la que tus músculos inundan la pantalla entre las sombras?

—Sí. —Sonrió divertido.

—Ningún plano de apertura de la historia del cine puede superar aquel zum a los pies de la escalera en la que Clark Gable espera mientras el cuadro se cierra lentamente.

—Ha llovido mucho desde los años treinta. ¿Sabías que Clark Gable no era la primera opción de Selznick para el papel protagonista?

Sentí cierto morbo al ver que sabía perfectamente de qué película hablaba. La inteligencia era algo que siempre me había atraído de un hombre, pero que este fuera cinéfilo hacía que mis niveles de atracción se multiplicaran por cien.

—No sé cuál sería la primera opción del productor para el protagonista de *Lo que el viento se llevó*, pero ningún otro actor lo hubiese hecho mejor que él.

—La primera opción fue Gary Cooper.

—No está nada mal, pero él hubiese construido un Rhett Butler muy distinto al que construyó Clark Gable.

—Eso es cierto. —Esbozó una sonrisa divertida.

—¿Qué te hace tanta gracia?

—Que parece que no hubiese pasado el tiempo.

—Pues ha pasado y mucho —dije con un tono más agudo que de costumbre.

—Casi cuatro años para ser exactos. —Le dio un sorbo a su copa.

Lo miré confundida. Me sorprendía que lo recordara con tanta claridad. No supe qué responder, me había quedado en blanco.

—¿Sabes que tienes una mirada muy limpia? —dijo con una sonrisa radiante, sin dejar de escrutarme.

Casi me atraganté con el vino. ¿Qué significaba aquello? ¿Que me veía como una chica pura? ¿Una inocentona?

Me limité a sonreír para disimular mi timidez. Aquella conversación se me estaba yendo de las manos.

—¿Estás tratando de seducirme? —pregunté fingiendo seguridad en mí misma y que tenía la situación controlada.

—Lo dices como si te sorprendiera.

Este chico tenía respuesta para todo y el don de dejarme sin palabras.

—Nunca mencionaste que tu madre era Carme Barrat y dirigía una escuela tan... importante —dije cambiando el rumbo de la conversación.

—Supongo que no surgió.

—¿Y tu padre?

Tragó saliva incómodo, como si no quisiera hablar de él. Mi pregunta quedó suspendida en el aire unos segundos, quizá demasiados.

—No está —dijo al fin.

—Vaya, lo siento, ¿hace mucho que murió?

—No, no está muerto. Me refiero a que no está con nosotros. Quiero decir, en casa, que no vive aquí —respondió nervioso.

Vi que el tema le incomodaba y preferí no profundizar más.

—Entiendo.

—¿Y cómo es que estás por aquí? —preguntó.

—No sé, nos invitaron al estreno y...

En ese momento, un señor llegó y nos interrumpió. Saludó a Álvaro con un apretón de manos y luego me miró a mí. Álvaro nos presentó. Era uno de los productores ejecutivos de la película. Me sentía en un mundo totalmente nuevo para mí. Un mundo del que nunca pensé que formaría parte.

Mientras Álvaro hablaba con el productor, le observé el brazo. Me sorprendió no ver los tatuajes con los que aparecía en la película.

—¿Y los tatus? —pregunté cuando nos quedamos de nuevo a solas.

—Eran pegatinas.

—¿En serio? —pregunté atónita.

—Sí.

—¿Y te las tenías que poner cada día?

—Solo cuando rodábamos sin camiseta.

—¿No tienes ninguno de verdad?

Creo que soné decepcionada.

—Tengo uno.

—¿Dónde?

—Ya te lo enseñaré.

—Tampoco es necesario —dije intentando parecer indiferente, aunque creo que soné demasiado seca.

Hubo un momento de silencio. No me había dado cuenta de que estaba jugando, nerviosa, con lo mechones de mi coleta hasta que Álvaro me tocó la mano y me detuvo. También detuvo los latidos de mi corazón. Y el tiempo...

No recuperé el aliento hasta que alguien apareció a nuestro lado y le preguntó si podía acompañarlo. Álvaro se disculpó y me dijo que luego me buscaría. Yo volví a respirar aliviada. Le sonreí y me fui hasta donde se encontraban mis amigos.

La sensación que hablar con Álvaro me había dejado en el cuerpo era extraña y agradable a partes iguales.

—¿Desde cuándo conoces al hijo de la directora? —preguntó Georgina cuando me acerqué.

—Es una larga historia.

—Qué calladito te lo tenías... —intervino Liam.

—Cuenta, cuenta —insistió Georgina.

—¿Y Oliver? —pregunté al ver que no estaba con ellos.

—Se habrá puesto celoso. —Se rio Liam.

—¿Te gusta?

—¿Quién? —pregunté.

—¿Quién va a ser? Álvaro.

—¿A quién no? —Me reí.

—Tiene una buena follada —soltó Liam—. ¿Será gay?

—No —me apresuré a decir.

—¿Y cómo estás tan segura? —me retó él.

—¿A qué tú sabes cuando un tío es gay?

—Sí.

—Pues yo también sé cuándo un tío es hetero.

—Yo creo que Álvaro está por ti, se le ve —aseguró Georgina.

—¿Qué dices? Solo somos viejos amigos, y ni eso.

—¿Te liarías con él? —curioseó Georgina.

—No sé... No creo. No quiero ser una más. Además, está Oliver.

—¿No dices que con él no tienes nada? —Georgina frunció el ceño.

—Y es verdad, pero...

—¡Déjate de peros! YOLO, chica, que oportunidades como esta no pasan dos veces en la vida. Además, te interesa como contacto —interrumpió Liam.

—De verdad, os estáis montando una película. No me quiero acostar con Álvaro... Al menos, no de primeras. —Me reí.

—Y, entonces, ¿qué pretendes? ¿Enamorarlo y luego acostarte con él? Una tarea muy sencilla. De verdad, Adriana, a veces pienso que eres demasiado ilusa —dijo Georgina con cierta ironía.

—¡No soy ilusa!

—Pero ¿tú te estás escuchando? Si te gusta, disfruta y aprovecha, como dice Liam, solo se vive una vez.

—Ya sabes que yo...

—Sí, ya... Ojalá yo pudiera decir que perdí la virginidad con un tío así. Si te contara cómo fue mi primera vez...

—Pues anda que la mía. —Liam se echó a reír.

—Venga, por una primera vez en condiciones. —Georgina alzó su copa de champán y todos brindamos.

No sé en qué momento ella pensó que eso podría ser posible, pero parecía convencidísima.

La fiesta continuó su curso. Todos bebimos más de la cuenta, pero Georgina se había pasado, no sé si con el alcohol o con lo que quiera que se hubiese metido esa noche. Me encontraba hablando con Cristina cuando, desde lejos, la vi bailando un poco inestable. Me acerqué para preguntarle si todo iba bien.

—Te he dicho que no me grabes —le gritó Georgina a Liam dándole un manotazo y tirándole el móvil al suelo.

—¿Estás loca o qué coño te pasa? —dijo él cabreado mientras se agachaba a coger el móvil.

—¿Para qué la grabas? —Martí se dirigió a Liam.

—Para que mañana vea el ridículo que está haciendo. —Liam se fue enfadado y por un momento pensé que Martí iría tras él.

En ese momento, a Georgina se le cayó la copa, que se hizo añicos en el suelo y manchó los zapatos de un señor que pasaba por su lado. No podía creer que estuviese montando semejante numerito con la clase que ella tenía.

—Uy, lo siento, ¿son muy caros esos zapatos? No importa, puedo comprarte otros.

Se le trababa la lengua al hablar de la borrachera que llevaba encima. La mayoría de los asistentes tenían la vista puesta sobre nosotros. Martí y yo nos disculpamos con el señor y agarramos a Georgina del brazo para llevárnosla a la parte de la terraza en la que había menos gente.

—¡Estás borracha! —dijo él muy enfadado.

—Cuántas estrellas se ven —balbuceó Georgina mirando al cielo—. Aquí también hay muchas estrellas, pero no brillan. Yo un día voy a brillar como esa de ahí arriba.

No quise ser aguafiestas y decirle que se tenía que controlar, que no podía beber más, así que le seguí un poco el juego.

—Sí, por supuesto que vas a brillar.

—Estás haciendo el ridículo —soltó Martí.

A Georgina se le humedecieron los ojos. Era la primera vez que la veía así, tan vulnerable.

—Dime qué cojones te pasa, últimamente estás muy rara. —Ahora Martí parecía preocupado.

Yo no sabía qué decir. Verla así me producía una gran confusión. Me sentía impotente, pues desde que la conocía no la había visto perder los papeles de esa forma y mucho menos derrumbarse delante de mí.

Ella abrió la boca para decir algo, pero en ese preciso instante sonó su móvil.

—¿Sí? —Georgina respondió y tardó apenas unos segundos en palidecer—. ¿Dónde?

Martí y yo la miramos intentando comprender qué pasaba.

—Voy para allá —dijo antes de colgar y salir corriendo.

—¿Qué pasa? Me estás preocupando —preguntó Martí, que fue tras ella.

Yo también corrí para alcanzarla, pero no estaba acostumbrada a correr con tacones y de pronto me doblé el pie y tropecé en mitad de la terraza. Lo primero que hice fue mirar a mi alrededor para ver si alguien se había percatado, por supuesto que sí. Lo segundo fue intentar coger el trozo de tacón del suelo (sí, lo había partido), pero se había quedado encajado en una ranura del pavimento, así que lo di por perdido.

Miré hacia la salida. Georgina y Martí ya no estaban. Caminé como pude hasta el ascensor, intentando que no se notara que me faltaba un tacón. Pulsé el botón para llamar al ascensor y busqué a Oliver con la mirada para decirle que me iba, pero no lo encontré por ningún lado. En cambio, mis ojos se cruzaron con los de Álvaro, que se dirigió hacia mí.

No podía apartar la vista de él. Lo observé mientras caminaba, la forma en la que sonreía a aquellos con los que se encontraba a su paso, la elegancia con la que se quitaba a la gente de encima para llegar hasta mí... Me gustaba todo de él.

—¿Te vas tan pronto? —preguntó con ese tono de voz tan seductor, capaz de enloquecer a cualquiera.

—Sí.

—¿A qué viene tanta prisa? ¿Te aburre la fiesta? A mí también. —Sonrió.

—No es eso. He tenido un pequeño percance, se me ha roto el tacón. —Alcé el pie derecho para que lo viera—. Soy como la Cenicienta.

Ambos sonreímos y por un momento tuve la sensación de que nuestras risas se sintonizaban en una sensual melodía.

—Ya veo, solo que ya son más de las doce y, sin embargo, el hechizo aún no se ha roto —dijo mirando el reloj.

En ese momento, las puertas del ascensor se abrieron.

—Quédate a tomar la última.

No era una propuesta, parecía más bien una súplica.

—No puedo quedarme así.

—Pues la tomamos en mi habitación. Me alojo en este mismo hotel en la planta ocho.

¿El actor más guapo de Netflix —qué digo de Netflix, del mundo entero— me estaba invitando a tomar una copa en su habitación? ¿Tenía aquella invitación segundas intenciones?

—No va a pasar nada, no me malinterpretes, pero en mi habitación podemos estar tranquilos y nadie verá que tienes el tacón roto —dijo como si me hubiese leído el pensamiento.

Dudé durante unos instantes. Nada me apetecía más. Estaba algo borracha y solo pensaba en volver a besar sus labios. No quería alejarme de él de nuevo cuando el destino nos había unido, no tan pronto.

—Está bien —dije al fin.

—¿Sí? —pareció sorprendido.

Entré en el ascensor cojeando y él hizo lo propio detrás de mí. Se sacó del bolsillo interior de la chaqueta una tarjeta y la pasó por el sensor de tarjetas, luego pulsó el número ocho.

Ninguno de los dos dijo nada. Yo, porque no podía pronunciar palabra, y él..., él no sé por qué.

Estar en un espacio tan reducido junto a Álvaro me disparó las hormonas. Ningún hombre me había hecho sentir aquello con su sola presencia. No lo había idealizado durante todo aquel tiempo sin verlo; la sensación que me provocaba su cercanía era real.

# 14

## ADRIANA

El timbre del ascensor rompió nuestro silencio. Álvaro se dirigió hacia la puerta de su habitación y, tras abrirla, me cedió el paso para que entrara yo primero. Por un momento sentí que aquello no podía ser real. Debía de estar soñando. Tuve la misma sensación que Alicia cuando siguió al conejo y se adentró en el País de las Maravillas. Nunca había visto tanto lujo junto. Aquello era mucho más que una habitación; parecía un dúplex, uno de esos que salen las películas de Hollywood.

—¡Qué pasada!

—Bienvenida a mi Penthouse Suite.

—¿Es tuya?

—Ya quisiera yo. Solo por esta noche.

Me quité el zapato que aún conservaba el tacón y me asomé al enorme ventanal que había en el centro de la estancia y que ofrecía unas vistas casi panorámicas de la ciudad y del paseo de Gràcia. Barcelona a mis pies, iluminada y fundiéndose al fondo con el mar. Era imposible no enamorarse de esta ciudad contemplándola desde ese punto. Nunca me hubiese imaginado que mi nueva etapa incluyera aquello que estaba viviendo.

—Impresiona, ¿verdad? —preguntó Álvaro colocándose a mi lado.

—¿Perdón? —Salí de mi fascinación.

—La altura, que impresiona —aclaró.

—Sí.

Su presencia también me impresionaba. En ese instante sus dedos rozaron los míos y me invadió una sensación cálida. Me alejé instintivamente y traté de no hacerme ilusiones.

Eché un vistazo al interior de la *suite*. Tenía un diseño exquisito, combinaba los tonos grises y blancos con una decoración contemporánea y lujosa. La iluminación era sublime. En ese momento, solo pensé en que todo aquello debía de costar mucho dinero.

—¿Qué quieres tomar? —preguntó Álvaro.

—¿Qué hay?

—Lo que quieras, esta habitación dispone de un servicio de mayordomo privado.

—¿En serio?

—Sí, me acabo de enterar. —Me mostró la tarjeta que había sobre la mesa que informaba de dicho servicio.

—¿Qué te apetece a ti? —curioseé.

Vi la picardía en sus ojos, pero no dijo nada que pudiera sugerir sexo.

—¿Cava, champán...?

—¿Y algo más normal? —pregunté.

—¿Normal?

—Yo qué sé, una copa... ¿No me digas que ahora sí eres uno de esos pijos que solo beben whisky? Te recuerdo que lo odiabas.

—Y lo sigo odiando. ¿Ginebra?

—Sí.

—¿Con tónica verdad? ¿No serás de esas que la piden con Sprite? —preguntó en un tono que sonaba a burla.

—No, pero no porque no me guste, sino porque con tónica me dura más.

Ambos reímos. La distancia entre la estrella internacional y el joven apasionado que conocí cuatro años atrás se difuminaba con cada minuto que compartíamos.

Pidió una botella de G-Vine. Yo no había escuchado esa marca en mi vida, pero según él era un tipo de ginebra elaborada de forma artesanal con el alcohol de la uva.

El mayordomo no tardó ni diez minutos en aparecer en la puerta de la habitación con la botella, una elegante bandeja con copas, varias tónicas y un estuche de cristal con enebro, cardamomo, anís estrellado, canela en rama y pimienta rosa para aromatizar el gin-tonic. Por supuesto, también traía una cubitera con hielos. Lo dejó todo sobre la mesa y, después de que Álvaro le diese una generosa propina, se fue.

—Veo que están muy bien equipados aquí —dije contemplando el tenderete que había montado el mayordomo sobre la mesa en un momento. Parecía la barra de un bar.

Álvaro sirvió las copas y brindamos. No pude evitar contemplar con cierto deseo la forma en que sus labios rozaban el cristal. Me pregunté cómo sería poder besarlo de nuevo, sentir su piel, su cuerpo desnudo junto al mío...

—¿Te gusta? —preguntó con esa voz capaz de enloquecer al más cuerdo de los mortales.

—¿Qué?

—La ginebra, ¿que si es de tu agrado?

—Sí, sí, tiene un sabor muy... sedoso y lujoso.

¿En qué estaba pensando para usar esos dos adjetivos? Sí, lo sé... En su cuerpo, y en lo que el mío me pedía a gritos que hiciera.

100

—Me alegro de que te guste. —Sonrió al tiempo que se quitaba la chaqueta y la dejaba sobre el respaldo de la silla.

Se me tensaron los músculos, el ritmo de mi respiración se aceleró y las piernas me flaquearon. Por suerte, estaba sentada al borde de la cama, de lo contrario creo que me hubiese caído al suelo.

Se acercó a mí y tomó asiento a mi lado, demasiado cerca. Casi no había espacio entre nosotros. Quise retroceder, pero mi cuerpo se negó a moverse.

—Eres tan hermosa —dijo mientras me colocaba con suavidad un mechón de pelo detrás de la oreja.

—¡Cómo te gusta regalarme el oído! —dije, como si poner de manifiesto que había pillado su táctica de seducirme consiguiera que esta fallara.

—Es que es la verdad, me gusta todo de ti —declaró demasiado cerca.

—Hay una canción que dice eso.

—Ah, ¿sí? ¿Cuál?

—De Rauw Alejandro.

—Ni idea.

—No me puedo creer que no la conozcas. —Comencé a tararearla—. «A-ce-le-ras-te mis latidos, es que me gusta todo de ti… De toas tus partes ¿cuál decido?».

—No pares, sigue.

Negué con la cabeza avergonzada.

—No te cortes. Venga, que me gusta escucharte cantar.

Lo intenté para complacerle, pero fui incapaz. Las palabras ya no me salían, me moría de la vergüenza. Ni siquiera sé cómo me atreví a cantar la estrofa que había cantado. El poder que Álvaro ejercía sobre mí era exagerado.

—Tienes una voz tan bonita... Aún recuerdo el día que entré en el cine y me quedé como un tonto escuchándote cantar aquella canción de Nella que sonaba en la radio.

—*Solita*.

—Sí, estabas sola en ese momento.

—No, me refiero que el título de la canción es *Solita*. —Me reí.

Nos reímos los dos.

—¿Sabes? —dijo mientras sus ojos me observaban detenidamente—. Posees el mayor de los privilegios.

Su pulgar acarició mi rostro.

—¿Qué privilegio?

—El de la risa. Me gusta tu sentido del humor.

—¿Me estás llamando payasa? —pregunté sin poder evitar reírme, aunque me hubiese gustado permanecer seria.

—No, solo digo que me encanta la forma en que con tu sonrisa le das color a todo. No pierdas nunca eso.

No supe qué decir. Él, sin embargo, sonrió con una seguridad en sí mismo de la que yo carecía. Supongo que es algo que se adquiere con el tiempo, tal vez con la edad. Sus palabras resultaban muy halagadoras, pero yo dudaba que la risa fuese el mayor de los privilegios.

Quería beberme la copa de un trago a ver si así me desinhibía un poco.

En un abrir y cerrar de ojos, Álvaro se acercó a mí y comencé a temblar. Él, que lo percibió, retiró con delicadeza la copa que sostenía en mi mano y la dejó sobre la mesa. Luego, sin preliminares, sin palabras que amortiguaran aquel golpe de emociones, me besó. Nuestros labios se hallaron en una encrucijada. Nuestras lenguas unidas. Juro que aquel beso me dolió. Una avalancha de emociones me recorrió el cuerpo.

—Pensé que te habrías olvidado de mí —susurré entre sus labios.

—Eres difícil de olvidar.

Sonreí tratando de esconder mi vergüenza. La vergüenza de estar cautivada por su belleza.

Tiró de mí y nuestras bocas se enredaron de nuevo. Deslicé las manos por su pelo. Quería abrazarlo, sentirlo, no quería separarme nunca de él. Estaba a punto de perder la razón. Supe por qué nunca había dejado que ningún hombre me tocara y por qué estaba a punto de permitírselo a él: quería que me hiciera suya, solo suya; no había nada que deseara más en ese instante.

Con suavidad, me dejó caer hacia atrás, posando mi cuerpo en la cama. Se quitó el cinturón y comencé a ponerme nerviosa. Tenía miedo de no estar a la altura de sus expectativas.

Me besó el cuello. Sus labios eran puro fuego.

Le desabotoné como pude la camisa y él se despojó de ella dejando al descubierto sus fuertes pectorales y su tableta pronunciada. Al verlo semidesnudo y con esos pantalones ajustados, comencé a sentir un calor intenso en mi entrepierna. Podía percibir la humedad. Sin pensarlo dos veces, me quitó el vestido y, como si con él me desprendiera también de mi tímida inseguridad, me coloqué sobre él y comencé a recorrer su fibroso cuerpo con mis labios... Quería besar cada recoveco. Se puso las manos detrás de la cabeza a la espera de que hiciera con él lo que quisiera. Me distraje con el tatuaje que tenía en la parte inferior del brazo izquierdo. Era una especie de símbolo del tamaño de una nuez.

—¿Qué significa? —pregunté pasando mis dedos por la piel sobre la que estaba impregnada la tinta.

—Es una fusión de dos símbolos, representan la inspiración y la fuerza.

Acerqué mis labios a la zona tatuada y los deslicé hasta llegar a su clavícula. Luego descendí pasando por su ombligo y me detuve en su pubis.

Le desabroché el pantalón y, con su ayuda, me deshice de él. Bajo su bóxer, se erigía una notable erección.

Todo él era perfecto, sus glúteos firmes, sus piernas fuertes, sus brazos anchos...

Mi mirada se perdió en la suya y por un momento fui consciente de lo que estaba a punto de hacer. Pude haberme retirado, pero no tenía fuerzas, no podía. Quería hacerlo.

Envueltos piel con piel, tomé su mano y la guie hasta mi entrepierna. Su dedo corazón se adentró bajo mi ropa interior e invadió mi ser explorando un lugar virgen hasta el momento. Con cada roce, sentía como si la tierra temblara y nuestros cuerpos flotaran en el aire. Electrificaba todo mi ser con un único dedo. Creo que perdí la razón, como cuando sufres pequeños mareos; por momentos todo se tornaba negro.

Sacó el dedo de mi interior, me abrió las piernas y se tumbó con fuerza sobre mí. Su tableta golpeó contra mi pecho. Deseaba que me penetrase, necesitaba sentirlo dentro.

—Un momento —dije algo nerviosa.

—¿Pasa algo? —preguntó con cara de preocupación.

—Es que... yo... —No sabía cómo decírselo, ni siquiera si debía hacerlo.

—¿He hecho algo mal?

—No, no. Es solo que..., bueno, nunca... vamos, que es la primera vez.

La sorpresa se instaló en su rostro. No supe descifrar si aquello le gustó o le decepcionó. Ni siquiera sabría decir si me creyó. Tardó varios segundos en asimilar mis palabras y reaccionar.

—¿Nunca has estado con un hombre? —preguntó tocándose el pelo.

Negué con la cabeza.

—Si quieres, paramos.

—No.

Aquel monosílabo sonó casi a súplica. Pude ver en su rostro que algo iba mal.

—No sé si era esto lo que esperabas de tu primera vez, deberías habérmelo dicho.

—Nunca podría haber imaginado algo mejor que este momento.

—Quizá sería buena idea que lo dejáramos aquí... —dijo algo confundido.

No pensaba echarme atrás, quería hacerlo y quería que fuese con él; lo necesitaba.

—¿Me vas a dejar así?

—No sé... Es que, si has esperado tanto, supongo que querrás que sea algo especial.

Y aquel momento lo era, quizá para él no, pero para mí sí. Había esperado mucho tiempo para estar segura de lo que hacía y, por alguna razón, en ese instante lo estaba. Puede que después me arrepintiese, pero no iba a permitir que me dejara así.

—Nunca he sido el primer hombre de ninguna mujer y...

Antes de que terminara la frase me abalancé sobre él y estampé mis labios contra los suyos. Noté su corazón acelerado, al igual que su respiración.

Utilicé mi cuerpo para terminar de volverlo loco. Me quité el sujetador y pegué mi cuerpo al suyo. Mis pezones se endurecieron al contacto con su piel.

Mi reacción lo cogió por sorpresa, pero no tuve que esforzarme demasiado para recuperar la pasión. Él me devolvió el beso y gimió cuando rocé mi sexo contra el suyo.

—Joder, Adriana... —susurró en mi boca.

Sus dedos se colaron bajo mi ropa interior y no pude evitar gemir de placer cuando comenzó a trazar círculos sobre mi clítoris.

—Tu forma de gemir me vuelve loco —declaró con voz ronca mientras uno de sus dedos se abría paso en mi interior.

Mi boca buscó un lugar donde callar aquellos incontrolables gemidos. Mis labios presionaron la piel de su cuello, ascendí y mi lengua comenzó a juguetear con el lóbulo de su oreja.

Con delicadeza, me agarró de la cintura, me volteó y me quitó las braguitas.

—No me mires así o voy a perder la cabeza —dijo colocándose sobre mí.

No podía mirarlo de otra forma, porque era tan sumamente perfecto que mi memoria quería fotografiar aquella imagen para siempre. Deslicé mis manos por sus pectorales al tiempo que sentía cómo, poco a poco, se introducía en mí.

Algo explotó en mi interior cuando lo tuve completamente dentro. Una sensación inverosímil y al mismo tiempo real, dolorosa, pero efímera, algo que a toda velocidad se convirtió en un placer muy adictivo. Me sentí conectada a él de una forma mágica.

Así, envueltos por la pasión de nuestros cuerpos, mi mirada se fundió con la suya. Todo pareció detenerse. Éramos solo él y yo. El placer fue ineludible.

# 15

## GEORGINA

Enterarte de que tus padres se van a divorciar puede resultar aterrador. Todo son dudas, incertidumbre, inseguridad, miedo... Pero enterarte de que tu madre ha intentado quitarse la vida es otra historia. Cuando me llamaron del hospital para decirme que la habían tenido que intervenir de urgencias y hacerle un lavado de estómago, pensé que se trataba de una broma de mal gusto. No podía creer que fuera cierto. No imaginé que mi madre, esa mujer fuerte, dura y fría, estuviese tan hundida como para querer acabar con su vida.

Había pasado la noche sola en el hospital, no dejé que Martí me acompañara, ni siquiera le conté nada, no sé por qué... En realidad, me hacía mucha falta, pero no quería que me viese tan débil, que supiera que mi familia perfecta no lo era y que mi madre estaba tan loca que se había querido suicidar. Tampoco había avisado a mi padre, él tenía la culpa de que mi madre estuviese en aquella cama luchando por su vida.

Se la veía tan frágil así dormida. Yo también me sentí culpable. Debí haberle prestado más atención, estar más tiempo con ella después de saber que iban a divorciarse, pero me cogió tan de sorpresa que lo único que quería era no estar en casa.

—¿Georgina? —preguntó mi madre casi en un susurro.

—Mamá, ¿cómo te encuentras? —Me levanté de la silla y me senté en la cama.

Ladeó la cabeza hacia mí.

—Lo siento. —Hablaba muy bajito, como si no quisiera molestar a nadie, aunque estábamos solas en la habitación.

—No, mamá, yo soy la que lo siento. —La abracé.

Eran demasiadas emociones para nosotras y rompimos a llorar.

—Te pondrás bien, saldremos de esto juntas —dije con tono tímido, porque era lo que quería creer que sucedería.

En ese momento, entró una enfermera y tanto mi madre como yo nos limpiamos las lágrimas con disimulo.

—Veo que ya se ha despertado. Avisaré al médico para que pase a verla.

—¿Cuándo cree que podrá irse a casa? —pregunté.

—A ver lo que dice el médico cuando la vea —dijo mientras le cambiaba el bote de suero por uno nuevo.

La enfermera se despidió y mi madre me miró de arriba abajo.

—Te queda muy bien ese vestido, pero ¿no crees que te has arreglado mucho para venir a un hospital? —bromeó.

—Estaba en el estreno de una película cuando me llamaron.

—Me alegro mucho de que estés aquí. —Me cogió la mano y me la apretó con fuerza—. ¿Tu padre lo sabe?

Negué con la cabeza.

—¿Crees que podríamos mantener esto entre nosotras?

—Si es lo que quieres...

—He sido una irresponsable. No sé en qué estaba pensando. —Miró hacia la ventana.

—Anda, descansa un poco —le dije.

—Hay algo que tienes que saber.

—¿Qué pasa? —dije asustada por su tono de voz.

—Una de las razones por las que tu padre y yo vamos a divorciarnos es porque llevamos meses teniendo problemas de liquidez. La empresa de tu padre está pasando por una crisis muy grave y para salvarla va a vender la casa.

—¿Vender la casa?

—Sí.

—Pero ¿dónde vamos a vivir?

—Nos iremos con la abuela a Banyoles.

—No pienso mudarme. ¿Cómo voy a cambiar toda mi vida?

—¿Y dónde vas a quedarte, cariño? No puedes quedarte sola, alguien de tu edad necesita estar con su familia.

—¿Con mi familia? Un poco tarde para eso, ¿no crees?

—Siento mucho que tengas que pasar por esto... —Se echó a llorar.

—No te preocupes por mí, buscaré una solución, pero no me puedo ir de aquí. No puedo dejar la Escuela de Actores ahora. ¿Y si pagamos la residencia?

—¿Con qué dinero, cielo?

—¿Tan mal estamos? No lo entiendo, con todos los bienes que tenemos.

—Tú lo has dicho, son bienes, no hay liquidez hasta que no se venda la casa. Las cuentas están bloqueadas.

—No me lo puedo creer —dije mientras caminaba de un lado para otro de la habitación.

—Buscaremos una solución juntas.

Minutos más tarde, mi madre cerró los ojos. Los calmantes que le habían suministrado debían de estar haciéndole efecto.

Aquello parecía una pesadilla. Un castigo, tal vez, por ser tan caprichosa y no valorar todo lo que tenía. No podía dejar la escuela. Conseguiría dinero y pagaría la residencia, seguro que no era tan cara; si Adriana podía pagarla, yo también. Podría pedirle el dinero a Martí hasta que se vendiera la casa y entonces mis padres podrían devolvérselo, pero eso supondría contarle todo, y no estaba dispuesta a pasar por esa vergüenza.

Buscaría un trabajo sin que nadie se enterase y se me acababa de ocurrir alguien que podría ayudarme.

# 16

## LIAM

Me fui de la fiesta cabreadísimo. No me podía creer la actitud que estaba teniendo Georgina, últimamente se estaba comportando como una cría.

Entré en la habitación y cerré la puerta de un portazo. Me quité el traje y lo colgué en la percha, luego saqué las etiquetas del cajón y se las volví a colocar para ir a devolverlo a la tienda en cuanto tuviese un hueco.

Me puse el pijama y me tumbé en la cama a mirar el móvil porque no tenía sueño. Vi las fotos que me había hecho con Martí y me excité. Me volvían loco sus labios, sus tatuajes e incluso las venas marcadas de sus brazos. Me pregunté si también se le marcarían en la polla; eso me daba mucho morbo. En ese momento debería haber soltado el móvil y tratar de dormir, en cambio, una de mis manos descendió y se introdujo por debajo del pantalón. Aquello no estaba bien, no quería tocarme pensando en Martí, era mi compañero de habitación y el novio de mi mejor amiga. Comencé a masturbarme pensando en la idea de que era él quien lo hacía. Qué absurdo, eso jamás iba a suceder.

En ese preciso instante, entró Martí. Algo bombeó entre la palma de mi mano. No supe qué hacer, si sacaba la mano del pantalón vería que estaba empalmado. Por suerte, no miró en mi dirección. Arrastró los pies y se tumbó en su cama.

—¿Todo bien? —pregunté.

—No lo sé —dijo antes de girar la cabeza hacia mí—. Deja de tocarte los huevos, guarro —bromeó sin imaginar lo que estaba haciendo antes de que llegara.

—¿Cómo que no lo sabes? —pregunté intentando aparentar naturalidad.

—Georgina se ha pirado sin decirme a dónde y sin dejar que la acompañara.

—¿Qué?

—Cogió un taxi y se fue; así, sin más.

—Pero ¿habéis discutido?

—No... Bueno, un poco, pero no ha sido eso. Recibió una llamada que le afectó mucho y se fue. Me dijo que quería ir sola.

—Bueno, ya sabes que tu novia tiene un carácter muy...

—Es que ese es el problema —me interrumpió al tiempo que se quitaba la ropa—, que no parece mi novia. A veces me trata como si fuera su sirviente o su chófer.

—Ella es así, lo hace con todo el mundo.

—Ya, joder, pero yo no soy todo el mundo. Antes era diferente y no hablo solo del sexo, que ya casi ni follamos. Antes compartíamos ideas, planes de futuro, hablábamos de todo, me contaba sus cosas, íbamos al cine juntos y luego compartíamos opiniones sobre la película y los actores. Ahora parecemos dos extraños. —Se puso el pijama y se tumbó en la cama—. Cuando empezamos todo era diferente. Ahora, cada vez que hablo, parece que estoy haciendo un monólogo a la espera de que ella me interrumpa como si no le interesara mi vida lo más mínimo. Si hasta tú sabes más cosas de mí que ella.

Quise darle un abrazo, pero dado que mis hormonas estaban demasiado alteradas me contuve. Lo miré desde la cama sin saber qué decir.

Su mirada se perdió por primera vez en la mía, fue como una fusión que apenas duró unos segundos, porque él apartó la vista.

—Todo cambia con el tiempo. La pregunta es si tú estás dispuesto a aceptarlo.

—¿Cómo no voy a estarlo? ¿Tú la has visto? Es una puta diosa, joder.

Creo que esa fue la primera vez que sentí envidia de una mujer. Por un lado, resultaba frustrante porque yo no podía competir con ella por razones obvias, pero, por otro, era liberador porque, al fin y al cabo, Georgina le ofrecía algo que yo no tendría jamás.

—Entonces, dale tiempo. Si te sirve de algo, yo tampoco soy de abrirme a la primera de cambio.

Me miró y levantó una ceja.

—Joder, qué malpensado eres. —Le lancé la almohada—. Me refería a que no soy de abrirme emocionalmente.

—Es que me lo has puesto a huevo. —Rio.

Charlamos durante un rato más hasta que mis ojos comenzaron a cerrarse.

—Buenas noches. —Martí apagó la luz.

—Buenas noches.

# 17

## ADRIANA

Cuando desperté, Álvaro no estaba en la cama. Pensé que estaría en el baño, pero me levanté y me encontré con que estaba sola. Se había ido. En cambio, los restos de lo que había sido la noche anterior aún permanecían en la mesa, donde también había una nota que decía: «Tengo una sesión de fotos y una entrevista, no he querido despertarte. Puedes quedarte el tiempo que quieras, pero no sé a qué hora llegaré. Gracias por esta noche».

Me encantó su nota. Decidí darme un baño antes de irme. No quería perder el aroma de su piel, pero mi cuerpo me lo pedía a gritos.

Abrí el grifo para que la bañera se fuese llenando y eché una bolsita que había junto a los *amenities* que decía sales de baño. El agua comenzó a hacer espuma. Me quité la ropa interior y la dejé caer al suelo. Al contemplar la fiel imagen que el espejo mostraba de mí, observé que algo había cambiado, algo en mí era diferente. Mi tez lucía ligeramente iluminada, mis mofletes habían adquirido un suave tono rosado, mis ojos albergaban un color miel intenso y mi pelo, aunque desgreñado, había perdido aquel castaño pálido y parecía relucir entre las sombras con vivos destellos dorados... Creo que empezaba a desvariar, quizá era que jamás había dedicado el tiempo suficiente a mirarme en el espejo.

Cuando la bañera estuvo llena, me sumergí. Mi cuerpo agradeció la sensación cálida del agua y disfruté de una sensual experiencia. Desde allí podía contemplarse a vista de pájaro toda la ciudad.

Cerraba los ojos y solo veía los labios de Álvaro recorriendo todo mi cuerpo. Estuve reviviendo cada susurro que había dicho en mi oído, cada dulce palabra. Era un placer indescriptible. No podía evitar recordar su resistente cuerpo estrellándose contra el mío. Sin duda alguna, el sexo era la sensación más dulce y placentera que jamás había experimentado.

No sé cuánto tiempo me pasé allí metida, pero fue el suficiente para que se me arrugasen las yemas de los dedos. Cuando salí, me envolví en un albornoz limpio que había en el armario. Acababa de terminar de secarme el pelo cuando llamaron a la puerta de la habitación. Dudé si debía abrir, y al final opté por hacerlo.

—¿Es usted Adriana Castillo? —preguntó un señor uniformado.

¿Cómo sabía mi nombre y qué estaba en esa habitación?

—Esto es para usted.

—¿Para mí?

—Sí, lo envía el señor Fons.

—Gracias.

Cerré la puerta y en el interior de aquella enorme bolsa de cartón encontré un par de zapatillas de deporte de piel blanca desgastada con una estrella dorada.

También había una tarjeta. «Para que no tengas que volver a casa como la Cenicienta», decía.

Me gustó la nota y el regalo, pero en ninguna parte venía su número de teléfono. ¿Significaba eso que no quería volver a verme o quizá solo trataba de mantener la magia como en aquella cita que tuvimos?

Me puse el vestido de la noche anterior y mis nuevas deportivas. Antes de salir de la habitación, comprobé que no olvidaba nada, pues algo me decía que tardaría demasiado en volver a ver a Álvaro. Podría haberle dejado escrito mi número de teléfono, pero no me atreví.

Paré el primer taxi que vi y regresé a la residencia. Por el camino no pude evitar buscarlo en Instagram y, después de escribir y borrar el mismo mensaje como unas diez veces, al final le envié un privado.

Ha sido una sorpresa volver a verte, no me lo esperaba. No sabía si dejarte mi número o esperar que el destino vuelva a sorprendernos, en cualquier caso, este es mi Instagram. Y gracias por el regalo, aunque te has pasado. Jajaja.

Estaba segura de que no lo vería. Tenía tantos seguidores que dudaba que fuese a reparar en un perfil tan triste como el mío, que apenas contaba con seis fotos y cuarenta y ocho seguidores.

Cuando llegué a la habitación, Cristina no estaba. Quizá porque me sentí sola o quizá por todas las emociones vividas la noche anterior, rompí a llorar.

Mi compañera entró en la habitación y me sorprendió llorando desconsoladamente.

—Ey, ¿qué te pasa? —preguntó sentándose al borde de la cama.

Me avergoncé porque era la segunda vez que me veía llorando y no quería que tuviera esa imagen de mí.

—Nada. —Continué llorando.

—Vamos, puedes contármelo.

—Me he acostado con Álvaro.

—¡¡¡¿Qué?!!!

Asentí con la cabeza.

—Madre mía, pero ¿qué dices...? —Cristina no daba crédito—. Deberías estar feliz, ¿qué ha pasado?

116

—No sé... Creo que debería haber hecho las cosas de otro modo, esperar...

—¿Esperar? ¿A qué?

—Al momento correcto.

—No digas tonterías, no hay mejor momento que ahora para acostarse con semejante maromo.

Sonreí triste ante su comentario.

Se lo solté todo: que me invitó a su suite a tomar la última copa, que terminé acostándome con él, que había sido mi primera vez, que me había quedado a dormir y que al despertar él ya no estaba.

—Entonces ¿por qué estás así? Si ha sido como un sueño. Ojalá mi primera vez hubiese sido como la tuya.

—Es que creo que me precipité y ahora desaparecerá otra vez de mi vida dejándola patas arriba.

—¿Por qué estás tan segura de que desaparecerá?

—Porque no tiene cómo contactarme.

—¿No te ha pedido el teléfono?

—No... Yo podría habérselo dejado en una nota en la habitación, pero..., bueno, le he escrito por Instagram.

—Pues entonces ya está, seguro que te responde. Solo te queda esperar a que él dé el siguiente paso.

—Eso y nada es lo mismo, dudo que lo vea.

—Es lo que tiene ser famoso y guapo.

—Soy una imbécil.

—¿Te arrepientes?

—No —dije muy segura.

—Pues ya está. ¿Folla bien?

—Más que bien, aunque no tengo con qué compararlo, pero me hizo sentir que tocaba el cielo.

—Sinceramente, no entiendo por qué estás así...

—Es que esperaba que después de eso... No sé...

—¿Qué? ¿Que te dijera que estaba enamorado de ti? ¿Que ibais a ser novios? Por favor, Adriana. Espabila.

—Ya, ya... Tienes razón, pero ¿qué hago? Yo quería que mi primera vez fuese con alguien especial.

—¿Y acaso él no lo es?

—Sí.

—Pues ya está. No le des más vueltas. Ahora mejor piensa en qué vas a hacer con Oliver. Ayer se fue de la fiesta cabreadísimo.

Madre mía, Oliver. ¿Qué iba a decirle?

—No te agobies —dijo Cristina al ver la preocupación en el rostro—. Hasta donde yo sé, no tienes nada serio con él, ¿no?

—Así es.

—Entonces eres libre de hacer lo que te apetezca. Si quieres seguir conociéndolo, adelante. Si prefieres decirle que mejor como amigos, pues genial. Lo único es que sí deberías hablar con él. Creo que se ha portado bien contigo desde el primer día y es buen chico.

—No sé lo que quiero.

—Pues dile eso. A veces lo más fácil es ser sincera.

¿En qué momento mi vida se había convertido en una telenovela? Yo no estaba acostumbrada ni preparada para estos amoríos; me superaban, no sabía cómo gestionarlos.

—Me siento fatal, pobre Oliver.

—Tú ahora céntrate en ti, en lo que quieres tú.

—Yo quiero volver a ver a Álvaro —dije sin pensar.

—Mira que eres...

—Una ilusa, lo sé.

# 18

## GEORGINA

Pasé todo el día en el hospital con aquel vestido y aquellos tacones. Las enfermeras me miraban de forma extraña, mientras que los médicos lo hacían con cierto deseo. No me sentí cómoda con ninguna de las miradas, solo quería que le diesen el alta a mi madre e irnos a casa juntas. Aproveché que ella dormía para salir al pasillo y hacer una llamada.

—Hombre, la princesita. ¿Qué tal todo? —preguntó David al otro lado del teléfono.

Odiaba que me llamase así, pero más odiaba tener que telefonearle para pedirle que me dejara trabajar los fines de semana en su bar de alterne.

Lo conocía del rodaje de un anuncio que se grabó en el interior de su lujoso local. Pese a lo que pudiera parecer por el nombre o por la estética exterior del edificio, una copa en aquel sitio no estaba al alcance de todos los bolsillos. Los clientes más selectos podían pagar desde cincuenta a cien euros por un trago. Allí, entre luces, decoración de lujo y música sensual, se encontraban los dos vicios más ansiados por los hombres: el alcohol y la belleza femenina. Pero las chicas no vendían su cuerpo, no al menos literalmente, y ellos no iban con la intención de consumir nada.

—Me preguntaba si no necesitabas a alguien para trabajar en la barra los fines de semana.

—¿De camarera?

—Sí.

—¿Para ti?

Dudé unos segundos.

—Sí. —Pensé que decirle la verdad igual jugaba a mi favor. Al fin y al cabo, había sido él quien en su día había insistido en que trabajara allí.

—Uf, nada me gustaría más, ya lo sabes, pero es que justo ahora está complicado. Tengo todo cubierto y las chicas son bastante competentes.

—Entiendo. Bueno, si te queda algún hueco, ya sabes...

—Claro, te aviso. Me sorprende que me digas esto.

—¿Por?

—Te recuerdo que cuando te ofrecí trabajo me dijiste que tú no te prostituías y llamaste a mi bar puticlub.

—Fue falta de información, tú ya te encargaste de aclararme que tu local no es ningún puticlub. Y ahora me viene bien un dinero extra los fines de semana.

—Tú sabías bailar, ¿no?

—Sí, ¿por qué?

—Porque la chica que hacía uno de los espectáculos de *pole dance* ha tenido un percance y quizá...

—Sí, pero yo el *pole dance* no lo domino.

—Es cuestión de práctica. Mientras sepas bailar, la barra es solo un complemento.

—De todos modos, había pensado en trabajar como camarera, no bailando.

—Pero ¿no me acabas de decir que te vendría bien el dinero? Bailando se gana el doble.

—Ya, pero... No sé, no me lo había planteado.

—Pues piénsalo y me dices. Te tengo que dejar, que acaba de llegar el representante de las bebidas y he de hacer el pedido.

—Vale, muchas gracias.

—Hablamos. Cualquier cosa, ya sabes dónde encontrarme.

Colgué el teléfono asqueada. No pensaba bailar en ese antro bajo ningún concepto. Me arrepentí de haber hecho esa llamada. Tenía que haber otra solución.

Al cabo de un rato, el médico entró en la habitación y nos dio la buena noticia de que podíamos volver a casa. Habló con mi madre y le entregó los documentos del alta junto con el tratamiento que debía seguir.

Mientras mi madre leía y firmaba los papeles, el medico me pidió que lo acompañase hasta su consulta. Me dio una serie de indicaciones para tener en cuenta; como vigilar el estado de ánimo de mi madre u observar sus cambios de apetito. Me tocaba acercarme a ella más que nunca, hablarle en un tono cálido, tratarla con mucho cariño y no discutir, mantenerla alejada de objetos que pudiera usar para atentar contra su vida, acompañarla a realizar actividades que la distrajeran, escucharla... En definitiva, darle apoyo emocional y hacerla sentir en confianza.

Dados nuestros antecedentes iba a ser una tarea complicada, pero estaba dispuesta a poner todo de mi parte.

Cuando salí de la consulta quise llamar a Martí para preguntarle si podía venir a recogernos, pero eso supondría tener que contárselo todo y no estaba preparada, así que cogimos un taxi.

—Me siento muy cansada —dijo mi madre cuando llegamos a casa.

—Eso es por los calmantes, te pondrás bien, ya lo verás. Ahora tienes que descansar. ¿Hoy no viene Julia? —pregunté al ver que la asistenta no estaba un viernes al mediodía. Supuestamente terminaba a las seis de la tarde y solo descansaba los fines de semana.

—Cariño, Julia no trabaja aquí desde que terminó el verano. Tuvimos que despedirla, pero no te dijimos nada para no preocuparte.

Me quedé completamente descolocada. Todo aquello era nuevo para mí, pero al menos mi madre estaba siendo honesta conmigo por primera vez.

—Yo me encargaré de todo, tú túmbate en el sofá y enciende la televisión. ¿Te apetece algo de comer?

—No, un poco de agua, estoy sedienta.

—Te prepararé una infusión con las gotas que te ha recetado el médico.

—El médico ha dicho que me las tome cada ocho horas y han pasado solo tres desde la dosis que me han suministrado en el hospital.

—Ya, pero también ha dicho que, si te encontrabas alterada o nerviosa, podías subir la dosis para estar tranquila.

—Cariño, estoy muy relajada, ¿me quieres tener drogada todo el día?

—No, mamá, claro que no, pero al menos hasta que estés más estable. La vuelta a casa puede ser dura y no quiero que sufras otro... episodio.

—No voy a cometer ninguna tontería si es lo que te preocupa. Te agradezco todo lo que estás haciendo por mí, pero puedo cuidarme sola. Además, tú tienes que volver a la escuela.

—Hasta el lunes no tengo que volver y no me voy a ir a ninguna parte hasta no estar segura de que estás bien. Quiero estar aquí para ti. —Me acerqué a ella y le di un beso en la mejilla—. Voy a servirme un poco de helado de arándanos, ¿quieres? El médico ha dicho que eso sí puedes comerlo.

—Vale, pero pásalo por la batidora.

—¿Dónde está?

—En algún cajón.

Busqué por todos los cajones de la cocina hasta que la encontré en el último. Saqué el helado del congelador y puse un poco en un cuenco, enchufé la batidora y la puse a funcionar en el cuenco. De pronto, toda la cocina y parte de mi vestido quedaron salpicados de helado. Solté un grito.

—¿Estás bien, cariño?

—Sí, sí, no te preocupes, mamá. Ha sido un pequeño susto.

Limpié todo el destrozo con los ojos anegados en lágrimas, me sentía una completa inútil. Le llevé el helado batido a mi madre, a mí se me habían quitado las ganas. Cuidar de ella era la única manera que se me ocurría para liberarme de la culpa, no había otra forma de absolución. ¿Qué más podía hacer? ¿Ir a confesarme?

Ella no había sido una madre ejemplar, pero desde luego yo había sido una hija muy despegada y despreocupada. Quizá si hubiese estado a su lado, si le hubiese prestado más atención, no habría llegado al extremo de intentar suicidarse.

—Pero ¿qué ha pasado? —dijo mi madre mirando mi vestido lleno de helado.

—Un pequeño contratiempo, nada que no se pueda solucionar con una ducha —dije antes de irme directa a mi habitación.

—Cariño.

Me detuve en mitad del pasillo y me giré.

—Hay otra cosa más que necesito decirte.

—¿El qué? —dije tranquila, pensando que nada podía ser peor que todo lo que ya me había dicho.

—Te quiero. Sé que nunca te lo digo, pero te quiero muchísimo.

—Mira que eres tonta. —Sonreí.

—Sí, venga dúchate, ya está bien de dramas.

No sé por qué, pero pese a todo lo que se me venía encima, estaba contenta. Para mí significaba mucho que mi madre hubiese pronunciado esas palabras. Nadie a quien pudiera contarle aquello que acababa de suceder lo entendería, pero no me importaba.

# 19

## ADRIANA

Hay algo deprimente en entrar cada cinco minutos en el historial de conversación de una persona para ver si te ha escrito, cuando si lo hubiese hecho te llegaría una notificación, pero eso tus neuronas parecen obviarlo.

Me había pasado el fin de semana mirando constantemente si Álvaro había visto mi mensaje y si me había respondido, pero no había sucedido ni una cosa ni la otra. Tampoco había tenido noticias de Oliver, debía de estar enfadado por dejarlo solo en la fiesta. Yo no me había atrevido a escribirle, no sabía qué decirle.

El lunes nos informaron de que esa misma semana se reanudaban las audiciones para elegir a los actores que saldrían en la obra que organizaba la escuela. Para evitar aglomeraciones, nos habían citado para la prueba por grupos y en diferentes días. A mí me había tocado al día siguiente y, como me había confiado, no me había preparado nada, así que solo tenía el resto de la tarde para hacerlo. Debía elegir una obra que me permitiera mostrar mis aptitudes dramáticas, pero ¿cuál? Quise preguntarle a Georgina, ella seguro que sabía recomendarme una, pero no tenía noticias de ella desde la fiesta. Le escribí un mensaje para ver qué tal se encontraba, pero no me contestó.

Su novio, a quien me encontré en el desayuno, me dijo que estaba bien y que se incorporaría a las clases ese mismo día, así que me quedé tranquila.

Salí de la escuela y me dirigí a la Biblioteca de Cataluña, que, según el mapa, estaba a unos diez minutos andando. Por el camino, me asaltaron de nuevo las imágenes de la noche que pasé con Álvaro, esos recuerdos ocupaban la mayor parte de mis pensamientos. Era como si hubiese sido un sueño. Puede que la primera vez hubiese tenido su emoción no darnos nuestros teléfonos, pero que no me lo pidiera esta vez me dolió.

Supongo que así funcionaba todo entonces. Había visto demasiadas películas románticas y la realidad distaba mucho de la ficción.

En parte me sentía un poco utilizada, aunque no sabía por qué. Había perdido la oportunidad de preguntarle por qué desapareció de mi vida cuatro años atrás y por qué no hacía nada por permanecer en ella ahora. Quizá no se lo pregunté porque ya sabía la respuesta; era demasiado obvia como para no verla. No le interesaba lo suficiente.

Caminé la mayor parte del tiempo ensimismada en mis pensamientos y ajena al entorno. Había aprendido a dejarme llevar por las calles sin ir exactamente por donde el mapa me indicaba, así me permitía descubrir nuevas cafeterías, monumentos, edificios...

Cuando has crecido en una gran ciudad como Madrid, no te sorprende la ajetreada vida de otras grandes ciudades. Aunque Barcelona tenía algo diferente (además del mar); me hacía sentir pequeña. El diseño de esa parte de la ciudad, con aquellos laberintos de angostas callejuelas y fachadas tradicionales, me impresionaba demasiado. Pero cuando más diminuta me sentía era por la noche, pues todo se tornaba lóbrego en el centro. Era como si la vida se apagase, al igual que las farolas, cuyas bombillas parecían estar siempre fundidas, y solo quedase el peligro, un peligro silencioso que rondaba sin rumbo por aquellos callejones sin salida.

En cambio, por el día, me encantaba pasear y disfrutar de la atmósfera que le daba a la ciudad la arquitectura gótica catalana tradicional. No es que yo conociera mucho Barcelona, pero el Barrio Gótico era una de las zonas más bonitas y misteriosas de la capital catalana. Perderse por sus callejuelas era como adentrarse en un ambiente medieval.

Según mi mapa, había llegado a la biblioteca, pero yo solo veía un gran portón abierto en una fachada. Entré sigilosa, temiendo estar irrumpiendo en un patio privado, pues pensé que se trataba de una entrada demasiado sencilla para la magnitud del edificio que tenía en mi mente. Sin embargo, pronto descubrí que ese era el mismo lugar que había visto en fotos.

Bajo un arco de piedra, se alzaba una escalinata en la que había dos chicos leyendo: uno sentado en un escalón y el otro tumbado, con la cabeza descansando sobre las rodillas de su ¿amigo?

Dejé atrás una especie de monolito que había en el centro y me perdí por los soportales de aquella maravilla arquitectónica. Solo se escuchaba el caer del agua de la fuente y el cantar de algunos pájaros que revoloteaban por las ramas de los naranjos. Podía respirarse la paz. Por un momento, tuve la sensación de que estaba en un antiguo castillo o en un monasterio. Me parecía un lugar de lo más romántico y misterioso.

En una placa turística decía que se trataba de uno de los conjuntos de arquitectura gótica civil, construido entre los siglos XV y XVIII, más importante de Cataluña.

El interior de la biblioteca, con sus altos techos estructurados en bóvedas, me recordó la iglesia que había en mi barrio, a la que solía ir algunos domingos con mi madre. El mobiliario era moderno y funcional, lo que le daba un toque muy impersonal y poco acogedor, a diferencia de lo que solía suceder en la mayoría de bibliotecas.

La chica de la recepción me pidió el carnet de la biblioteca para poder entrar, pero como era la primera vez que iba no lo tenía, así que me lo hice en ese momento.

Caminé por entre los pasillos formados por estanterías y, sin saber por qué, me detuve en la ese y busqué por nombre de autor. Allí estaba el gran William Shakespeare. Busqué *Romeo y Julieta*, pero acabé sacando otra de sus obras más conocidas: un drama que tiene como protagonista a Hamlet. Acaricié la tapa del libro y noté el maltrato que el paso del tiempo había ejercido sobre el papel. El olor a cuero lo inundaba todo. Cerré los ojos, me acerqué el libro a la nariz y pasé ligeramente las páginas. Estaba segura de que había tenido mejor fragancia en otro tiempo. Era un olor apagado, a corcho, a flores secas, como ese aroma que dejan las infusiones cuando se enfrían. Aquel aroma difería mucho del que desprenden los libros nuevos, quizá por el tipo de tinta que se utiliza hoy en día o quizá porque los libros, al igual que las personas, cambian su esencia con el paso de los años.

En la sala reinaba un silencio casi sepulcral. Miré a mi alrededor para ver si había algún sitio libre, pero todos estaban ocupados, así que me senté en el suelo y comencé a leer al tiempo que el frío del mármol traspasaba la tela de mis pantalones.

Ya había leído esta obra en el instituto, pero apenas le presté atención. Al menos no la que merecía. Me detuve al llegar a la escena tres del segundo acto. Allí había locura, enfado, rabia, soledad, pero también humor e, incluso, un atisbo de esperanza. Era un acto más propio para ser representado por un chico, dudo que ninguna chica se atreviera a representar esta escena, pero en el atrevimiento y la sorpresa radica la esencia de un actor.

Ese monólogo contenía todo lo que necesitaba para demostrar mi valía como actriz. Podía ser profunda y al mismo tiempo superficial, débil y fuerte. Tenía ante mí el texto que me abriría las puertas a la obra más esperada del año si conseguía interpretarlo correctamente.

Con disimulo saqué el móvil y le hice una foto a la página. Dejé el libro en su sitio y salí fuera.

Me senté en uno de los muros donde aún daban los rayos del sol. Leí el texto varias veces y de pronto me asaltaron las ganas de actuar. Mis manos, mis brazos, mis piernas, mis labios, cada músculo de mi cuerpo quería moverse de la forma en que lo haría el personaje.

Me saqué la camisa por fuera y me alboroté el pelo. Mi aspecto se asemejaba bastante al de un loco. Comencé una serie de ejercicios hasta que me animé a recitar parte del texto en voz alta. No me lo sabía de memoria aún, pero improvisé. Me sentí satisfecha con la elección de la obra, aunque no con el resultado. Debía estudiarme el texto y perfeccionar los movimientos, pero me sentía inspirada, tanto que el tiempo pasó volando. A mi alrededor había varios jóvenes mirándome que, cuando me detuve, comenzaron a aplaudir.

Quería morirme de la vergüenza.

Regresé a la escuela, y por el camino pasé frente a un quiosco. El rostro de Álvaro en una de las portadas de las decenas de revistas captó mi atención. Me acerqué y, cuando la tuve en las manos, vi que junto a su foto había otra más pequeña en la que aparecía agarrando por la cintura a la *influencer* Carla Casals. El titular decía: «¿Álvaro Fons y Carla Casals son novios? Esto es lo que sabemos». No pude evitarlo y abrí la revista buscando el artículo: «La semana pasada, durante su visita a la ciudad para el estreno de su nueva película, el actor y la *influencer* fueron fotografiados por un *paparazzi* mientras paseaban agarrados de la cintura por Barcelona. No hay ninguna excusa que pueda justificar esta muestra de confianza entre ellos: ¡son novios!».

—Son cuatro euros —dijo una voz sacándome de la lectura.

—¿Perdón?

—La revista, que son cuatro euros. ¿Te la vas a llevar? —El quiosquero me miró con cara de pocos amigos.

—No, solo quería ver el contenido.

—Lo puedes ver en la portada. —Me quitó la revista de las manos y dijo algo en catalán que no alcancé a comprender.

Me alejé y caminé algo desorientada. No daba crédito a lo que acababa de leer. Estaba furiosa, decepcionada, dolida. Nunca me hubiese imaginado que Álvaro fuese el tipo de hombre capaz de ser infiel a su pareja sin ningún miramiento. Su imagen con la mano puesta en la cintura de Carla Casals me hizo pensar en cómo acabarían la noche. Rompí a llorar en mitad de la calle, me ahogaba en mi propio lamento. No me importaba que la gente me viera o me escuchara, nada me importaba. Todo se había acabado antes incluso de comenzar. Cuatro años de ilusiones se habían ido a la mierda. Eso me pasaba por idealizar una historia que nunca fue de amor... Solo tuvimos una cita, ¿qué esperaba? ¿Que se hubiese enamorado perdidamente de mí? ¿Que tras reencontrarnos fuésemos a vivir una historia de amor de película? Él podía tener a la chica que quisiera, yo solo había sido una más de su lista.

Me permití llorar hasta que llegué a la puerta de la residencia, momento en el que decidí que aquella tristeza no sabotearía mi prueba del día siguiente.

Me encerré en la habitación y, antes de irme a dormir, traté de memorizar con mimo cada frase del texto. No podía permitir que se me escapara ni una sola palabra. Tenía que centrarme en la misión que me había llevado a Barcelona, no permitiría que aquella historia con Álvaro pusiera en peligro mi sueño.

Busqué un gesto para cada momento de la escena. Cada postura, cada movimiento, cada actitud debían pertenecer al personaje y no a mí. Debía cuidar todos los gestos, incluso los más mínimos. Tenía que pasar la prueba y conseguir un papel en esa obra como fuese.

# 20

## ADRIANA

Me levanté sin ganas de nada. Era uno de esos días en los que no le encuentras sentido a la vida, pero tampoco hay un motivo claro para sentirte mal. Bueno, en mi caso, se puede decir que sí lo había: saber que el hombre con el que había perdido la virginidad y al que le había entregado algo que yo consideraba especial y único tenía novia. Puede que para él no significase nada, pero para mí sí. Para colmo, tenía la sensación de haberle hecho daño a Oliver, que sí me había demostrado que le importaba, que se preocupaba por mí y que parecía entregado.

Me senté en la cama y apoyé la cabeza entre las manos. Noté que tenía el pelo grasiento y pensé que debería habérmelo lavado el día antes. Ese estúpido hecho hizo que dos lágrimas brotaran de mis ojos. Estaba demasiado sensible. Echaba de menos mi vida en Madrid, al abuelo, el cine... Comenzaba a dejar de verle sentido a aquel sacrificio.

Saqué fuerzas de donde no las tenía y me incorporé. Me vestí sin hacer ruido, porque no quería despertar a Cristina, que seguía durmiendo. Salí de la habitación y me fui directa a la cafetería para tomarme un café, pero aún estaba cerrada; abría a las ocho y faltaban casi veinte minutos.

Me senté en una sala y me puse a repasar el texto. Cuando dieron las ocho, fui a la cafetería para tomarme un café antes de irme a la prueba. Allí me encontré con Oliver. Nos quedamos mirándonos sin saber qué decir. Él fue el primero en hablar.

—¿Cómo ha ido el finde?

—Bien —dije sin saber qué otra cosa podía responder.

—¿Cómo acabó la fiesta el jueves? Me dejaste solo con tus amigos.

No sé si lo preguntó con toda la intención de ser directo o con la inocencia con la que lo preguntaría alguien que no se imagina lo que sucedió esa noche.

—Es mejor que hablemos de eso en otro momento. ¿Tú también tienes la prueba hoy?

Asintió.

En su mirada pude ver el dolor y la decepción.

—¿Quedamos para comer? —propuse.

—Tengo planes.

—Ah.

—¿Por la noche puedes? —preguntó.

—Sí.

Quedamos para dar un paseo por la noche y me despedí de él.

Me serví un café en un vaso de cartón y me fui al teatro. Allí esperé junto a un reducido grupo de personas hasta que pronunciaron mi nombre, momento en el que todo mi ser se contrajo.

Ver a Carme allí sentada en primera fila junto con otros profesores y pensar que me había acostado con su hijo me puso muy nerviosa.

—Puedes comenzar cuando quieras —dijo Carme.

Reinó el silencio.

Aquella extraordinaria solemnidad me sobrecogió. Traté de relajarme. Mis movimientos comenzaron a llenar el escenario y mis palabras a fluir recreando la escena.

—¡Oh, qué miserable soy, qué parecido a un siervo de la gleba! ¿No es tremendo que ese cómico, no más que en ficción pura, en sueño de pasión, pueda subyugar así su alma a su propio antojo, hasta el punto de que por la acción de ella palidezca su rostro, salten las lágrimas de sus ojos, se altere la angustia de su semblante, se le corte la voz, y su naturaleza entera se adapte en su exterior a su pensamiento...? ¡Y todo por nada! ¡Por Hécuba! Y ¿qué es Hécuba para él, o él para Hécuba, que así tenga que llorar sus infortunios? ¿Qué haría él si tuviese los motivos e impulsos de dolor que tengo yo?

»Inundaría de lágrimas el teatro, desgarrando los oídos del público con horribles imprecaciones; volvería loco al culpable y aterraría al inocente; confundiría al ignorante y suspendería, sin duda, las facultades mismas de nuestro ver y oír. Y, sin embargo, yo, insensible y torpe, canalla, me quedo hecho un Juan Lamas, indiferente a mi propia causa, y no sé qué decir; no, ni aún a favor de un rey sobre cuyos bienes y vida apreciadísima cayó una destrucción criminal.[1]

Terminé la prueba y me dijeron que al final de la semana anunciarían los candidatos seleccionados, los papeles asignados a cada uno y la obra.

No estaba segura de haber hecho una buena interpretación, ni siquiera de haber elegido bien el texto. Merodeé por los pasillos un poco desubicada, intentando no pensar más en ello.

Me pareció ver a Georgina caminando en dirección a la cafetería y me acerqué hasta alcanzarla. Escuchar su comentario cuando le dije

1. William Shakespeare. *Hamlet.* Acto II, escena III. Alianza, Madrid, 2010.

la escena que había elegido para el casting solo hizo que me sintiera peor.

—Pero ¿cómo has elegido esa escena? Una mujer nunca elegiría esa obra y mucho menos ese acto. ¿En qué estabas pensando? —dijo mientras caminaba a mi lado.

—Quería ser original.

—¿Original? ¿Por qué no me preguntaste?

—No he sabido nada de ti desde la fiesta. Te escribí el fin de semana para ver cómo estabas y no me contestaste, así que no quise insistir.

—He estado muy liada. Tenía muchos compromisos sociales.

—Me resultó raro que no subieras nada a tu Instagram durante tantos días.

—Me apetecía desconectar un poco. Además, estuve en un evento muy selecto y privado, no permitían hacer fotos.

—Entiendo.

—¿Cómo terminó la fiesta? —preguntó.

—Bien —dije sin más, no quería contarle lo sucedido con Álvaro.

—¿Volviste a hablar con Álvaro?

—No —mentí—. ¿Tú cuando tienes la audición? —pregunté para cambiar de tema.

—Mañana.

—¿Qué obra has elegido?

—*Romeo y Julieta.*

—Un clásico

—Los clásicos nunca fallan. —Me guiñó un ojo.

—¿Qué escena?

—La primera del acto segundo. «¿Cómo has entrado aquí? ¿Con qué objeto? Responde. Los muros del jardín son altos y difíciles de escalar: considera quién eres; este lugar es tu muerte si alguno de mis parientes te halla en él».

—Te sabes el texto a la perfección —dije maravillada por el tono tan teatral que le había dado—. Sin duda, una historia de amor preciosa.

—¿De amor? No es una historia de amor. Es una historia de tomar las decisiones erróneas.

—Visto así...

—¿Vas a clase de Interpretación? —preguntó cuando me detuve frente a la cafetería.

—Sí, desayuno algo y voy, que estoy apenas con un café en el cuerpo.

—Vale, ahora te veo.

Entré en la cafetería y me pedí otro café y unas tostadas. Desayuné mirando el perfil de Instagram de Álvaro. No había subido nada aún con esa chica, nada que confirmara que... Como si no fuese obvio. Iban abrazados por la calle y no en plan amigos o hermanos, no. Iban agarrados como lo hacen dos enamorados.

Ya me iba a clase cuando Carme entró en la cafetería.

—Adriana —me llamó y comenzaron a temblarme las piernas.

La directora recordaba mi nombre. ¿Querría decirme algo referente a su hijo? ¿Sabría qué había pasado la noche de la fiesta con él? ¿Nos habría visto entrar juntos en su habitación?

—¿Sí? —pregunté aterrada.

—¿Qué tal todo en la escuela?

¿Era aquello una pregunta trampa? El preludio de algún drama familiar.

—Muy bien. —Forcé una sonrisa.

—Quería darte la enhorabuena, has estado muy bien en la prueba.

—¿Sí? —musité sorprendida.

—Sí, ¿no te lo ha parecido a ti?

—No... lo sé —confesé.

—¿Actuabas intuitivamente? —preguntó al tiempo que saludaba con la mano a un profesor que salía de la cafetería.

—Creo que sí... ¿Eso es bueno?

—Sí, si tu intuición te lleva por el camino correcto. Pero si falla, puede ser muy malo. Hay que buscar lo mejor del arte, entenderlo y saber transmitirlo. Mientras actúas, el público observa, se genera una entrega por ambas partes, una conexión. Lo que nos has ofrecido hoy ha sido extraordinario.

—¿Lo ha sido? —pensé en voz alta, totalmente sorprendida por su comentario.

—Sí. ¿Dónde has estudiado? He mirado tu ficha, pero no he visto ninguna referencia a otra escuela —dijo mientras buscaba entre el tocho de papeles que llevaba en una carpeta.

—Eso es porque no he estudiado en ninguna escuela oficial.

Estuve a punto de decirle que en Madrid iba por las mañanas a clases en la Escuela de Rosi, pero algo me dijo que aquel dato no me ayudaría en absoluto.

—Si te tomas en serio tu formación aquí, puedes llegar lejos. Como decía Salvini, «un actor debe estar completamente dotado de sensibilidad y debería sentir lo que interpreta», y tú lo sientes. Tu vida interna y externa fluyen en escena, y eso no se consigue con ninguna técnica artificial. No hay nada como las emociones naturales. Cuando se actúa como tú lo has hecho hoy, hay momentos en los que se conmueve al público. Tu objetivo debe ser alcanzar ese grado de inspiración y mantenerlo durante todo el tiempo que permanezcas en escena.

—Muchas gracias, señora Barrat.

—Llámame Carme, por favor. ¿Qué tal se te da bailar?

¿Bailar? En mi vida había bailado, no de forma profesional.

—Bien —mentí.

—Me alegro.

—¿Y cantar?

—Algo mejor que bailar. —Sonreí.

—A finales de esta semana, te avisarán para una prueba de baile.

—¿Una prueba de baile?

—Sí, antes de tomar una decisión final y elegir a los actores que trabajarán en la obra de este año, queremos ver otras competencias de algunos alumnos en particular.

—Genial.

Los aires de estrella que me habían envuelto segundos antes con sus halagos se esfumaron. Me guardé los miedos en el bolsillo y me fui a clase de Interpretación. Tenía menos de una semana para aprenderme alguna coreografía y algunos movimientos básicos con los que poder demostrar que al menos sabía bailar.

# 21

## GEORGINA

Mi vida había sufrido un cambio muy brusco. Por un lado, había perdido todas las comodidades de las que siempre había disfrutado como si fueran inagotables, mientras que, por el otro, había comenzado a tener algo que nunca había tenido: la atención y el cariño de mi madre. Una conexión inexplicable se había formado entre nosotras después de lo sucedido. Crecí sintiéndome desprotegida y poco querida, pero siempre me consideré a mí misma una chica independiente y fría que no necesitaba muestras de afectos. Tampoco era de demostrar los sentimientos; de hecho, a veces creía que ni los tenía. Sin embargo, ahora que lo veo en retrospectiva me doy cuenta de que desarrollé ciertas aptitudes defensivas para salvaguardar mi corazoncito o lo que quedaba de él, me había creído la historia que yo misma me había contado para no sufrir por no tener la atención y el amor de mis padres. Ambos habían vivido demasiado centrados en sus carreras profesionales, y eso me había creado ciertos problemas emocionales de los que entonces aún no era consciente. En ese momento, lo único que me preocupaba era no irme a vivir fuera de Barcelona.

Psicológicamente, me sentía cansada, pero no me iba a rendir. No iba a irme a Banyoles a casa de la abuela y tampoco iba a dejar la escuela.

Durante la clase de interpretación, le pregunté con disimulo a Adriana cómo hacía ella para pagar la escuela.

—Llevo años ahorrando —me dijo— y..., bueno, me concedieron una beca que cubre un porcentaje.

Así que ahorros... En mi vida había ahorrado, no estaba familiarizada con ese concepto, siempre pensé que el dinero nunca se acabaría.

Pedir una beca tampoco era una opción, no me la concederían y me pondría en evidencia delante de las administrativas del centro, que seguro correrían la voz.

Cuando terminó la clase, me despedí de Adriana y fui a secretaría para gestionar lo de mi alojamiento en la residencia. Esa misma mañana, había ido a una casa de empeño y había vendido todas las joyas que no usaba. Aunque apenas había conseguido dos mil euros, esperaba tener suficiente para varios meses hasta que se me ocurriera algo o pudiera vender más cosas. Había subido fotos de bolsos, vestidos y zapatos caros a una app de venta de ropa de segunda mano. Confiaba en que la gente se animara a comprar.

—Son novecientos ochenta euros con la media pensión, almuerzo o cena a elegir. La fianza son setecientos euros, y la matricula, doscientos. Ahora mismo solo tenemos dos habitaciones libres, una con vistas al patio interior y otra que da a la calle, pero el precio es el mismo —me informó la secretaria.

—En total son...

—Son mil ochocientos ochenta euros. Luego pagarías cada mes únicamente la mensualidad. Ahí van incluidos todos los gastos de luz, agua, internet, calefacción...

—¿Y en habitación compartida? —pregunté al ver que el precio era más elevado de lo que esperaba.

—Esto es en habitación compartida —aclaró—. En habitación individual, son mil ciento veinte euros, además de los setecientos de fianza y los doscientos de matrícula.

Me quedé sin palaras durante unos instantes tratando de procesar la información. La secretaria me miraba expectante a la espera de que dijese algo.

Por fin reaccioné y saqué la cartera.

—Vale, me quedo con la habitación doble.

—Perfecto, déjame el DNI y preparo toda la documentación.

Cuando todo el papeleo estuvo listo, firmé y saqué el dinero. La mujer, al ver tantos billetes, pareció sorprenderse, pero no dijo nada; yo tampoco.

Conté el dinero y pagué mi primer mes en la residencia, ella volvió a contarlo. Luego me entregó las llaves y se ofreció a acompañarme a mi nueva habitación, pero le dije que no hacía falta, conocía la residencia perfectamente.

Tenía que buscar una solución, apenas me había quedado con cuarenta euros en la cartera.

Entré en la que sería mi nueva casa durante los próximos meses: un cuadrado de unos tres metros de largo por cuatro de ancho.

Olía a perfume barato. Abrí la ventana para que se ventilase un poco. No había nadie, supuse que mi nueva compañera estaría en clase. Observé la habitación al detalle, intenté encontrar alguna foto o pista que me dijese quién era mi compañera por si la conocía. En la pared de su lado había un vinilo, varias mariposas pegadas, una imagen que decía KEEP FASHION WIRD y una cuerda de la que colgaban algunas fotos.

La reconocí de inmediato, se trataba de Samara, una chica rebelde escondida bajo el disfraz de niña pija. Era su segundo año en la escuela, pero apenas habíamos coincidido. De ella solo sabía lo que había escuchado por ahí. Había estudiado en un colegio de monjas y desde que su padre murió todo el dinero lo administraba un tutor —pese a ser mayor de edad, se ve que no se fiaba de ella y temía que malgastara su fortuna—. Estuvo a punto de conseguir un papel protagonista en la obra de la escuela del año anterior, pero acabaron dándole uno secundario y ella, llena de rabia, lo hizo tan mal que este año no la dejaron presentarse a las audiciones.

Mis ojos se fijaron en un bolso *shopper* Emporio Armani. Lo agarré y me lo colgué en el hombro para ver qué tal me quedaba. Me miré en el espejo y pensé que quizá debería comprarme uno así para ir a clase, pero rápidamente recordé que no era el mejor momento. Lo abrí para ver la etiqueta y, al ver que no estaba cosida, sino adherida, sospeché que era falso. En ese momento entró Samara y me vio con el bolso en las manos.

—¿Qué haces tú aquí? ¿Y por qué tocas mis cosas? —dijo al tiempo que me arrebataba el bolso.

—Soy tu nueva compañera.

—¿Mi nueva compañera? No tengo constancia de eso.

—Por supuesto que no, como tampoco la tienes de que ese bolso es completamente falso.

—No puede ser, es un regalo de... —Enmudeció.

—Es falso, pero da igual, nadie lo va a notar.

—¿Y cómo estás tan segura de que es falso?

—La etiqueta no está cosida y, además, lleva el águila Armani. Armani Exchange nunca la utiliza como logotipo, pero a veces los fabricantes que imitan la marca la agregan pensando que de ese modo sus mercancías parecen más auténticas.

Samara dudó, luego abrió como loca el bolso y revisó minuciosamente la etiqueta. Se sintió tan incómoda cuando confirmó lo que yo le había dicho que no pronunció palabra. Dejó el bolso colgado en su sitio y se sentó en la cama al tiempo que toqueteaba su móvil. Yo saqué mi diario del bolso y me puse a escribir para relajarme.

Iba a tener que trabajar mucho mi paciencia.

# 22

## ADRIANA

Me encontraba en mi habitación leyendo cuando recibí un mensaje de Oliver para que saliéramos a dar un paseo y hablar. Había olvidado por completo que habíamos quedado.

Me puse una chaqueta, las deportivas y salí. Ya había anochecido, aunque apenas eran las seis y media de la tarde. Con la poca luz que había en la calle, no pude verle bien el rostro hasta que me acerqué lo suficiente. Parecía bastante afligido.

—Se nota ya el frío —dije para romper un poco el hielo.

—Sí. ¿Cómo te fue la prueba?

Caminamos sin rumbo.

—Bien, a ver si me dan algún papel. ¿Sabes qué obra se va a representar este año?

—Ni idea.

—Tú la tienes mañana, ¿no?

—Sí.

—Georgina también.

—¿Qué tal está? Escuché que en la fiesta... se pasó con las copas.

Caminábamos por los alrededores de la catedral.

—No hemos hablado de esa noche. Ella es un poco reservada.

—Como tú.

—¿Yo?

—Sí, tú tampoco me has hablado de esa noche. ¿Qué pasó con Álvaro? —Oliver se detuvo frente a la Casa de l'Ardiaca.

No quería mentirle, a él no. Además, a Álvaro probablemente no lo vería más y no quería perder a Oliver. Si seguíamos conociéndonos y algún día llegábamos a intimar, ¿cómo iba a explicarle que ya no era virgen?

—¿Has entrado alguna vez? —preguntó señalando el interior del edificio.

Negué con la cabeza.

—Vamos, aún falta más de una hora para que cierre. Esta antigua casa se edificó en siglo XII aprovechando una parte de la antigua muralla romana de Barcelona, aunque ha sido reconstruida en varias ocasiones.

Me llamó la atención ver, en uno de los laterales de la entrada, un buzón de piedra sobre el que habían tallado con sumo detalle una tortuga y cinco golondrinas.

Al otro lado de aquella antigua pared con más de dos mil años de historia, me encontré con un patio central con soportales dominado por el sonido mágico y relajante que emitía el agua de la fuente situada en el centro.

—Dime, Adriana, ¿qué pasó con Álvaro?

—Álvaro fue alguien que me marcó mucho en el pasado, pese a que no tuvimos una relación ni nada serio. Solo quedamos una vez, pero fue una cita mágica. Cuando lo vi la noche de la fiesta... No sé qué me pasó, me dejé llevar. Se despertaron en mí sentimientos que ni siquiera sabía que existían.

—¿Te fuiste con él? —Oliver continuó paseando a mi lado.

Me aventuré a subir por una escalera que conducía a una terraza.

—Sí —confesé al tiempo que me asomaba a aquella balconada, al más puro estilo Julieta.

Desde allí se podía ver la fuente y, junto a esta, una palmera iluminada por la luz cálida que emitían los focos. Se podía contemplar también uno de los laterales de la catedral. Los focos amarillos le daban un color cálido a la piedra. Pese a que no había mucha altura, podía verse una imagen bastante amplia de aquella construcción mezcla de varias épocas y estilos: desde el románico, pasando por el gótico hasta el renacentista.

—¿Follasteis? —preguntó Oliver rompiendo el encanto de aquel remanso de paz.

Tardé en responder más de lo que hubiese querido, pero qué sentido tenía mentirle.

—Sí.

Pese a la oscuridad de la noche, pude ver la decepción en su rostro.

—No me lo puedo creer. Me dejaste solo, tirado, y además te lo follaste. ¿Le entregaste a él tu virginidad? ¿A un tío de una noche? No me esperaba esto de ti.

—Nosotros no tenemos nada, Oliver. Nos acabamos de conocer hace unas semanas.

—No se necesita tener el título de novio para respetar a la otra persona.

Eso fue un golpe bajo, muy bajo. Quise entenderlo, pero estaba demasiado confundida. Vale que le había dado esperanzas, lo había besado, estábamos comenzando a construir algo bonito. Lo menos que merecía por mi parte era un poco de respeto, pero las cosas surgieron así y era mi vida, yo decidía con quién compartir cada momento. No tenía que darle explicaciones, porque él y yo no teníamos nada serio; de haber sido así, hubiese hablado antes con él. En ningún momento lo había engañado y no iba a sentirme culpable por pensar en mí.

—Siento haberte hecho daño, no era mi intención —fue lo único que se me ocurrió decir bajo aquel estrellado anochecer.

—Para mí, tú eras mi prioridad, contigo me imaginaba todo.

—No quiero perderte. —Entrelacé mis manos con las suyas.

—No sé si podemos seguir intentándolo.

—¿Por qué no?

—¿Sabes? Me quedan muchas cosas por hacer en la vida y me encantaría hacerlas todas contigo, pero sé que a ti no, y así no se puede, Adriana...

Nunca nadie me había dicho algo tan bonito. Oliver tenía un corazón de oro.

No supe qué responder. Miré el solitario patio y vi que una pareja se tomaba un selfi junto a la fuente. Sonrieron y luego se besaron.

—Si no te hubiese preguntado esto ahora, ¿me lo habrías contado? —dijo.

—Sí, venía dispuesta a hacerlo.

Ambos permanecimos en silencio, solo se escuchaba el sonido del agua y las risas de la parejita.

—Creo que es mejor que regresemos a la residencia.

—Pero si apenas...

—Me acabo de acordar de que quedé en llamar a mi madre y ella se acuesta muy temprano —me interrumpió.

—Oliver, por favor... Nunca quise hacerte pasar por esto. —Levanté la vista hacia él. Me percaté de la tristeza que había en sus ojos y no pude soportarlo.

Lo abracé y el aroma de su piel embriagó todos mis sentidos.

Me besó el cuello y luego se apartó.

—Creo que necesito un poco de tiempo para saber si podemos seguir conociéndonos. No consigo quitarme de la cabeza la imagen de él y tú... juntos. —Miró hacia otro lado conteniendo las lágrimas.

—Lo entiendo, pero... no me gustaría que desaparecieras de mi vida.

—Ambos necesitamos tenerlo claro.

—Yo tengo claro que no quiero perderte —le aseguré. Lo quería en mi vida.

Caminamos de regreso a la residencia y nos despedimos en la puerta de mi habitación. Nos dijimos adiós con la mano evitando cualquier contacto. Eché de menos un beso. Por alguna extraña razón, me sentía falta de afecto, de cariño. No sabía si era porque necesitaba llenar el vacío que notaba en mi pecho o si había comenzado a desarrollar sentimientos hacia Oliver.

# 23

## ADRIANA

Al día siguiente, por la tarde, antes de nuestra primera clase de Acting Camera, quedé en el Starbucks de la Rambla de Canaletes con Georgina, Martí y Liam para tomar café. Pese a ser una cadena grande, la más grande del mundo en lo que se refiere a la comercialización de café, me gustaba que este local en concreto fuera diferente a otras cafeterías del mismo grupo. Tenía personalidad. Las paredes de ladrillo desnudo le daban un toque muy acogedor, por no hablar de las vistas que había desde la planta de arriba al interior del famoso Mercado de la Boquería.

—Si queréis, podemos hablar y fingir que somos amigos —dijo Liam al ver que todos estábamos ensimismados en nuestros teléfonos móviles.

—Tienes razón, que para un rato que estamos juntos... —Dejé mi móvil sobre la mesa—. ¿Qué tal tu compañera de habitación?

—Bien, un poco tocanarices, le molesta todo, pero bueno... —dijo Georgina mirándose las uñas, que las llevaba más desarregladas que de costumbre.

—Yo aún no entiendo cómo te ha dado por instalarte en la residencia cuando vives a media hora en coche —dijo Liam.

—Ya te lo he dicho, quiero estar más cerca de mi churri. —Georgina le dio un beso a Martí, que estaba sentado a su lado.

—¿Y por qué no te has reservado una habitación individual? Yo, si pudiera permitírmelo, no compartiría, y mira que Cristina es un amor, eh.

—Es que no quedaban. Como ya está el curso iniciado, están todas ocupadas, pero he pedido que, si se queda alguna individual libre, me avisen.

—¿Qué planes tenéis para este finde? —preguntó Liam.

—Nada, de momento —confesé—. ¿Por?

—He quedado con un amigo que da un pequeño concierto en directo en Sidecar Factory y había pensado que podíamos ir todos juntos.

—¿Y de qué es el concierto? Porque en ese garito o es rock o es punk. —Georgina le dio un sorbo al café.

—Pues no, es *indie* —aclaró Liam.

—Yo me apunto. ¿Cuánto cuesta la entrada? —pregunté.

—Muy poco, no te preocupes, mi amigo igual nos las consigue.

—Yo voy a pasar —dijo Georgina.

—¿Por qué? ¡Vente, jo! —la animé.

—Es que no puedo.

—¿Y eso? —preguntó Martí.

—Voy a Banyoles a ver a mi madre.

—¿A Banyoles? —preguntaron Liam y Martí al unísono.
Georgina tardó unos segundos en responder.

—¿Qué pasa? ¿No puedo ir a verla o qué? —alzó el tono de voz.

—Sí, sí, es solo que me ha extrañado... No sé... No sueles ir a menudo a Banyoles. Además, siempre que hay fiesta te quedas.

—Estoy cansada de esas fiestas. No me apetece.

—Bueno, tú te vienes, Martí —dijo Liam.

—Vale.

—¿Qué tal te ha ido la prueba, Georgina? La tenías hoy, ¿no? —pregunté al recordar que debería ponerme a ensayar para la prueba de baile que tenía a final de semana.

—Muy bien, espero que me den algún papel importante.

—Eso no lo dudes. —Martí le dio un beso en la mejilla.

—A mí me han citado para una prueba de baile para el viernes —dije con un hilo de voz.

—¿A ti también? —preguntó Georgina.

Asentí.

—No entiendo por qué este año hacen prueba de baile, el año pasado no la hicieron.

—Quizá sí la hicieron, pero no te convocaron. Por lo que sé, solo harán esta prueba a algunas personas.

—Puede ser. En cualquier caso, no me preocupa, llevo bailando desde los doce años.

—Oye, pues podrías darme algunas clases, yo hace bastante que no bailo.

—No sé en qué momento, si no paramos y las horas libres de la clase de Acting Camera ya se acaban hoy con la incorporación del profesor. Además, tengo que prepararme mi prueba.

—¿Sabéis quién es el nuevo profesor de Acting Camera? —preguntó Martí.

—No tengo ni idea, pero espero que esté bueno —dijo Liam.

—Tú siempre pensando en lo mismo. Te veo un poco desesperado últimamente... —soltó Martí con sorna.

—Habló el que se folló a la profesora de Interpretación del año pasado y consiguió que la echaran, porque, claro, no podían expulsar al niño rico cuyo padre hace aportaciones a la escuela por confraternizar con una profesora quince años mayor que él.

—Ese comentario sobra, Liam. —Georgina le lanzó una mirada fulminante.

—¡¿Qué cojones te pasa conmigo?! —Martí se abalanzó sobre él por encima de la mesa con el pecho hinchado.

Por un momento pensé que iban a pegarse.

—Has empezado tú. Si no te gusta que te hagan bromas, no las hagas tú.

—Eso ha sido un ataque, no una broma —dijo Georgina.

—Bueno, chicos, ¿os parece si nos terminamos el café? Vamos a llegar tarde a clase —dije con una sonrisa, tratando de que la cosa no fuera a más.

—Sí, vámonos, que no hay segundas oportunidades para causar una buena primera impresión —dijo Liam.

En ese preciso instante, una mujer que estaba sentada en una mesa junto a nosotros se levantó gritando. Su marido o el señor que iba con ella también se puso de pie al tiempo que trataba de entender qué le pasaba, y de repente ambos empezaron a buscar como locos debajo de la mesa y de los sofás. Al parecer, a la señora le habían robado el bolso delante de sus narices. Bueno, en realidad, lo habían hecho delante de nuestras narices, porque nosotros estábamos justo al lado y no nos habíamos dado cuenta absolutamente de nada.

—Ha tenido que ser un moro que ha estado por aquí merodeando hace nada —sentenció Georgina.

—¿Sí? —preguntó la mujer.

—Yo no he visto a nadie —dijo el marido.

—Sí, yo lo he visto pasar, se ha sentado a cargar el móvil y luego se ha ido —argumentó una chica que había en otra mesa trabajando con su portátil.

La verdad era que yo sí que me había fijado en que un hombre vestido completamente de negro se había sentado en un asiento próximo a ellos y, por consiguiente, a nosotros, pero no había prestado mayor atención. Aquel suceso no hizo más que recordarme lo insegura que me sentía a veces en esta ciudad.

Al regresar a la escuela me encontré con Cristina. Le pregunté si iba a clase y me dijo que sí, pero que tenía que pasar antes por la habitación. Georgina y yo nos dirigimos al aula y, al ver que el profesor aún no había llegado, esperamos en el pasillo.

Estábamos charlando cuando, al fondo, una silueta familiar se abrió paso entre la multitud de estudiantes. Se me hizo un nudo en el estómago. ¿Qué hacía Álvaro en la escuela?

A excepción del abrigo tres cuartos de paño en color caqui, iba vestido completamente de negro con un jersey fino de lana de cuello a la caja y un pantalón *slim fit* no demasiado ajustado. Todo ello combinado con unas botas Chelsea negras de ante.

—¿Adriana? —preguntó cuando llegó a mi altura. Parecía tan sorprendido de verme como yo de verlo a él. Se volvió hacia Georgina y le dijo—: Dígale a la clase que se vayan preparando, ya entro.

Ambas nos miramos confundidas.

—¿Tú eres el nuevo profesor de este módulo? —pregunté sin dar crédito cuando Georgina entró en el aula.

—Sí, ¿por qué no me dijiste que estudiabas aquí?

—¿Por qué no me dijiste tú que tenías novia?

Su rostro se tensó.

Tenía tantas preguntas que hacerle... Necesitaba hablar con él, pero aquel no era el momento ni el lugar. Además, no sabía si podría controlar mis impulsos.

—Creo que ha habido un malentendido entre nosotros, pero este no es el momento de hablar —dijo con la voz un poco temblorosa.

Así que lo nuestro había sido un «malentendido».

—Tranquilo, no tienes que darme explicaciones, somos adultos —dije tratando de parecer madura.

En ese momento, llegó Oliver. Se detuvo al verme hablando con Álvaro y por un momento temí que fuese a decir algo, pero, lejos de eso, me dio un beso en los labios que me cogió por sorpresa. Por la expresión de Álvaro, a él también le sorprendió.

—¿Entramos? —me preguntó Oliver con naturalidad.

Aquel beso lo cambiaba todo.

# 24

## ADRIANA

Álvaro se presentó. La gente estaba más callada que de costumbre, saber que era el hijo de la directora imponía. Las chicas lo miraban y, cada vez que se daba la vuelta, aprovechaban para cuchichear. Álvaro se acababa de convertir en el deseo sexual de todas las alumnas. Mientras tanto, yo me incomodaba y me odiaba a partes iguales por sentirme atraída por él.

¿Cómo pudo acostarse conmigo sin decirme que comenzaría a dar clases en la escuela de su madre? ¿Cómo es posible que con todo lo que hablamos no mencionara ese detalle? Si él me lo hubiese dicho, yo le habría contado que estudiaba aquí... ¿Se lo habría dicho? Porque eso hubiese significado que no habría pasado nada entre nosotros. ¿De verdad quería borrar el recuerdo de esa noche? Si volviera atrás en el tiempo y supiera todo lo que sabía en ese momento, ¿no haría lo mismo? El destino era caprichoso.

Miraba las fotografías de Duse y Stanislavski que colgaban de las paredes del aula evitando cruzar la mirada con él mientras trataba de asimilar esta nueva situación.

—En este bloque, estudiaremos técnicas dentro del rodaje y las funciones de los diferentes miembros del equipo técnico. También

trabajaremos con textos de películas y series de televisión con grabación en el aula y posterior visionado y análisis —explicaba Álvaro
dirigiéndose a la clase—. Profundizaremos en las bases del trabajo de
interpretación ante la cámara: la escucha, la acción-reacción, la línea
de pensamiento, la mirada, el punto de vista... Desarrollaremos he-
rramientas específicas para trabajar en drama y comedia: energía, ritmo, pausas, etc., y grabaremos diferentes secuencias de cada género.
Al terminar el módulo, se os entregará todo el material grabado y una
secuencia montada por el equipo de la escuela que, por supuesto,
podréis utilizar para presentaros a audiciones.

Trataba de concentrarme al máximo en lo que Álvaro decía. Este
era uno de los módulos más importantes porque el material que nos
entregarían al final sería mi *videobook*, pero lo escuchaba y me des-
concentraba. No podía evitar fantasear con él.

Cuando terminó la clase, mientras salía del aula, Oliver se colocó
a mi lado y me agarró de la cintura. Lo aparté con disimulo, aunque
al ver que Álvaro me miraba por primera vez en toda la hora, pensé
que quizá no era tan mala idea dejarme querer por Oliver si aquello
lo ponía celoso.

Una vez en el pasillo, le pregunté por qué me había besado delante de Álvaro.

—¿Te ha molestado? —preguntó en un tono que no me gustó.

—No es eso, es que...

—¿Anoche me pedías que siguiéramos conociéndonos y hoy,
como lo has visto, te molesta que te bese?

—Yo no te pedí nada.

—¿No? Entonces ¿qué significa decirme que no quieres perderme? ¿O es que has cambiado de idea al verlo? ¿Piensas seguir follán-
dotelo?

—No vuelvas a repetir eso aquí en la escuela —dije furiosa, pero controlando el tono de voz al tiempo que miraba alrededor para ver si alguien lo había escuchado—. Tanto yo como él podríamos tener muchos problemas si se descubre que nos hemos acostado.

—¿Por qué?

—Porque va en contra de las normas del centro.

—Mientras no lo hagáis durante el periodo en el que él imparte clases, no hay problema.

—Por si acaso. Ahora déjame en paz —dije dándole un empujón y apartándolo de mi camino.

—¡Adriana! —La voz de Georgina resonó a mi espalda, pero ni me giré ni me detuve.

En ese momento, solo quería desaparecer de aquel pasillo antes de que Álvaro saliera y me viese.

—Tía, ¿qué coño te pasa? ¡Espérame! —dijo Georgina corriendo para alcanzarme.

—Tengo prisa —dije sin detenerme.

—¿Qué ha pasado entre Álvaro y tú?

—Nada. ¿Por qué me preguntas eso? —Continué caminando.

—Es evidente. Cuando estábamos hablando y ha llegado..., ufff, ¡qué tensión había entre vosotros! Por no hablar de que se ha pasado toda la clase evitando mirar en tu dirección.

—Son cosas tuyas —dije tratando de parecer indiferente.

—No, no son cosas mías y lo sabes. ¿Qué pasó la noche de la fiesta?

—Ya te dije que nada. Mejor cuéntame, ¿qué te pasó a ti? ¿Por qué te fuiste tan de repente después de aquella llamada? —pregunté, creyendo que no obtendría ninguna respuesta.

—Mis padres se van a divorciar —confesó.

Me dejó completamente en shock y me detuve en mitad del pasillo.

—¡¡¡¿Qué?!!!

—Sí, y esa noche me llamaron del hospital para decirme que mi madre había intentado suicidarse —soltó como si necesitará liberarse de aquello.

—Pero ¿qué dices? No sabía nada... Lo siento mucho... Yo...

—No lo sabe nadie, ni siquiera sé por qué te lo cuento a ti.

—Quizá porque sabes que no te voy a juzgar. No tienes que avergonzarte; no vas a ser la primera ni la última cuyos padres se separan.

—Es más complicado que todo eso, pero prefiero no hablar del tema, y te agradecería que lo comentaras con nadie.

—Puedes estar tranquila, no lo haré.

—¿Ahora vas a contarme qué pasó esa noche entre Álvaro y tú?

Subimos a la azotea y nos sentamos en un poyete que había junto al borde. Me quedé mirando lo que quedaba de la torre de planta cuadrada que en otro tiempo debió de ser el campanario de la iglesia. Conservaba su esencia románica y estaba construida con sillares. A los lados de cada uno, se abrían un par de estrechos huecos en arco de medio punto para albergar la campana, cuya ausencia denotaba que no había resistido el inexorable paso del tiempo, al igual que las tejas de la cubierta, donde ya pocas quedaban intactas. Habían colocado una barandilla de madera alrededor, supongo que para reforzar la estructura y mantener en pie lo poco que quedaba de aquella vieja torreta.

Acabé contándole a Georgina con todo detalle lo que había sucedido esa noche y al día siguiente, también lo de la noticia que había leído en la revista. Ella se quedó en silencio unos segundos mirando al campanario. Luego sacó su iPhone y empezó a buscar algo.

—Mira. —Me mostró una publicación de Instagram—. Al parecer sus fans desmienten que la relación con Carla sea cierta.

—Sus fans se aferran a cualquier esperanza con tal de seguir creyendo que está soltero.

—Yo creo que es solo parte de un chisme, si no, ¿por qué no estuvo Carla en el evento?

—No sé, quizá no pudo asistir.

—Por lo que veo, ni Álvaro ni ella se han pronunciado al respecto —dijo Georgina sin apartar la vista de su iPhone.

—Lo que está claro es que se habrá acostado con actrices famosas, guapísimas, deseadísimas y talentosas.

—¿Y qué pasa con eso?

—Pues que para él no he significado nada.

—Quiérete un poco más. Hay muchas formas de interpretar las cosas.

—¿Y cómo interpretarías tú todo esto? —pregunté molesta.

—Si se hubiese acostado conmigo, pensaría que estoy a la altura de esas actrices famosas, guapísimas y deseadísimas, como tú las llamas, y simplemente dejaría fluir las cosas., Por supuesto, no perdería el contacto con él. Nunca sabes qué puertas puede abrirte.

—Vamos, que lo verías como lo que ha sido, solo un polvo —me lamenté.

—Pues eso que te llevas. La cuestión es: ¿qué vas a hacer ahora?

—¿Qué voy a hacer de qué?

—No sé... ¿Piensas hablar con él sobre lo que pasó? Yo no perdería esa amistad...

—No hay nada de qué hablar. Está claro que para él fue un polvo sin más.

—Yo no estaría tan segura de eso, la verdad.

Me preocupaban bastante las consecuencias que pudiera haber si se descubría lo que había pasado entre Álvaro y yo. Quizá por eso me vino a la mente la historia entre su novio y la profesora. Me aventuré a preguntarle qué fue lo que sucedió.

—Fue antes de que nos conociéramos, obviamente —aclaró Georgina—. Se acostaron un par de veces. Luego él la pilló con otro, se calentó y corrió el rumor de que se la había follado. Al final, la expulsaron a ella por el escándalo. Él dijo que había bebido mucho esa noche y que no se acordaba de nada... Lo sé, un capullo, pero por eso me gusta.

—En mi caso, me expulsarían a mí...

—Eso que no te quepa duda. Él es el hijo de la directora y famoso, y tú... —enmudeció.

—Dilo, yo no soy nadie.

—No quería decir eso, Adriana.

—Sabes que sí. Y es la verdad.

—Tienes que ser más inteligente. No puedes dejarte llevar por tus emociones. Si de verdad quieres llegar lejos como actriz, tendrás que anteponer tu carrera a los sentimientos.

# 25

## ÁLVARO

Nunca había sido el primer hombre de ninguna mujer, y saber que estaba a punto de serlo me puso nervioso, no lo voy a negar. Por un lado, tenía miedo de no estar a la altura y provocarle algún tipo de dolor y, por otro, tenía la certeza de que no disfrutaría. Me gustaba el sexo duro, cañero y, si era con mujeres experimentadas, mejor. Pero lo que hice con Adriana fue algo que iba más allá del sexo, no sé si llamarlo conexión o sentimiento. Era perfecta, como un ángel inalcanzable.

No me la podía quitar de la cabeza desde aquel día. Si hubiese tenido su teléfono, la habría llamado. Le habría propuesto una cita, una cena, un paseo..., lo que fuera con tal de volver a verla, de volver a experimentar aquella sensación. Porque esta vez nada me impedía buscarla, salvo el miedo. No entiendo cómo fui tan estúpido de no dejarle mi número, creo que una parte de mí esperaba encontrarla en la habitación del hotel al volver. Sin embargo, todo cambió cuando la vi allí, en el pasillo, junto a la puerta de mi clase.

No sé qué fue exactamente lo que sentí al verla allí. ¿Deseo? ¿Rabia? ¿Desconfianza? Quizá un poco de todo. No podía creer que fuese a ser mi alumna. ¿Por qué me había ocultado que estudiaba en la escuela de mi madre? Si existía alguna posibilidad de que entre nosotros surgiera algo, acababa de desvanecerse.

Tan pronto como terminó la clase, me fui al dormitorio de la residencia en el que me alojaba de forma provisional hasta que encontrara un apartamento, porque bajo ningún concepto volvería a vivir con mi madre.

Me metí en la ducha.

La imagen de Adriana desnuda ocupaba todos mis malditos pensamientos desde aquella noche. Sin embargo, después de saber que sería mi alumna durante todo el curso, mi forma de verla había cambiado. No podía decepcionar a mi madre y, si en algo había hecho hincapié antes de permitirme impartir las clases de este módulo, era en que nada de confraternizar con las alumnas. Mi madre me conocía y era consciente de que mi presencia alteraría las hormonas de las chicas. Yo no tenía ningún problema con esa norma, ninguna adolescente sería tan irresistible como para poner a prueba mi autocontrol, o eso creía antes de saber que Adriana sería una de ellas. Había algo en su mirada que me hacía perder la razón. Desde el primer día que la vi en aquel cine de Madrid, me quedé prendado de ella: su mirada, sus gestos, la forma en que decía las cosas... Parecía un ser sobrenatural. Si no hubiese sido por lo que sucedió después de aquella cita, la habría ido a buscar al cine cada tarde como le prometí.

De haber sabido que sería mi alumna, jamás habría permitido que pasara lo que pasó. Me maldije por no preguntarle, por no suponer que, si estaba en la fiesta, era porque de algún modo estaba conectada con el mundo de la actuación o con la escuela.

Luego estaba ese beso... ¿Por qué cojones me importaba que otro la besara? No teníamos nada ni lo tendríamos y, sin embargo, me quemaba por dentro haber presenciado cómo ese niñato posaba sus labios sobre los de Adriana. ¿Se la habría tirado ya? Joder, estaba cayendo rendido a sus encantos. Golpeé con fuerza la pared de la ducha.

Si mi madre se enteraba de lo que había pasado entre Adriana y yo, estaba perdido. A ella la expulsarían de la escuela y yo decepcionaría una vez más su confianza. Este trabajo era una excelente oportunidad, ahora que ya se había estrenado mi película, de seguir demostrándole que había madurado y que ya no era un niño caprichoso y malcriado.

Lo que había pasado entre Adriana y yo no podía volver a repetirse nunca más. La pregunta era: ¿cómo iba a hacer para no caer en la tentación?

# 26

## ADRIANA

Georgina tenía razón. No podía permitir que aquello me afectara. Tenía que mostrarme fuerte, segura de mí misma. Como si para mí lo que había pasado entre nosotros la noche de la fiesta tampoco hubiese significado nada.

Entré en la habitación totalmente descolocada, seguía sin poder creerme que Álvaro fuese el nuevo profesor del módulo más importante. No podía dejar que ese hecho me afectara, pero, por otro lado, tampoco podía evitar querer despertar su interés. Quizá por eso decidí ir a comprarme algo esa tarde para ponérmelo el día siguiente.

Entré en varias tiendas; todo me parecía demasiado caro y estrafalario. En Zara encontré una sudadera de rayas de Beverly Hills con un cuello de polo que me quedaba bastante bien y un bolso bastante versátil que podría usar tanto para ir a clases como para el día a día. Había llegado el momento de tirar aquella reliquia que llevaba colgada del hombro.

Fui a la caja para pagar y allí me encontré con Liam. Él no me vio porque estaba discutiendo con la dependienta y parecía bastante alterado. Quise acercarme para ver si podía ayudar, pero entonces me di cuenta de que lo que estaba intentando hacer era devolver el traje que se había puesto la noche del estreno.

—Te estoy diciendo que no me lo he puesto —le gritó a la que parecía la encargada.

—Y yo te estoy diciendo que estos pantalones han sido usados y no puedes devolverlos. La chaqueta no hay problema, pero el pantalón no. Lo siento.

Liam resopló. En ese momento me acerqué a él.

—¿Todo bien?

—Adriana, ¿qué haces aquí? —preguntó sorprendido al verme. Dudó unos instantes y no supo qué más decirme.

Traté de ayudarlo.

—¿Estos son los pantalones que me dijiste que habías comprado, pero que te quedaban grandes y que, además, parecía como si estuviesen usados?

—Sí, justo eso le estaba explicando a la dependienta.

—Pues pon una reclamación. No puede ser que te tengas que quedar unos pantalones que te quedan grandes y que, encima, te los vendieron usados.

—Tienes razón —dijo Liam—. Quiero la hoja de reclamaciones.

La chica dudó y finalmente optó por devolverle el importe de los pantalones también. Yo pagué la sudadera y el bolso y salimos juntos de la tienda.

—Gracias, Adri. Sin tu ayuda no habría podido devolverlos y... necesitaba el dinero.

—No había caído en que yo también puedo venir mañana y devolver esta prenda para comprarme otra. —Levanté una ceja y sonreí maléfica.

—Mejor ve a otra tienda, aquí creo que ya nos han fichado.

Ambos reímos.

—No le cuentes nada de esto a Georgina —me rogó.

—¿Por qué? Tampoco es tan grave.

—Ya, pero ella es... Bueno, ya sabes.

—No te entiendo.

—A ver, ella es un poco clasista. No quiero que me juzgue por ir devolviendo la ropa.

Pensé en lo irónico que era que ellos dos se considerasen amigos desde hacía tanto tiempo y que, sin embargo, se ocultasen tantos secretos. A veces, las personas que presumen de tener una gran y sana amistad son en realidad completos desconocidos. Ambos veían en el otro una imagen ficticia de lo que en realidad eran. Si se hubieran desnudado el uno frente al otro, probablemente serían más amigos o quizá todo lo contrario, no se soportarían.

Liam y yo compramos una Coca-Cola en el supermercado y nos sentamos en las escaleras de la plaza del Rey. El conjunto arquitectónico que nos rodeaba era probablemente el mejor ejemplo del pasado medieval de la ciudad. La plaza estaba tranquila en ese momento, solo había otros estudiantes sentados en las escaleras, en la parte que aún daba el sol.

Me explicó que nos encontrábamos justo en el antiguo corral del Palacio Real, que se había usado durante siglos como mercado, y que, a nuestros pies, debajo de la catedral, había unos túneles romanos que se podían visitar. También me contó una leyenda sobre que esos túneles en su día estuvieron conectados con la escuela.

Estábamos rodeados de historia. Me señaló el Palacio Real, que se alzaba sobre nosotros, el Tinell, la cima de la antigua muralla romana sobre la que se levantaba una torre, la capilla de santa Ágata y el palacio del Lloctinent.

La noche nos alcanzó casi sin darnos cuenta. Después de hablar del pasado de esa plaza, Liam me contó parte de su historia. Nunca me

166

hubiese imaginado que tenía problemas con el dinero, que podía estudiar en la escuela porque una beca le cubría parte de la cuota y que vivía gracias a lo que ganaba subiendo vídeos explícitos a una aplicación.

—¿Y no te da miedo que alguien pueda ver esos vídeos? —le pregunté después de acribillarlo a preguntas sobre qué era eso de OnlyFans.

—De eso se trata, de que los vea mucha gente y se suscriban, así gano más.

—Me refiero a gente del mundillo. Imagínate que te haces famoso, esos vídeos se van a hacer virales.

—Los borraré.

—No soy ninguna experta en internet, pero si por algo siempre me han echado para atrás las redes sociales y todo eso es precisamente porque nunca sabes quién puede guardar cualquier cosa que subas, por mucho que la borres luego. ¿O crees que la gente no se guardará esos vídeos?

—No se pueden guardar.

—Existe la grabación de pantalla... No sé... No quiero que pienses que te estoy juzgando o que...

—Sí, ya sé lo que vas a decirme, que me busque un trabajo más... decente, más normal, ¿no?

—No es eso.

—Claro que sí. Dices que no me juzgas, pero con este comentario lo estás haciendo. ¡Es mi cuerpo! No hago nada malo, nada que cualquier otra persona no haga con el suyo. No soy menos por grabarme y ganar dinero con ello. Si eso hace que no me den un papel, pues ya me darán otro.

—Tienes razón... Yo solo digo que estás trabajando mucho para llegar lejos, pero que, nos guste más o nos guste menos, lo que haces está mal visto. ¿O acaso tienen Mario Casas o Miguel Ángel Silvestre un OnlyFans de esos?

—Pues, si lo tuvieran, ganarían mucha más pasta.

Ambos reímos.

—Oye, ¿y Martí sabe...?

—¿Por qué lo preguntas?

—No sé..., curiosidad. Sé que te gusta.

—¿Tan evidente es?

—Lo que no sé es cómo Georgina no se ha dado cuenta.

—Porque vive por y para ella.

Reímos de nuevo.

—Martí no lo sabe ni se lo contaré jamás. Él no lo entendería. Los heteros tienen una mente muy cerrada. Delante de ti hacen como que lo entienden todo, pero luego, a la que te das la vuelta, te juzgan o se alejan, que es lo que él haría.

—No todos. Te recuerdo que soy hetero —hice hincapié en esa última palabra.

—Bueno, siempre está la excepción que confirma la regla.

—¿Te gusta mucho?

—Demasiado. Creo que sin darme cuenta me he enamorado de él. No sé cuándo ha sucedido ni cómo, pero es que a veces, mientras duerme, me pongo a ver sus fotos en Instagram y... Ufff... No sé, es tan guapo. Tiene una forma tan natural de posar, de vivir, de hacer la compra...

—¿De hacer la compra? —pregunté extrañada.

—Sí, es que ayer subió una foto en el supermercado, que supongo que se la haría Georgina, y salía metiendo la fruta en una bolsa de papel con una sonrisa... Ay, cuando sonríe...

—Madre mía, sí que estás colado por él.

—Demasiado, lo sé. Es que es todo un corazón dentro de un envoltorio de chico malo.

—¿Cómo es?

—¿Cómo es el qué? —preguntó confuso.

—Eso de estar cerca de alguien a quien amas en silencio y no puedes ni siquiera tocar.

—Es como si algo te quemara por dentro. A veces se pone a estudiar en la habitación sin camiseta, porque tú sabes que la calefacción hay días que está a tope, y yo sencillamente siento que me va a dar algo. Tengo que esforzarme por no mirarle los abdominales cuando se gira hacia mí para preguntarme algo. Por las noches, me cuesta dormirme porque me quedo embobado mirándole la boca, hace unos movimientos muy graciosos con los labios. Pero lo peor de todo es quizá el olor. A veces mi ropa se impregna de él, de su carácter, de su masculinidad, de su fuerza, y entonces cierro los ojos y me imagino cosas... Pero, bueno, muy pronto vas a saber de qué te hablo.

—¿Por qué dices eso?

—Porque sé que alguna cosa os traéis Álvaro y tú.

—¿Álvaro?

—No te hagas la tonta. He notado la tensión que hay entre vosotros en clase, e intuyo que en la fiesta acabó pasando algo más de lo que vi.

—No pasó nada.

—Vale, si tú lo dices... Solo quiero que sepas que puedes confiar en mí, que si necesitas hablar aquí estoy. No voy a contárselo a nadie. Bueno, tampoco tengo a quién contárselo, salvo a Martí y a Georgina.

—¿No tienes más amigos en la escuela? —bromeé.

—Pues no. Conozco a mucha gente, pero amigos como tal..., no. Tampoco tengo tiempo para eso.

—¿Y fuera de la escuela tampoco?

—No. He crecido en hogares de acogida y, no lo voy a negar, soy bastante frío.

Por un momento creí que se estaba quedando conmigo, pero luego pensé que yo, pese a no haber crecido en hogares de acogida, tampoco tenía muchos amigos en Madrid. Apenas los compañeros de la Escuela de Rosi y algunas personas mayores que solían ir al cine del abuelo.

—Vaya, lo lamento. —No supe qué otra cosa decir.

—Tranquila, es algo que no me afecta. Se aprende a vivir mejor con uno mismo. Además, dicen que las personas que menos amigos tienen son las más felices.

—Ah, ¿sí? ¿Eso dicen? —pregunté confusa.

Asintió con la cabeza.

Nos miramos y por un momento sentí que, en el fondo, Liam y yo no éramos tan distintos. Sabía perfectamente a qué se refería porque era justo lo que a mí me había tocado hacer después de la muerte de mis padres: vivir conmigo misma.

Algunas personas, como él, ponían grandes barreras para no sufrir, y eso les hacía parecer fríos; otras, como yo, buscábamos desesperadamente el amor, hasta que lo encontrábamos. Pero, en mi caso, luego me saboteaba a mí misma, porque en el fondo creía que no me merecía las cosas buenas que me pasaban. De todas formas, eso aún no lo sabía en ese momento; era algo que aprendería con el tiempo.

¿Sería esto lo que estaba haciendo con Oliver? ¿Sabotear nuestra historia antes incluso de que comenzara?

—Me gusta Oliver, pero me he acostado con Álvaro —solté de pronto.

—Ah, muy bien. Veo que te has puesto las pilas.

—Muy chistoso. Hablo en serio, estoy muy confundida.

—¿Por qué? Yo lo veo bastante fácil. Tú misma acabas de darte la respuesta: te gusta Oliver. Bien, pues no hay más que hablar, porque con Álvaro no tienes nada que hacer. Sabes que en esta escuela las relaciones entre alumnos y profesores están totalmente prohibidas, ¿verdad?

—Sí.

—Pues eso. Inténtalo con Oliver, ¿qué te lo impide? Está tremendo y parece un buen tío.

El recuerdo, eso me lo impedía. La imagen de Álvaro recorriendo mi cuerpo con sus manos, sus labios emborrachándose con los míos, mis piernas aferradas a su cintura, su olor embriagando mis sentidos... Eso y el miedo, el miedo a que esa sensación que me producía recordarlo desapareciera.

# 27

## ADRIANA

Por la mañana, me levanté media hora antes de lo habitual. Me puse la sudadera nueva y me esmeré con el maquillaje; quería resaltar mis rasgos, pero que pareciera natural. Creo que lo conseguí. Aunque no sé si sirvió de mucho, porque, cuando llegué a clase, Álvaro actuó como si yo no existiera. Me cabreaba que estuviese tan atento y concentrado en todo menos en mí. Me irritaba su capacidad de hacerme sentir que yo no significaba nada para él.

—Un actor crea su propia técnica, no se estudia un manual o hace todo lo que le enseñan en una escuela. Un artista de verdad encuentra su propia voz, su esencia... Se prepara. Por supuesto, recoge material elaborado por los más grandes, pero también sabe desechar y adaptar —dijo sentado en el borde de la mesa con un aire informal.

Aquella pose me excitaba. Todo de él me excitaba: la forma en que movía las manos mientras hablaba, cómo se mordía la comisura de los labios a veces, la habilidad con la que jugueteaba con el bolígrafo que tenía entre los dedos...

—Cuando el actor tiene claro los propósitos y las acciones que desarrollará en el escenario a la hora de representar, le puede sobrevenir un problema y es el de la dispersión de la atención. —Miró hacia mí.

Nuestras miradas se cruzaron por primera vez desde que había comenzado la clase. Fue extraño, no la apartó de inmediato. La intensidad en sus ojos hizo que fuese consciente de las últimas palabras que había pronunciado: «dispersión de la atención». En ese momento, me di cuenta de que era una indirecta para que estuviese más atenta.

Se puso de pie y continuó hablando. Yo comencé a temblar.

—Durante la actuación, el actor puede sufrir algún tipo de inseguridad, se le pueden venir a la cabeza cosas que le preocupan, ya sea un amor, una enfermedad, la pérdida de un familiar... Pero lo que suele desconcentrarle con más frecuencia es prestar atención a la gente que lo mira; es decir, al público, si está en un escenario, o a cualquiera del equipo, si se encuentra en un set de rodaje. El buen actor tiene que aprender a olvidarse de esas personas y centrarse únicamente en sí mismo y en el resto de actores con los que interactúa en la escena. Si no consigue vencer el efecto que el público ejerce sobre él, nunca podrá avanzar en su trabajo.

—¿Y cómo se consigue eso? —me atreví a interrumpir.

—Buena pregunta, Adriana. —Escucharle decir mi nombre hizo que se produjera un revoloteo en mi estómago—. Para que el actor logre distanciarse de los espectadores o del equipo de rodaje, debe concentrar su atención en algún objeto que esté en la escena; cuanto más atractivo sea ese objeto, mayor será la concentración.

—Esa explicación está muy bien, la teoría parece sencilla, pero ¿cómo sabemos que hemos elegido el objeto adecuado para centrar nuestra atención? —pregunté.

—Lo importante no es el objeto en sí, sino la atención que se le presta. Para ello, es necesario que ese objeto provoque algún tipo de reacción emotiva en nosotros, que sea algo que despierte nuestra creatividad, facultad indispensable para lograr una actuación natural... Espero que esto haya respondido la pregunta.

»Ahora me gustaría hablar de las diferencias que existen entre la interpretación teatral y la audiovisual. Para muchos actores acostumbrados a hacer teatro, actuar ante una cámara puede ser un tanto limitante, mientras que para otros puede resultar todo un descubrimiento creativo lleno de potencial.

»En este módulo, abordaremos los aspectos esenciales del trabajo con la cámara a través del manejo del arte del primer plano: proximidad, intimidad, honestidad, transparencia, fuerza, mirada, concentración, naturalidad, intención, sentimiento...

Álvaro continuó con la clase, que era una de las más interesantes de todo el curso, o quizá era que él la hacía interesante.

—Para el próximo día, vamos a trabajar en parejas una escena de cama. Id eligiendo con quién queréis hacerla. Eso es todo por hoy.

—¿Qué objetivo tiene este ejercicio? —pregunté con cierta hostilidad antes de que todos empezaran a levantarse.

Álvaro me lanzó una mirada fulminante.

No sé exactamente qué pretendía. ¿Incordiarlo? ¿Molestarlo? ¿Llamar su atención como una niña pequeña?

—Para romper el hielo. ¿Tiene usted algún inconveniente en representar una escena de cama delante de sus compañeros?

Comencé a temblar.

—No —respondí tratando de parecer segura de mí misma.

—Muy bien.

Álvaro dio por finalizada la clase y se dispuso a recoger sus cosas. Antes de que yo saliera por la puerta, me llamó.

—Adriana. —Percibí la aspereza en su voz.

Me detuve, pero no me volví hacia él.

—¿Podemos hablar un segundo?

Me volví hacia él y nos miramos desafiantes.

—Sí, dígame —dije tratándolo de usted, pues aún quedaban algunos alumnos en el aula.

Georgina me guiñó un ojo antes de salir. Oliver, en cambio, evitó mirarme.

Me acerqué a la mesa y, para cuando llegué, nos habíamos quedado completamente solos.

—Si sigues interrumpiéndome y tratándome con esa hostilidad delante de la clase, vas a hacer que me meta en un problema —dijo después de cerrar la puerta del aula.

—Ah, ¿sí? ¿Por qué?

—Sabes perfectamente por qué.

—No sé de qué me habla, profesor. Yo solo hago preguntas cuando tengo dudas y, que yo sepa, en ningún momento le he faltado el respeto, ¿o sí?

—Tienes que cambiar de asignatura —exigió con un tono de voz demasiado autoritario.

—¿Cambiar de asignatura? —pregunté atónita.

—Sí, puedes estudiar este módulo el año que viene.

—¿Lo dices en serio?

—Sí.

—¿Y por qué iba yo a dejar este módulo para el año que viene?

—Porque no podemos estar juntos —dijo como si estuviésemos en una telenovela.

—No estamos juntos. —Me reí.

—Me refiero a que creo que ambos tenemos la madurez suficiente como para hacer lo correcto, y creo que estar en una clase juntos después de lo que ha pasado no es lo más apropiado.

Sentí que estaba rompiendo conmigo antes incluso de que llegáramos a tener nada, porque entre nosotros no había nada.

—Eres un capullo —dije antes de salir por la puerta hecha una fiera.

Me sentía impotente. ¿Cómo se atrevía a pedirme que dejara este módulo para el año que viene? ¿Quién coño se creía que era para interferir así en mis planes? Lo que más me jodía era su indiferencia. Era evidente que yo no había significado nada para él.

Necesitaba estar sola, despejarme la mente. No quería ver a nadie.

Dejé las cosas en mi habitación, me cambié la sudadera por otra vieja y salí a dar un paseo. Atravesé el casco antiguo por un laberinto de callejuelas con edificios ruinosos hasta llegar a la Barceloneta.

El cielo estaba gris ese día, como mi estado de ánimo. Me senté en la arena frente al mar y dejé que la brisa fría me envolviera. Nunca había estado en la playa en un día nublado y tengo que confesar que la sensación era más placentera de lo que esperaba. A diferencia de la lluvia, que alejaba aún más aquellos que ya estaban lejos y unía a aquellos que ya estaban juntos, los días grises traían consigo la nostalgia, el recuerdo de que un día todo fue mejor, la libertad de ir y venir y la esperanza de que todo puede volver a tener color. Supongo que cómo nos sintamos es cuestión de perspectiva y no del tiempo.

Todo era tan sencillo en Madrid. Mi vida era monótona, sin tantos altibajos, sin tantas historias. Tenía al abuelo que me cuidaba y se preocupaba por mí. Pero supongo que llega una etapa en la vida en que te toca madurar y aquello era el principio de esa etapa. Debía enfrentarme a ella con fortaleza y... sola; así era como me sentía, y pensé que era mejor no depender de nadie, porque nada era eterno, hasta mi sombra me abandonaba los días nublados.

Álvaro y yo no éramos nada, pero en alguna parte de mí yo sentía que era mío. Había sido el primero, y eso, lo quisiera o no, lo hacía especial. Pero lo que había sucedido la noche del estreno había quedado eclipsado por todo lo que vino después. Tenía que dejar atrás esa historia y centrarme en el objetivo que me había llevado a Barcelona.

A veces nos preguntamos por qué nos pasa esto o aquello, cuando quizá la pregunta correcta que debemos hacernos es para qué. Quería pensar que algo grande estaba por llegar a mi vida, quizá un futuro prometedor. Al fin y al cabo, para eso había ido allí, no para encontrar al amor de mi vida.

Debía mantenerlo presente.

# 28

## ADRIANA

Regresé a la escuela y me fui a la sala de ensayo que estaba vacía y completamente a oscuras. Busqué los interruptores para encender la luz; los encontré en el lugar más insólito: junto a una ventana, a más de diez metros de la puerta... ¿Qué clase de instalación era esa? Por suerte, llevaba la linterna del móvil.

Esta sala era ideal para ensayar: era amplia y luminosa, tenía suelo antideslizante y una pared enorme forrada de espejos que llegaban al techo. También contaba con un equipo de música que permitía conectar el *smartphone* por *bluetooth* y poner la canción que quisieras.

No tenía ni idea de cómo iba a enfrentarme a la prueba de baile. Cuando era más pequeña, estuve apuntada un tiempo a clases de tango, pero hacía años que no practicaba.

Conecté el móvil al reproductor, busqué una versión de *Fuga y misterio* que me encantaba y le di al *play*. Me puse en posición y entonces recordé que se debe comenzar con un ligero abrazo. ¿Cómo iba a ensayar sola un baile que era de pareja? Me concentré en recordar los movimientos. Hacia delante con el pie izquierdo, hacia delante con el pie derecho, hacia delante con el pie izquierdo, hacia la derecha con el pie derecho, los pies juntos moviéndose a la izquierda para juntarse a la derecha. Lento, lento, rápido, rápido, lento... Flexioné un poco las rodillas para evitar la rigidez de los movimientos y que los pasos se vieran más fluidos. ¡Lo tenía! Parecía que lo de bailar era como montar en bicicleta, nunca se olvida.

Repetí los movimientos, esta vez al compás de la música, centrándome en las notas y buscando el ritmo. Terminó la canción y se escuchó un aplauso. Miré hacia la puerta y allí, apoyado en el marco, me encontré con la mirada de Oliver.

—¿Un tango solitario para la audición? —preguntó sin moverse de allí.

—Sí. ¿Por qué no?

—¿No crees que al jurado puede darle la sensación de que falta algo?

—¿Te ha parecido que falta algo?

—Sí.

«Capullo», pensé al tiempo que me reí.

—¿El qué?

—Yo.

Me reí, pero al ver que él no sonreía, añadí:

—Ah, ¿que hablas en serio?

—Sí, el tango es uno de mis fuertes.

—Vaya, eres toda una caja de sorpresas.

—Lo soy —dijo acercándose al reproductor de música.

Conectó su móvil y puso una canción versionada de Carlos Gardel. No la reconocí hasta pasados unos segundos, se trataba de *Volver*.

Oliver se acercó a mí, me tendió la mano y acepté sin dudarlo. Entrelazó su mano izquierda con la mía a la altura de los ojos y la derecha la colocó alrededor de mi cintura. Puse la mano derecha sobre su brazo. Nuestras poses eran firmes, pero estaban cargadas de sensualidad.

Parecía como si la música me hubiese cogido de la mano, me besara y me susurrara al odio: «Todo va a ir bien».

Resultó que Oliver era todo un experto. Me dirigió en una caminata repleta de giros. Seguí sus pasos maravillada por su dominio y control. Se apoderó de la pista con movimientos elegantes y me transmitió su energía.

Intentamos hacer un gancho: un movimiento que consiste en entrelazar nuestras piernas. Yo me confundí y perdí el equilibrio, pero él me agarró a tiempo. Nuestras bocas quedaron demasiado cerca. Durante unos segundos, permanecí inmóvil, atontada, mirándolo como una estúpida.

—¿Estás bien? —preguntó.

—Sí, sí. Solo algo oxidada, por lo que veo.

—Nada que no se pueda solucionar con un poco de práctica. Bailas bastante bien y dominas técnicas complejas del tango. Creo que pasarás la prueba.

—Pero bailar sola no es lo mismo; tú haces que se vea más bonito y profesional.

—Es lo que tiene trabajar en equipo, que siempre suma.

¿Por qué tenía que haberse cruzado Álvaro en mi camino? Si no hubiese aparecido, me habría enamorado perdidamente de Oliver. Era el hombre perfecto. Tenía todo lo que siempre había esperado de un chico.

—¿Cuándo tienes la prueba?

—Pasado mañana.

—Si quieres, puedo hacerla contigo.

—¿En serio? ¿Harías eso por mí?

—¿A estas alturas aún lo dudas? Haría cualquier cosa que me pidieras.

Me entraron ganas de darle un abrazo, pero me contuve.

—Perdona si te molestó el beso. La verdad es que hace tiempo que no ligo, no sé cómo hacerlo —dijo de pronto.

—No te disculpes. Ha sido culpa mía. No he sido clara contigo.

—Entonces ¿todo bien entre nosotros?

—Todo bien. —Sonreí.

Seguimos ensayando hasta altas horas de la madrugada.

Cuando terminamos, regresamos a nuestros dormitorios. Mientras caminábamos por el pasillo de la residencia, nos encontramos a Álvaro, que nos miró con cierto recelo. ¿Qué hacía allí de madrugada? ¿Acaso se estaba quedando a dormir en la residencia?

No me había cruzado con él fuera de clase y tenía que hacerlo justo en ese momento que iba acompañada de Oliver.

—Buenas noches —dijo en tono cordial.

—Buenas noches —respondimos Oliver y yo al unísono.

Me pregunté de dónde vendría. ¿Habría estado tomando algo con la *influencer* con la que salía en la revista? O peor..., ¿con otra alumna? A saber... Preferí no pensar en esta última teoría.

Me despedí de Oliver y entré en mi habitación. Cristina ya estaba dormida, así que sin hacer ruido cogí mi toalla, el neceser y me fui al baño para darme una ducha antes de acostarme. La necesitaba.

# 29

## ADRIANA

Al día siguiente, me pasé toda la mañana pensando en la clase de Acting Camera que tenía esa misma tarde con Álvaro. Estaba nerviosa, no sabía si sería capaz de afrontar la escena de cama delante de él. Solo de pensarlo, ya me ponía enferma.

Antes de la clase, subí a la azotea a tomar un poco de aire fresco. Me costaba respirar. Me asomé al borde y, al contemplar la altura, sufrí un pequeño mareo. Me senté en el poyete y no sé por qué rompí a llorar.

Si Álvaro de verdad creía que iba a quitarme de su clase, lo llevaba claro. Ni siquiera me lo había planteado.

Reflexioné sobre lo mal que lo estaba haciendo. Se suponía que esta sería una de las mejores etapas de mi vida, que disfrutaría de esta experiencia. Pero más que disfrutar, aquello se había convertido en una especie de tormento. Apenas dormía seis horas diarias porque las clases empezaban temprano y por las noches siempre me quedaba hasta tarde haciendo alguna tarea para el día siguiente. A esto había que añadirle los ensayos y la presión de las audiciones, por no hablar de la energía que me robaba tener a Álvaro de profesor.

—¿Estás bien? —La voz de Georgina me sobresaltó.

—¿Qué haces aquí? —pregunté sorprendida y con el rostro cubierto de lágrimas.

—He subido a fumarme un piti antes de la clase. —Encendió el cigarrillo con un mechero dándole una profunda calada—. ¿Por qué lloras?

—No sé si estoy preparaba para ir a la clase de Álvaro.

—¿Por qué?

—Ayer me pidió que me borrase de su clase. Dijo que podía estudiar este módulo el año que viene.

—No puede pedirte eso.

—Ya.

—No pensarás hacerle caso, ¿verdad?

—No, pero...

—Pero nada. Con más razón tienes que ir hoy a clase y hacer el ejercicio.

—Es que no sé si puedo hacer ese ejercicio.

—¿Por qué no?

—Porque... Bueno, por lo que pasó entre nosotros.

—Claro que puedes. Más fácil lo tienes. Ya lo has visto desnudo, has estado en su cama, ¿qué es lo que te da miedo?

—Su cercanía. Su presencia me pone nerviosa, pero su cercanía me paraliza. Es el Profesor, con mayúscula, tía. El hijo de la directora.

—Es un mortal más. —Expulsó el humo del cigarrillo.

—Anoche me vio con Oliver.

—¿Y eso? ¿Se aloja aquí?

—Eso parece. Salíamos de ensayar y nos lo encontramos por el pasillo de la residencia.

—¿Estás ensayando con Oliver?

—Sí. ¿Qué crees que pensaría Álvaro al verme con él?

—¿Qué más te da eso? Que piense lo que quiera, el que supuestamente tiene novia es él, no tú.

—Yo creo que él piensa que Oliver es mi novio. Primero me besó delante de sus narices y luego nos ha visto juntos a altas horas de la noche por la residencia. Debió pensar que veníamos de...

—Mira, pues así ve que tampoco pierdes el culo por él. A los tíos como Álvaro hay que tratarlos con indiferencia. Si les prestas demasiada atención, pasan de ti. ¿No ves que están acostumbrados a tener a todas las tías que quieran? Lo único que puede despertar su interés es tu indiferencia, créeme. —Georgina apagó el cigarro y lo envolvió en una servilleta.

—Si tú lo dices...

—¿Te encuentras mejor?

—Sí, sí.

—Venga, pues vamos a clase.

No tenía ni idea de cómo iba a tomarse Álvaro verme en su clase, pero me daba igual, iba a asistir.

Bajamos y, antes de entrar, dudé, nerviosa. Georgina me agarró de la mano y tiró de mí. El Profesor, sí, así, con mayúsculas, entró en el aula poco después.

Observé su espalda ancha y el culo que se le marcaba bajo los pantalones y que había presionado con mis manos la noche de la fiesta para que se hundiera más en mí. Quería tocarlo de nuevo, acariciarle el pelo, besarle los labios...

—¿Algún enamorado o enamorada en la clase? —Sus ojos grandes y expresivos barrieron el aula.

Georgina y Martí levantaron la mano.

—Acérquense ambos, por favor —les pidió Álvaro.

Ellos caminaron hasta su mesa. Junto a esta había una cámara profesional enfocada a un sofá y un telón de color blanco de fondo.

—¡Desnúdense y quédense en ropa interior! —ordenó el Profesor.

Toda el aula estaba en silencio, expectante.

—Túmbense en el sofá, uno encima del otro. Vamos a representar el inicio de una escena de sexo en la que uno le dice al otro: «Te quiero».

Álvaro se acercó a la cámara al tiempo que Georgina y Martí hacían lo que él les acababa de decir.

# 30

## ADRIANA

Cuando Georgina y Martí terminaron su actuación, Álvaro se quedó pensativo. Los alumnos estábamos ansiosos por saber qué estaría pensando. Miró con atención la grabación a través de la pantalla de la cámara y me pregunté qué sería lo que llamaría su atención.

—He visto funciones de colegio mejor que esto —dijo en tono serio—. No he visto naturalidad ni desinhibición ante la cámara. La gestualidad era robótica y forzada. No hay escucha y la cámara no ha captado ninguna emoción. Lo único que se salva es la mirada.

—Discrepo —dije. Me parecía que Álvaro estaba siendo muy duro e injusto con mi amiga y con Martí.

—¿Sí? ¿Por qué?

—Porque ellos son pareja y yo lo he visto bastante real.

—Parece que Adriana está asistiendo a una clase paralela en algún otro lugar. —Toda la clase rompió a carcajadas—. ¿Ha visto usted lo que ha captado la cámara?

No respondí porque pensé que se trataba de una pregunta retórica.

—Cuando hago una pregunta, espero que se me responda.

—Disculpe, es que...

186

—No me interesan sus excusas. Venga, acérquese. Ustedes pueden sentarse —les indicó a Georgina y Martí.

No dije nada, no valía la pena ponerme a discutir. Mientras me acercaba, solo pensaba en que no me pidiera hacer el ejercicio.

—Vamos a ver la secuencia —dijo Álvaro al tiempo que ponía en la pantalla las imágenes que había captado la cámara de la escena que Georgina y Martí acababan de representar.

Al ver la grabación, me di cuenta de que lo que había captado la cámara no era lo mismo que lo que mis ojos habían visto. En ese preciso instante, comprendí por qué aquel módulo era tan importante. No es lo mismo actuar delante de una cámara que en un escenario delante de público.

Las piernas comenzaron a temblarme.

—Cualquier gesto que se haga en escena debe hacerse porque hay un propósito para ello, incluso estar tumbados. Adriana, desnúdese, voy a hacer la escena con usted.

Si ya me intimidaba hacer el ejercicio en su presencia, saber que lo iba a hacer con él hizo que el pulso se me acelerase. Me faltaba el aire y un calor intenso me recorrió todo el cuerpo y estalló en mi cerebro dejándome un dolor de cabeza terrible. Por un momento, pensé que iba a sufrir un ataque de ansiedad, pero conforme me iba quitando la ropa, descubrí que no era para tanto. Georgina tenía razón, al fin y al cabo, ya había estado desnuda en su cama.

—¿Usted no va a desnudarse? —pregunté cuando me quedé en ropa interior y vi que él seguía completamente vestido.

En su rostro pude ver que no se esperaba en absoluto esa pregunta. Yo tampoco podía creer que hubiese dicho aquello en voz alta.

—Sí, tiene razón —dijo al tiempo que comenzaba a desabotonarse la camisa.

Me arrepentí tan pronto como vi que las chicas le miraban el torso desnudo con deseo. Por alguna razón, sentí celos; nada me hubiese gustado más que gritarles a todas que yo me lo había follado. Seguro que se quedarían petrificadas.

Álvaro se quitó los pantalones y se quedó solo con un bóxer negro de Armani que le marcaba bastante el bulto.

—Túmbese en el sofá, yo me tumbaré sobre usted. Le diré mi texto al tiempo que le coloco un mechón de pelo detrás de la oreja y en ese momento usted dirá el suyo, ¿alguna duda? —preguntó mientras ponía la cámara a grabar, lo supe porque el pilotito rojo se encendió.

—Todo claro. —Caminé hasta el sofá y me senté.

Me froté las piernas con las palmas de la mano.

No sabía si podría actuar así, en frío, sin ninguna razón.

Álvaro se acercó y de nuevo mi corazón comenzó a latir desbocado. Una corriente eléctrica me recorrió el pecho.

Me tumbé despacio sin dejar de mirarlo a los ojos. Él apoyó la rodilla izquierda en el sillón y se tumbó lentamente sobre mí. Sentí la piel de su vientre sobre el mío y una emoción temblorosa me cosquilleó el alma.

Sin dejar de mirarme, alzó la mano y me colocó detrás de la oreja un mechón que tenía suelto. Sentir la yema de sus dedos tocar mi piel me aceleró el pulso.

—Te quiero.

Bum.

Algo dentro de mí estalló cuando pronunció esas palabras. Todas mis neuronas explotaron. Todo se tornó negro. Los alumnos desaparecieron, la clase desapareció, la cámara desapareció; estábamos solos él y yo. Cualquier sonido que pudiera haber atravesado la clase se apagó. Recordé sus manos aferradas a mis nalgas, el baile de nuestras lenguas, su erección, su cuerpo acoplándose al mío, sus embestidas, los gemidos... Hasta que volví a mí. No sé a dónde había viajado ni por cuánto tiempo, solo sé que, cuando tomé conciencia de la realidad, lo único que quería era empujarlo y salir corriendo de allí. En ese momento fui consciente de que había subestimado el poder que ejercía sobre mí. Nunca antes había sentido una atracción tan fuerte por alguien. Tenía un nudo en el estómago que me oprimía también el pecho y me impedía pronunciar mi texto.

Me concentré todo lo que pude en decir aquellas palabras, pero no me salían. Quizá porque eran demasiado ciertas para decirlas así, como si nada. Me sentí estúpida.

—Te quiero —conseguí decir al fin.

Noté una palpitación en su entrepierna, aunque no se había empalmado. Obvio, era actor, estaba acostumbrado a jugar con las emociones, a utilizarlas a su antojo. Yo, en cambio, estaba húmeda y muy muy alterada. Me odiaba por ello, por ser tan débil. Y lo odiaba a él por humillarme de esa forma.

Se levantó como si nada, como si lo que acababa de suceder no significase nada para él, y se fue directo a la cámara.

—Puede vestirse —dijo mientras compartía la grabación en la pantalla para que la clase pudiera verla.

Se vistió y esperó hasta que yo terminara de hacerlo para reproducir la grabación. Las imágenes eran de una calidad sublime, realmente parecían sacadas de una película de Hollywood. Era la primera vez que me veía en pantalla en una grabación así, pero no pude disfrutarlo porque solo pensaba en que todo lo que Álvaro me había dicho la noche de la fiesta era mentira, una ilusión. Había representado un papel para acostarse conmigo.

—¿Se da cuenta? —me preguntó Álvaro cuando el vídeo se detuvo.

—No, ¿qué he hecho?

—Actuar de forma mecánica, forzada y trasladando al texto emociones de su vida privada. Ese «te quiero» está cargado de resentimiento. Quizá sea una etapa por la que está pasando usted en este momento.

Quise decirle que era un auténtico capullo y mandarlo a la mierda delante de todos, pero me contuve. Si quería humillarme para que yo decidiera borrarme de Acting Camera, lo había conseguido: no quería volver a verlo.

—Puede volver a su asiento.

Y eso hice, pero para recoger mis cosas y largarme de la clase sin decir absolutamente nada. Me fui directa a secretaría sin dudarlo ni un segundo. Lo tenía claro, a la mierda con su asignatura, ya la estudiaría al año siguiente.

—Hola, quisiera cambiar el módulo de Acting Camera. ¿Hay plazas en algún otro que se imparta en ese horario? —pregunté a la secretaria.

—Lo miro —dijo ella concentrándose en la pantalla.

—¿Adriana? —En ese momento Carme apareció detrás de una estantería con archivos que había en la recepción.

—Señora Barrat. —Tan pronto como la llamé así me arrepentí. Recordé que no le gustaba, pero es que me costaba trabajo llamarla por su nombre, me parecía un atrevimiento.

—Por favor, llámame Carme. —Sonrió—. Me ha parecido escuchar que quieres dejar el módulo de Acting Camera... ¿Hay algún problema?

Mierda, mierda, mierda. La había cagado, pero bien. A ver cómo salía de aquella.

190

Podía decirle que no me venía bien esa hora, pero probablemente también me habría escuchado pedirle a la secretaria que me dijera qué otros módulos tenían plazas en ese mismo horario. Necesitaba algo creíble.

—Sí, es que he pensado que le puedo sacar más rendimiento el año que viene. Aún no tengo nivel suficiente.

—Pamplinas, ese módulo está diseñado para hacerlo el primer año y sin tener nivel. El año que viene te vendrá bien haberlo hecho para enfrentarte a castings e incluso a posibles proyectos que te puedan salir. La mayoría de estudiantes que lo hacen el segundo año es porque no lo han podido hacer en el primero por falta de plazas. Es un módulo muy solicitado, por eso me sorprende que quieras dejarlo.

—Entonces mejor lo hago este año.

—¿Hay algún problema con el profesor?

Me pregunté por qué lo llamaba así si todo el mundo sabía que era su hijo.

—No, no. En absoluto.

—Quizá debería hablar con él. Sé que este curso hay muchos alumnos de segundo año inscritos en Acting Camera. Tal vez el nivel de las clases es demasiado alto y debería ajustarlo mejor...

—No, no, no. De verdad que su hijo lo está haciendo genial.

Tan pronto como terminé la frase, fui consciente de la gran cagada que acababa de cometer. ¿Por qué había dicho «su hijo» si ella evitaba llamarlo así?

—Hablaré con él de todos modos. Suerte mañana en la prueba de baile.

—Gracias —dije antes de salir corriendo.

# 31

## ÁLVARO

Me cuestioné mi formar de impartir el módulo varias veces a lo largo de la mañana. Sabía que el hecho de tener a Adriana cerca me estaba afectando sobremanera. Me sentía fatal por haber hecho que ella saliera así del aula. Parecía bastante afectada. Me pregunté si habría ido a borrarse de mi clase. Una parte de mí se aferró a esa idea y me consolé pensando que, de ser así, habría merecido la pena. Nada me complacería tanto como poder impartir las clases sin notar presión en el pecho y sin tener que evitar mirarla. Estaba convencido de que era lo mejor para ambos. No me imaginaba un año entero así; sabía que la cosa no acabaría bien para ninguno de los dos.

Por la tarde, cuando salí de la residencia, me dirigí a la inmobiliaria donde había quedado con una agente para ver un piso. Estaba deseando irme de la residencia y disfrutar de mi propio espacio; además, estaba harto de tener limitaciones en el horario de llegada como si tuviese dieciocho años. Daba igual si eras profesor o alumno, a la una de la noche se cerraban las puertas de la residencia y no se podía entrar.

Durante la visita al piso, la chica de la inmobiliaria se me insinuó en varias ocasiones, pero no estaba en mi mejor momento. Así que debí de parecerle un borde. Me había pasado el día entero pensando en el ejercicio con Adriana y no tenía cabeza para otra cosa. La culpa la había tenido yo por querer hacerme el enterado y bajarle los humos obligándola a hacer la prueba conmigo. No sé qué fue lo que me pasó cuando me tumbé encima de ella y pronuncié aquellas palabras. Tuve que hacer un esfuerzo abismal para evitar la erección. Lo conseguí pensando en cosas feas, horribles... Habría sido un infortunio que me hubiese empalmado en la clase, delante de todos los alumnos. En toda mi carrera, jamás me había pasado algo similar, aunque también es cierto que nunca antes me había tocado interpretar una escena con alguien con quien ya había intimado.

—Entonces ¿qué le parece el apartamento? —preguntó la chica de la inmobiliaria sacándome de mis pensamientos.

—Me lo quedo —dije sin pensármelo dos veces.

Apenas llegaba a los sesenta metros cuadrados, pero estaba completamente reformado y decorado con buen gusto. Tenía unas vistas increíbles, desde el pequeño balcón del salón podía verse a lo lejos la parte superior de la Sagrada Familia. Además, estaba cerca de la escuela y podía ir andando, así que no podía pedir nada más.

La chica me explicó cómo debía proceder para la reserva y todo el papeleo y, una vez que nos despedimos, me fui al restaurante en el que había quedado con Carla para cenar. No había cancelado la cita porque el piso que había ido a ver estaba por la zona donde habíamos quedado.

El Ikibana Sarrià estaba distribuido en dos plantas con terraza y un frondoso jardín. No era un restaurante al uso, se concebía más bien como una experiencia, un viaje gastronómico por las culturas brasileña y japonesa en el que descubrir nuevos sabores. Por algo era uno de los rincones preferidos por las *celebrities*, hasta Beyoncé había acudido durante su última gira.

Carla ya estaba allí cuando llegué.

—Siento el retraso —dije al tiempo que le daba un beso en la mejilla.

—No te preocupes. ¿Qué tal el piso?

—Está bien.

—¿Te quedas con él?

—Sí.

—Ya me lo enseñarás...

Uno de los camareros se acercó a la mesa y pedí un rioja. Siempre que iba a ese restaurante, me preguntaba si realmente era necesario que hubiese tanto personal trabajando allí.

—¿Has visto lo que dice la prensa sobre nosotros? —preguntó Carla.

—No leo la prensa rosa. ¿Qué dicen?

Me enseñó un artículo en su móvil. Apenas alcancé a ver que decía algo de que estábamos saliendo.

—He pensado que podríamos hacerlo público.

—¿Hacer público el qué?

—Lo nuestro.

—Nosotros no tenemos nada serio, Carla. Simplemente, somos dos personas adultas que disfrutan juntas del sexo, pensé que ambos lo teníamos claro.

—Sí, pero, bueno..., eso era al principio. Las cosas han cambiado.

—¿A qué te refieres? —pregunté sin entender nada.

—Pues que pensé que...

—¿No me irás a decir que te has enamorado de mí...? Estaba convencido de que los dos queríamos lo mismo.

—No tengo quince años para andar enamorándome, así como así.

—¿Entonces? No te entiendo. Creo que lo mejor es desmentir que somos pareja. No creo que este tipo de cotilleos sean buenos para mi carrera —aseguré.

—No podemos desmentirlo. A mí me está viniendo muy bien todo esto, estoy recibiendo muchas propuestas de grandes firmas e incluso me han ofrecido la portada de Navidad en *Cosmopolitan*.

—Ya, pero es que es mentira. Nosotros no estamos juntos, Carla.

—Mejor que hablen de esto y no de lo de tu padre —repuso ella.

—¿Qué?

Sentí como si una bola se me hubiese atravesado en el pecho y no me dejara respirar.

—¿Qué pensabas, que no me iba enterar? Mi padre es juez, lo primero que hace cuando salgo con alguien es investigar su pasado. Pero, tranquilo, no te juzgo.

Nos quedamos mirándonos en silencio. Parecía estar retándome y tuve que controlar mis más primitivos impulsos con todas mis fuerzas.

—¿Qué pretendes, chantajearme con eso?

—No, solo digo que mejor tener a la prensa entretenida hablando de nuestro romance a hacerles buscar algo de lo que hablar y que descubran lo que mi padre ha descubierto, porque eso sí que arruinaría tu carrera.

En ese momento, llegó el camarero. Pedimos y durante un buen rato ninguno de los dos dijo nada. Permanecimos ensimismados en las pantallas de nuestros móviles hasta que apareció de nuevo el camarero con los platos.

Comimos en silencio. Solo se advertía el sonido de los cubiertos al chocar con los platos, el crujir de la madera del suelo cuando los camareros pasaban y el hilo musical que se fundía con el murmullo de los comensales.

—¿No piensas decir nada? —Carla rompió el silencio mientras dejaba su copa de vino sobre la mesa después de darle un sorbo.

—¿Qué quieres que diga? —pregunté sin apartar la vista del entrecot de Wagyu.

—No sé, algo.

—¿Que me parece lamentable que la solución a tus problemas sea fingir que mantenemos una relación?

—Yo no tengo problemas, solo te he dicho que...

—Sí, que pretendes aprovecharte de la fama que con tanto sacrificio me he ganado para impulsar tu carrera como *influencer*. —Esta última palabra la pronuncié con cierto sarcasmo.

—¿Te crees más importante? Ser *influencer* es un trabajo, y muy duro, por cierto. Te recuerdo que tengo más seguidores que tú sin ser actriz.

—Para no serlo se te da muy bien actuar.

—No voy a permitir que me faltes el respeto... ¿Sabes qué te digo? ¡Que te den! —Tiró la servilleta de tela sobre la mesa y se levantó furiosa.

Tuve pánico. Una mujer despechada es como una bomba de relojería capaz de arrasar con todo a su alrededor.

—Espera. —La agarré de la muñeca—. No te vayas, lo siento... Estoy algo alterado. Siéntate, por favor.

Carla se sentó de nuevo y se colocó el pelo hacia atrás. Apoyó los codos en la mesa y cruzó las manos a la altura de la barbilla. No voy a negar que el hecho de que me fulminara con la mirada me puso cachondo. En ese momento, me imaginé follándomela salvajemente hasta que me tuviese que rogar que parase.

—No quería hacerte sentir inferior —me disculpé, fingiendo estar arrepentido.

—Pues lo has hecho —dijo haciéndose la ofendida.

—Nada que un *merenguinho* no pueda solucionar.

Carla trató de controlar la sonrisa. Sabía que le encantaba aquel postre de merengue crujiente con crema de vainilla, fresas y polvo de oro. Me lo había confesado ella misma y, de hecho, esa deliciosa combinación era la razón por la que habíamos elegido aquel restaurante para cenar.

—Creo que no es necesario que mintamos. Si tú crees que esto puede ayudarte de algún modo, pues ni confirmaremos ni desmentiremos nada, pero no me siento cómodo mintiendo sobre algo que no es cierto.

Carla dudó unos segundos. No parecía muy satisfecha con mi respuesta, pero tampoco puso ninguna pega.

Después del postre, acabamos pasando la noche juntos. Primero porque se me había hecho tarde para volver a la residencia, y segundo porque Carla era una mujer muy sexi. Cualquier hombre hubiera dado lo que fuera por estar con ella. Además, tengo que decir que era muy complaciente en la cama y, al fin y al cabo, éramos dos adultos sin compromisos que disfrutaban del sexo. De lo que no disfruté tanto esa noche fue de la repentina aparición de Adriana en mis pensamientos justo antes de correrme.

# 32

## ADRIANA

Esperaba recibir un veredicto después de la prueba, pero cuando Oliver y yo terminamos nuestro baile, mientras mi mano se aferraba con fuerza a la suya, lo único que me dijeron fue: «La semana que viene diremos los nombres de los seleccionados. Muchas gracias».

Oliver y yo abandonamos el escenario. Salí de allí muy desmotivada, algo me decía que no me iban a dar ningún papel en la obra.

—Eh. —Oliver me sujetó la barbilla y me obligó a levantar la cabeza—. No te vengas abajo, lo has hecho genial.

—No estoy tan segura, es que no sé bailar.

—Sí sabes, tienes técnica. Además, no buscan a profesionales para representar la obra, si no a alumnos con potencial, y tú lo tienes. Piensa que los ensayos empiezan ahora y que la obra no se estrena hasta junio.

Tenía razón, pero no sé si era por el cansancio acumulado, por el miedo a no obtener ningún papel y estar un año en la escuela sin proyecto o por el arrepentimiento por no haberme tomado más en serio aquellas audiciones, que experimentaba esa sensación de fracaso anticipado. Debería haber dado todo de mí desde el primer día en vez de dejarme distraer con amoríos varios.

Me despedí de Oliver y quedamos en vernos por la noche para ir juntos al garito en el que tocaban los amigos de Liam.

Mientras caminaba por el pasillo que conectaba la escuela con la residencia, vi a Álvaro caminar en dirección contraria. El tiempo pareció detenerse cuando nuestras miradas se encontraron, aunque nuestro caminar no cesó. Por un momento, pensé que iba a detenerse para decirme algo. Separé los labios con la intención de saludarlo, pero ninguna palabra salió de mi boca. Pasó por mi lado y, cuando lo dejé atrás, tuve la tentación de girarme para ver si me miraba. Intenté resistirme, pero no lo conseguí y me volví. Caminaba mirando atrás. ¡Qué estúpida!

Al girarme de nuevo, casi me choqué con Liam.

—Dios, ¡qué susto! —Le di un manotazo—. No te esperaba.

—Así que entre el profesor y tú no hay nada... —dijo mirando al fondo del pasillo, donde Álvaro desapareció al doblar la esquina.

—Claro que no.

—¿Por eso le mirabas el culo? —preguntó Liam cruzándose de brazos.

—No le miraba el culo.

—¿Entonces?

—Estaba comprobando si venía...

—¡Ya, ya! Corta el rollo, que no me interesa. Vengo de buscarte en tu habitación. ¿Vienes esta noche al final?

—Sí, claro. Le he dicho a Oliver que se apunte.

—Genial. Pues os veo a las ocho.

Entré en mi habitación y me tiré en la cama. Cristina no estaba. Debía de haberse ido ya a pasar el fin de semana a su casa. Me hubiese gustado pedirle que me dejara algo para ponerme esa noche. Abrí su armario y pensé que, si tomaba algo prestado, no se daría cuenta, pero luego lo pensé mejor y cerré sin más. Con lo generosa que había sido conmigo, no me parecía bien.

Saqué la sudadera de rayas que me había comprado en Zara, la revisé y comprobé que estaba intacta. Le coloqué cuidadosamente la etiqueta y la metí en la bolsa. Decidí ir a devolverla y comprarme algo más roquero para esa noche.

Acabé comprándome una camiseta *oversize* de manga corta caída en color crudo con un logotipo desgastado en el pecho, y para ponerme encima, una chaqueta perfecto negra efecto piel con cremallera de cierre en diagonal.

Llegué a la habitación, dejé la bolsa con la compra, cogí la toalla y el neceser y me fui al baño. Mientras me secaba tras la ducha, recordé que había olvidado la ropa en el cuarto. Tenía dos opciones o ponerme la ropa sucia de nuevo o regresar a la habitación con la toalla enroscada alrededor del cuerpo, pero ¿y si me encontraba con Álvaro de nuevo por el pasillo? Opté por ponerme la ropa sucia.

Conseguí llegar a la habitación sin que nadie me viera y me cambié de inmediato. Me puse unos vaqueros pitillo negros con rotos desflecados a la altura de las rodillas y la camiseta que me acababa de comprar. Me calcé las deportivas en color blanco roto y desgastadas que Álvaro me había regalado y luego, tras secarme el pelo, tomé prestada la plancha de Cristina e intenté hacerme las ondas que ella se hacía.

Era la primera vez que me esmeraba tanto con el pelo, siempre me lo dejaba secar al natural. Ni siquiera sabía cómo se hacían las ondas, aunque de tanto ver a Cristina hacérselas, creí que había aprendido, pero no... En el segundo mechón me quemé la cabeza con la plancha por pegarla demasiado al cuero cabelludo. Cuando terminé, parecía una muñeca Nancy. Aquellos tirabuzones eran horribles.

Cogí el cepillo y me peiné hasta deshacer todas las ondas, me lo atusé con la mano y al final me quedó un *look* roquero bastante natural. Después de todo, parecía que no se me daba tan mal.

Me maquillé los ojos con sombras marrones muy sutiles, me puse un poco de colorete y me pinté los labios en rojo con la barra que Georgina me había regalado. El resultado me encantó. Completé mi *outfit* con la chaqueta que me había comprado. Me sentí empoderada.

Cuando Oliver me vio, la sorpresa se instaló en su rostro. No estaba acostumbrado a verme arreglada; yo tampoco lo estaba, iba a tener que hacerlo más a menudo.

—¿No vas a decir nada? —Me reí.

—Es que me has dejado sin palabras. Te sienta muy bien ese rollo tan... roquero.

Caminamos hasta la plaza Real charlando sobre la prueba. Un tema nos llevó a otro y acabó hablando de la clase de Acting Camera y el incómodo ejercicio.

—Creo que Álvaro se pasó.

—Prefiero que no hablemos de eso —confesé.

—Es que me parece muy injusto que te haga pasar por...

—Era un ejercicio —lo interrumpí.

—Sí, un ejercicio que podías haber hecho con cualquier compañero, como el resto de alumnos, y no con él.

—Se supone que tengo que estar preparada y capacitada para poder enfrentarme a una escena de esas características con cualquiera... De eso se trata, ¿no?

—No entiendo que lo justifiques —se quejó.

—No lo justifico, pero ¿qué otra cosa puedo hacer?, ¿lamentarme? He venido a esta escuela con un objetivo y el hecho de que la cagara acostándome con él no va a impedir que lo consiga. ¿Que las cosas serán más difíciles? Pues sí, pero podré soportarlo. Ahora, ¿podemos, por favor, dejar el tema y disfrutar de la noche?

—Está bien.

Llegamos al garito y nos encontramos con Liam y Martí en la puerta.

—El concierto está a punto de comenzar, ¿entramos? —sugirió Liam.

Los chicos entraron, pero antes de que yo pudiera hacerlo, Liam me agarró del brazo y me detuvo.

—Pero, bueno, ¿de dónde has sacado esas *sneakers*? —dijo Liam refiriéndose a mis deportivas.

—¿Por?

—¡Son unas Golden Goose Super-Star!

Lo mire con cara de no entender a qué se refería.

—Tía, esas zapas cuestan casi quinientos euros. No me creo que te las hayas comprado.

—Son un regalo —me apresuré a decir.

—¿De quién?

—Un amigo.

—Un amigo con mucho dinero. No será Álvaro, ¿no?

—¿Por qué estás tan pesado con Álvaro?

—¿Y tú por qué estás tan empeñada en ocultar lo evidente?

—¿Lo evidente?

—Sí, nena. El otro día en la clase se te vio el plumero.

—Bueno, entremos que Oliver y Martí se estarán preguntando qué hacemos aquí fuera.

—Solo dime, ¿te lo has tirado?

—¿A quién?

—¿A quién va a ser, tía? A Álvaro.

—Mejor hablamos de eso en otro momento. Es una larga historia y hoy quiero disfrutar.

—¡Qué fuerte! ¡Es que lo sabía! Vamos, vamos —dijo al tiempo que abría la puerta para que entrara al local.

El lugar estaba a rebosar, no se cabía. Nos hicimos hueco entre la multitud y atravesamos la sala en dirección a la barra para pedir una copa. Uno de los chicos que había en el pequeño escenario miró hacia nosotros y levantó el mentón en señal de saludo, supuse que debía de ser el amigo de Liam. El chico empuñó la guitarra acústica y ajustó los dedos en el mástil. Tras ello, comenzó a tocar y el murmullo de voces enmudeció.

Conseguimos llegar a la barra y nos pedimos unas cervezas. El ambiente de aquel pequeño pub hacía que la música se sintiera de una forma íntima. El grupo consiguió captar la atención del público, eran ellos y sus instrumentos. Cuando ves a alguien hacer algo con pasión, se nota, y eso hace que conectes con lo que sea que esté haciendo. En mi caso, conecté a la primera con su música, pese a que no me gustaba ese estilo tan roquero.

—Lo hace bien, ¿verdad? —preguntó Liam al verme tan atenta a la actuación.

—Muy bien —confesé.

—Brindemos —propuso Martí.

Chocamos nuestros botellines.

—Falta Georgina —dije echándola de menos.

—Sí, una pena que no haya podido venir —dijo Liam—. Oye, me encanta como te queda esa *biker* y las charreteras en los hombros son lo más.

—¿Las qué? —pregunté sin comprenderle.

—Esto. —Me tocó el cierre con botón que había en la zona del hombro de mi chaqueta e introdujo el asa de mi bolso, luego lo cerró—. Así se llama a este detalle militar que, por si no lo sabías, sirve para sujetar el bolso.

Me quedé muerta. Yo toda la vida usando chaquetas con este tipo de cierre y sufriendo porque el bolso se me caía sin saber que era tan sencillo como introducir el asa dentro.

Me quité la chaqueta y la dejé en un taburete alto que había frente a la barra. Bailamos hasta que sonó el último acorde que animó la sala al completo. El chico de la guitarra nos miró y encontró a Liam entre el público. Se miraron fijamente y pude percatarme de que ambos sonreían. Sentí una emoción en el pecho porque conocía esa forma de mirarse.

Los músicos se detuvieron y aprovecharon para beber agua, excepto el de la guitarra, que se bajó del escenario y se dirigió a donde nosotros nos encontrábamos. Liam nos presentó a su amigo Joel y charlamos un rato.

—¿Lo estáis pasando bien? —preguntó.

—Genial —confesé.

—¿Y de qué os conocéis? —preguntó Martí.

—Del orfanato —dijo Joel con naturalidad.

Al ver que el gesto en el rostro de Liam cambiaba, supe que algo no iba bien.

—¿Del orfanato? —Martí frunció el ceño.

—Sí, tocábamos juntos en el patio con cualquier cosa; un cubo viejo y un trozo de tabla nos bastaba para componer algo —respondió Joel abrazando a Liam, que estaba petrificado.

—El roquero que animaba a los huérfanos del centro de acogida, ¡qué tierno! —soltó Martí en tono irónico.

Su comentario no le hizo gracia a nadie.

—¿De qué vas? —Liam lo miró muy serio. Su rostro indicaba que consideraba que Martí se había pasado con aquel comentario.

—No sé, dímelo tú, que eres el que va por ahí inventándose una vida.

Aquello olía mal, muy mal.

—Yo no me he inventado una vida —aseguró Liam.

—Ah, ¿no? Solo has mentido sobre tu familia, tu posición social y no sé cuántas cosas más. Eres un mentiroso de mierda —dijo Martí con desprecio.

—Entiendo que...

—¿Que esté enfadado porque eres un capullo que te has reído de mí en mi cara?

—Martí. —Liam le tocó el brazo.

—¡¡¡Suéltame!!! —gritó Martí con asco.

¿Qué hacía? ¿Intervenía? Estaba muy agobiada presenciando aquella situación. Oliver me miró sin saber tampoco qué hacer. Quise decir algo para calmarlos, pero no sabía qué.

¿Por qué Liam había mentido sobre su vida? Quizá porque le había resultado más fácil. Entendía que Martí se sintiera dolido y decepcionado, pero no justificaba sus formas. Cuando uno se crea una imagen de alguien y luego esta se viene abajo, todo es decepción. Sin embargo, no entendía por qué se ponía así si solo eran amigos.

# 33

## GEORGINA

David me miró sorprendido cuando entré en La Mansión, como si no hubiera esperado que realmente fuera a ir.

—¡Qué sorpresa! —dijo acercándose y dándome dos besos.

Las camareras estaban organizando el local, pues abrían en quince minutos.

—Mira, ella es Jasmine, la estrella de la noche. —Señaló a una chica rubia de veintipocos años que estaba ensayando sobre el escenario, haciendo movimientos sensuales con gran desenvoltura.

La saludé con la mano y forcé una sonrisa. Aún podía irme, aún podía negarme a convertirme en un circo sexual.

No, no podía. Prefería eso a tener que robar. Me pasé toda la semana pensando en esa pobre mujer a la que le robé el bolso con disimulo mientras Martí se abalanzaba sobre Liam. No podía quitarme de la cabeza su imagen, totalmente abrumada y preocupada gritando en mitad del Starbucks buscando su bolso debajo de las mesas y las sillas cuando lo tenía yo envuelto en mi abrigo. Y todo para nada, porque solo tenía ochenta euros en efectivo. No sé en qué estaría pensando. La desesperación se apoderó de mí, lo vi tan cerca, tan fácil...

—Ven, te enseño tu camerino. —David me acompañó hasta la parte trasera del escenario y me lo enseñó, aunque yo ya lo conocía de cuando hicimos el rodaje—. Esas son las cosas de Jasmine —dijo señalando los productos baratos que había sobre la mesa—. Tú puedes ponerte en este lado.

—Gracias.

—Vas a estar genial. En ese burro de ahí tienes los modelitos que puedes usar, elige los tres que más te gusten. Cualquier cosa que necesites, me dices.

—Voy a salir con una peluca —anuncié.

David frunció el ceño, como si no le gustase la idea, pero mi tono no había sido de pregunta.

—Está bien, como quieras —dijo antes de salir.

La peluca que me había comprado era rubia con mechas californianas y de aspecto muy natural, aunque el pelo era sintético.

No quería que nadie me reconociera.

Saqué mis cosas y comencé a maquillarme. Cuando Jasmine entró en el camerino, se quedó mirando mis cosméticos.

—¿Son robados? —preguntó.

—¿Tengo pinta de ser una ladrona? —La fulminé con la mirada.

—No, no. Perdona, no quería ofenderte. Es que una de las camareras conoce a un chico que vende perfumes robados y a veces viene y le encargamos cosas, pero maquillajes y cosmética no consigue, por eso he supuesto que...

—Que como trabajo aquí, no puedo permitirme productos tan caros, ¿no? Pues te equivocas —la interrumpí.

—Entonces ¿por qué vas a trabajar aquí? —preguntó en un tonito que no me gustó.

—¿Por qué lo haces tú?

—Porque este año termino la carrera y el máster que quiero hacer cuesta ocho mil euros.

Su respuesta me sorprendió.

—¿Qué estudias?

—Derecho. ¿Y tú?

—Interpretación en una escuela de cine para actores.

—¡Qué guay! ¿Y entonces por qué estás aquí?

—Me gusta bailar, conocí este sitio durante un rodaje.

—Ay, sí, ya sabía que me sonaba tu cara... Eres la del anuncio.

—Sí. Y no quiero tener que pedirles dinero a mis padres para todo. ¿Sabes?

—Entiendo. Haces bien. ¿Has elegido ya qué vas a ponerte?

—No, ¿por qué?

—Para ver qué elijo yo. Por ser tu primer día te dejo escoger primero.

—¿Todas usamos los mismos modelitos?

—Sí, los van cambiando cada mes o así.

Disimulé mi cara de asco y elegí tres de las prendas que más tapaban, aunque creo que con un bañador hubiera enseñado menos carne que con aquellos trapos.

—Voy a ir a la barra, ¿quieres algo de beber?

—Una botellita de agua.

—¿Agua? Yo necesito una copa para salir ahí. Aprovecha que las bebidas corren a cuenta de la casa.

—Venga, pues que sean dos, y el agua.

Me coloqué la peluca y me cambié. Opté por un corsé fantasía de encaje con plumas de marabú en color negro con trasparencias que dejaban entrever la piel de mi cintura. El escote, en forma de corazón, adornaba todo el contorno. El corsé tenía unos tirantes ajustables negros en sus extremos y unas ballenas que marcaban mi estrecha cintura. Como complemento, me puse unos guantes largos de tul semitransparente con un detalle de pasamanería de brillantes por la costura externa.

Cuando salí de detrás del burro, me encontré a un tipo rebuscando entre mis cosas y me asusté.

—¿Qué coño haces?

—Joder, qué susto. —El tipo me miró de arriba abajo.

Lucía una camiseta negra ajustada que marcaba sus enormes pectorales y dejaba al descubierto sus brazos tatuados. Tenía un pendiente de oro a juego con el reloj que llevaba en la muñeca derecha.

—Pensé que no había nadie... Lo siento... —se disculpó.

—¿Qué quieres?

—Un poco de laca.

—¿Laca? —pregunté confusa.

—Sí, Jasmine siempre me deja utilizar la suya.

—Pues esas de ahí no son sus cosas, son las mías.

—¿Y tú quién eres? —Se acercó a mí despacio y yo me quedé paralizada.

—Ni te me acerques —dije cuando volví en mí.

—¿En serio crees que me estoy acercando a ti? Voy a coger mi chaqueta del burro —dijo al tiempo que pasaba por mi lado y buscaba entre las perchas.

Sacó una chaqueta negra bastante elegante y se la colocó.

Yo me quedé observándolo como una boba. En ese momento entró Jasmine.

—Veo que ya conoces a Frank, es uno de los chicos de seguridad —me dijo—. Ella es Georgina, la nueva bailarina.

—¿Bailarina? —se mofó—. Pues la veo muy paradita. Espero que en el escenario sea más espabilada.

¿Me acababa de llamar paradita? ¿A mí? Pero ¿este tío de qué iba?

—Te cojo un poco de laca —le dijo a Jasmine mientras se rociaba el tupe.

Luego salió del camerino sin ni siquiera mirarme y apestando a laca barata.

—Está bueno, ¿eh? —comentó Jasmine.

—No es mi tipo.

Ella fue la primera en actuar. Yo estaba nerviosa, porque no sabía cómo me iba a sentir sobre el escenario. Cuando Jasmine terminó, se escucharon gritos y silbidos. Me asomé con disimulo detrás de una cortina. Había bastante ambiente en el local.

Media hora después, llegó el momento de salir. Todas las luces se tornaron rojas. Miré la cara de gilipollas que tenían algunos tíos y me sentí fatal por estar sucumbiendo a aquello, pero entonces me encontré con la mirada de Frank. Desde la distancia, pude ver su sonrisita de triunfo. Estaba a punto de girarse para salir cuando algo dentro de mí se activó. Era una actriz y podía interpretar el papel que quisiera y, en ese momento, sería la mujer más sensual que ese imbécil hubiese visto en su vida.

Me dejé llevar por el son de aquella erótica canción.

—¡Qué diosa!

Alcancé a escuchar a uno de los tipos que estaban sentados en la mesa más próxima al escenario. Todos iban enchaquetados, pero traté de no mirarlos directamente. Me sentía más cómoda si no hacía contacto visual, al igual que en el teatro. Sin embargo, no sé qué me pasó que en varias ocasiones mis ojos se cruzaron con los de Frank, quien me observaba desde la distancia.

Me acerqué a la barra de acero que había en el centro del escenario, me colgué de ella y me deslicé con delicadeza. Abrí las piernas y las cerré, colocando el trasero en dirección al público con movimientos coordinados. Podía sentir cómo subía la temperatura en la sala y por un momento me sentí poderosa.

Cuando terminé mi actuación, los silbidos de admiración y aplausos inundaron todo el cabaret. «Guapa», «Quítatelo todo», «Preciosa», «Musa»... fueron algunos de los «piropos» que me regalaron aquellos babosos que jamás tendrían la oportunidad de tocarme.

Pude ver que, al final de la sala, Frank apretaba la mandíbula. Nos miramos como si no hubiese nadie más a nuestro alrededor. No sé por qué, pero tuve un mal presentimiento.

¿Podría olvidar esa mirada algún día?

# 34

## ADRIANA

La discusión no terminó ahí, obviamente. Martí acabó yéndose del garito sin despedirse y Liam se fue a pedir una copa. Joel regresó al escenario para continuar con el concierto.

—¿Estás bien? —le pregunté a Liam cuando regresó con una copa en la mano.

—Sí. Mira cuántos tíos de esta fiesta hay conectados en Grinder —dijo enseñándome la pantalla de su móvil.

—¿Y qué hacen conectados si están aquí?

—Así es como se liga ahora —dijo mientras le escribía a alguien.

—Deja el móvil, hemos venido a pasarlo bien —me quejé.

—Y eso es lo que intento. No voy a dejar que el imbécil de Martí me amargue la noche. Se ha pasado tres pueblos.

—Tu comportamiento tampoco ha sido el más acertado que digamos. —Le quité la copa y le di un trago, necesitaba refrescarme—. Esto sabe un poco raro.

—Ah, es por el G.

—¿Por el qué?

—GHB.

—¿Una marca de ginebra?

212

—No, una droga.

—¿Estás loco? ¿Por qué no me has avisado?

—¿Por qué me has quitado la copa y no me ha dado tiempo?

—Ay, Dios...

—No seas dramática, por un trago no te va a pasar nada. Como mucho, vas a estar más cachonda de lo normal.

—Tranquila, yo cuidaré de ti —dijo Oliver con una sonrisa agarrándome de la cintura—. Por cierto, no me habíais dicho que veníamos a una fiesta gay —bromeó.

—Yo tampoco lo sabía.

—Porque no es una fiesta gay —refunfuñó Liam que estaba irascible desde que Martí se había ido.

—Ah, como veo a tantos chicos... —dijo Oliver.

—¡Qué desperdicio! —Me reí.

—¿Sabes lo que es un desperdicio? Que esa cabecita tuya sea tan arcaica, como si por muy heterosexual que fuera alguien aquí fuese a fijarse en ti.

—Oye, que no lo decía a malas.

—A malas o no, ofendes con ese comentario, ¿Acaso me escuchas a mí decir que tal o cual hetero es un desperdicio? La palabra desperdicio es muy ofensiva. No somos ningún residuo que no se pueda aprovechar.

—Tienes razón, no lo había visto así. Lo he dicho sin pensar... Te juro que no lo he hecho con maldad.

—Lo sé, tía, pero me jode mucho ese puto comentario, y estoy muy susceptible. Es que estoy cansado de escuchar eso, y encima te lo sueltan así, como si fuera una gracia. Es como cuando dicen: «A mí me encantan los gais», como si fuéramos una especie de mascota o algo. ¿Acaso alguien dice: «Me encantan los heteros»? O cuando te sueltan: «Tengo un amigo gay, a ver si te lo presento», como si por el hecho de ser gay ya fuésemos a ser compatibles.

—Bueno, hay más posibilidades, ¿no? —dije con la intención de quitarle importancia al asunto.

—No, además, nosotros tenemos que pasar un doble filtro. Los heteros solo tienen que gustarse y que haya química en la cama, pero nosotros además de gustarnos y tener química, tenemos que ser compatibles en rol.

—Ah, si uno es activo y el otro pasivo y tal, ¿no? ¿Eso tampoco se pregunta? —Oliver se metió en la conversación.

Lo fulminé con la mirada.

—Pues no, y menos si no hay confianza. Es como si yo te pregunto a ti, sin conocerte de nada, si te gusta que te metan el dedo por el culo mientras estás follando.

Oliver y yo nos reímos.

—Pero una cosa —intervine aguantándome la risa—. Entonces, si no podéis preguntaros eso, ¿cómo sabéis si sois compatibles antes de llegar al momento... sexo?

—Yo soy versátil, así que, llegado el momento, me adapto.

—¿Y un pasivo o un activo? —preguntó Oliver.

—Pues eso es un rollo, porque imagínate si acaban juntándose dos activos o dos pasivos... Pero en la mayoría de aplicaciones se especifica ya el rol y también se suele sacar el tema con cierta prudencia. De todas formas, hoy en día casi todos son pasivos, hasta los que dicen ser activos, solo que son muy vagos para prepararse.

—¿Prepararse? —pregunto Oliver curioso.

—Otro día te doy un curso de cómo hacerse una lavativa, ahora dejémonos de rollos y vamos a bailar.

—Venga —dije animada.

—¿Otro trago? —propuso Liam.

—¿Estás loco? ¡No le ofrezcas más! —dijo Oliver llevándose las manos a la cabeza.

—Venga, un poco solo. —Le di un sorbo a la copa.

Oliver y yo comenzamos a bailar.

—¡Joder! ¡Qué bien lo hacéis! —exclamó Liam.

—Es que hemos estado toda la semana practicando juntos.

—Yo soy un desastre coordinando pasos.

—Puedo enseñarte lo básico, aunque el profesional aquí es Oliver.

Bailamos un rato y luego fuimos a la barra a por una copa.

—Vamos a brindar y a celebrar las audiciones —dijo Liam cuando la camarera terminó de servirnos.

—¿Qué dices? ¡Si aún no nos han dicho a quién le van a dar los papeles!

—Pues por eso mismo, aún tenemos un motivo para celebrar, igual mañana ya no.

Me reí con el comentario de Liam y luego brindamos.

Los aplausos de la gente acompañando los últimos acordes nos advirtieron de que el concierto estaba terminando.

Joel y Liam se fueron juntos a otro garito. El plan sonaba muy romántico. Yo me quedé con Oliver.

—No parece un plan muy de amigos —le dije a Oliver cuando Liam se fue.

—Ambos están solteros, que hagan lo que quieran.

—¿Y nosotros qué hacemos? —pregunté.

Se encogió de hombros.

—¿Qué quieres hacer? —preguntó al ver que yo no decía nada.

—Cualquier cosa, mientras sea contigo.

—Un plan de amigos —aclaró.

—También podría ser un plan... romántico. Nosotros también estamos solteros.

—Adriana, lo he estado pensando, y es cierto que lo que hice estuvo mal...

—¿A qué te refieres? —pregunté sin entender.

—No tendría que haberte dado aquel beso delante de Álvaro. Me salió esa masculinidad, ese deseo de marcar territorio, y yo no soy así. No quiero ser ese tipo de hombre.

—Eso ya quedó atrás.

—No te voy a mentir, tú me gustas. Me gustaste desde el primer momento en el que te vi allí, entre la multitud, nerviosa, esperando para hacer tu primera prueba...

—¿Pero?

—No estoy preparado para conocer a alguien que lleva años enamorada de...

—No estoy enamorada de Álvaro —lo interrumpí furiosa.

—Pero si ha sido el primero, Adriana. Encima, la primera noche que os reencontráis después de no sé cuánto tiempo, ni siquiera lo dudaste. Los sentimientos surgen así de la nada, no hace falta compartir mucho con alguien para perder la cabeza por esa persona.

—¿Eso te ha pasado a ti?

—Sí —confesó.

—¿Entonces? ¿Por qué no intentarlo? Lo de Álvaro puede quedar en el pasado.

—Sí, puede, pero no quieres.

—Claro que quiero.

—No, no quieres, y no pasa nada. —Sonrió con tranquilidad—. Al igual que yo tampoco quiero competir con un actor famoso, que tiene un cuerpazo de gimnasio y que trae a todas las chicas locas con su voz de seductor.

—No digas tonterías, Oliver.

—Solo intento ser objetivo.

—Tú vales muchísimo, y no solo físicamente, sino como persona. Lo mío con Álvaro fue una noche, ya está... Me he dado cuenta de que solo fue eso. Una noche que terminó antes incluso de empezar.

—¿Segura?

—Claro que sí.

—No sé, no quiero ser el segundo plato de nadie. Si algún día consigues olvidarte de él, yo voy a estar aquí.

—Álvaro es cosa del pasado —aseguré.

No sé por qué dije aquello cuando casi tenía la certeza de que no era verdad. Quizá tenía miedo de perder a Oliver o quizá algo en mi fuero interno me decía que Oliver era una buena opción. Me gustaba, claro que me gustaba, solo que necesitaba un tiempo para sentir por él las cosas que había sentido por Álvaro. Quizá, si me acostaba con él, sentiría la conexión que experimenté con Álvaro, pero Oliver no quiso, al menos no esa noche.

Me empecé a encontrar algo mareada y regresamos a la residencia. Apenas hablamos por el camino y, si lo hicimos, no lo recuerdo.

—Que descanses. Ya nos veremos —dijo cuando llegamos al pasillo de mi dormitorio, como si aquello fuese una especie de despedida.

¿«Ya nos veremos»? ¿En serio? ¿Qué pretendía decir con aquello?

—Lo mismo digo. Buenas noches, Oliver. —Entré en mi habitación y cerré la puerta.

Me tumbé en la cama y todo comenzó a darme vueltas. Me incorporé antes de que la situación empeorase. Cogí el neceser y la toalla y me fui directa al baño. Necesitaba una ducha.

Me entró hipo cuando entré en el baño. Traté de mantener los ojos abiertos y abrí el grifo del agua fría para despejarme. Se me helaron todas las neuronas, y eso que no me mojé el pelo. Salí de la ducha y cogí la toalla para secarme. Al ver que había olvidado el pijama, me maldecí. No iba a ponerme la ropa con la que había salido, olía a una mezcla de tabaco y alcohol, así que me enrollé la toalla en el cuerpo, abrí la puerta del baño y miré a ambos lados del pasillo. No había nadie.

Caminé descalza todo lo rápido que pude y, al doblar la esquina, resbalé. Pegué un grito que debió de despertar a media residencia. Escuché que alguien abría la puerta de una habitación, pero estaba tan centrada en cubrirme con la toalla que no vi de quién se trataba hasta que escuché su voz.

—Adriana, ¿estás bien? —Álvaro se acercó a mí y se agachó a mi lado.

Me quedé ensimismada en sus labios sin poder reaccionar. Luego me percaté de que no llevaba camiseta, solo tenía puestos unos pantalones de chándal grises.

—Vaya, pero si el Profesor puede ser simpático también —dije intentando incorporarme.

Álvaro me agarró por el brazo y me ayudó a levantarme. Casi se me cae la toalla.

—¿Has bebido?

—Un poco —confesé.

—Te huele el aliento.

—He olvidado lavarme los dientes.

Él se rio como si yo hubiese contado un chiste.

—Te acompaño a tu habitación.

—Puedo sola —dije al tiempo que avanzaba.

Él cerró la puerta de su dormitorio y me alcanzó. Cuando entré en mi habitación, un frío terrible se apoderó de mí y comencé a tiritar.

—¿Solo has bebido o has tomado algo más? —preguntó Álvaro.

—Creo que la copa de Liam llevaba algo más.

Me puse la mano en la frente para tomarme la temperatura.

—Vístete antes de que cojas más frío.

Me quedé mirándolo a la espera de que se girara, pero no lo hizo.

—¿Te piensas quedar ahí mirándome? —pregunté con dificultad.

—Adriana, por favor. Si ya te he visto... —Se dio la vuelta.

Debía de estar más borracha de lo que yo misma creía, porque al tumbarme para colocarme los pantalones del pijama todo se tornó negro y comenzó a darme vueltas.

—Enciende la luz —tartamudeé.

—Pero ¿qué...? Adriana, ¿qué haces?

No recuerdo muy bien qué sucedió exactamente. Solo sé que aquello que llevaba la bebida de Liam había comenzado a subírseme a la cabeza y estaba muy excitada.

Sentí las manos de Álvaro rozarme la piel mientras me ponía los pantalones del pijama. No pude evitar resistir pasarle las manos por el pecho desnudo.

—Bésame —supliqué.

Me dio un beso en la frente.

—Así no —me quejé, y acto seguido me abalancé sobre él y le besé los labios.

Álvaro me correspondió con pasión y luego se apartó.

—Estás sobre mí y sin sujetador... No soy de piedra... Lo sabes, ¿verdad?

—Estoy justo donde había deseado estar durante toda la noche...

Quise besarlo, pero él se apartó.

—Adriana, estás borracha o drogada. No quiero que hagamos nada de lo que mañana te vayas a arrepentir.

Lo observé detenidamente y de pronto había dos Álvaros en mi cama. ¡Joder, qué fantasía! ¡Me iba a montar un trío!

# 35

## LIAM

Me fui con Joel a su casa y follamos. No era la primera vez que me acostaba con él. Me gustaba, pero los dos sabíamos que lo nuestro era puro sexo. Aunque había disfrutado del polvo, no podía quitarme de la cabeza que Martí se había ido enfadado. Joel insistió en que me quedara a dormir. Estuve a punto de aceptar porque después de la una de la madrugada estaba prohibido entrar en la residencia, pero finalmente le dije que no. No solía dormir con ninguno de mis ligues, era algo demasiado íntimo.

Me fui a la residencia andando porque no estaba muy lejos del piso de Joel, a unos veinticinco minutos.

Tenía miedo de llegar a la habitación porque no sabía lo que me podía encontrar. ¿Y si Martí decidía cambiar de compañero? ¿Y si ya no quería verme más? Podía aceptar vivir sin su amor, pero no sin su amistad. Sé que tenía que haber sido honesto con él desde el principio y haberle contado la verdad sobre mi familia, pero no era fácil y menos cuando tenía una novia tan superficial como Georgina. Lo había decepcionado, a él que siempre confió en mí. Pero si de verdad era mi amigo, lo entendería y no me juzgaría solo por esto. Tenía que comprender que había sido el miedo lo que me había impedido ser sincero con él.

Llegué a la residencia y, como eran casi las tres de la madrugada, la puerta principal estaba cerrada. Fui a la calle trasera y salté la pared que daba al pequeño patio. No era muy alta y los alumnos teníamos un truco para hacerlo. Habíamos amarrado una soga a un árbol que había en el interior del patio, junto a la pared de piedra, y que dejábamos escondida en un agujero al que se llegaba fácilmente dando un salto. Una vez en el patio, se accedía al interior de la residencia por una ventana que intencionadamente siempre dejábamos abierta.

Cuando llegué a la habitación, todo estaba oscuro. Encendí la lamparita que apenas desprendía una débil luz, la suficiente para poder ponerme el pijama sin matarme. Miré a la cama de Martí y vi que estaba allí. No sé por qué sentí alivio. Intenté hacer el mínimo ruido posible para no despertarlo y, cuando me puse el pijama, me metí en la cama.

Antes de apagar la luz, vi que abría los ojos y me miraba.

—¿Te he despertado? —pregunté casi en un susurro.

—No, ya estaba despierto. No puedo dormir.

—¿Quieres que hablemos?

—No hay nada que hablar.

—Yo creo que sí. Martí, siento mucho que te hayas enterado así... Yo quería contártelo, pero tenía miedo.

—¿Miedo? ¿De qué?

—De que me juzgaras.

—Si pretendes arreglarlo, la estás cagando más.

—Entiéndeme, tú conoces a Georgina. Jamás habría sido mi amiga si hubiese sabido de dónde vengo. Todo empezó con una mentira piadosa y al final se convirtió en una bola...

—Yo no soy Georgina, podrías habérmelo contado. Compartimos habitación desde hace más de un año, joder. ¿Acaso creías que yo te iba a juzgar por esa cagada?

—No lo sé —confesé—. Estoy acostumbrado a que la gente desaparezca de mi vida por una u otra razón. Solo quería evitar que tú también desaparecieras. —Rompí a llorar como un estúpido.

—Anda, no llores. —Se levantó de su cama y se sentó en la mía.

—Hay algo que tengo que confesarte. Después de lo que ha sucedido hoy, no quiero más secretos.

—¿Qué pasa?

—Prométeme que nada va a cambiar entre nosotros.

—No sé si puedo prometerte eso, me estás asustando.

—Necesito que me lo prometas.

—Está bien, te lo prometo, pero dime de qué se trata.

—No sé cómo ha sucedido, ni cuándo exactamente, pero me he enamorado de ti... No te lo cuento porque espere algo en concreto de tu parte, es simplemente que no quiero que haya más mentiras... Sé que no te gustan los chicos y eres el novio de mi mejor amiga... No quiero que tu forma de actuar conmigo cambie, pero necesitaba decirlo... Joder, la he cagado, y ahora lo estoy empeorando todo, lo sé... —rompí a llorar.

Martí me abrazó.

—No tenía ni idea, siento si te he confundido, yo...

—No es culpa tuya, tú no has hecho nada.

Lo miré a los ojos y luego a los labios. Deseé poder besarlos algún día, pero sabía que aquello jamás sucedería. Cuanto antes lo aceptase, antes dejaría de sufrir.

Esa noche Martí y yo nos quedamos hablando hasta muy tarde. Le conté mi historia, mis aventuras con Joel en el orfanato, las diferentes familias de acogida por las que había pasado, incluso mi forma de ganarme la vida con OnlyFans. Me abrí en canal porque de pronto sentí que podía confiar ciegamente en él.

# 36

## ADRIANA

Al día siguiente me desperté sobresaltada. Abrí los ojos y vi que no había nadie en la habitación. Me asomé debajo de las sábanas y vi que llevaba el pijama puesto. Debía de haber sido un sueño o, mejor dicho, una pesadilla. Me dolía la cabeza y me sentía como con náuseas.

Me levanté y abrí la ventana para que se ventilara la estancia y entrara algo de aire fresco. Hacía un día de mierda. Estaba lloviendo y eso hizo que me pusiera nostálgica. El olor a tierra mojada me recordaba a mi casa de Madrid, a mi madre, a los inviernos cuando ella abría la ventana y entraba el olor a pino, a tierra y a césped que se respiraba en los alrededores del río Manzanares.

Bebí agua porque tenía la boca seca. Vi la toalla en el suelo y entonces un recuerdo fugaz me atravesó la mente. ¿Me había caído de verdad en el pasillo? No, eso también debía de formar parte del sueño, a veces estos nos resultan tan reales que parecen recuerdos.

Pasé el resto del día en la habitación, tirada en la cama leyendo un libro. Solo salí para ir a cenar. Estaba agotada, es lo que tienen las resacas.

El lunes por la mañana nos reunieron a los finalistas de la audición para la obra de la escuela en el teatro. Carme, la directora, dio una pequeña charla antes de anunciar los papeles protagonistas, que eran los más esperados.

—Hemos elegido a un chico para el papel principal masculino de la obra que representaremos este año y a dos chicas que deberán demostrar su valía para conseguir el papel protagonista femenino. Las dos recibirán la misma preparación durante estos meses, pero solo una, la que mejor lo haga, será la que interprete finalmente a la protagonista. Sola una tendrá la oportunidad de triunfar y de demostrar su talento al público. La otra se convertirá en su suplente. Lo hemos hecho así no solo para evitar lo que sucedió el año pasado, que debido a un problema de salud de la protagonista tuvimos que buscar a una suplente de última hora con todo lo que eso conlleva, sino porque la carga de esta obra recae principalmente en la actriz principal, por lo que, en caso de que se pusiera enferma o tuviera cualquier otro tipo de problema, habría que cancelar la obra si no contáramos con una suplente bien preparada.

Un cuchicheo nervioso recorrió el patio de butacas.

—Será la obra más importante que haya representado esta escuela y por eso se hará en el Gran Teatre del Liceu.

Todo el mundo comenzó a gritar de ilusión. Yo estaba tan nerviosa que solo quería que nombrara a los candidatos elegidos de una vez. Me conformaba con tener algún papel secundario.

—La obra escogida para este año es una adaptación de *Orgullo y prejuicio*, cuyo guion ha escrito el prestigioso escritor de teatro Andrés Marías. Para la elección de los actores protagonistas no hemos tenido en cuenta si saben o no bailar un estilo concreto, porque apenas habrá dos escenas de baile y, durante los próximos meses, hasta el estreno de la obra, recibirán clases de los mejores profesionales. Estos papeles demandan audacia y mucho compromiso, sobre todo por parte de las dos candidatas al papel principal femenino, que deberán trabajar duro hasta el último momento, sin saber quién interpretará el papel hasta el día de la muestra. Sin más dilación, voy a pasar a decir los nombres de los actores protagonistas y luego pasaré a mencionar los papeles secundarios y los de los suplentes.

La directora abrió la carpeta y sacó un folio con el listado.

Comencé a mover los dedos nerviosa, mientras que el resto de mi cuerpo parecía sufrir una parálisis. Esperé el resultado con angustiosa impaciencia.

—Oliver Casals será el protagonista masculino e interpretará al señor Darcy. Marcos Gutiérrez será el señor Bingley, un magnífico papel secundario. Georgina Mas y Adriana Castillo serán las dos alumnas que opten al papel protagonista femenino...

La directora siguió diciendo nombres, pero mis oídos dejaron de escuchar. Todo a mi alrededor se convirtió en un leve murmullo que se perdía en la lejanía. Presa de una extraña inmovilidad, comencé a sentir una presión en la cabeza. Me faltaba el aire y el sudor me recorría la frente.

La felicidad es un instante que no suele durar demasiado, a veces tener conciencia de ese momento único e irrepetible ya es suficiente.

Los ojos de Georgina se clavaron en mí. No supe interpretar si aquello era una mirada cómplice o retadora. Lo sabría más adelante.

Se levantó y salió del teatro sin esperar a que la directora terminara de decirnos quiénes eran los seleccionados para el resto de papeles. Quise ir tras ella para ver si se encontraba bien, pero me parecía una falta de respeto abandonar el salón así, sin más, por lo que me quedé.

Busqué a Oliver con la mirada, pero no lo vi entre los demás alumnos.

El resto de la hora continuó de forma similar. Nombraron a los diferentes candidatos sin dar demasiados detalles de la obra o del guion, eso ya lo harían a lo largo de las próximas semanas los profesores encargados, los cuales también decidirían quién sería al final la actriz principal: Georgina o yo. Lo único relevante que dijo la directora, y que añadió más tensión a mi estado, era que Álvaro sería uno de esos profesores. Saber que de su voto dependía que interpretara o no el papel protagonista en esa obra lo complicaba todo.

Salí del teatro tan feliz como histérica, porque todo se me complicaba cada vez más. Se había comenzado a enredar el día que cometí el error de acostarme con Álvaro.

Fui a la cafetería a ver si veía a Georgina, pero no estaba por ningún lado. En cambio, me encontré con Cristina, sentada al final de una de las mesas largas que había al fondo, en una esquina. Le hice un gesto con la mano indicándole que iba a coger una bandeja para almorzar.

Me puse en la cola y, cuando llegó mi turno, me pedí una ensalada de pasta de primero y unas patatas al horno de segundo; no me apetecía ni la carne de ternera que había ni aquel pescado con tan mala pinta. Cogí un yogur y una botella de agua y me fui a la mesa.

Mientras caminaba concentrada en no tirar nada de la bandeja, me percaté de que casi todo el mundo me miraba. Cuchicheaban y comentaban sabe Dios qué. Había pasado de ser invisible a estar en boca de media escuela, y todo por aquel papel que probablemente se llevaría Georgina.

—¡¡¡Enhorabuena!!! —gritó Cristina antes incluso de que me diera tiempo a dejar la bandeja sobre la mesa.

Se levantó y me abrazó.

¿Por qué estaba tan contenta si ni siquiera me habían dado el papel?

—Gracias —dije mientras me sentaba.

—Alegra esa cara, tía. Deberías estar contenta.

—Y lo estoy.

—Cualquiera lo diría...

—A ver, tampoco es que me hayan dado el papel a mí —me quejé.

—¿Sabes lo afortunadas que somos por haber sido elegidas para trabajar en esa obra?

—¿Qué papel te han dado a ti? —quise saber, pues había escuchado su nombre, pero estaba tan inmersa en mis pensamientos que no presté mucha atención.

—El de Jane, de protagonista secundaria. ¡¡¡Seremos hermanas en la ficción!!! —Soltó un gritito de alegría.

—Me alegro mucho. Ojalá me hubiesen asignado ese papel a mí, lo hubiera preferido.

—¿Qué dices? Estás fatal, cualquiera daría lo que fuese por estar en tu lugar.

—Y, según tú, ¿en qué lugar estoy exactamente?

—A un paso de ser la protagonista de la obra más esperada del año que, encima, se va a estrenar en el Liceu. Un papel como ese es un pase directo al estrellato.

—No me quiero hacer ilusiones, seguro que se lo lleva Georgina. Ella tiene más experiencia que yo. Por cierto, ¿no la has visto? —dije mientras barría con la mirada el comedor buscándola.

—No. —Se metió en la boca el último trozo de carne que había en su plato.

—Espero que se encuentre bien, ha salido del teatro así de repente...

—No entiendo por qué te preocupas tanto por esa tía.

—Es mi amiga —dije en tono hostil fulminándola con la mirada.

—Adriana, Georgina no es amiga de nadie, trata a la gente fatal. Si se ha ido así del teatro, es porque no ha soportado saber que no la han elegido para el papel protagonista, que tiene que competir contigo para conseguirlo. Te lo digo yo.

—Igual es que no se siente cómoda compitiendo conmigo por el papel, somos amigas.

—¡Y dale con lo de amiga! Bueno, ya me contarás. Yo solo te advierto de que esa tía es mala y de que por un papel como ese es capaz de cualquier cosa.

Las palabras de Cristina me dejaron pensativa. Apenas comí nada, tenía un nudo en el estómago.

—Acaba de entrar Oliver —anunció Cristina—. Está mirando hacia nosotras.

Me giré y lo saludé con la mano.

—Qué mono es, ¿verdad? —susurró mi amiga mientras él se acercaba a nosotras.

Tomó asiento y me felicitó por haber obtenido el papel protagonista entre comillas. Cristina y yo lo felicitamos a él.

—Ojalá te den el papel a ti. ¿Te imaginas los dos actuando juntos? —dijo ilusionado.

—Sería increíble.

Al cabo de un rato, llegaron Liam y Martí y se sentaron también en nuestra mesa. Les pregunté por Georgina y me dijeron que había quedado con una amiga para comer fuera de la escuela.

Yo estaba un poco ausente. Era uno de esos días en los que no tienes ganas de nada. Quería ver a Georgina y hablar con ella. Me preocupaba que no estuviese bien.

En la mesa no paraban de hablar de la obra y, cuando se cansaron, se pusieron a hablar de los planes para el fin de semana. Martí volvía a estar animado. Después de lo que había sucedido el fin de semana entre Liam y él, temía que dejaran de ser amigos, así que me alegré al ver que todo seguía como de costumbre entre ellos y que habían aclarado las cosas.

Oliver, por su parte, me miraba inquisitivo de vez en cuando, tratando de mostrarme de algún modo su afecto y apoyo.

De pronto, Cristina me hizo un gesto disimulado con los ojos para que me girara a mirar. Lo hice de inmediato, pues pensé que podía tratarse de Georgina, pero no, era Álvaro. Allí estaba, de pie, sujetando una bandeja como si fuera un alumno más mientras conversaba con las cocineras que servían la comida y que se morían por compartir unas palabras con el actor del momento. Miró hacia mí y ladeé la cabeza para que el pelo me ocultara el rostro. Recé para que no me hubiese visto. Sin embargo, cuando volví a mirar entre el pelo, como si me estuviese ocultado detrás de una cortina, nuestras miradas se cruzaron. Sus ojos oscuros se clavaron en los míos, y pude apreciar en ellos cierta hostilidad. El recuerdo de mis labios besando los suyos me cruzó la mente. Vi su torso desnudo sobre mi cama. Mi cuerpo desnudo cubierto con la toalla. Por un instante, dudé de que todo aquello hubiese sido un sueño, pues me parecía muy real.

Cristina carraspeó y supe que lo que pretendía decirme era «¡Deja de mirarlo con tanto descaro!». Se lo agradecí con una ligera sonrisa.

# 37

## ÁLVARO

La rabia me consumía por dentro, ardía en todos los sentidos de la palabra. Me sentía como si estuviera a punto de estallar. No podía creer que Adriana hubiese hablado con mi madre sobre el cambio de clase. Una parte de mí quería estrangularla.

—Álvaro, ¿me estás escuchando? —insistió mi madre desde detrás del escritorio de su despacho al ver que no decía nada.

—Sí, mamá, pero no entiendo por qué esa alumna quería cambiar de clase. Igual no le venía bien el horario.

—No, no era eso, porque preguntó si había plazas en algún otro módulo en ese mismo horario. Yo misma la escuché.

—Pues yo qué sé...

—¿Cómo que tú qué sabes? Es tu responsabilidad preocuparte de por qué una alumna quiere abandonar tu clase.

—No voy a cuestionarme la forma de hacer mi trabajo solo porque una alumna quiera cambiarse de clase —me quejé.

—Deberías. Quizá es un nivel muy alto para los recién incorporados.

—En absoluto. He empezado por lo básico —mentí, pues a decir verdad, obligarles a hacer una escena de cama en ropa interior delante del resto de la clase no era un ejercicio de nivel básico.

—No habrás tenido algo con ella, ¿no?

—Claro que no, mamá.

—No me vayas a decepcionar. He confiado en ti ciegamente al permitirte impartir las clases de Acting Camera. Habla con esa chica para averiguar cuál es el motivo por el que quería cambiarse y a ver si encuentras una solución. Como sabes, es una de las aspirantes al papel protagonista de la obra y me preocupa su formación.

—Está bien —dije para que se callara.

—No quiero escándalos amorosos. Sabes lo que pasaría si se filtrara a la prensa que te has liado con una alumna. Se centrarían en ti y, si buscan, van a encontrar. Si lo de tu padre sale a la luz, ponemos en peligro el prestigio de la escuela y toda tu carrera.

—En relación con eso..., quería comentarte que Carla... lo sabe —dije temiéndome lo peor.

—¡¡¡¿Cómo que lo sabe?!!! ¿Se lo has contado?

—No, pero su padre es juez y lo ha averiguado.

—Por el amor de Dios, esa loca con esa información podría destruirnos. ¿Cuántos seguidores tiene? ¿Doscientos mil?

—En realidad, dos millones y algo.

—¡Santo cielo, estamos perdidos! Tengo que hablar con ella —dijo apoyando los codos en la mesa y dejando descansar la cabeza sobre la palma de sus manos.

—No será necesario. No va a decir nada.

—¿Qué quiere a cambio? —preguntó con interés, pues sabía que alguien como Carla no dejaría pasar la oportunidad de usar una información como esa en su beneficio.

—Estar conmigo.

—¿Te ha chantajeado?

—Más o menos.

—Tienes que aguantar hasta que encontremos una solución.

—¿Qué solución vamos a encontrar? Es la verdad, y más tarde o más temprano saldrá a la luz —me quejé enfurecido—. Estoy harto de que mi carrera dependa de mantener oculto un error que yo no cometí.

—Yo tampoco lo cometí, y todo esto —levantó las manos haciendo referencia a su escuela—, que con tanto sacrificio he fundado, depende de que no se descubra la verdad.

—Si no tenemos nada más de qué hablar, me voy. Tengo que comer antes de la siguiente clase —dije al tiempo que me levantaba con ganas de meterle una patada a la silla y a todo cuanto se interpusiera en mi camino.

—Álvaro —me llamó mi madre antes de que saliera por la puerta. Me detuve—. Es por el bien de ambos, no lo estropees todo.

Cerré la puerta de un portazo.

A medida que caminaba hacia el comedor, mi enfado aumentaba por segundos. No me había podido sacar de la cabeza a Adriana en todo el fin de semana, no sabía si era la atracción por lo prohibido o por lo que me hacía sentir cuando estaba cerca. Tenía grabado en mi mente el olor de su cuerpo. ¿Por qué cojones había caído en su juego? ¿Por qué la besé? Esa niñata me iba a volver loco. ¿Quién en su sano juicio se paseaba de madrugada cubriéndose tan solo con una toalla por una residencia de estudiantes?

Estuve a punto de pasar la noche con ella, pero no quería empeorar las cosas y mucho menos que ella se arrepintiera al día siguiente. Así que me esperé hasta que se quedó dormida y luego, después de pasarme un rato observándola, me fui. Me había dejado con un calentón de la hostia. Tuve que masturbarme cuando llegué a mi habitación.

Adriana era diferente a cualquier otra mujer que hubiese conocido. Había algo en ella, tal vez su inocencia, tal vez su mirada, que me hacía enloquecer.

Cuando entré en el comedor, hice un barrido rápido con la mirada. No me costó identificarla. Estaba al fondo, sentada en una mesa con sus amigos y con Oliver, quien suponía debía de ser su novio.

Después de lo que había ocurrido la noche del sábado, no estaba seguro de cómo iba a reaccionar cuando nos encontrásemos frente a frente. Una parte de mí quería ir a su mesa y decirle que me acompañase a mi despacho. En realidad, no disponía de despacho propio, pero había una sala que usábamos para reuniones que podría pasar por mi despacho perfectamente. La llevaría ahí y le impondría algún tipo de castigo por el estúpido jueguecito que se traía conmigo.

«¡Para, para! Ese tipo de castigo no, joder... ¡Qué mente tan sucia!».

Pero desde la noche en que lo hicimos, no había podido quitarme de la cabeza ese momento, y me moría de ganas por volver a estar dentro de ella.

Me senté en una mesa que estaba vacía y algo retirada para evitar tener que charlar con los alumnos durante el almuerzo.

Cuando terminé, me levanté para pedir un café y entonces me crucé con Adriana, que ya se iba.

—Señorita Castillo —la llamé.

—¿Sí? —Se giró hacia mí.

—Acompáñeme a mi despacho, por favor.

—Ahora tengo clase.

—Pues llegará más tarde.

Resopló.

Recogí el café que había pedido para llevar y me dirigí a la sala de reuniones que haría pasar por mi despacho. Recorrí el pasillo sin mirar atrás, aunque sabía, por sus pasos, que ella me seguía.

Sabía que las consecuencias de lo que estaba a punto de hacer podían costarme no solo la relación con mi madre, sino también mi carrera profesional.

—Toma asiento —dije cuando entramos.

—¿Ya me vuelves a tutear?

—Lo hago siempre que no hay alumnos o profesores alrededor. El sábado también lo hice.

# 38

## ADRIANA

¿Había dicho el sábado? ¿Entonces no había sido un sueño como yo creía? Quería que me tragara la tierra. Me moría de la vergüenza, pero ¿qué pasó exactamente? Las únicas imágenes que tenía de aquello que creí que había sido un sueño eran que me caí, que Álvaro me acompañó a mi habitación y que lo besé.

¿De qué iba todo aquello? ¿Por qué me llevaba a su despacho?

—¿Para qué me has hecho venir aquí? —pregunté en tono hostil después de tomar asiento y tratando de obviar cualquier mención a mi comportamiento del sábado.

—¿En qué pensabas cuando le dijiste a mi madre que quieres dejar de ir a mis clases? —dijo de pie frente a mí, al otro lado de la mesa.

—¿Qué?

Necesité unos segundos para ser consciente de a qué se refería.

—Sí, no te hagas la estúpida.

—No me estoy haciendo la estúpida y yo no hablé con tu madre. Ella estaba en secretaría cuando fui a solicitar el cambio de clase. Simplemente no me percaté de su presencia. De haberlo hecho, no habría dicho nada. Además, no entiendo por qué te molesta si tú mismo me pediste que dejara tu clase. ¡Aclárate!

—Sí, pero con discreción. No pensé que el hecho de que una alumna solicitara un cambio de clase llegaría a oídos de la directora.

—Pues ya ves que todo puede pasar. —Sonreí sarcástica.

Me encantaba sacarlo de sus casillas. Me gustaba hacerle perder el control solo con palabras. Si se creía que iba a estar a sus pies solo por ser el Profesor y famoso, lo llevaba claro.

Apoyó las palmas de las manos sobre la mesa y se inclinó hacia mí.

—Esto no es un juego, Adriana.

—Me alegro de que lo tengas claro, porque es de mi futuro de lo que hablamos. No me puedes pedir que deje tus clases, así como si nada, solo porque te arrepientas de haberte acostado conmigo.

—Yo no he dicho que me arrepienta.

—¿No? Entonces ¿por qué me tratas como si fuese el mayor error de tu vida?

—Yo no te he tratado mal. Has sido tú la que desde el primer momento se ha comportado como una niña malcriada.

—A ti lo que te pasa es que estás enfadado porque tu mami te ha regañado por no hacer bien tu trabajo y ahora lo quieres pagar conmigo, pero, tranquilo, no tienes por qué preocuparte. Al final, decidí seguir haciendo el módulo de Acting Camera este año. Ahora, si no te importa, me piro, que tengo cosas que hacer. —Me levanté de la silla dispuesta a salir por la puerta.

Antes de que mi mano rozara el pomo, la suya se aferró a mi brazo.

—¿Qué haces? —Lo fulminé con la mirada.

—No hemos terminado —dijo demasiado cerca de mis labios.

—Ni se te ocurra besarme.

—¿De qué tienes miedo?

—De todo lo que esto —nos señalé con el dedo— podría acarrear. Lo que pasó entre nosotros no se va a volver a repetir.

—Tus labios no decían lo mismo el sábado por la noche. Si hasta me rogaste que me quedara a dormir contigo.

—¿Qué pasó exactamente el sábado?

—Nada, porque no me atrae lo más mínimo la necrofilia. Me gusta que la otra persona esté consciente.

—Eres un imbécil. —Me solté de su agarre.

—Y tú una inmadura, una caprichosa que no sabe lo que quiere. Estoy cansado de tu juego, Adriana. Esto se tiene que terminar por el bien de ambos.

—¿Yo soy la que no sabe lo que quiere? Ja, no me hagas reír, por favor. El que no sabe lo que quiere eres tú, que estás acostumbrado a tener a la tía que te da la gana, sin importarte una mierda tu novia.

—¿Mi novia? —preguntó sorprendido, como si pensara que nunca iba a enterarme de su relación con Carla.

—¿Ahora vas a negarlo?

—Es más complicado que eso. En cualquier caso, tú no eres la más indicada para dar lecciones de fidelidad cuando vas engañando a tu novio. ¿Le has contado que nos acostamos y que me quisiste meter en tu cama de nuevo el sábado?

Aquello me mató. ¿Cómo podía ser tan capullo? Tenía que irme de ahí, me estaba sacando de mis casillas. Mi historia con él estaba acabada, y más después de saber que era el Profesor. Si se descubría que me había acostado con él, todo el mundo pensaría que me habían dado el papel protagonista en la obra precisamente por eso. Todo el mundo pondría mi talento en tela de juicio.

—Tengo que irme, no quiero llegar tarde a la clase de Voz —dije dispuesta a poner fin a esa conversación sin sentido que no iba a llevarnos a ninguna parte.

En ese momento, sus labios atraparon los míos por sorpresa. Cerré los ojos y me dejé llevar. Sus manos se aferraron a mi cintura; las mías ascendieron por su torso hasta su barba, me encantaba sentir el cosquilleo que me producía en la yema de los dedos.

Disfruté de aquel beso con pasión, como si fuese el último; una parte de mí sabía que podía serlo. Quizá por eso me dejé llevar. La situación subía de tono en cada segundo.

Abrí los ojos con sorpresa cuando Álvaro me empujó sobre la mesa y se tumbó sobre mí. Cada beso que sus labios dejaban en la piel de mi escote evidenciaba el deseo y la satisfacción que experimentaba en ese preciso instante.

El revoloteo que sentía en mi interior era tan intenso que me costaba incluso respirar.

Se apartó de golpe y, nervioso, se tocó el pelo.

—Esto no está bien. No puede volver a pasar —dijo, no sé si para sí mismo o para ambos.

¿Primero me besaba y luego me dejaba así? Estaba furiosa. Quería gritarle, decirle unas cuantas verdades a la cara. En cambio, me incorporé y me bajé de la mesa. Me coloqué bien la camisa y el pelo y, antes de irme, le dije:

—¡No vuelvas a buscarme! Yo tampoco lo haré —dije más seria que nunca. Acto seguido, salí de la oficina.

Tenía los nervios a flor de piel, me temblaban incluso las piernas al caminar. Algo me pinchaba en el pecho. Sabía que aquella historia había terminado. Álvaro me gustaba, estaba loca por él, me hacía sentir como nadie podía hacerlo, pero la magia se había roto. Siempre soñé con que la primera vez sería con alguien especial. Lo sé, soy una antigua, y que mi madre me pusiera de pequeña todas las películas de Disney no ayudó. Quería un amor a la vieja usanza, de esos que se cuecen a fuego lento, con ilusión, con mensajes bonitos cada día, con frases; de esos que se dedican canciones, que tienen citas... Mi historia con Álvaro no había sido así. Empezamos con muy buen pie cuando nos conocimos en Madrid, pero lo habíamos estropeado todo, y sí, yo también me echaba la culpa, porque no debí haberme dejado llevar la noche del estreno.

Había llegado la hora de tomar las riendas de mi vida, de centrarme en lo que de verdad importaba: la obra. Había ido a Barcelona con un objetivo claro y tenía que cumplirlo, por eso me prometí a mí misma que no volvería a caer en los encantos de Álvaro y que me olvidaría de él. Al fin y al cabo, lo nuestro no era más que una ilusión.

# 39

## GEORGINA

Apenas pasaba tiempo en mi nueva habitación, no soportaba a Samara. Habíamos tenido varios encontronazos durante la semana. No soportaba encontrarme el suelo lleno de manojos de sus pelos, parecía que se iba a quedar calva. Tampoco aguantaba que se pusiera a comer y dejase la habitación apestando. Por suerte, coincidíamos únicamente para dormir. En mis ratos libres prefería coger mi diario o un libro y subirme a la terraza a escribir o a leer, ambas cosas me relajaban y me inspiraban. Algo que había hecho con más frecuencia de lo habitual después de saber que Adriana y yo competiríamos durante los siguientes meses por el papel protagonista. Tenía que ponerme las pilas.

El sábado se celebraba una fiesta en casa de un productor y se me había ocurrido una idea para mantener a Adriana entretenida. Cuanto más centrada estuviera en otras cosas, menos tiempo dedicaría a la obra y más posibilidades tendría yo de llevarme el papel.

La invité a la fiesta y le dije que nos veríamos allí directamente, yo llegaría más tarde, pues ese día me tocaba bailar en La Mansión. Había hablado con Jasmine para ver si me dejaba hacer a mí los primeros pases para poder salir un poco antes y aceptó.

Acababa de terminar mi número y me encontraba a solas en el camerino quitándome la peluca cuando un hombre apareció en la puerta, que Jasmine había dejado abierta al salir.

—Un ángel disfrazado de diablo. ¿Puedo? —preguntó antes de entrar.

¿Quién era ese tipo y qué quería?

—Tengo poco de ángel, ¿qué se le ofrece? —dije mientras me cepillaba el pelo, pues no tenía tiempo que perder.

—Es un placer conocerte. He visto el espectáculo y me he quedado fascinado con tu actuación. Vengo mucho por aquí y he de confesar que nunca antes había visto una belleza como la tuya.

—Gracias —dije sin dejar de mirarme en el espejo.

—¿Te importa si me siento? —preguntó señalando una banqueta.

—Tengo prisa. Dígame a qué ha venido exactamente. —Lo miré.

—Quería proponerte algo.

Vi el deseo en su mirada.

—Vaya al grano de una vez.

—¿Te pongo nerviosa o es cosa mía?

—¿Nerviosa? —Me levanté y me acerqué a él—. ¿Crees que me intimidan los hombres como tú? —lo tuteé.

—¿Cómo yo?

—Sí, con trajes de Armani. —Pasé los dedos por la solapa de su chaqueta—. Y Rolex de oro... Hombres que piensan que pueden comprarlo todo con dinero.

—¿Y acaso no es cierto? Todo tiene un precio.

—¡Yo no!

—Puedo ofrecerte más de lo que ganarías aquí en meses.

No voy a decir que la oferta no me parecía tentadora. El tipo no estaba nada mal, pero no soportaba a los hombres que se creían que con dinero podían comprarlo todo. Además, yo no era ninguna cualquiera.

—Te estás equivocando conmigo, trabajo aquí bailando.

—Dos mil euros por pasar la noche conmigo.

—¡Vete! —grité indignada.

—Tres mil.

—¡¡¡He dicho que te largues!!! —grité más fuerte aún.

—Me pone que te hagas de rogar —dijo en tono lascivo y me atrajo hacia él.

—¡¡¡Suéltame!!!

Nunca en toda mi vida me había sentido así. Nadie me había tratado de esa forma, como si fuera un objeto que pudiera poseerse.

Se me aceleró el pulso y el miedo se apoderó de mí.

—¡¡¡Te ha dicho que la sueltes!!! —dijo Frank con una frialdad sobrecogedora al tiempo que lo apuntaba con una pistola directamente a la cabeza.

—Tranquilo, tranquilo... Solo quería hablar con ella —dijo el tipo con las palmas de las manos hacia arriba.

—Lárgate, y si me entero que vuelves a acercarte a ella, tu familia te encontrará con esas manos tan largas que tienes cortadas, un tiro en la frente y droga en los bolsillos. La última imagen que tendrán de ti será la del ser despreciable que eres.

El tipo me miró y luego salió del camerino.

—¿Estás bien? —Frank se guardó el arma en la parte trasera de la cinturilla del pantalón y se acercó a mí.

Me pregunté por qué llevaba una pistola encima.

Estuve a punto de romper a llorar, pero no me iba a derrumbar delante de él.

—No me toques —le advertí—. No era necesario que montaras este numerito de narco para impresionarme. Sé defenderme solita.

—¿Estás segura?

—Lo tenía todo bajo control. —Me di media vuelta y me coloqué detrás del burro para cambiarme—. Ya puedes dormir con la conciencia tranquila esta noche. Ahora, si no te importa, voy a cambiarme.

Frank se fue sin decir nada y cerró la puerta detrás de sí. No fui consciente de lo excitada que estaba hasta que me desnudé.

Confieso que verlo empuñar esa pistola me puso cachonda, nunca había visto a un tío hacer algo así más allá del cine. Me odié a mí misma por permitir excitarme con ese macarra de barrio. ¿Qué demonios me estaba pasando?

Me coloqué el vestido *body* con *cuq sequins* de Yves Saint Laurent negro que me había comprado para la fiesta. Era de manga larga ajustada al cuerpo. Desde la línea del escote a la altura del pecho, tenía un detalle de anudado que formaba un bonito drapeado. El *cut out* decorativo debajo del pecho dejaba al descubierto la piel de mi abdomen.

Me puse mis fantásticos *stilettos* de Christian Louboutin de charol negros con la suela roja a juego con el *clutch* Divina de Valentino confeccionado en piel roja con aplique de candado con varias cadenas de eslabones colgantes.

—¡Guau! —exclamó Jasmine cuando regresó y me vio lista para salir—. Debe de ser un evento de lo más sofisticado.

—Lo es.

Antes de irme, le pedí que me consiguiera alguna sustancia para esa noche, necesitaba que Martí me follara fuerte y salvaje. La escena que acababa de vivir me había dejado las hormonas demasiado alteradas.

—Llama a este chico —me dijo—. Es de confianza. Dile que vas de mi parte.

—Gracias.

—Disfruta de la noche.

Salí por la puerta trasera. Miré la pantalla del móvil. Aún le faltaban dos minutos al uber que había pedido para que me llevara a la fiesta.

Cuando levanté la vista del teléfono, me encontré con la silueta de Frank oculta entre las sombras de aquel lóbrego pasaje. Estaba apoyado en la pared fumándose un cigarro. El repiqueteo de mis tacones al caminar hizo que mirase en mi dirección. Expulsó el humo del cigarro y algo vibró dentro de mí. Quizá fue el asco que me producía verlo fumar, porque odiaba a los tíos que fumaban.

Me detuve cuando pasé por su lado. Quise decir algo, pero él se me adelantó.

—No me hables, no me mires y no te vuelvas a acercar a mí. Sé que no me soportas, yo a ti tampoco, así que pongámonoslo fácil.

Me quedé sin habla. Creo que incluso se me cortó la respiración. ¿De qué iba el imbécil tatuado? ¿De malote? Vale, puede que, en parte, me lo mereciese por cómo le había hablado antes, pero no me lo esperaba.

En ese momento, el uber que había pedido se detuvo donde terminaba el callejón. Caminé hasta el coche y me subí sin mirar atrás.

¿Qué sucede cuando sabes que algo te traerá problemas, pero no puedes resistirte?

# 40

## ADRIANA

Durante las clases del resto de la semana, Álvaro se comportó de forma muy distante. Por mi parte, yo me mantuve indiferente, evité interrumpirle y me limité a mostrar el interés imprescindible, aunque no podía evitar imaginarme todo tipo de obscenidades al verlo. Mi cuerpo me pedía volver a sentir sus labios, volver a estar entre sus brazos, en su cama... Pero trataba de mantener controladas mis emociones; eso no podía pasar, ya no.

El sábado por la noche, después de que Liam y Georgina insistieran, fui a la fiesta que organizaba un conocido productor en su chalet, en el paseo de la Reina Elisenda de Montcada, en la parte alta de la ciudad.

Para la ocasión me había comprado en Zara un vestido corto confeccionado en satén de color blanco con tirantes finos, que se cruzaban por la escotada espalda en forma de equis. La zona del pecho era fluida, por la cintura se ajustaba al cuerpo y a la altura de la cadera se volvía ligeramente *evasé*.

Me puse unas sandalias doradas de punta cuadrada y con pulsera de espiral, que me recorría las piernas, y un bolso guateado con formas triangulares de color verde hierba, con asa de cadena de eslabones dorada, a juego con las sandalias, y cierre de solapa.

Fuimos en el coche de Martí, Georgina llegaría más tarde, pues al parecer había quedado para cenar con su madre.

Caminamos por un largo camino de baldosas de piedras rectangulares hundidas en el césped. A ambos lados, cada pocos metros, había unas balizas led que iluminaban el acceso.

La puerta principal estaba cerrada. Liam llamó al timbre y al momento una chica rubia, vestida con un elegante vestido rojo, nos abrió la puerta. Tardé unos segundos en reaccionar y darme cuenta de que se trataba de Carla, la *influencer* que salía en todas las revistas con Álvaro. Nos miró de arriba abajo sin decir nada. En ese instante, llegó un tipo que, por la forma en la que saludó a Martí, supuse era el anfitrión.

—Georgina está de camino —dijo Martí al tiempo que le tendía la mano y se daban un apretón.

—Pasad, por favor —dijo el anfitrión. Luego miró a Carla como recriminándole por no habernos invitado a entrar.

—He abierto porque estoy esperando a alguien —se disculpó ella al tiempo que se perdía de nuevo en la fiesta.

Me pregunté si estaría esperando a Álvaro. Lo último que necesitaba era encontrármelo allí.

Martí nos presentó a Javier una vez que entramos en su casa.

Todo estaba decorado con una elegancia sublime. La vivienda estaba totalmente automatizada con sistema de audio, vídeo e iluminación, lo supe porque Javier cambió la luz de la entrada desde su móvil.

Había más gente de la que hubiese podido imaginar.

—Estáis en vuestra casa, comed y bebed lo que queráis —dijo Javier antes de perderse.

Casi sin darme cuenta, habían transcurrido un par de horas, durante las cuales tuve la oportunidad de conocer mejor a Martí y hablar con él sin la presencia de Georgina. Liam se quedaba embobado con su sonrisa. Me dio pena, porque yo tenía mis dudas de que Martí pudiera corresponderle. Estaba convencida de que podía ser un buen amigo, pero la forma en que se fijaba en las chicas no me parecía precisamente la de alguien que duda de su sexualidad.

En ese momento, salieron los camareros con nuevos platos de comida que iban dejando en las mesas altas que había alrededor de todo el salón. Aproveché para coger unos volovanes rellenos de cangrejo y manzana con salsa rosa que había probado un rato antes y estaban buenísimos. Cogí también unas miniempanadas.

—Mira quién llega —dijo Liam.

Volví la cabeza y vi a Georgina acercándose a nosotros.

—¡Nunca comas en estas fiestas! —me susurró al oído cuando me estaba dando dos besos.

—¿Perdón? —pregunté con la boca llena.

Ella puso los ojos en blanco.

—Picas algo con elegancia y ya.

—Entonces ¿para qué ponen tanta comida? ¿Y por qué se llama cena?

—Tienes que venir comida de casa.

Me limpié las manos en una servilleta de tela y busqué una copa.

—¿Beber sí puedo o también tengo que venir bebida de casa? —pregunté con sarcasmo.

Georgina respondió con una mirada fulminante.

Después de los saludos y de que nos dijera lo bien que había estado la cena con su madre, salimos a la terraza, donde había una piscina rectangular con luces azules y cuyas aguas se perdían en el horizonte con la iluminada ciudad y el mar.

—Adriana, ven, quiero presentante a un amigo —me dijo Georgina—. Él es Marcos, es productor y está buscando a una actriz para su próximo corto.

—Encantada —dije estrechándole la mano.

—El placer es mío —respondió mirando hacia otro lado, como si estuviera buscando a alguien.

—¿Cuándo son las audiciones, Marcos? —preguntó Georgina.

—El miércoles.

—Ah, genial, pues allí estaremos, ¿verdad, Adriana? —Georgina me miró.

—Sí, sí, claro. —Sonreí.

—Disculpadme un segundo. —El productor se alejó.

—Tienes que estar más espabilada, lo has aburrido.

—Es que no sabía qué decir, me ha cogido por sorpresa.

—Pues tienes que estar preparada para este tipo de ocasiones.

Me sentía como un perrito faldero detrás de Georgina. Aquella fiesta estaba siendo de lo más aburrida, pero las cosas aún podían ir a peor.

—Ups, parece que el destino es caprichoso —dijo Liam mirando detrás de mí.

—No creo demasiado en el destino —aseguré.

Georgina, que estaba a mi lado, se giró.

—Pues quizá deberías —soltó dejando escapar un pequeño sonido.

Me volví y vi a Álvaro, que entraba en la casa perfectamente enchaquetado. Carla se acercó a él y le dio un beso de bienvenida en los labios. La escena me mató. Una cosa era verlo besar a una chica en una película y otra ver cómo lo hacía delante de mis narices.

La copa que sostenía en mis manos se hizo añicos. El sonido captó la atención de Álvaro, que miró en mi dirección. Sus ojos se toparon con los míos, que debían de reflejar la decepción que sentía en ese momento.

—¿Estás bien? —preguntó Martí preocupado al verme la mano llena de cristales.

—Adri, ¿qué ha pasado? —Liam también sonaba preocupado.

—Estoy bien —dije cuando al fin reaccioné.

—Vamos al baño. —Georgina me puso las manos sobre los hombros para que caminase.

No sé si había sido la rabia, los celos, la decepción o un poco de las tres cosas lo que me había provocado aquel impulso. Siempre tuve la esperanza de que en el fondo Álvaro no estuviese con Carla, que fuese solo un rumor de la prensa y, aunque él no lo había desmentido, quise creer que era parte de su juego. Pero ya no cabía duda, estaban juntos. Lo habían estado desde el principio, y eso solo significaba una cosa: yo había sido un juego para él.

Hasta que las expectativas no cesan, el corazón no se aclara y una no encuentra su camino. Esa noche encontré el mío, que desde luego no me llevaría hasta él.

Entramos en el baño y Georgina cerró la puerta con el pestillo.

—Anda que ya te podrías haber cortado un poco. Nos estaba mirando todo el mundo —se quejó.

—¿Te recuerdo el numerito que montaste tú en el estreno? No me toques el coño más, Georgina, porque mi paciencia tiene un límite.

Mis palabras la debieron de coger por sorpresa, porque se quedó blanca e inmóvil. Confieso que hasta a mí me sorprendió mi propia reacción.

Mi amiga sacó su barra de labios del bolso y sin decir nada se retocó frente al espejo. Abrí el grifo del otro lavabo y me enjuagué la mano. Revisé el daño. Afortunadamente, solo me había hecho un pequeño corte en el que aún había un cristal incrustado.

—¿Puedo pedirte un favor? —pregunté mientras ella guardaba de nuevo el pintalabios en el bolso.

—Sabes que puedes pedirme lo que quieras.

—Sácame este cristal mientras yo aprieto.

—Ay, qué desagradable... —dijo mirando la herida con cara de asco—. Espera, creo que llevo las pinzas de depilar.

Abrió otra vez el bolso y buscó en un pequeño neceser. Solo alguien como ella llevaba unas pinzas de depilar en un bolso de fiesta tan pequeño. Con la ayuda de las pinzas, consiguió sacarme el pequeño cristal.

Volví a enjuagarme la herida y la presioné con papel para que dejara de sangrar.

—El amor duele —dijo Georgina, queriendo hacer un chiste de la escena mientras guardaba las pinzas.

—No tiene gracia.

—Me voy a aliñar la copa, porque, si no, no aguanto esta fiesta —dijo al tiempo que sacaba un bote con un gotero de su bolso y echaba un chorreón en su copa.

—¿Qué es eso? —pregunté sorprendida.

—Un ingrediente secreto.

—No sabía que te drogaras.

—Y no lo hago, es solo hoy. Lo he conseguido para ver si así despierto la llama de la pasión con Martí.

—No sabía que la llama se había apagado.

—Digamos que está la cosa un poco fría, pero nada que la droga de la pasión no pueda solucionar. —Me guiñó un ojo.

Salimos del baño y nos integramos de nuevo en la fiesta.

—¿Estás bien? —preguntó Liam tan pronto como me vio.

—Sí, sí. No ha sido nada.

—Vamos, necesitas una copa —dijo Georgina.

—Y yo también —añadió Liam—, pensé que en esta fiesta habría algo más de perreo...

Georgina lo fulminó con la mirada.

—Hemos venido a hacer contactos. Deberíais darme las gracias por haber conseguido que os dejen entrar, ¿o acaso veis a algún estudiante de la escuela aquí?

—Ay, nena, era una broma, relax. ¡Qué susceptible estás esta noche! —se quejó Liam.

El anfitrión, al ver a Georgina, le lanzó un beso con un gesto un tanto lascivo. Ella le guiñó un ojo. El intercambio de gestos no le pasó desapercibido a Martí.

—¿Qué te traes con ese? —le preguntó a su novia.

—¿Ahora vas a controlarme?

—No sé, dime tú si necesito hacerlo.

—Ay, no te pongas en plan novio celoso, que no te pega nada. Anda, tómate otra copa —dijo ella entregándole una copa nueva.

—Vamos a hacer una historia para Instagram. —Liam sacó su móvil.

—Buena idea, a ver si llego a los mil seguidores —dije ilusionada.

—Has subido bastante en muy poco tiempo, no te quejes.

—Necesitas que alguien con muchos seguidores te etiquete en una publicación —comentó Liam.

—Alguien como Álvaro —soltó Georgina con una carcajada.

—Venga, vamos a hacernos la foto —le corté el rollo.

Hicimos varias hasta que encontramos una que más o menos nos gustó a los cuatro. Aunque Martí salía bien en todas.

—Vamos fuera, que hace mucho calor —propuso Martí.

Me percaté de que las luces de la piscina cambiaban de color. Sentí un pinchazo en el estómago cuando vi a Carla y a Álvaro hablando con un grupo de personas. A decir verdad, hacían una pareja perfecta, y tuve la sensación de que yo nunca estaría a su altura.

# 41

## LIAM

Adriana se metió en el interior de la casa tan pronto como vio a Álvaro con aquella *influencer*. Aproveché su ausencia para preguntarle a Georgina cuáles eran sus intenciones reales con Adriana, pues desde que habían anunciado que ambas eran las aspirantes al papel protagonista estaba muy rara.

—¿Vas a decirme por qué tanto interés en que Adriana vaya contigo a ese casting la semana que viene? —pregunté.

—No tengo ningún interés —respondió con fingida indiferencia.

—Vamos, Georgina, que nos conocemos. Ambas tenéis el mismo perfil, jamás la llevarías a una audición que pretendes ganar tú.

—Martí, ¿me traes otra copa? —le pidió Georgina dándole un beso en la mejilla.

—¿Tengo pinta de trabajar aquí? —se quejó él.

—Anda, no pongas esa cara, solo te estoy pidiendo una copa.

—Sí, para que podáis cotillear a mis espaldas —dijo molesto antes de irse.

—Está bien, tengo un plan —confesó Georgina.

—Sorpréndeme.

—He hablado con el productor y la idea es hacer como que vamos juntas al casting, pero para que la cojan a ella. Es un papel mediocre en un corto de mierda y encima hay que cortarse el pelo a la altura de los hombros, cosa que yo no haría ni muerta, pero si...

—Si Adriana sí se lo corta, ya tendrías algo que os diferencie.

—Exacto.

—Pero existe algo que se llama extensiones, por si no lo sabes. No creo que el hecho de que una tenga la melena corta y la otra larga influya demasiado.

—Influye durante el casting, aunque no lo creas. De todos modos, el objetivo no es ese, sino que esté distraída con otros proyectos y que no tenga tiempo para ensayar.

—Mira que eres mala.

—No soy mala, simplemente juego mis cartas. Este es mi segundo año, yo me merezco ese papel más que ella. Nunca una alumna de primero ha sido protagonista en la obra de la escuela. Necesito que la vean algo perdida, que falte a los ensayos, que no lo haga bien... Hay que conseguirle papeles y hacerle creer que son importantes para su carrera, y tú me vas a ayudar.

—¿Yo?

—Sí, ¿o qué pasa? ¿Ahora resulta que ella es más amiga tuya que yo? —preguntó en tono amenazador.

—No es eso, es solo que yo no quiero tener nada que ver en vuestras mierdas. Además, ¿tanto miedo le tienes que no crees que le puedas ganar sin hacer trampas?

Mi pregunta la cogió por sorpresa. En ese instante, llegó Martí con dos gin-tonics, uno para ella y otro para él.

—No lo has aromatizado —se quejó Georgina.

—¿Qué?

—Pues que no le has puesto un poco de cardamomo, enebro y pimienta. Dame tu copa. —Georgina le quitó la copa a Martí y se la llevó.

—Hoy está insoportable —se quejó Martí.

—¿Solo hoy? —me burlé.

Ambos soltamos una risotada cómplice.

Mi relación con Martí no había cambiado después de haberle confesado mis sentimientos. Tras esa noche, no habíamos vuelto a hablar del tema y todo había vuelto a ser como siempre, cosa que agradecía. Por mi parte, me sentía mucho más libre.

Georgina llegó con las copas.

—Ahora sí está aromatizada. —Le entregó una de las copas a Martí.

Charlamos los tres hasta que Adriana se acercó a nosotros.

—¿Dónde te habías metido? —pregunté.

—Necesitaba ir al baño.

En ese momento, llegó una mujer y saludó a Georgina, que se puso más blanca que el vestido de Adriana, como si hubiese visto aparecer a la muerte.

—Georgina, ¿qué tal estás? Siento mucho lo del divorcio de tus padres, ¿cómo lo estás llevando?

Me quedé completamente en *shock*. La cara de Martí era de desconcierto total. Abrió los ojos sorprendido. Georgina, por su parte, se quedó muda. No tuvo tiempo de decir nada, porque la mujer siguió hablando.

—¿Tú madre está bien? La he llamado, pero no contesta el teléfono. He escuchado que se ha ido a vivir a Banyoles... Una pena lo de la casa, con lo bonita que era y las fiestas tan estupendas que hemos celebrado allí... Pero de todo se sale...

A Georgina parecía faltarle el aire. ¿De qué estaba hablando esa mujer? ¿Y por qué Adriana era la única a la que parecía no sorprenderle aquello? ¿Acaso lo sabía? No, eso era imposible.

¿Qué coño era eso de que sus padres se habían divorciado y que habían perdido la casa? No entendía nada. ¿Nos había estado mintiendo todo este tiempo? ¿Por eso se había mudado a la residencia en realidad?

Por la cara de Martí, estaba claro que él tampoco sabía nada.

—Gracias a todos por asistir... —El anfitrión comenzó a hablar y se hizo un silencio casi sepulcral.

La mujer se giró y en ese momento Georgina se alejó. Martí se bebió lo que quedaba de su copa de un trago y fue tras ella. Yo dudé si seguirlos o darles un momento de intimidad para que aclararan lo que acababa de suceder, pero necesitaba una explicación.

—¿Qué ha sido eso, Georgina? ¿Es cierto lo que ha dicho esa mujer? —preguntó Martí agarrándola del brazo.

—¡Suéltame! —se quejó ella.

—Georgina, nos debes una explicación —sentencié cuando llegué a donde ellos se encontraban.

—Sí, es cierto —confesó arrogante.

—¿Y cuándo pensabas contármelo? —preguntó Martí con la voz rota.

—Nunca.

—Así que no te mudaste a la residencia por mí, por estar más tiempo juntos, sino porque tus padres han perdido la casa.

—No la han perdido, la han vendido, que es diferente.

—Es lo mismo —dije.

—Tú cállate, que contigo no va esto.

—Por supuesto que va conmigo. Creí que éramos amigos. Me has mentido.

—¿Y tú no me has mentido? Ahora pretendes ir de buen amigo cuando has estado fingiendo todo este tiempo venir de una familia adinerada y no eres más que un muerto de hambre.

Miré a Martí con el corazón roto, no porque me dolieran las palabras de Georgina, sino porque jamás me hubiese imaginado que él traicionaría mi confianza contándoselo todo a ella. ¿Le habría contado también que estaba enamorado de él?

—Te estás pasando —le dijo Martí.

—Defiéndelo —soltó sarcástica—. Si has podido perdonarle a él esa mentira, supongo que también podrás perdonarme a mí, ¿no?

—Lo tuyo es el colmo del descaro —dije en un tono apagado a causa de la decepción.

—No me parece tan grave como para ponerse así.

—Joder, macho, ¿es que nadie valora decir la puta verdad aquí? —Martí se dio media vuelta y se fue demasiado rápido.

—Eso, pírate —soltó Georgina mirándolo con cara de circunstancia.

—Espera —grité.

—Corre, ve tras él como un perrito, que eso es lo que eres —soltó Georgina, dolida e indignada a partes iguales.

La ignoré y fui en busca de Martí. Lo alcancé antes de que llegara a su coche, pero no se detuvo.

—Martí, por favor, espérame.

Se subió y cerró la puerta de un portazo. Me fui directo a la puerta del copiloto y abrí.

—¿Por qué le contaste a Georgina lo mío? —le reclamé dolido.

—Ahora no, Liam.

Puso en marcha el motor.

—Te pedí que no dijeras nada. —Me subí y cerré la puerta.

—Tuve que hacerlo.

—No, seguro que lo hiciste para salvarte el culo.

—¡Bájate! —ordenó.

—No, déjame que me vaya contigo.

Pareció dudar durante unos segundos, pero inició la marcha sin añadir nada más.

Condujo hasta la residencia en silencio y yo le di el espacio que necesitaba. Me sentía tranquilo solo estando a su lado. Nunca he querido tanto acortar un trayecto como esa noche.

Cuando llegamos a la habitación, rompí aquel incómodo silencio.

—Si necesitas hablar, que sepas que estoy aquí.

Él me miró y luego se sentó en su cama.

—Es que no hay nada que hablar, parece que vivo en una mentira permanente —dijo llevándose las manos a la cara.

—Eso no es cierto. —Me levanté de mi cama y me senté en la suya, junto a él.

—Además, me noto muy raro.

—¿A qué te refieres?

—No sé, creo que he bebido mucho.

—Pero si apenas has tomado dos copas o tres...

—No sé...

—Tranquilo, todo va a ir bien, ya verás. Esto es solo un bache en vuestra relación, ya sabes que para ella no es fácil abrirse.

—Ya, joder, pero que somos novios. Si no confía en mí para contarme eso, ¿qué sentido tiene que sigamos juntos?

Se echó a llorar.

Nunca lo había visto así, quizá por eso se me rompió el alma. No quería que sufriera. Sin pensarlo, le di un abrazó que él agradeció.

—Todo va a estar bien —le aseguré, aunque lo que más deseaba era que él y Georgina rompieran.

En ese momento, envueltos aún en aquel sincero abrazo, sus labios me rozaron el cuello.

Quise creer que había sido producto de mi imaginación, pero entonces noté otra vez el calor, la humedad, el roce de su barba... Quise pensar que aquello solo era una muestra de afecto entre amigos, un beso sin importancia, pero entonces ascendió lentamente y se detuvo frente a mí.

—¿Qué haces? —pregunté en un leve susurro que se perdió en su boca.

—No lo sé.

Me sentí demasiado tentado por su cercanía. El corazón se me alborotó y un impulso me llevó a besarlo. Pensé que me empujaría, que me daría un puñetazo, que me gritaría, pero, lejos de todo eso, me correspondió. Fue como acercar una cerilla al fuego.

Nuestras lenguas se enroscaron. El deseo de abordarlo se incrementaba por segundos, y no quería que aquella sensación tan placentera terminase, así que me dejé hacer, me dejé guiar por él como un títere en manos de su titiritero. Nunca antes con ningún otro chico había sentido lo que él me estaba haciendo sentir. Era como una explosión de sentimientos aflorando por todo mi cuerpo. Como subir a una montaña rusa infinita. Quería que aquel instante durase siempre, quería a Martí, lo amaba, pero sabía que aquello no iba a ningún sitio. De un momento a otro se apartaría de mí y se arrepentiría de lo que estábamos haciendo.

Las lágrimas me recorrieron las mejillas. No sé por qué me puse tan sensible, debía de ser la emoción, el miedo a que todo se acabara, el hecho de saber que, tan pronto como fuera consciente de su error, esto no se volvería a repetir. ¿Cómo iba a vivir sin sus besos después de descubrir ese placer?

Mi mano recorrió su muslo y se perdió en su entrepierna. Notar que estaba duro me desarmó por completo. Me separé de él unos centímetros y le apreté el miembro. Martí me succionó el labio inferior introduciéndoselo en la boca con morbo. Sentí cómo su polla se hinchaba aún más.

No pude evitar hacer aquello con lo que tantas veces había soñado. Me arrodillé frente a él y ambos nos dejamos llevar por el momento.

# 42

## ADRIANA

De pronto me quedé sola en la fiesta, no había visto venir aquello. Sabía que los padres de Georgina se habían separado, pero no que hubieran perdido la casa. Vi a Martí salir y a Liam correr tras él, pero no a Georgina. Decidí buscarla, pero antes necesitaba una copa.

Lo que no entendía era cómo si, según esa mujer, la madre de Georgina se había ido a vivir a Banyoles, habían quedado esa noche para cenar. ¿Sería eso mentira también?

Con mi gin-tonic en la mano, me dispuse a buscar a mi amiga, pero en el salón principal no había ni rastro de ella. Salí a la terraza, aunque con miedo a encontrarme otra vez con Álvaro y Carla. Nada más salir, miré con disimulo en la dirección en la que antes se encontraban. Me despisté y me choqué con algo duro y estuve a punto de caerme a la piscina, pero por suerte eso duro, que resultó ser un hombre guapísimo de ojos azules y pelo pajizo, me asió del brazo y evitó mi caída.

Por unos segundos me perdí en su mirada.

—¿Te encuentras bien? —preguntó con voz seductora.

—Sí, disculpa... —musité extasiada por su belleza.

El hombre se miró el traje de chaqueta azul marino que lucía una mancha en los pantalones.

—Lo siento muchísimo —me disculpé cuando fui consciente de que le había vertido mi copa.

—No te preocupes, no ha sido nada. Me llamo Héctor.

—Adriana, encantada —dije sin poder apartar la vista de sus carnosos labios. Formaban una figura en forma de corazón y dejaban entrever sus perfectos dientes.

—¿Qué hace una chica tan guapa como tú sola y a punto de tirarse a la piscina?

—He venido con unos amigos, pero... Los estaba buscando —dije para resumir, no quería contarle todo el drama.

—¿Otra copa? —preguntó al ver que la mía estaba vacía.

Asentí.

Pedimos y me preguntó a qué me dedicaba. Le conté que había venido a Barcelona para estudiar interpretación en la Escuela de Actores Carme Barrat.

—¡Qué casualidad! Ese centro forma parte de un grupo de empresas cuyas acciones gestiono.

—Ah, ¿sí? ¿A qué te dedicas tú?

—Soy corredor de bolsa. —Le dio un sorbo a su copa.

—¿Corredor de bolsa?

—Sí, o bróker, según lo quieras llamar —aclaró con una sonrisa que me deslumbró.

—¿Y en qué consiste eso? —pregunté un tanto avergonzada por no tener ni la menor idea.

—Es bastante complejo. Se trata, en resumen, de actuar como intermediario, comprar y vender en tiempo real. Básicamente, asesoramos en todo lo relacionado con la bolsa.

—Ah, entonces trabajas en la bolsa —concluí.

—Más o menos. Para invertir en bolsa, se necesita un intermediario financiero o empresas de servicio de inversión. Yo trabajo en una agencia de valores y asesoro a las personas que contratan mis servicios, analizando rápidamente qué está sucediendo en el mercado y, en función de la situación, indicándoles qué comprar o vender. En definitiva, ayudo a la gente a tomar decisiones acertadas.

—¡Guau! Parece bastante interesante —dije hipnotizada por sus palabras—. No sabía que la escuela cotizase en bolsa.

—Y no lo hacía, pero el grupo del que ahora forma parte sí.

En ese momento, vi a Georgina a lo lejos, junto a una de las columnas del porche. Me pareció que hablaba con Víctor, el profesor de Voz, pero no estaba segura, porque había una palmera que me impedía verlos bien.

—Perdón, acabo de ver a mi amiga... Ha sido un placer.

—Sin problema, nos vemos por aquí.

Me acerqué a donde se encontraba Georgina y pude escuchar parte de la conversación que estaba teniendo con el profesor; sin duda, visto más de cerca, era él. Me quedé detrás de una de las columnas.

—¿Por qué no me follas si lo estás deseando? —le dijo ella con voz lasciva.

Estaba claro que lo que quisiera que fuera aquello que se había tomado en el baño le estaba haciendo efecto.

—No puede ser. —Víctor parecía resistirse.

—Si no follamos, contaré que ya lo hicimos el curso pasado. Así que...

Vaya, Georgina parecía no perder el tiempo.

—¿Me estás amenazando? —Víctor la presionó contra la columna y a ella pareció excitarla aquel gesto.

Era el momento de salir.

—Georgina, por fin te encuentro —dije al tiempo que me acercaba a ellos—. ¿Profesor? ¡Qué sorpresa verle aquí!

—Hola, Adriana. Sí, el anfitrión es amigo mío, pero ya me iba.

—¿Qué quieres? —me peguntó Georgina en tono borde.

—¿Tú qué crees?

—Yo os dejo, nos vemos en clase —dijo Víctor al tiempo que se marchaba antes de que Georgina pudiera detenerle.

—¿Qué ha pasado con Martí? He visto que se ha ido.

—El muy dramas se ha pirado —dijo colocándose bien el vestido que aún tenía algo levantado.

—¿Qué te traes con Víctor?

—Nada y, la próxima vez que me veas con él, no interrumpas. —Comenzó a caminar en dirección al interior.

—No sabía que también habíais perdido la casa. ¿Quieres que hablemos?

Se detuvo y me fulminó con la mirada. Acto seguido, continuó caminando hasta la barra que habían montado en la terraza. Pidió una copa y le echó otro chorreón de aquella droga.

—¿Quieres? —me ofreció.

Negué con la cabeza y entonces ella se encogió de hombros y empezó a bailar de una forma tan sensual y desinhibida que deseé haber puesto en mi bebida un poco de lo que ella se había echado en la suya.

—¿Puedo probar? —pregunté quitándole su copa de las manos.

—Toma, quédatela. Voy al baño.

Cogí la copa sin tiempo a decirle que no, porque desapareció. Le di un sorbo. No sabía a nada raro, solo a ginebra de fresa con tónica.

Al otro lado de la piscina, en la plataforma sobre la que se encontraban los controles de música y luz, me topé con la sonrisa del DJ, que me miraba como si esperase de mí mucho más que aquel aburrido movimiento de caderas. Le di otro sorbo a la copa y entonces puso una canción que, por el gesto que me hizo, creo que me dedicó.

En ese preciso instante, mis ojos se cruzaron con los de Álvaro, que estaba solo en un lateral de la piscina con una copa en la mano.

Me bebí el resto de la copa y la dejé sobre la barra.

Mi cuerpo comenzó a fluir al son de las notas provocativas. La luz pareció atenuarse, acorde con aquella canción sensual. Movía las caderas arriba y abajo al tiempo que deslizaba lentamente las manos a lo largo de mis curvas recordándole lo que un día tuvo y jamás volvería a disfrutar.

No sé de dónde salió aquella seguridad. Sabía que me estaba comportando de una manera indecente, pero merecía la pena solo por ver la cara de deseo de Álvaro.

Me mordí el labio inferior de manera insinuante. Giré sobre mí misma haciendo revolotear mi melena y entrelacé las manos por encima de mi cabeza con movimientos eróticos.

Álvaro caminó en mi dirección y yo, con total indiferencia, continué bailando sin perder el contacto visual. Aquel baile era como un imán que lo atraía hacia mí.

Cuando llegó a mi altura, quiso decir algo, pero yo estaba tan metida en mi actuación que solo pude ponerle el dedo índice sobre los labios indicándole que se callara. Descendí las manos y le tiré de la corbata con sutileza.

Me pavoneé a su alrededor acariciándole el hombro y después me agaché provocadora hacia el suelo y mi rostro quedó frente a su entrepierna, que marcaba un voluptuoso bulto. Lo miré a los ojos como lo haría una diosa del sexo y luego, sin dejar de mirarlo, subí lentamente. Me giré y sacudí el trasero por su entrepierna. Fue solo un segundo, pero fue lo suficiente como para notar lo duro que estaba.

Me di la vuelta y entrelacé las manos alrededor de su cuello al tiempo que rozaba mi cuerpo con el suyo. Acerqué mis labios a los suyos como si fuera a besarlo y, cuando vi que su boca trató de atrapar la mía, me alejé y lo empujé con firmeza.

No sé cuánto duró aquel baile, pero fue lo suficiente como para que necesitara refrescarme.

Fui a la barra a por un trago y me di cuenta de que Álvaro venía detrás de mí. Cuando vi que la zona de la piscina estaba repleta de gente, me avergoncé, aunque nadie parecía haberse percatado de mi baile y nuestro «casi» beso. Tampoco Carla, a quien no veía por ninguna parte.

—¿A qué juegas? —preguntó Álvaro, furioso, una vez llegó a mi lado.

Le di las gracias al camarero que acababa de servirme la copa e, ignorando por completo a Álvaro, me fui.

Caminé por la casa como si supiese a dónde me dirigía, pero no tenía ni idea. Sabía que él me seguía, así que no me detuve al llegar a una enorme biblioteca. Me sorprendió que una casa tan minimalista contara con una biblioteca tan... barroca, pero teniendo en cuenta que su dueño era un conocido productor, tampoco era tan extraño. Las estanterías, incrustadas en la pared, llegaban hasta el techo. Los estantes no estaban abarrotados de libros, sino que en cada uno solo había unos cuantos volúmenes perfectamente colocados junto con algún elemento de decoración. En el centro de la estancia, había una enorme mesa de oficina ovalada con un sillón de piel.

—Bailas muy bien.

Su voz ronca y viril resonó en la solitaria biblioteca.

Supe que estaba acorralada. No tenía escapatoria. De repente, me agarró del brazo y me giró hacia él. Nuestros cuerpos quedaron uno frente del otro, demasiado cerca.

—¡Déjame! —me quejé sin saber por qué, pues en ese momento lo que más deseaba era que me agarrase con fuerza y me hiciera suya allí mismo.

—Tú y yo tenemos una conversación pendiente —dijo soltándome.

—No hay un tú y yo, nunca lo hubo y nunca lo habrá —sentencié.

—Me alegra que lo tengas tan claro. —Sonrió acercándose demasiado a mis labios—. Porque lo tienes claro, ¿verdad?

Sentí las notas de la ginebra en su cálido aliento.

—Sí —musité atolondrada por su cercanía.

Se humedeció los labios con la lengua, y sentí un deseo irrefrenable de besarlo.

—Entonces ¿por qué tengo la sensación de que tu cuerpo no dice lo mismo? —Me agarró de la cintura y me pegó con fuerza a él.

Mis neuronas habían comenzado a fallar, no sé si era por el efecto de la sustancia con la que Georgina había aliñado su copa o por el descontrol de emociones que me provocaba la cercanía de Álvaro. Todo se desvanecía lentamente a mi alrededor, pero mis sentidos se habían agudizado a niveles sobrenaturales. Percibía el tacto de su mano ascendiendo hasta detenerse en mi cuello. Con su pulgar, me acarició la barbilla sin dejar de mirarme a los ojos.

—Eres tan hermosa...

Iba a desmayarme literalmente. No soportaba aquel revoloteo de intensas emociones recorriendo todo mi cuerpo.

Se acercó más y más a mí, yo solo pude permanecer inmóvil. Algo estalló en mi pecho cuando sus labios rozaron los míos. Una oleada de sentimientos me golpeó los costados. ¿Era pena o alegría? Creo que lo primero. Quizá si viviéramos para siempre, no sentiríamos pena por nada. La belleza de la vida estaba en la impermanencia de momentos como aquel.

No era que quisiera la felicidad eterna, ¿cómo iba a querer algo que jamás existiría sin la pena más profunda? Quería perderlo, quería la nostalgia de aquellas miradas infinitas. Quería que mi alma estallase en mil pedazos para querer olvidarlo y jamás conseguirlo. Quería tocar fondo para mirar al cielo y ver que, sin él, la felicidad eterna jamás existiría. Solo que, en aquel instante, no lo sabía. En aquel instante, solo éramos él y yo; aquel beso y mis celos.

—Tengo que irme —dije apartándome.

—¿Y cómo vas a llegar a la residencia?

—Pediré un taxi —dije al tiempo que llamaba a Georgina para ver dónde estaba.

—Deja que te lleve.

—¿Para qué?

Sonó el primer tono de llamada.

—¿Cómo que para qué? Para que no tengas que pedir un taxi.

—No te quiero molestar. Puedes irte con Carla, seguro que te está buscando.

Sonó el segundo tono de llamada.

—¿Es eso lo que quieres?

—Solo digo que puedes hacer lo que te apetezca.

—Me apetece llevarte. Además, lo que hay entre Carla y yo...

—No tienes que darme explicaciones —lo interrumpí.

—¿Sí? —respondió Georgina al otro lado del teléfono.

—¿Dónde estás? —pregunté.

—De camino a la residencia. Me he pillado un uber, no me encontraba bien.

«Gracias por contar conmigo».

—Vale, mañana hablamos —dije antes de colgar.

—¿Entonces? —preguntó Álvaro.

—¿Entonces qué?

—¿Me dejas llevarte?

—Está bien —acepté irme con él a la residencia solo porque no sabía cuánto me iba a costar hacer el trayecto en taxi.

Bueno, vale, también porque una parte de mí lo estaba deseando, aun siendo consciente de los riesgos que eso conllevaba.

# 43

## ADRIANA

Álvaro condujo por las afueras de la ciudad y, aunque no sabía el camino de vuelta a la residencia, algo me decía que nos estábamos desviando. Su comentario lo confirmó.

—Quiero enseñarte algo —dijo sin apartar la vista de la carretera.

—Falta poco para la una, es mejor que vayamos directos a la residencia. No quiero dormir en la calle.

—Tranquila, eso no pasaría nunca. Siempre podríamos ir a un hotel.

—No pienso ir a un hotel contigo. Vamos a la residencia —exigí un poco cabreada.

—Vale, pero déjame que te enseñe algo. Prometo que llegaremos antes de que cierren las puertas de la residencia.

Aparcó el coche en una cuesta y echamos a andar por un camino de tierra oscuro.

—No tengas miedo —dijo al ver que avanzaba con cierta reticencia.

¿A dónde me llevaba por aquel camino oscuro? Intenté relajarme, pero sin éxito.

En mitad de la noche, ascendimos por lo que parecía la ladera de una montaña mientras escuchábamos el crujir de la grava a cada paso que dábamos. El cielo estaba completamente descubierto, podían verse las estrellas con total claridad.

La rama de un árbol se agitó con violencia y solté un pequeño chillido. Álvaro se rio y me agarró de la cintura.

Subimos por unas escaleras de piedra y entonces pude apreciar la belleza del lugar. Toda la ciudad a nuestros pies.

—¿Dónde estamos? —pregunté sin poder dejar de contemplar cómo la acelerada vida de la ciudad parecía haberse detenido por un instante.

—En los Búnkers del Carmel.

Me giré y a nuestra espalda solo podían verse montañas. Un monte en el que poco a poco se colaban algunos barrios.

—¿Conocías este mirador? —preguntó al tiempo que me tendía la mano para ayudarme a subir a una especie de plancha de hormigón sobre la que tomamos asiento.

—No —confesé.

En un primer momento, me preocupó mancharme el vestido blanco, pero ese pensamiento abandonó mi mente en cuanto miré alrededor.

La luna iluminaba la ciudad; sus rayos incidían sobre el mar compitiendo con las luces que iluminaban la Barceloneta. Las calles parecían hornos de leña con aquella luz anaranjada que desprendían. Podían distinguirse las manzanas del Eixample, con sus cuadrados perfectos; las calles irregulares del Carmel; la Torre Agbar, en cuyo interior las oficinas descansaban del ajetreo del día; la Sagrada Familia, en eterna construcción; y el famoso Hotel W en la Barceloneta, que parecía un faro velando por la ciudad desde el mar.

—Hacía años que no venía. Solía frecuentar este sitio cuando era más joven con mis amigos. Nos traíamos comida y bebida y fumábamos mientras el sol se ponía. Antes no era muy conocido, así que apenas había turistas.

Me hizo gracia imaginarme a un Álvaro adolescente haciendo botellón allí con sus amigos.

—¿Y por qué me has traído aquí? —curioseé.

—¿No te gusta?

—Sí, pero...

—Pues ya está —me interrumpió—. Eso es lo que cuenta.

El silencio se quedó suspendido entre nosotros. Estaba claro que quería pasar tiempo conmigo a solas, pero ¿para qué?

Me moría por saber más cosas de él. ¿Qué había estado haciendo durante los últimos cuatro años? ¿Por qué desapareció de mi vida después de aquella cita? ¿Quién era realmente Álvaro Fons Barrat? Quería hacerle un montón de preguntas, pero también tenía miedo a sus respuestas. Una parte de mí sabía que solo reafirmarían mi teoría de que no existiría un nosotros en un futuro próximo.

Confieso que cada día que había pasado desde la noche que nos acostamos me había esforzado en convencerme de que no quería tener nada con él, que no éramos compatibles, pero la realidad era muy diferente. Los sentimientos que de forma incontrolable se habían generado en mi interior eran más fuertes de lo que quería aceptar. Álvaro me gustaba, y mucho. Nada me haría más feliz que tener una historia con él, pero tenía que ser realista: eso no iba a suceder. No solo porque estuviese Carla de por medio o porque él fuese uno de mis profesores en la Escuela de Actores, sino porque su mundo y el mío eran muy diferentes.

—¿Te gusta Barcelona? —preguntó.

Parecía un poco nervioso. ¿Era por mi culpa?

—Mucho, aunque apenas he tenido tiempo de hacer turismo.

—¿Tienes pensado quedarte aquí cuando termines de estudiar?

Esta pregunta me recordó que al día siguiente volveríamos ser profesor-alumna y que aquello que estábamos viviendo no era más que una ilusión.

—No sé... Me gusta mucho Madrid, pero no me importaría vivir aquí, la verdad. Y tú, ¿sigues queriendo comprarte una casa en Madrid?

—Yo me adapto a todo, con mi trabajo es difícil saber dónde acabaré... Pero no, ahora mismo no me planteo comprar una casa en Madrid. Antes me gustaría tener algo en la playa.

Con aquel comentario, reafirmé mi teoría de que prácticamente no nos conocíamos.

—¿Alguna playa en concreto?

—Cualquiera del sur.

—¿Te gusta Andalucía?

—Mucho.

—Casi no nos conocemos, Álvaro —dije avergonzada. Fue una especie de crítica, no sé si a mí misma o a él.

—Tienes razón —dijo después de un incómodo silencio en el que pareció reflexionar sobre algo—. ¿Cuáles son tus aficiones?

¿En serio me estaba preguntando eso? Casi prefería que no nos conociéramos más, al menos no en aquel momento. No me apetecía hablarle de mí. Pero no quería ser borde, así que le conté lo mínimo e imprescindible. Le hablé de mis nuevas aficiones en la ciudad: mis clases de inglés, de la última peli que había visto, de la música que me inspiraba y del libro que me estaba leyendo: *Actuar para el cine* de Michael Caine.

—Un imprescindible para cualquier actor que quiera hacer cine o televisión. Había pensado ponerlo como lectura obligatoria en mi clase, pero luego descarté la idea para evitar ser algo repetitivo, porque muchos de los temas que trata los veremos a lo largo del curso.

¿Quién me hablaba? ¿El Profesor? No supe qué decir.

—¿Te está gustando? —curioseó al ver que me quedé callada.

—Sí, mucho. Me gusta la forma tan cercana en la que repasa su trayectoria, con humor, como si te hablase de tú a tú. Además, creo que da consejos muy útiles para la profesión.

—Propongo que a partir de ahora intentemos llevarnos mejor en clase, podrías aportar mucho.

—Me parece bien —acepté—, aunque... ¿no pretenderás que ahora sea tu cómplice?

—¿Mi cómplice? —preguntó confuso.

—Para motivar a la clase, digo.

—No sabía que los alumnos necesitaran motivarse. Este módulo ya es bastante interesante de por sí, ¿no crees?

La había cagado con mi comentario. No sé en qué momento habíamos terminado hablando de la clase, aquello comenzaba a parecer una tutoría. ¿Era eso lo que pretendía Álvaro? ¿Solucionar nuestras diferencias para que sus clases fueran más relajadas?

Me miró y me puse nerviosa. Me intimidaba la forma que tenía de mirarme.

—Las vistas de la ciudad están ahí. —Señalé con la mano en dirección al mar.

—Yo tengo mejores vistas.

Su piropo me pareció un poco cursi, pero confieso que me gustó. Sentí un calor que me recorría el cuerpo y no me atreví a girarme hacia él.

—No sé qué me pasa contigo, Adriana. Cada vez que te veo, me muero por besarte.

—No puedes decirme eso.

—Lo sé, pero es que cuando estoy cerca de ti, no me puedo controlar. ¿No quieres que te bese?

# 44

## ADRIANA

Lo miré a los ojos. ¿Cómo no iba a querer que me besara? Era imposible resistirse.

—Veo que sigues siendo sensible a los halagos.

—¿Me he puesto roja?

—Sí. —Sonrió.

No supe qué decir, y nos quedamos en silencio. Solo se escuchaba el eco de su risa.

Sus ojos abandonaron los míos y se posaron en mis labios. Supe inmediatamente lo que estaba a punto de hacer.

Se me dispararon las pulsaciones cuando su aliento me quemó los labios. Tragué saliva y tuve que abrir la boca, porque sentía que me faltaba el aire, él aprovechó el gesto para besarme. Cerré los ojos y me dejé llevar por aquel roce lento y suave. Qué rico se sentían sus besos, tenía los labios más jugosos que jamás hubiese besado.

No podía moverme, todo a mi alrededor se había desvanecido. Mi cerebro solo procesaba el latido de nuestros corazones. Cada vez que nos tocábamos, sentía la sensación maravillosa de estar en otra dimensión. Su olor, su tacto y su sabor embriagaban todos mis sentidos.

—¿Qué voy a hacer contigo, Adriana?

Nuestras bocas se separaron al tiempo que me acariciaba el rostro.

Yo fui incapaz de pronunciar palabra. Necesité unos minutos para que mi organismo volviera a funcionar con normalidad.

De pronto, vi que eran la una y veinte.

—No puede ser, no van a dejarnos entrar en la residencia —dije preocupada.

—Tranquila, podemos dormir en mi nuevo apartamento si no te gusta la idea del hotel. Aún no está amueblado porque lo acabo de alquilar, pero cama sí tiene.

—No voy a dormir contigo —sentencié.

—Solo dormir —dijo acercándose a mis labios y obligándome a alejarme.

En una fracción de segundo, mi cerebro sopesó los pros y los contras de su propuesta. Contras: no podía dormir con él cuando hacía solo unas horas que se estaba paseando del brazo de Carla; no quería despertar a su lado y sentirme como la otra. Pros: era una chica soltera y podía hacer con mi vida lo que me diera la gana, él era demasiado guapo y sexi y me moría por sentir otra vez su cuerpo desnudo junto al mío. El balance parecía evidente: empate.

—Sí, como si fuéramos hermanos, no te digo... —me burlé.

—Dormir con una chica tan sexi como tú y sin tocarte es un reto que estoy dispuesto a afrontar.

Por un momento, dudé y me pregunté si realmente era posible dormir con un tío sin que te tocara. Nunca me lo había planteado. No lo veía muy factible. Yo estaba supercaliente solo con aquel beso, no creía que pudiera resistirme a no tener sexo con él si dormíamos juntos.

—¡No!

—También podemos quedarnos aquí. Dicen que desde este lugar se ve el mejor amanecer de la ciudad.

¿Hablaba en serio? Me parecía un plan de lo más romántico, pero aquel vestido no era el más apropiado para pasar una noche a la intemperie esperando el amanecer.

—Hace frío —dije poniéndome de pie.

—Está bien, ¿entonces?

—Entonces entraremos en la residencia por un sitio que yo sé.

—No pienso saltar por el patio como un adolescente. Si alguien nos ve y mi madre se entera...

—Eso no va a pasar —aseguré.

Regresamos al coche e hicimos el trayecto de vuelta a la residencia hablando de cine, primero de Hitchcock y luego de Steven Spielberg, y de cómo un infortunio del destino podía llevarte al estrellato, porque eso fue justo lo que le sucedió a Spielberg. El tiburón mecánico que habían construido para la peli se hundió en alta mar el primer día de rodaje, así que a Spielberg no le quedó más remedio que improvisar y optar por insinuar la presencia del escualo gigante con flotadores, sombras amenazadoras bajo el agua, la quietud escalofriante en la superficie y, sobre todo, la música de John Williams.

Cuando llegamos a la residencia, bordeamos la fachada para ir a la parte del patio. Álvaro se me quedó mirando y yo miré la pared.

—¿Cómo pretendes subir? —preguntó.

—Hay una cuerda secreta.

—¿Una cuerda secreta? ¿En serio? —Puso los ojos en blanco.

Me puse de puntillas y con una mano me enganché a un hueco que había mientras que, con la otra, traté de alcanzar la cuerda.

—¿Ves? —dije cuando la agarré.

—Sí, te acabo de ver todo el culo.

—Pervertido. —Le di un manotazo en el brazo.

—¿Qué? Si te pones culo en pompa delante de mí llevando ese vestido, ¿qué quieres que haga...?

Álvaro me ayudó a subir.

—¡No me mires el culo! —me quejé. Aunque no podía verlo, me imaginaba lo que estaba haciendo.

Llegué arriba y, con la ayuda de la cuerda, bajé poniendo los pies en los huecos de la pared. Álvaro no necesitó la cuerda para bajar, con un pequeño salto tuvo suficiente. Apenas había dos metros de altura.

—¡Madre mía! ¿Has visto cómo te has puesto el vestido? —exclamó mirándome con cara de susto.

Me quedé con la boca abierta al ver las manchas oscuras sobre el blanco. Parecía que me había estado revolcando en una charca.

Entramos a la residencia y temí que alguien nos viera por los pasillos con aquellas pintas. Con la luz del interior, el destrozo que me había hecho era incluso peor.

Álvaro y yo nos despedimos en el pasillo.

—Buenas noches, Adriana. Gracias por esta noche. —Se inclinó y me dio un beso en la mejilla.

Aquella frase me recordó a cuando nos despedimos en nuestra primera cita. ¿Sucedería lo mismo en esta ocasión? ¿Desaparecería al día siguiente? Reaccioné y, por si acaso ocurría algo parecido, tomé su rostro entre mis manos y le di un corto beso en los labios.

# 45

## GEORGINA

Llegué a la residencia y me fui directa a mi habitación. Por suerte, Samara nunca se quedaba los fines de semana y tenía la habitación para mí sola. Tiré los *stilettos* y me quité el vestido de Yves Saint Laurent con mucho cuidado, evitando que las *cuq sequins* se me engancharan en el pelo.

Me tumbé en la cama y todo me daba vueltas. No conseguía dormirme, era incapaz de quitarme de la cabeza las imágenes de todo lo que había sucedido esa noche. Y lo peor de todo era que me había quedado con el calentón. Martí se había ido enfadado y me había dejado con las ganas de pasar una noche salvaje, encima con el efecto de aquella droga. Me pregunté si a él le habrían hecho efecto los chorros que le eché en su copa.

Por otra parte, estaba Víctor. Menudo imbécil. ¿Cómo se atrevía a rechazarme después de haber estado tanto tiempo insinuándose? ¿Cuándo iba a tener la oportunidad de estar con alguien como yo? Lo llevaba claro si pensaba que algún día volvería a tener una ocasión similar. Únicamente le había propuesto que me follara para quitarme aquella excitación que me recorría por dentro. En el fondo, solo me divertía excitarlo y jugar con él, enloquecerlo. Después de lo que pasó la noche antes de las vacaciones de verano, perdí todo el interés.

La imagen de Frank con aquella pistola entre las manos cruzó mi mente. Algo palpitó en mi entrepierna.

Sin pensarlo demasiado, rechacé esa imagen, me levanté de la cama, me puse una sudadera y fui a buscar a Martí a su habitación.

Por el pasillo, me encontré a Adriana que caminaba con los tacones en la mano y el vestido blanco completamente destrozado.

—¿Estás bien? —pregunté asustada, pues al verla con esas pintas me puse en lo peor.

—¿Qué haces despierta a estas horas?

—Voy a buscar a Martí, no puedo dormir. ¿Y a ti qué te ha pasado?

—Una larga historia.

—Vamos a tu habitación antes de que te vea alguien así en el pasillo —dije sin darle lugar a que se negara, pues necesitaba saber cómo había acabado de esa forma.

Entramos en su habitación y encendió la luz. Estaba todo hecho un desastre.

—Siento el desorden, es que no llegaba a la fiesta, y como los fines de semana estoy sola porque Cristina se va a su casa, lo deje todo tirado...

—Tranquila, mi habitación está peor. Samara también se va los fines de semana, así que me aprovecho. ¿Vas a decirme qué ha pasado?

—¿Lo dices por el vestido?

—Entre otras cosas.

—Me lo he manchado al saltar por el patio.

—¿Has estado en la fiesta hasta ahora? —pregunté extrañada, pues hacía casi dos horas que me había llamado diciendo que se iba.

—No —titubeó.

—¿Entonces?

—He ido con Álvaro...

—¿Álvaro te ha traído?

—Sí.

—¿Y sabe que has entrado por el patio?

—No.

—No entiendo, te trae pasada la una y cómo se supone que entras...

—No sé, supongo que él conoce esa entrada. Además, no me ha traído hasta la puerta, obviamente. Me ha dejado en la avenida principal. Igual cree que los fines de semana duermo en casa de alguna amiga.

Conocía a Adriana lo suficiente como para saber que me estaba mintiendo, pero me hice la tonta, a veces es lo mejor.

—¿Y cómo es que se ha ofrecido a traerte?

—No sé... Quería enseñarme un sitio...

—¿Un sitio?

—Un mirador.

—¿Un mirador?

—Sí, tía, un mirador. No pongas esa cara, no es tan raro.

—Un poco sí. ¿Un mirador a estas horas? —Alcé una ceja—. ¿A cuál te ha llevado?

—A los Búnkers del Carmel.

—¿En serio te ha llevado ahí?

—Sí, ¿qué pasa?

—No sé, no le pega nada, aquello son solo unas ruinas. Podría haberte llevado a la terraza de algún hotel exclusivo, ese vestido no es precisamente lo más apropiado para ir a los Búnkeres. ¿Y habéis follado?

—No, claro que no —dijo mientras se quitaba el vestido.

—¿Te tomaste la copa?

—¿Qué copa?

—La que te di —aclaré.

—Sí —dijo al tiempo que se ponía un pijama rosa de lo más hortera.

—¿Y aun así has podido resistirte? Eso te pone caliente como una perra.

—¿Qué llevaba la copa?

—GHB.

—¿Qué es eso exactamente? Parece que está muy de moda, ¿no?

—Éxtasis líquido.

Sacó el móvil y tecleó algo.

—Tía, ¿estás loca? Aquí dice que un trago de eso puede ser mortal. —Me puso el móvil en la cara.

—Mírate, estás vivita y coleando.

—¡No vuelvas a darme nada de eso! —se quejó.

—No seas dramática. Además, yo te avisé. A quien no avisé fue a Martí.

—¿A él también le echaste esa mierda?

—Sí, el doble. Voy a ir a su habitación a ver si está bien. Estoy un poco preocupada.

—Se te va la pinza, de verdad... —dijo mientras comenzaba a recoger la habitación.

Me despedí de ella y fui a la habitación de Martí. Mientras caminaba por el pasillo, escuché unos pasos y me escondí en el baño por si era el conserje. Cuando todo estuvo de nuevo en silencio, salí y fui directa al dormitorio de Martí y Liam.

Llamé y luego abrí sin esperar respuesta, como hacía siempre.

Una oleada de hormonas me abofeteó la cara. Encendí la luz y me encontré a Liam en la cama de Martí, ambos desnudos.

—¡¡¡Qué coño...!!! —me quedé sin palabras.

—¿Georgina? —Martí me miró y luego miró a Liam. Parecía confundido y no me extrañaba, el pobre seguro que no sabía ni lo que hacía.

—¿Podemos obviar esta parte en la que tú me montas un drama y yo me arrepiento de todo? —dijo Liam con una calma que hizo que me hirviera la sangre.

¿Cómo podía ser tan capullo? Y yo que pensé que era mi amigo. Lo que no sabía el muy estúpido era que Martí solo se había acostado con él porque yo lo había drogado. Pobre iluso.

—Así que quieres que nos saltemos esa parte... —reí sarcástica—. Sí, ahí tengo que darte la razón. No hay necesidad de dramas. El único motivo por el que Martí se ha acostado contigo es porque yo le eché G en su copa... Quería avivar la llama y vivir una noche loca.

—¡¡¡¿Qué?!!! ¡¡¡¿Me has drogado?!!!

No sé qué cara puso Martí, pues estaba disfrutando de la decepción que se instaló en el rostro de Liam.

—Me dijiste que querías darle un toque más picante a nuestra vida sexual, así que la idea era que acabáramos la noche juntos, pero como te fuiste enfadado... Se ve que el aliño te ha hecho efecto cuando has llegado y tu gran amigo se ha aprovechado de ti.

Martí se levantó de la cama y comenzó a vestirse sin mirar a Liam.

—Me voy —dije al tiempo que me giraba.

—¡Espera! Voy contigo. —Martí se sentó en los pies de la cama para ponerse los zapatos.

Antes de salir, me giré hacia Liam, que contemplaba la escena en shock.

—Podría soportar una mentira, un engaño, pero que te acuestes con mi novio y encima me hables con esa arrogancia a la cara... Te voy a decir solo una cosa y quiero que me escuches bien porque será lo último que diga. Tú y yo ya no somos amigos, no somos compañeros, ni siquiera somos enemigos. No quiero que me hables cuando me veas. No quiero ni que me mires. Tú y yo desde hoy no somos nada.

Sin esperar respuesta, salí de la habitación y di un portazo. No sabía cómo había podido estar tan ciega con Liam. La cuestión era que, por alguna razón, no me sorprendía. Era como si en el fondo siempre hubiese intuido que mi novio le gustaba, pero jamás pensé que fuese a llegar tan lejos.

Caminé por el pasillo envenenada. No podía creer que Liam hubiese sido capaz de engatusar de ese modo a Martí.

—Georgina, espérame. —La voz de Martí sonó a mi espalda, aunque no me detuve.

Entré en mi habitación y dejé la puerta abierta, él cerró detrás de sí.

—No puedes estar enfadada. Soy yo el que está furioso. ¡¿Cómo se te ocurre echarme droga en la bebida sin mi consentimiento?! Mira lo que he hecho y podría haber sido mucho peor. He conducido, podría haber tenido un accidente.

—No exageres, que la droga tampoco te deja en estado de coma, y mucho menos merma tu capacidad de decisión.

Puede que yo fuera, en parte, responsable de lo que Martí había hecho, pero no culpable.

—Perdóname, lo siento mucho. Yo te quiero, Georgina —dijo con lágrimas en los ojos—. Debería haber tenido más cuidado con Liam. Ojalá pudiera volver atrás en el tiempo.

Me dio pena verlo así, destruido.

—Quiero que dejes la habitación mañana mismo y te busques otra. Esta noche puedes dormir aquí.

—Lo haré.

Aunque dormimos juntos, no tuvimos sexo. Martí me repitió que me amaba decenas de veces. Yo no pude decir lo mismo, aunque lo quería. Después de haberlo visto desnudo en la cama con Liam, nada volvería a ser igual. Por alguna razón, había dejado de verlo tan masculino, era como si fuese menos hombre. Pero no pensaba dejarlo y que Liam consiguiera confundirlo y ganarme la partida. No quería pasar la vergüenza de que todo el mundo en la escuela se enterase de que había tenido un novio maricón y que, encima, me había dejado por mi mejor amigo.

Esa noche soñé con Frank. En mi sueño, al igual que en la vida real, él no era un chico tímido. Tampoco el más popular. Era el chico malo con un cuerpo de pecado y un alma de diablo, ese al que nadie se atrevía a acercarse, al que nadie molestaba. En el sueño, yo seguía siendo una niña rica que no se fijaba en tipos como él. En el sueño, él me había brindado su ayuda sin que yo se la pidiera y había apretado el gatillo para salvarme. En el sueño, él tenía el corazón roto, y yo, frío y lleno de sombras. Éramos una combinación muy peligrosa y, sin embargo, acabábamos salvándonos el uno al otro.

Cuando desperté, una pregunta rondaba por mi cabeza: ¿por qué demonios me había sentido atraída por él en el sueño?

# 46

## ADRIANA

El resto del fin de semana transcurrió de lo más rutinario. Aproveché para terminarme el libro que estaba leyendo y recuperarme de la resaca emocional.

El martes fui con Georgina a la audición a la que nos había invitado el productor que conocimos en la fiesta. El tipo era majo, aunque el director del corto era un prepotente que se creía que iba a rodar una película para Hollywood. La verdad, no sabía ni por qué estaba nerviosa si no quería ese papel. Supongo que es algo que llevan implícito los castings.

Al día siguiente me llamaron para decirme que me habían seleccionado. Me sentí un poco mal por Georgina, porque yo realmente no estaba interesada en ese proyecto. Para colmo, me tenía que cortar el pelo. No sabía si me merecía la pena hacerlo. No solo porque pagaban muy poco, sino porque me pareció que no tenían mucho presupuesto para aquel corto; a saber dónde iba a estrenarse.

—Si te han seleccionado, no puedes rechazarlo. Será tu primer papel delante de una cámara —sentenció Georgina cuando le di la noticia.

—Ya, pero es que son solo dos escenas. ¿Me tengo que cortar el pelo a la altura del hombro para dos escenas? No me compensa.

—Mejor, así tienes más registros.

—Pero con el pelo largo aún no tengo ningún registro.

—El pelo crece —dijo al tiempo que me echaba la melena hacia atrás y simulaba un peinado *bob*—. Además, creo que te sentaría genial la media melena. Te haría parecer más sofisticada.

—¿Me estás diciendo que el pelo largo no es sofisticado?

—Obvio que no te estoy diciendo eso. Yo no tendría esta melena si pensara tal cosa.

—Por eso...

—Solo digo que, con tus facciones, la media melena te quedará muy bien.

Entramos en clase y zanjamos el tema. Me extrañó no ver a Liam, pero no le di demasiada importancia.

La clase con Álvaro se me pasó volando. Desde lo que había pasado el fin de semana, había mejor vibra entre nosotros. También había una tensión sexual más fuerte.

Me pasé toda la semana dudando si aceptar el papel del corto o no. Aunque ya había dicho que sí, siempre podía echarme para atrás en el último momento. Sin embargo, no era esa la forma en la que quería iniciar mi carrera como actriz. Quizá por eso acabé presentándome el sábado al rodaje.

Eran las nueve de la mañana cuando llegué al set. Fuera, llovía a mares, así que me empapé en el trayecto desde la parada del bus.

Nadie me prestó atención, salvo una chica que pasó junto a mí y solo me habló para decirme:

—Hola, ¿podrías traerme una taza de café?

Dudé unos segundos sin saber qué contestar y luego respondí:

—Lo siento, no sé dónde está el café.

—Ah, ¿no eres del catering?

Negué con la cabeza.

—Perdona —dijo antes de irse sin más.

Todo el mundo corría de un lado para otro indiferente a mi presencia, pero cuando llegó la estrella, con aires de engreída, todos se acercaron para asistirla. Aquello parecía un despliegue de tropas.

—¿Tú eres la que se tiene que cortar el pelo? —preguntó un chico después de más de media hora esperando a que alguien me dijese algo.

¿Eso era lo único que les importaba? No estaría de más un «Buenos días, ¿te has mojado mucho? ¿Necesitas cambiarte, ir al baño o algo?».

Estaba bastante nerviosa. Bueno, más que nerviosa, cabreada.

—¿Y tú quién eres? —pregunté con una arrogancia impropia en mí.

—Soy el peluquero y maquillador. Te estaba esperando. Vamos.

«¿Qué tal si le añades un "por favor" a la frase?», pensé a punto de perder los nervios.

—Madre mía, estás empapada, ¿quieres ir al baño? —preguntó como si me hubiese leído el pensamiento.

—No estaría mal. —Esbocé una sonrisa.

—Espera. Voy a hablar con vestuario, a ver si te pueden dejar algo de ropa para que te cambies. Voy como loco hoy y no me había dado ni cuenta de que está lloviendo.

Al final resultó que era más majo de lo que me había parecido en un inicio. Me consiguió una sudadera y unos pantalones vaqueros que me vinieron de maravilla.

Cuando me senté en la silla, frente al espejo, me puso un calefactor en los pies.

—Bueno, vamos allá. ¿Nerviosa? —preguntó mirándome a través del espejo.

—Mucho —confesé a punto de llorar.

—Tranquila, te va a quedar genial. Voy a hacerte un *bob* largo, a la altura del hombro. Así, si luego te quieres poner extensiones, quedarán muy naturales, pero ya te digo que te va a encantar. Siempre viene bien cambiar —dijo tratando de tranquilizarme.

Dos lagrimones me recorrieron las mejillas cuando escuché el ruido de las tijeras cortando mi pelo y vi los largos mechones caer.

Peinada y maquillada parecía otra persona, una *top model*. Las puntas del pelo me rozaban los hombros y estaban peinadas hacia dentro, pero con mucha sutileza.

—Este corte es superversátil y elegante. Además, te resultará muy fácil de peinar, ya verás —me aseguró el peluquero antes de que la chica de vestuario viniera a buscarme.

Me pusieron un vestido largo negro de satén de escote *halter* en uve muy pronunciado, con abertura lateral casi hasta la cadera y espalda al descubierto, y unas sandalias de tacón fino doradas con pulsera cruzada por el empeine que se unía a la pulsera del tobillo.

—Tienes que tener mucho cuidado con el vestido y el maquillaje, aunque tu escena es corta, tiene una especial trascendencia, por lo que debes llegar al set inmaculada —dijo una ayudante de guardarropa—. Puede resultarte algo difícil, porque las tomas se ruedan en diferentes momentos y debes tratar de que el vestido no se moje con la lluvia. Una vez tuvimos que rodar varias escenas de una actriz secundaria porque, para estar más cómoda en los descansos, a veces se quitaba un colgante que debía llevar en el rodaje y olvidó colocárselo en unas cuantas tomas, por lo que en unas lo llevaba y en otras no. El director se enfadó tanto que decidió grabar las escenas con otra actriz.

—Tranquila.

Cuando llegué al set de rodaje, el director se volvió a presentar y me recordó las dos escenas. También me aclaró que rodaríamos primero la del beso para romper el hielo.

El diseñador de vestuario se acercó a mí para comprobar que el vestido estaba perfecto y no faltaba ningún detalle.

Intenté memorizar los nombres de todos para tratarlos de forma personal. Había leído en un libro que entablar relaciones amistosas con los técnicos y tratarlos con amabilidad ayudaba a que te prestaran mayor atención.

El papel que tenía que interpretar era el de una espía infiltrada que se hacía pasar por prostituta de lujo para conseguir información secreta, un tópico. Apenas tenía unas cuantas frases, pero eran suficientes para tener material para mi *videobook*. Además, comenzaba a pensar que aquello era un proyecto más serio de lo que en un principio había creído, pues se habían currado bastante el maquillaje, la peluquería y el vestuario.

El realizador me llevó hasta el sitio en el que debía comenzar la escena. Me presenté al otro actor, un señor mayor con una barba canosa y desarreglada. Sufrí una arcada al pensar que tenía que besarlo. Por suerte, y aunque la manera de besar en el cine había cambiado mucho en los últimos años, el director me había avisado previamente de que utilizaríamos un básico de labio contra labio propio de Cary Grant, aunque en este caso nuestro beso sí se extendería más de los tres segundos que duraban los besos que los actores se daban entre los años treinta y cincuenta si el director quería que su película pasara el corte censor. En cualquier caso, el nuestro tampoco sería el beso más largo del cine, ese seguiría siendo el de Ingrid Bergman.

—¡Acción! —el director lanzó la palabra mágica.

Las frases fluyeron con naturalidad, pero cuando llegó el momento del beso me sentí demasiado incómoda.

—¡¡¡Corten!!! Repetimos. No veo emoción, en realidad, no veo nada entre vosotros.

En la tercera toma fallida, el director se levantó y se acercó a nosotros.

—¿Qué sucede? Hablad un poco entre vosotros o tomaos un vino. Podemos estar así hasta mañana, no veo ninguna conexión.

Nos tomamos un café y charlamos. El viejo resultó ser un cinéfilo empedernido, un enteradillo; no lo soportaba. En menos de quince minutos que duró el descanso, me dio un cursillo de interpretación. Se consideraba a sí mismo un actor importante y reconocido, cuando no había salido en ninguna serie ni película mínimamente conocida. El muy imbécil basaba su exitosa carrera en papeles en cortos de poca monta como el que estábamos grabando. Era un auténtico tostón, así que opté por sonreír e ignorarlo.

Regresamos al set y me dije a mí misma que aquella era mi primera actuación ante una cámara y que, aunque esto no fuese una superproducción, el papel era bueno y podía serlo aún más si lo interpretaba como lo haría una buena actriz. Ya lo decía Jean Renoir, «los actores son más importantes que los papeles».

—Vamos a ponerte este pequeño foco en el lugar en el que debe estar el rostro de tu compañero de escena para el primer plano, así que él hablará detrás de la luz y tú le hablarás a la luz. Esto aportará un brillo especial a tu mirada y hará más íntima la escena —dijo el director.

Asentí y me concentré en el texto.

—¡Acción!

En esta ocasión, me tomé la libertad de adaptar una frase del dialogo. Era algo muy sutil y al director debió de gustarle porque no detuvo el rodaje. Eso me motivó e hizo que pusiera todo de mi parte en la escena del beso. Me imaginé que era Álvaro a quien tenía delante y lo miré como lo había mirado la última vez que compartimos un momento íntimo.

—¡Corten! ¡Excelente! —El director puso fin a mi tormento.

Grabar la siguiente escena fue pan comido. Aquel viejo enterado no era más que un chupacámaras que trataba de acaparar toda la atención. Y me bastó aquella jornada para darme cuenta de que esa actitud en la industria del cine estaba muy mal vista y no daba resultados, porque el director estaba vigilando y detectaba inmediatamente cuándo ese señor intentaba alargar sus escenas.

Al terminar, le pregunté qué tal lo había hecho a uno de los técnicos con el que había hablado más.

—Yo te he visto genial, tus planos han quedado impresionantes —dijo con sinceridad.

—¿Sí? Pues el director no me ha dicho nada...

—Eso es buena señal, no esperes ninguna alabanza por parte de un director. Si está satisfecho con tu trabajo, pasará a la siguiente toma, sino te hará repetirla, así de sencillo.

Ese día regresé a la residencia agotada e ilusionada a parte iguales. Había conseguido rodar mis primeras escenas como actriz.

Quería salir y aprovechar el maquillaje profesional que llevaba, por no hablar del peinado. Me paseé por la residencia como una loca a ver si como por arte de magia aparecía Álvaro para que me viera, pero no lo hizo.

Entré en su Instagram y vi que no había subido nada. Me metí en mensajes y comprobé que aún no había leído el que le envié la noche del estreno. Recibiría cientos al día. Busqué el perfil de Carla y vi que ella sí había subido una historia en un peculiar restaurante: Tickets, según la etiqueta de localización. En la foto se veían unos platos supercreativos de alta gastronomía, dos copas de vino y unas manos masculinas, que sin duda eran las de Álvaro. No solo lo supe porque esas manos habían recorrido todo mi cuerpo, sino por el reloj que lucía en la muñeca izquierda.

¡Qué decepción!

No sé si sentí envidia, pena o dolor, pero en ese momento tuve claro que mi historia con Álvaro no iba a ninguna parte. Estaba cansada de aquel tira y afloja, de sentirme fuera de lugar en un papel que yo nunca me había querido adjudicar: el de la otra.

Tenía que empezar a verlo como lo que era: mi profesor y, como mucho, un amigo. Bajo ningún concepto volvería a dejar que me besara.

Antes de desmaquillarme, decidí ir a la sala de ensayo, para bailar un poco y desconectar; lo necesitaba. Aunque me quedara en la habitación, no conseguiría dormir en aquel estado.

Lo que no sabía era que allí me encontraría una escena que me perturbaría aún más.

# 47

## ADRIANA

Llegué a la sala y me encontré la puerta estaba abierta. Antes de entrar, a través de los espejos, vi que Georgina estaba bailando, pero no estaba sola. Víctor, el profesor de Voz, la observaba desde una esquina. Cuando ella terminó, él se acercó y le dio una serie de sugerencias que no llegué a entender, pues, bajo mi punto de vista, lo había hecho perfecto.

—¿Me hablas a mí? —le preguntó ella con prepotencia.

—Sí, es que te he visto floja en algunos pasos.

—Nadie te ha pedido opinión —respondió ella con arrogancia, mientras se contoneaba mirándose al espejo.

—Cuando hablas con ese tono de zorra, me pones a mil. —Él se acercó a ella demasiado.

—¡No me toques!

—¿Ahora no quieres que te toque y la otra noche en la fiesta me pedías que te follara? ¿A qué coño juegas?

Ella no dijo nada.

—¿Te gusta jugar con los hombres? ¿Te gusta tener el control? ¿Volverlos locos y tenerlos a tus pies? ¡¡¡Habla!!! —Él la agarró con fuerza por los brazos y la puso contra una de las columnas de la sala.

—Y no parece que se me dé nada mal, mírate —dijo ella casi riéndose en su cara.

—Te voy a dar tan duro que te vas a arrepentir de haber jugado a este juego.

—Antes tendrías que matarme. ¿De verdad pensabas que quería acostarme contigo? —Georgina intentó deshacerse de su agarre sin éxito.

—Vas a ser mía, quieras o no.

—¿No lo pillas?

—La que no lo pilla eres tú.

—Solo me reía de ti, imbécil.

—¡No me insultes! —La agarró con más fuerza.

No me gustaba nada el cariz que estaba tomando la situación. Dudé si intervenir, aunque me parecía muy violento y la última vez que lo hice, Georgina me recriminó luego por ello. Literalmente dijo: «La próxima vez que me veas con él no interrumpas». Pero no sabía lo lejos que podía llegar su juego. Así que me quedé allí como una alcahueta de pueblo asomada a la ventana y escondida detrás de un visillo.

—¡Te he dicho que me sueltes! —gritó ella.

—Grita todo lo que quieras, nadie va a escucharte. Esta sala está insonorizada.

A pesar de la insistente negativa de Georgina y su tenaz intento de alejar a Víctor de ella, él le introdujo la mano por debajo de la camiseta y comenzó a acariciarle los pechos.

—¿No decías que ibas a decirle a todo el mundo que habíamos follado? Pues ya que vas a hacerlo, al menos que sea verdad —dijo antes de intentar besarla. Ella giró la cara cuando él, con sus dientes, atrapó su labio inferior y el brusco gesto hizo que se le desgarrara el labio lo suficiente para que la sangre comenzase a brotar poco a poco.

Me quedé paralizada.

Aquello no tenía pinta de ser un juego. Creo que había dejado de serlo en el momento en el que Georgina había perdido el control de la situación. Su desprecio parecía haber herido la masculinidad de Víctor, que de algún modo buscaba vengarse.

Cuando vi que él se desabrochaba el pantalón, supe que tenía que intervenir, no podía seguir contemplando la escena sin hacer nada.

Carraspeé para aclararme la garganta antes de entrar y luego saludé fingiendo naturalidad.

—Hola.

—Adriana, qué bien que ya estás aquí, te estaba esperando —disimuló Georgina, pues en ningún momento habíamos quedado.

—Yo ya me iba —dijo Víctor con voz inocente.

Le lancé una mirada fulminante y él pareció agachar la cabeza como avergonzado. A veces me sorprendía lo mucho que podían llegar a engañar las personas. Víctor, con esa cara de no haber roto un plato en su vida, había estado a punto de forzar a mi amiga, porque estoy segura de que, si yo no hubiera estado allí, eso habría sido justamente lo que habría terminado pasando.

—Nos vemos pronto, Georgina.

—Mejor que no —dije antes de que él saliera por la puerta, y estaba segura de que había pillado mi mensaje.

Yo era testigo de lo que había sucedido y podíamos denunciarlo, no solo a la directora de la escuela, sino a las autoridades.

—¡Dilo! —dijo Georgina cuando nos quedamos solas las dos.

—¿El qué? —pregunté confusa.

—Lo que estás pensando.

—No estoy pensando nada.

—Sí, piensas que lo he provocado demasiado, que me lo merezco por jugar con fuego y que yo sola me he metido en esto.

—Es cierto que lo has provocado, pero eso no le da ningún derecho a sobrepasarse de la forma en que lo ha hecho, ni a humillarte. Tú eres libre de elegir cuándo y cómo, y también de cambiar de opinión. Una cosa es jugar y otra llegar a...

—Hay cosas que tú no sabes —me interrumpió.

—¿Cómo qué?

—Demasiadas cosas. He tentado demasiado a la suerte.

—No sé todo lo que ha sucedido entre vosotros, pero nada justifica lo que ha pasado.

—¿Tú crees que soy mala persona?

—No, claro que no. ¿Por qué piensas eso? A veces la gente buena hace cosas malas, pero eso no define quiénes somos. Lo importante es darse cuenta de que lo que una ha hecho estuvo mal.

—Te has cortado el pelo, al final has aceptado el papel... —Me tocó las puntas.

—Sí.

—Te queda muy bien, estás muy guapa —dijo con lágrimas en los ojos.

Parecía emocionada o quizá era arrepentimiento. No lo sé, puede que solo fuera confusión por lo que acababa de experimentar.

Le conté cómo había ido el rodaje y luego nos despedimos. Ella se fue a dormir y yo me quedé un rato bailando. Sonó la canción que bailé con Oliver y me acordé de él. Hacía días que no lo veía, apenas hablábamos ya. Supuse que estaba demasiado centrado en reprimir lo que sentía por mí, quizá estaba esperando a que yo tuviera la iniciativa de acercarme a él.

Cuando me cansé de bailar, di otro paseo por la residencia con la esperanza de encontrarme con Álvaro. Quería que me viese así, maquillada y peinada como una de las actrices con las que él solía traba-jar. Pensar en la posibilidad de verlo me hacía feliz, pero por los pasi-llos no había ni un alma a esa hora.

Regresé a mi habitación y me desmaquillé. Lo hice frotando con rabia, como si quisiera borrar cualquier rastro de aquel día.

# 48

## ADRIANA

Llegaron las vacaciones de Navidad y, por primera vez desde que estaba en Barcelona, iba a volver a casa. Me despedí de Georgina y Martí, de Cristina e incluso de Oliver. De quien no pude despedirme fue de Liam, no lo veía desde la noche de la fiesta en casa del productor y me parecía muy raro. Le escribí un mensaje, pero no me respondió. Tampoco me despedí de Álvaro, salí de las primeras en la última clase para evitar que me preguntase qué planes tenía para Navidad, aunque no sé por qué pensé que podrían interesarle mis planes para esas fechas.

Cuando llegué a Madrid, lo primero que hice fue ir a casa del abuelo. Se emocionó tanto al verme que rompió a llorar.

—¿Te has cortado el pelo?

—Sí, por exigencia de un papel.

—Ya decía yo que me parecía raro que te cortaras tu preciada melena. Estás muy guapa. A ti todo te sienta bien.

No respondí, porque los halagos me intimidaban demasiado, incluso si venían del abuelo.

—Veo que también has cambiado de bolso por fin —se burló.

Preparó chocolate caliente, encendió la televisión y nos sentamos en el salón para ponernos al día. En realidad, yo hablaba y él

301

me escuchaba con interés. Le conté las últimas novedades en la escuela, mis avances con el inglés y lo mucho que me gustaba Barcelona.

—¿Y de chicos no vas a contarme nada?

—Es que no hay nada que contar.

—¿Me estás diciendo que en casi cuatro meses que llevas allí no has conocido a nadie?

—Sí.

—¿Y? —insistió al ver que no decía nada.

—Ese programa te mata las neuronas, abuelo —dije al ver una tertulia que tenía puesta en la televisión.

—Como si me quedaran muchas.

Aquel plató era un corral de gallinas, todas gritaban y movían las manos con ímpetu mientras lo hacían. Eso sí, gallinas muy bien maquilladas y peinadas; el programa debía de tener un buen equipo de maquilladores y peluqueros.

—No te desvíes del tema —se quejó el abuelo al tiempo que alcanzaba el mando a distancia y apagaba la televisión.

Le di un sorbo a la taza de chocolate y le conté que había vuelto a ver a Álvaro, también le dije que había resultado ser mi profesor en la escuela y el hijo de la directora. Eso sí, omití que nos habíamos acostado y que él tenía novia.

—Me alegra tanto ver tu sonrisa...

Lo que el abuelo no sabía era que las sonrisas vienen y van. En aquel momento, sonreí porque solo le estaba contando la parte tierna de mi historia con Álvaro, pero había mucha mierda en aquella relación. Tanta que, si el abuelo lo hubiese sabido todo, me habría pedido que me alejara de él y que me centrara en las clases. Me habría dicho que era joven y bonita y que ya encontraría a otro hombre, pero yo no quería encontrar a otro. En realidad, yo solo quería que las cosas con Álvaro fueran más fáciles.

Nos terminamos el chocolate y luego me fui a mi casa. El abuelo se había tomado la molestia de ir algunos días a abrir las ventanas y a regar las pocas plantas que tenía. Cuando entré, tuve la sensación de que el tiempo no había pasado.

Me asomé al balcón. Había dejado de llover y, a lo lejos, pude distinguir un bello arcoíris que me llenó de luz. Era como tener mil soles dentro del pecho. Pensé en que quizá el secreto de las cosas más bellas en este mundo no estaba en poseerlas, sino en admirarlas y amarlas desde la distancia, para así poderlas contemplar en su máximo esplendor.

Álvaro era como ese arcoíris o como las estrellas: bello, pero inalcanzable. Al fin y al cabo, es lo que era: una estrella.


Durante los siguientes días, aproveché para ayudar al abuelo a decorar el cine con los adornos de Navidad. Me hacía mucha ilusión compartir con él esos momentos. Montar juntos el árbol de Navidad era una antigua tradición que me alegré de no romper. El árbol se había deshojado con el paso de los años, pensé que quizá para el año siguiente deberíamos plantearnos comprar uno nuevo, aunque las falsas agujas de pino aún se me clavaban en la piel si no iba con cuidado al colocar los adornos. Ese año compramos una cinta dorada muy elegante y colocamos las lucecitas y bolas de siempre. Envolvimos algunas cajas vacías con un envoltorio dorado y un lazo hecho a mano con cinta roja y las pusimos debajo del árbol como si fuesen regalos. La estrella que solíamos colocar en lo más alto del árbol se había roto el año anterior porque era de cristal, así que compramos una especie de hada que me había gustado.

—Hay que poner villancicos navideños en el hilo musical de la entrada —dijo el abuelo.

—Y a Mariah Carey.

—Tú te encargas. Que no sé cómo se cambia eso, siempre suenan las mismas canciones.

—No te preocupes, crearé una lista de Navidad y de paso actualizaré la última que hice.

En ese momento, entró una familia con dos hijos, y el abuelo se dirigió a la barra para venderles las entradas. No entendía qué hacía una familia en ese cine, aunque supuse que los padres con hijos también tenían derecho a disfrutar de los clásicos en blanco y negro. Pero, pobres niños, iban a tener que aguantar una sesión de casi dos horas de *Casablanca*, que era la película que se proyectaba esa noche.

—Si alguno de vosotros rompe un solo adorno, os encierro en una mazmorra que hay en el sótano —les dije antes de alejarme del árbol al ver la pinta de traviesos que tenían aquellos dos niños.

Mi amenaza pareció surtir efecto, porque ni se acercaron. Me pregunté en qué momento había pasado de ser la niña traviesa que rompía los adornos a la vieja amargada que regaña a los pobres críos. ¿En quién me estaba convirtiendo?

Se necesita verdadera perspectiva para atreverse a afrontar la verdad sobre una misma, un tipo de perspectiva que puede causar dolor al principio, pero que, a largo plazo, quizá te protege de convertirte en alguien que no quieres ser. De hecho, puede que sea la única protección posible contra las decepciones a las que se expone quien se engaña a sí mismo. No había sido consciente de lo mucho que había cambiado en aquellos cuatro meses hasta que me vi desenvolverme en mi entorno habitual.

Me había inventado una vida en Instagram que no era en realidad la mía. Subía fotos de vestidos caros que no poseía, de fiestas a las que asistía en contadas ocasiones y del único rodaje en el que había estado, en el que saqué fotos para ir dosificándolas a lo largo del tiempo como si trabajara en una serie para Netflix. Con lo poquito que había mostrado, había creado la imagen de la actriz del momento a la que invitaban a todos los eventos. Con una vida inventada, había conseguido alcanzar los tres mil seguidores en tan solo cuatro meses.

Cuando volví a mi vida real, me di cuenta de que no tenía nada que fotografiar que encajara con la imagen que había creado de mí. Las cosas que antes me resultaban bonitas por su sencillez, como aquel cine o nuestra habitual decoración navideña, de pronto me espantaban.

El abuelo fue bastante paciente conmigo, aunque no me pasaron desapercibidas las caras que ponía con algunos de mis comentarios, como si ya no me conociera. De hecho, en una de esas, me dijo algo que me dejó bastante pensativa y que no podía quitarme de la cabeza:

—Si no consigues liberarte del esfuerzo que conllevaba intentar ser lo que en realidad no eres, jamás podrás alcanzar la felicidad.

Una amiga del abuelo había organizado una cena de Navidad en su casa, así que celebramos la Nochebuena con ella. Cuando llegamos a su casa, me di cuenta de que no estaba sola. La acompañaba Mario, el chico nuevo que había comenzado a trabajar en el cine ayudando al abuelo y que casualmente también era acompañante voluntario de la anfitriona de la casa, estaba inscrito en la misma asociación que lo estuve yo en su día. Por un momento, dudé si no se trataba de una especie de encerrona para que Mario y yo nos conociéramos fuera del cine, pues nos habíamos cruzado durante esos días, pero apenas habíamos hablado.

La Navidad siempre había sido mi época favorita, hasta que mis padres dejaron de estar en ella. Desde entonces eran unas fechas... complicadas para mí.

La cena transcurrió ruidosa y divertida. La amiga del abuelo había hecho sus propios planes de Navidad: los villancicos que teníamos que escuchar, las películas que teníamos que ver, los juegos a los que íbamos a jugar, el champán con el que brindar... Era la anfitriona perfecta. Había preparado comida para todo un regimiento. Me sentí ridícula con la tarta de galletas casera que yo había elaborado. La mesa, decorada en todo su esplendor navideño, rezumaba alegría. Sin embargo, no subí ninguna foto a mi Instagram porque todo se veía demasiado humilde en comparación con las cosas que solía subir.

Durante la cena, la amiga del abuelo me abrazó y me pidió que le hablara de mí y de cómo era mi vida en la Escuela de Actores. Mario quería ser escritor, así que pronto comenzamos a compartir opiniones y temas de conversación. Era de Sevilla y, al parecer, no tenía muy buena relación con su familia.

A medianoche, la amiga del abuelo sacó unas bolsas de regalo. La mujer nos había tejido una bufanda a cada uno con nuestros respectivos nombres bordados. Me sentí fatal por no haberle comprado ningún detalle.

Abrimos una botella de champán y brindamos. Al final de la velada, sucedió algo totalmente inesperado. Recibí un mensaje de un número que no tenía registrado en mi agenda. Tuve que leerlo dos veces para creérmelo.

**NÚMERO DESCONOCIDO**

Feliz Navidad, espero que estés disfrutando de estas fechas. No sé si te has ido a Madrid, supongo que sí. Solo quería decirte que, si es así, me gustaría verte. Mañana voy para allá por trabajo.

Por cierto, soy Álvaro.

# 49

## ADRIANA

¿Álvaro? ¿Cómo había conseguido mi número? ¿Venía a Madrid? ¿Y quería verme? Demasiada información para procesar. Primero me pedía que dejara su clase y ahora quería quedar conmigo. Desde luego que no había quien lo entendiera. Había echado de menos nuestros encuentros casuales, aunque trataba de no pensar en él. Necesité unos minutos para responderle.

**ADRIANA**

Feliz Navidad. ¿Cómo has conseguido mi número?

**ÁLVARO**

Lo he cogido de la base de datos de la escuela. Sé que no debería haberlo hecho, pero es que no puedo dejar de pensar en ti.

¿Estás en Madrid?

¿Qué haces mañana?

¿Álvaro Fons no podía dejar de pensar en mí? Aquello hizo que me creciera, aunque mi autoestima no tardó mucho en volver a sus niveles normales. Solo tuve que recordar que él estaba con Carla, que era mi profesor y que, además, era una de las estrellas del momento, podía tener a la chica que quisiera.

**ADRIANA**

Sí, estoy en Madrid, pero mañana trabajo.

**ÁLVARO**

¿Vas a trabajar mañana? ¿En el cine?

**ADRIANA**

Sí.

**ÁLVARO**

¿Quién va a un cine en Navidad?

**ADRIANA**

Pues alguien que quiera ver una película.

**ÁLVARO**

> Te puedo pasar a buscar cuando acabes. Me alojo en el Hotel Riu, en la plaza España. Si quieres, podemos tomar algo ahí en la terraza que está al lado.

No daba crédito a lo que leía. Álvaro me estaba escribiendo para hacer un plan juntos el día de Navidad.

Hemos estado prácticamente viviendo bajo el mismo techo casi cuatro meses discutiendo cada vez que nos veíamos y ahora que estoy a cientos de kilómetros quieres que tomemos algo juntos... No te entiendo.

**ÁLVARO**

> En Madrid no somos profesor y alumna. No está mi madre alrededor y me apetece verte.

¿Y qué pasaba con su novia? ¿Le daba igual si lo veían con otra?

**ADRIANA**

> Pero la prensa está en todas partes, ¿qué ocurriría si nos hicieran una foto y Carla se enterara?

**ÁLVARO**

> ¿Qué pasa si se entera? ¿No puedo tener amigas?

¿Resultaba que yo era su amiga? Primera noticia. No entendía nada.

Nunca había estado en la terraza de ese hotel. Me negaba a pagar quince euros solo por subir, más la consumición, pero no tenía ningún plan mejor. Por no hablar de las ganas que tenía de ver a Álvaro, aunque fuese en calidad de amiga.

**ÁLVARO**

> He estado pensando en lo que dijiste de que apenas nos conocemos, así que sería una buena oportunidad para conocernos más.

Me sentía bastante desconcertada, pero a la vez impaciente por volver a verlo y tenerlo cerca, aunque era consciente del abismo que aún nos separaba.

**ADRIANA**

> Vale, la última sesión termina a las once y media.

**ÁLVARO**

> Perfecto, paso por ti a esa hora. Tengo muchas ganas de verte.

Al parecer, las fechas lo habían puesto sentimental. ¿Qué le ocurría? ¿A qué venían esas tremendas ganas de verme?

Hasta mañana, buenas noches.

Me despedí con mayor frialdad de la que hubiese deseado, pero es que no entendía su juego. Ya me sentía bastante débil por aceptar quedar con él después de los últimos acontecimientos. En esta ocasión, iba a tomar las riendas de nuestro encuentro y le iba a preguntar directamente qué tenía con Carla, por qué me besaba a mí si estaba saliendo con ella y por qué había desaparecido así de mi vida cuatro años atrás.

Esa noche, cuando llegué a casa, caí exhausta en la cama, aunque tardé demasiado en dormirme. No podía quitarme a Álvaro de la cabeza.

Al día siguiente, busqué en el armario algo para ponerme esa noche, pero todo me parecía hortera y anticuado. No podía ir hecha una pordiosera a la terraza más exclusiva de Madrid con una superestrella de Netflix. No me quedaba más remedio que irme de tiendas y comprarme algo. Si seguía llevando aquel nivel de vida, mis ahorros no me alcanzarían para terminar el año en Barcelona. Quizá debería plantearme buscar un trabajo los fines de semana.

Después de ir de tiendas como una tonta el día de Navidad y encontrarme con que todo estaba cerrado, no me quedó más remedio que elegir algo de mi armario.

Fui al cine vestida con unos vaqueros, una sudadera y un viejo abrigo de paño de corte tres cuartos masculino con solapa grande clásica y abotonadura oculta. El vestido que había elegido y los tacones me los llevé en una bolsa para cambiarme al terminar. Eso sí, me maquillé y me peiné antes de salir de casa. Lo segundo me llevó una hora, porque aún no me manejaba con la media melena, aunque he de decir que el resultado con ligeras ondas me quedó bastante desenfadado y elegante al mismo tiempo. Georgina tenía razón, ese corte de pelo me daba un aire más... sofisticado.

La tarde en el cine se me hizo larguísima, estaba nerviosa pensando en mi encuentro con Álvaro. No sabía que conocer a alguien pudiera ser tan complicado. Siempre había creído que eso surgía y tomaba solo su curso, pero al parecer en esta historia nada era tan sencillo.

Estaba en el baño de uso privado que teníamos en el cine cuando el abuelo entró a avisarme de que Álvaro había llegado.

—Tu cita ha llegado —anunció con una sonrisa en los labios.

—No es mi cita, abuelo.

—Eso mismo me dijiste hace casi cuatro años, y mira —dijo antes de salir.

Reflexioné sobre su repuesta y no pude más que sonreír. No sé por qué me costaba trabajo aceptar que teníamos una cita, aunque mi concepto de cita no era exactamente así. Supongo que a veces tenemos definiciones en nuestra cabeza que no se ajustan a la realidad. En mi mente, la palabra «cita» no incluía que una de las partes tuviese pareja. En mi mente, esa palabra también conllevaba que el encuentro estuviera centrado en conocerse para entablar una relación sentimental con la otra persona. Y eso era algo muy alejado de nuestros objetivos, no porque yo no quisiera tener una relación con Álvaro, sino porque era imposible que eso sucediera.

¿Acababa de aceptar que quería tener una relación con él? El sentimentalismo navideño también me había afectado a mí.

Me puse el vestido negro confeccionado en *crepé* de largo *midi* y asimétrico en el hombro y bajo que había elegido para la ocasión, uno que me había comprado hacía unos años para Nochevieja y que finalmente nunca había utilizado. Era ajustado y todo drapeado. Tenía el cuello cisne con una única manga larga y dejaba al descubierto parte de la clavícula y la otra manga.

Me puse unos *stilettos* negros de tacón alto y fino y salí decidida. Algo vibró en mi pecho cuando lo vi allí de pie, charlando con el abuelo. No pude evitar recordar los momentos que habíamos compartido en ese mismo vestíbulo hablando de cine. A veces era solo un intercambio de frases antes o después de la película y, sin embargo, para mí eran momentos mágicos; fantaseaba con tener una historia de amor con él y conseguir juntos nuestros sueños. Me preguntaba en qué momento había dejado de soñar, en qué momento me había cortado las alas y me había prohibido imaginar un futuro a su lado. ¿Tan imposible era?

No pude evitar recrearme mirándolo mientras él permanecía allí inmerso en la conversación. Llevaba un elegante abrigo en la mano y su camisa ajustada no dejaba nada a la imaginación, se podían apreciar los músculos de su espalda ancha, sus pronunciados bíceps y esos pectorales trabajados que un día recorrí con mis labios. El pantalón azul marino se ajustaba tan bien a su trasero y a sus esbeltas piernas que por un momento la imagen de su cuerpo desnudo atravesó mi mente. Fue algo fugaz como la luz de un rayo en una noche de tormenta, pero igual de nítido que el *flashback* de una película.

Dios, qué calor me estaba entrando...

Álvaro me miró y un mar de nervios se apoderó de mí. Caminé hacia ellos con miedo a que me fallaran las piernas. Dominaba bien esos tacones, pues los había usado en varias ocasiones, pero por alguna razón me sentía insegura.

—Adriana, estás... impresionante. ¿Te has cortado el pelo? —El deseo en su mirada me desarmó.

Mis mejillas comenzaron a arder. No me acostumbraba a sus halagos; me los regalaba con tanta naturalidad y con aquel brillo en los ojos... Me miraba como quien contempla por primera vez una de las siete maravillas del mundo. Me hacía sentir la chica más hermosa del mundo.

—Sí, se lo ha cortado para el rodaje de una película —le explicó el abuelo al ver que yo no decía nada.

—No es una película, es un corto —aclaré.

—Ya me dirás dónde sale para verte —dijo Álvaro con especial entusiasmo.

—Es una producción de bajo coste, no creo que salga en ningún sitio.

—En algún sitio saldrá, sino no lo grabarían —se burló.

Álvaro se colocó el abrigo, nos despedimos del abuelo y salimos. Llevaba una bolsa negra en la mano y por un momento me imaginé que podía ser un regalo, pero al ver que no me lo daba, supuse que se trataba de algo que había comprado. Quizá era un detalle para Carla.

Caminamos hacia el Hotel Riu Plaza España mientras hablábamos de cómo iban nuestras respectivas Navidades.

—¿Y qué tipo de trabajo tienes que hacer aquí en Madrid? —curioseé.

—Esa pregunta ha sonado fatal —se rio.

—¿Fatal por qué?

—Por el tono... He venido porque tengo que rodar una escena secundaria de una serie y, de paso, para una sesión de fotos para una entrevista en la revista *Glam*.

—¡Qué guay! Estaré atenta para comprarla.

—También puedes preguntarme lo que quieras.

—Cierto, pero ¿vas a responderme con sinceridad? —dije sin rodeos.

—Siempre.

—Está bien saberlo.

Llegamos a la puerta del hotel y, como de costumbre, había una cola para subir al *sky bar* que llegaba hasta la esquina. Justo en frente, en la reformada plaza de España, habían instalado un enorme abeto natural de casi veinte metros de altura. Era la primera vez que veía un árbol tan grande y tan bonito en la ciudad, me recordaba al que veía en las fotos del Rockefeller Center. Aquel árbol no tenía nada que envidiarle a aquella montaña de metales luminosos que ponían en la Puerta del Sol.

El olor a pino inundaba toda la plaza. Miles de lucecitas amarillas y elegantes se entretejían entre las ramas centelleando.

Me pregunté a dónde iría a parar aquel pobre árbol talado una vez que terminaran las Navidades. Preferí no pensarlo y sencillamente disfrutar de su belleza.

—¡Es precioso! —dije maravillada.

—Sí, ¿sabías que viene de Girona?

—Ah, ¿sí? No tenía ni idea.

—Sí, allí se encuentra la empresa suministradora experta en este tipo de árboles.

—Da un poco de pena que talen los bosques solo para adornar las calles.

—Por eso existen este tipo de empresas que plantan miles cada año bajo el control de las autoridades. Cultivar estos árboles naturales para Navidad evita la desforestación o el abandono de los bosques y contribuye a su saneamiento, por no hablar del beneficio ecológico que supone. Durante los años de crecimiento, estos abetos liberan oxígeno y reducen el dióxido de carbono de la atmósfera.

—¡Vaya! —exclamé fascinada—. Visto así... ¿Y qué hacen con él una vez que acaba la Navidad?

—Pues por el tipo de corte y por las dimensiones, no es posible replantarlo. Así que se destinan a compostaje o a hacer madera.

—¡Qué pena!

—¿Por qué? Hay viveros que se dedican solo a cultivar árboles para ese fin.

Reflexioné durante unos segundos.

—Gracias por intentar hacerme sentir mejor con tu teoría. La verdad es que me sentía un poco frívola admirando un árbol que pensaba que lo habían talado solo para eso.

—Yo tuve las mismas dudas que tú en su día cuando estuve en Bruselas y vi el abeto natural de la Grand Place, por eso investigué sobre la vida de estos árboles y qué pasaba con ellos cuando terminaban las fiestas.

Álvaro y yo nos hicimos una foto con el árbol de fondo. Era nuestra primera foto juntos. Tras ello, entramos al hotel directamente por la puerta principal. Álvaro pasó la tarjeta por el lector del ascensor y subimos hasta la última planta. Salimos a la terraza y una camarera, que sin duda lo reconoció, nos ubicó en una mesa discreta. Antes de irse, le preguntó a Álvaro si podía hacerse una foto con ella. Él aceptó.

—¿Te importa? —La camarera me tendió su móvil.

Acepté con naturalidad, pero mientras tomaba la foto sentí una especie de celos, rabia o no sé qué demonios era aquello. Supongo que tendría que acostumbrarme; aquel era el precio de la fama.

Después de hacer la foto, le devolví el móvil casi sin mirarla y fui a tomar asiento, pero entonces Álvaro me cogió de la mano y me pidió que lo acompañara. Me llevó hasta la famosa pasarela de cristal no apta para personas con vértigo. Puse un pie sobre el cristal, que era lo único que me salvaba de la caída. Miré hacia el vacío y sentí la adrenalina correrme por la sangre. Desde allí podían verse el Templo de Debod, el Palacio Real y sus jardines, y una increíble panorámica de la ciudad.

—¿Quieres una foto? —me preguntó Álvaro.

Acepté y me hizo la típica foto para Instagram que todas las *influencers* del momento se habían hecho. Esa sí podría subirla a mi perfil; de hecho, fue lo primero que hice tan pronto como tomamos asiento. Pedimos dos gin-tonics, él de Hendricks y yo de Puerto de Indias.

Iba a bloquear la pantalla de mi móvil cuando de pronto alguien comentó la foto que acababa de subir. «Disfruta», decía el comentario que iba acompañado de un emoticono de corazón. Entré en el perfil y rápidamente supe de quién se trataba. Era Héctor, el bróker que conocí en la fiesta del productor. ¿En qué momento me había empezado a seguir? No me había dado cuenta... Le devolví el *follow*.

—¿Sabes? —Álvaro comenzó a hablar y rápidamente dejé el móvil sobre la mesa. No quería ser maleducada, pues él nunca cogía su móvil cuando estaba conmigo—. No he sido consciente de lo mucho que te echo de menos hasta que he dejado de verte —dijo con naturalidad.

Traté de controlar los latidos de mi corazón, que comenzó a palpitar a un ritmo desenfrenado.

Yo también lo había extrañado, por mucho que hubiera luchado para que eso no pasara.

—Te he traído algo —dijo entregándome la distinguida bolsa negra que llevaba en la mano.

# 50

## ADRIANA

¿Cómo alguien tan importante y ocupado se había tomado la molestia de comprarme un regalo? ¿Qué sería? Me moría de la curiosidad. Si le gustaba a él, con lo exquisito que era, seguro que debía ser algo bonito.

—¿Un regalo? —pregunté avergonzada y sorprendida a partes iguales.

—Sí, de Navidad.

—Pero yo no te he comprado nada.

—Tu presencia ya es un regalo para mí. —Puso esa voz seductora que me volvía loca.

—Cómo te gusta regalarme el oído.

—¿Qué tiene de malo que diga lo que pienso?

—Que me confunde.

—¿Y eso por qué?

—Nada, déjalo —dije al tiempo que abría su regalo. No quería romper la magia del momento con mis inseguridades.

Saqué la cajita que había en el interior de la bolsa. Levanté la mirada y vi que él observa detenidamente cada minucioso movimiento que yo hacía mientras rasgaba el envoltorio. Estaba muy nerviosa, no entendía por qué mi corazón palpitaba tan deprisa. La idea de que fuera un anillo cruzó mi mente, pero no creía que Álvaro hubiera sido capaz de comprarme algo así. No estábamos en ese punto.

Cuando abrí la cajita, unas piedras incrustadas en el oro rosado de unos pequeños pendientes de aro centellearon desde el interior.

—¿Te gusta?

—Son preciosos, me encantan. No tendrías que haberte molestado. —Me levanté y me incliné hacia él para darle un beso en la mejilla.

—¿Te los quieres probar? —preguntó.

—¿Aquí? No me los voy a ver. Además, no quiero perder los que llevo puestos, eran de mi madre.

—Podemos bajar un momento a mi habitación para que te los pruebes tranquilamente.

Aquella proposición me sentó fatal. Por un momento, me sentí como si ir a su habitación fuese el precio por aquellos pendientes.

—Es una excusa un poco mala, ¿no? —dije con descaro.

—¿Qué pasa? ¿Tienes miedo de no poder resistirte a mi cercanía?

—¡Creído!

—Sabes que no vamos a hacer nada que tú no quieras.

—En ese caso, mejor me los pruebo en casa tranquila. —Sonreí.

—¿Te cuento un secreto? —preguntó con esa voz que ponía cuando estaba coqueteando.

—Si lo haces, dejará de serlo.

—No, si tú no se lo cuentas a nadie.

—Se me puede escapar...

—Me arriesgaré entonces.

—¿Y cuál es el secreto?

—Me moría de ganas de volver a verte y besarte.

Su confesión tan directa me cogió por sorpresa.

—¿Insinúas que estás loco por mí? —me burlé.

—No sé si «loco» es la palabra más acertada.

—No te entiendo —dije algo molesta, pues estaba cansada de aquel juego—. Si estás con Carla, ¿por qué piensas en mí?

—¿Nunca te han dicho que las apariencias engañan?

—Sí, pero las apariencias en este caso son bastante obvias.

—¿Por qué me parece que estás siempre a la defensiva conmigo?

—¿Yo? ¿A la defensiva? ¿Nunca te han dicho que las apariencias engañan? —Esbocé una falsa sonrisa.

Nos terminamos la copa hablando de cosas banales y no sé cómo me convenció de ir a su habitación a tomarnos la última y a probarme los dichosos pendientes, quería ver cómo me quedaban. Estaba claro que Álvaro diría y haría cualquier cosa para volver a follarme. Supongo que acepté porque en el fondo tenía muy claro que no iba a pasar nada entre nosotros, aunque también mi plan inicial era tomar algo con él y regresar a casa, y ese plan se acababa de ir a la mierda.

La habitación era bastante más sencilla que la del hotel en el que me acosté con él. Se me erizó la piel solo de pensar en aquella noche. Pasé al baño a probarme los pendientes, me quité los que llevaba puestos y los guardé en la caja de los que me había regalado. Me quedaban de infarto.

Cogí la caja y salí del baño.

—A ver, ¿qué tal te quedan? —Álvaro se acercó a mí y me colocó un mechón de pelo detrás de la oreja—. Qué bien combinan los diamantes con el tono de tu piel.

—¡¡¿Son diamantes?!!!

—Sí.

—Eso no me lo habías dicho. No puedo aceptarlos —dije tratando de quitármelos.

Álvaro me agarró la mano.

—Acéptalos, por favor —dijo en tono suave acercándose demasiado a mi boca.

—Pero...

No pude continuar la frase porque sus labios me silenciaron. Me plantó un beso al que le correspondí con una rapidez que me sorprendió. Era un beso tierno que poco a poco se convirtió en uno apasionado. Álvaro me apoyó contra la pared y llevó las manos hasta mi trasero. Se me escapó un gruñido cuando me apretó las nalgas con las palmas de las manos. Me asustó lo mucho que me hacía sentir con tan poco. Sus besos eran perfectos, una delicia.

Mi calor corporal aumentaba con cada beso. Si no paraba en ese momento, acabaría haciendo algo que no quería hacer. Bueno, sí quería, pero mi orgullo y mi dignidad no me lo permitían. No quería volver a sentirme mal al día siguiente, no quería volver a sufrir.

—Álvaro... Para —dije al tiempo que me liberaba de él.

—¿Qué pasa? ¿He hecho algo mal?

—No puedo...

—¿Cómo que no puedes?

—No quiero —aclaré.

—¿No querías que te besara?

No respondí.

—¿Es que no quieres volver a acostarte conmigo? —preguntó.

Negué con la cabeza.

—Ambos sabemos que eso no es cierto.

—Tengo que irme... —dije al tiempo que me volvía para coger el abrigo.

—¿No pretenderás dejarme así? —Me agarró la mano y la llevó hasta su entrepierna.

¡Dios, qué duro estaba! Joder, si es que era tan atractivo y calzaba tan bien...

—Adriana, quiero que seas mía.

No voy a negar que me gustó escuchar aquello, pero ya no era tan inocente como para creérmelo.

—Hay tantas cosas que yo quiero y no puedo tener... —dije con cierto sarcasmo en la voz.

—De verdad que no te entiendo. Eres tan inestable.

—¿Inestable yo? —Furiosa, me peiné el pelo hacia atrás con la mano—. Habló el que se despidió de mí una noche con un beso en los labios y diciéndome: «No quiero separarme de ti ahora que hemos dado el paso de conocernos». —Esto último lo dije imitándolo con burla—. Y luego ya no lo volví a ver hasta cuatro años más tarde, pero ese mismo día del reencuentro me hizo el amor para luego volver a desaparecer. Y lo siguiente que me dijo cuando nos volvimos a ver fue que me borrara de sus clases. Eso por no hablar de que sale con otra.

—¿Por qué hablas de mí en tercera persona si estoy aquí?

—¡Porque eres un imbécil, por eso! —grité.

—No entiendo por qué hay tanto rencor en tus palabras si yo nunca te he engañado ni te he prometido nada. Somos adultos, tú me gustas, yo te gusto, nos estamos divirtiendo. ¿Por qué dar por hecho algo que no es?

—No estoy dando por hecho nada.

—Sí, parece como si después de lo que pasó entre nosotros esperases una relación.

—¡Vete a la mierda! —Cogí el abrigo y, sin ponérmelo, me dirigí a la puerta.

—Dijiste que íbamos a tomarnos otra copa.

—He cambiado de opinión. —Antes de salir, me giré hacia él—. Fuera lo que fuese que había entre nosotros, se acabó. Esta vez hablo muy en serio, no vuelvas a buscarme. —Salí y no pude evitar dar un portazo al cerrar.

Las lágrimas afloraron antes de que pudiera llegar al ascensor. Le entregué algo muy valioso para mí y él ni siquiera le dio importancia. Ya sé que nadie me obligó a perder la virginidad con él, pero al menos esperaba... ¿Qué esperaba? ¿Una relación? ¿Algún tipo de compromiso? ¡Qué ilusa!

Lo que se había presentado como una velada perfecta había terminado siendo mi peor pesadilla. No quería volver a verlo, tenía que olvidarme de él como fuera. Sabía que no sería fácil, pero tenía que hacerlo. No podía seguir atrapada en aquella historia que no iba a ninguna parte. Después de cuatro años, parecía estar en el mismo punto de partida. No era ese el tipo de relación que mi madre hubiese querido para mí, ni tampoco con el que yo había soñado. Bastante inmadura y transigente había sido ya. Yo para él no era más que un juego. Tenía que alejarme antes de que esa guerra acabara conmigo.

# 51

## ADRIANA

Una vive la adolescencia con la sensación de que es infinita, pero todo cambia cuando un día te despiertas y te das cuenta de que has tomado una decisión adulta. A partir de ese momento, todo es diferente, todo comienza a ir demasiado deprisa y las cosas se complican. El problema es que, cuando una deja de mirar las cosas con inocencia, empieza a ver que la realidad es más dura de lo que pensaba. Los problemas se vuelven más serios y aprendes que el desamor duele y mucho.

Al día siguiente, Álvaro me escribió un mensaje diciéndome que me había dejado la caja con los pendientes de mi madre, que si podíamos quedar para dármela. Le dije que no y que, por favor, pasara por el cine a dejármela. Con todo el descaro, me dijo que, si quería recuperar los pendientes de mi madre, tendría que quedar con él. Aquello me pareció un chantaje en toda regla, el colmo de la desfachatez. Así que no le respondí, ya los recuperaría cuando regresase a Barcelona. En el fondo, sabía que no iba a perderlos, o al menos eso quise pensar.

No quería verlo. No entendía por qué sentía aquel rechazo a quedar con él. Tampoco era que me hubiese hecho nada grave, pero se había convertido en una especie de obstáculo en el fluir de mi vida, algo con lo que tropezaba cada vez que hacía el menor intento de avanzar. Quería, ansiaba, poder borrarlo de mis pensamientos, pero se había incrustado en mi cerebro como una especie de nudo que oponía resistencia.

¿Podía estar enamorada de Álvaro? De ser así, ¿cómo había dejado que aquello ocurriera? ¿Me daba miedo esa posibilidad? No. ¡Me aterraba!

Me pasé el resto de las vacaciones trabajando en el cine por las tardes, y como por las mañanas tenía demasiado tiempo libre, me apunté a clases particulares de inglés. Iba tres días a la semana. Me las daba un chico nativo con el que practicaba únicamente la pronunciación.

No supe nada más de Álvaro. Al ver que yo no le respondía, dejó de insistir. Tampoco entré en su Instagram ni en el de Carla, no quería saber nada de ellos.

Después del día de Reyes, regresé a Barcelona. Fue triste tener que volver a despedirme del abuelo, pero una parte de mí ansiaba volver a la que había sido mi vida los últimos cuatro meses. Comenzaba a habituarme a la vida en Barcelona y echaba de menos a mis nuevos amigos y las clases. Y, para qué mentir, también a Álvaro.

# 52

## ÁLVARO

Adriana era como una bomba de relojería: nunca sabías en qué momento te iba a explotar en toda la cara. No entendía por qué se enfadaba. ¿Qué cojones había hecho mal? Solo la había invitado a mi habitación. ¿Tan malo era que quisiera volver a acostarme con ella? ¿No es lo que hacen dos personas que se gustan?

El día después de nuestro encuentro, intenté quedar con ella con la excusa de devolverle los pendientes de su madre que se había dejado dentro de la caja de los que yo le regalé, pero ni siquiera por eso aceptó quedar conmigo. Me dijo que los dejara en el cine, como si yo fuese un repartidor, un auténtico desconocido. No me gustó su forma de tratarme. No le había hecho nada para merecer aquel desprecio por su parte.

Traté de quitármela de la cabeza. Estaba en Madrid y podía tener a la chica que quisiera cuando quisiera. Así que justo eso fue lo que hice. Acepté salir con Bianca, la directora de medios sociales y redactora en la revista *Glam*. Fuimos a una de las discotecas de moda de la ciudad y me presentó a sus amigas. Una de ellas, al acabar la noche, me invitó a su casa, pero para mi mala suerte, vivía al lado del cine del abuelo de Adriana. Aquella estúpida coincidencia me hizo pensar en lo mucho que la deseaba y comencé a preocuparme. No pude subir al piso de esa chica, le dije que no me encontraba bien y me fui solo a la habitación del hotel.

La relación con Adriana se me estaba yendo de las manos. Ella quería algo que yo no podía darle. No estaba preparado para una relación. Lo de Carla no era más que una pantomima, un paripé para que mantuviera la boca cerrada hasta que se le pasara el capricho, pues eso es lo que yo era para ella, un capricho.

Entonces, si lo tenía todo tan claro, ¿por qué demonios estaba tan jodido? ¿En qué cojones estaba pensando?

El resto de las Navidades, lo pasé rechazando ofertas de mi agente. El bombo publicitario sobre mi película para Netflix había sido algo completamente fuera de serie, tanto que desde entonces me ofrecían numerosos papeles. Me había convertido de la noche a la mañana en un actor de éxito, una estrella. Sin embargo, comenzaba a frustrarme mi situación profesional en lo que a la interpretación se refería.

Tenía muy clara la dirección que quería que tomara mi carrera como actor, pero los astros parecían haberse alineado para complicármelo todo. Los personajes y las películas que me ofrecían no me llenaban. No quería encasillarme en la comedia romántica. Leía algunos guiones por compromiso, porque mi agente comenzaba a cansarse de mí y de mis constantes negativas. Llegué a recibir una propuesta de un millón de euros por un año de trabajo en una película romántica. Leí el guion y lo rechacé, y no solo porque me parecía aburrido. Tenía demasiadas escenas de desnudos vacíos, con las mismas palabras que había leído en otros guiones y las mismas frases obscenas a lo *Cincuenta sombras de Grey*. Yo quería un papel que supusiera un desafío, que me estimulase, pero ese tipo de papeles no llegaban. Decliné la oferta y, para mi sorpresa, me ofrecieron medio millón de euros más. Mi agente insistió en me lo replantease, así que volví a revisar el guion con el mismo resultado: rechacé la oferta.

Quería vivir una vida plena, salvaje, arriesgada, relevante. Para mí, una existencia vital era más importante que una profesión vital, por eso necesitaba personajes que estuviesen alineados con mi filosofía de vida y confiaba en que llegarían en algún momento, aunque para eso tuviera que irme a Hollywood, algo que de momento no entraba en mis planes, pues no quería dejar a mi madre sola ni tampoco mi labor como docente, porque, pese a no reportarme grandes beneficios, era algo que me satisfacía como persona. Disfrutaba enseñando a los alumnos y también era una oportunidad para aprender de ellos. En mi clase había gente de diferentes culturas y me encantaba escuchar sus experiencias. La ilusión con la que entraban al aula lo era todo para mí.

A menudo pensaba en mis maestros, las personas de las que había aprendido y que yo admiraba, y trataba de seguir sus pasos. También intentaba corregir o hacer de forma diferente cosas con las que en su día estuve en desacuerdo o no me habían parecido acertadas.

Tenía que prepararme bien las clases para refrescar algunos temas, pero de todas formas, para mí, enseñar era mucho más que dar al alumnado un montón de conceptos. Lo importante era que mis alumnos disfrutaran de las clases y aprendieran de verdad qué era actuar frente a una cámara. Por eso me centraba en entenderlos como seres humanos con sus dificultades y fortalezas. Estaba convencido de que enseñar era mucho más que transmitir conocimiento, era evitar que los alumnos cayeran en la rutina, evitar que perdieran la pasión que los había llevado a luchar por sus sueños. Era sembrar la fe de que podían alcanzar su sueño como lo había hecho yo.

Quizá por eso, porque valoraba más que nada mi trabajo como profesor y la oportunidad que mi madre me había brindado, cuando regresé a la escuela después de las vacaciones de Navidad, lo primero que hice fue dejar la caja con los pendientes de Adriana en un sobre en recepción. No quería entregárselos en persona, no quería tener más relación con ella que la de alumna-profesor. Tenía que evitar cualquier contacto con ella si no quería perder la cabeza, algo que estaba a punto de suceder.

# 53

## ADRIANA

El primer día de clase después de las vacaciones de Navidad recibí un correo del director de la obra en el que indicaba que había dejado el guion impreso en recepción para que pasáramos a recogerlo antes del primer ensayo.

—Esta es toda la documentación que ha dejado el director de la obra —dijo la chica de la recepción al tiempo que me entregaba una carpeta de cartón—. Y un momento, que el profesor Fons también ha dejado algo para ti.

Se levantó de la silla y fue a buscar algo. Regresó al instante con un sobre abultado y me lo entregó.

—Gracias —dije algo confundida al ver que Álvaro había dejado algo para mí.

Pensé que podía tratarse de una carta, pero al ver el sobre tan abultado, dudé. Experimenté una gran decepción cuando lo abrí en la intimidad de mi habitación. Era la caja con los pendientes de mi madre. Después de lo ocurrido durante nuestro encuentro en Madrid, me había convencido a mí misma de que no quería verlo, pero no esperaba que él tampoco quisiera verme a mí, hasta el punto de dejar los pendientes en recepción para no dármelos personalmente.

Pero ¿acaso no era eso lo que yo quería, mantenerme alejada de él? Entonces ¿por qué me molestaba tanto? ¿Por qué me dolía que el tampoco quisiera verme ya? No había quien me entendiera. Quizá porque aquello solo podía significar una cosa: Álvaro se había aburrido de mí. Él solo había buscado pasar el rato conmigo, mientras que yo... Yo ya estaba perdida.

No sé por qué estaba tan nerviosa de entrar a su clase. Entré sin pensarlo demasiado y me senté en la última fila, a diferencia de lo que solía hacer, pero quizá tomar un poco de distancia física me ayudaría. Al cabo de unos minutos, Álvaro entró en el aula. Parecía estar más guapo que la última vez. ¡Qué difícil iba a ser aquello!

Al momento apareció Liam en la puerta. Lo saludé con la mano discretamente. No lo veía desde mucho antes de irme. No se pudo sentar a mi lado porque ya había otra chica. A quien no vi fue a Georgina. Me resultó raro que faltara a la clase de Acting Camera.

Álvaro comenzó a hablar y nos preguntó qué tal nos habían ido las Navidades. Yo no respondí —por suerte, no fui la única—, hubiese sido un poco extraño. Me pregunté cómo podía ignorarme con tanta naturalidad. Quería poder hacer lo mismo, pero a mí me resultaba muy difícil. En ese momento, comenzó a hablar de sus Navidades y mencionó Madrid.

—He tenido ocasión de visitar un cine muy especial para mí, que me recordó momentos memorables. —Esto lo dijo mirándome a los ojos.

¿Sus labios esbozaban una sonrisa o solo me lo parecía?

Continuó hablando de sus Navidades, pero mi mente se perdió en esas palabras. ¿Había dicho en serio «momentos memorables»? ¿Se estaría refiriendo a nosotros, a aquellas tardes en las que él iba al cine y charlábamos? Igual estaba hablando de otro cine.

No debería dejar que lo que acababa de decir me afectara ni quebrantase mi decisión de mantenerme alejada de él. Me había pasado todas las Navidades concienciándome de que, a mi regreso, nuestra relación se limitaría a lo profesional y, sin embargo, cuando lo tenía delante, todos mis propósitos se tambaleaban, pero no podía caer en la tentación.

—También os cuento a los que tenéis papeles en la obra de la escuela de este año que ayer hablé con el escenógrafo y en el decorado va a haber cosas muy chulas, será un protagonista más en la obra.

Algunos alumnos que aparecían en la obra insistieron para que diera algunos detalles; yo también me moría por conocerlos, pero no dije nada. Quería intervenir lo menos posible en sus clases.

—Van a crear una especie de globo aerostático en el que habrá vida.

—Pero ¿se ve todo desde fuera? —preguntó alguien.

—Sí, sí. Es una especie de burbuja transparente. Imaginaos vosotros dentro haciendo una coreografía. También habrá un telón que bajará y, a través de unas poleas, creará una especie de bolsa transparente y se convertirá en un lago. Apenas habrá un par de centímetros de agua, pero unos flashes especiales se reflectarán sobre el agua y generarán un efecto de profundidad. Luego la burbuja irá acoplada a otro sistema y, de repente, subirá hasta que llegue un momento en que desapareceréis y la luz se apagará. Después se irá encendiendo y aparecerá únicamente el personaje principal ahí, en escena. La idea es brutal.

—Yo no estoy entendiendo nada —confesó un alumno.

Me alegré de no ser la única.

—Es que es complejo de ver. Tranquilos, que os lo explicarán todo con más detalle y habrá muchos ensayos, pero la verdad, la obra de este año promete. A mí la idea me ha descolocado por completo. Me han dicho cosas que de verdad son novedad total. Las obras de otros años fueron menos... dinámicas, más clásicas en su puesta en escena, pero en la de este año va a haber danza, interpretación y canto, muy al estilo musical. Y como podéis imaginar, tendrá muchos efectos especiales y una gran inversión.

Toda la clase estaba supermotivada e ilusionada solo de imaginar todo lo que Álvaro nos había contado. Tenía que ponerme las pilas en los ensayos, no me apetecía nada tener que competir con Georgina por el papel, pero era lo que nos había tocado.

Cuando la clase terminó, salí rápido sin mirar a Álvaro. Una vez fuera, esperé a Liam. Nos abrazamos tan pronto como salió del aula.

—Estás guapísima, ¿te has cortado el pelo? —preguntó incrédulo.

—Sí, ¿te gusta?

—¡Me encanta!

—Oye, ¿dónde te has metido? Después de aquella fiesta, desapareciste por completo del mapa. No he sabido nada de ti. Te escribí para felicitarte las Navidades...

—Perdón, es que no he respondido a nadie. Necesitaba distanciarme de la escuela y pensar con claridad. Han pasado muchas cosas. ¿Qué haces ahora?

—Nada, porque el profesor de Casting no ha venido hoy, al parecer. ¿Y tú?

—Yo también tengo libre. Vamos a tomar un café.

Salimos de la escuela y caminamos por las frías calles del centro. Era media mañana y el sol apenas se colaba entre los edificios.

No sé si fue porque Liam me insistió o porque yo necesitaba contarle a alguien lo que había sucedido con Álvaro durante las Navidades, pero el caso fue que, mientras paseábamos sin rumbo, acabé contándole los detalles de mi historia con él.

—¡Lo sabía! ¿No te habrás enamorado?

—No —dije tras una larga pausa y en un tono demasiado suave.

—Por supuesto que estás enamorada de él. —Liam se llevó las manos a la cabeza—. Pero ¿en qué estabas pensando?

—Que no estoy enamorada —aclaré.

—Adri, por favor, me has contado esta historia con más ilusión que cuando te seleccionaron para la obra de la escuela. Aparte, ya te lo he dicho muchas veces, se te ve el plumero en clase, tu forma de mirarlo te delata. Recuerdo el día que interpretasteis aquella escena de cama juntos... Joder, había tanta química y tanta tensión sexual entre vosotros...

—¿Enamorada de Álvaro? —decirlo en voz alta no fue tan horrible como había imaginado. Sin embargo, no resultaba real—. Yo nunca he estado enamorada. No sabría decirte si lo estoy, pero sí es cierto que tengo sentimientos por él.

—¿Piensas en él a diario?

—Digamos que frecuentemente.

Sin darnos cuenta, llegamos hasta la catedral. Caminamos por la calle Santa Llúcia y me encontré con la Casa de l'Ardiaca. No pude evitar acordarme de Oliver, con él descubrí ese precioso rincón.

—¿Miras el teléfono para ver si te ha escrito?

—Antes no tenía su número.

—¿Y ahora que lo tienes?

—A veces —confesé un poco avergonzada.

—¿Piensas en los momentos que habéis compartido juntos?

—Sí, pero eso no significa nada. Acabo de recordar un momento muy bonito que viví justo aquí con Oliver y no por eso estoy enamorada de él.

—¿Qué has sentido cuando lo has visto hoy en clase, por ejemplo?

—¿Emoción? ¿Nervios?

—¿Te has imaginado un futuro con él?

—Bueno, digamos que he fantaseado con ello, pero...

—¿Sientes celos cuando lo ves con Carla? —me interrumpió.

—¿Esto es algún tipo de test de una revista que has memorizado?

—No, son preguntas sencillas y obvias que te dan la respuesta que no quieres aceptar. Dime, ¿sientes celos cuando lo ves con Carla o con otra chica?

—Sí —confesé a regañadientes.

—Y el sexo, ¿cómo lo calificarías del uno al diez?

—¡De diez!

—¿Te faltan temas de conversación cuando estás con él?

—Para nada, al contrario, siempre...

—Esto y las miradas que le echas lo dicen todo. La cosa es peor de lo que me pensaba —interrumpió—. Estás coladita por él, pero hasta las trancas.

—Estoy colada por él —me lamenté.

Por una parte, resultaba liberador e incluso gratificante decir en voz alta aquella gran verdad, pero, por otra, era aterrador.

Liam y yo entramos en una cafetería que hacía esquina por la bajada de Santa Clara. Tomamos asiento en el interior, desde donde podía verse toda la parte trasera de la catedral a través de unos ventanales de cristal que llegaban hasta el techo.

—Bueno, ¿y tú qué? ¿Vas a contarme qué te pasó? ¿Por qué desapareciste? —pregunté con interés.

—Me planteé dejar la escuela.

—¡¿Qué dices?! ¡Dejar la escuela? ¿Eso por qué?

—Me acosté con Martí.

—¡¿Cómo?! —exclamé con una mezcla de sorpresa y confusión.

—Sí, la noche de la fiesta.

En ese momento, recordé que Georgina me contó que le había echado algún tipo de sustancia a Martí en la copa. Dudé si decírselo a Liam o no.

—La cuestión es que me hice ilusiones. Pensé que le gustaba o que se había dejado llevar y quería probar, pero resultó ser que estaba drogado.

—¿Cómo lo sabes? —pregunté.

—La propia Georgina me lo dijo cuando nos descubrió juntos en la cama.

—¿Qué dices? ¿Os pilló en la cama?

—Sí, desnudos. No te imaginas la cara que puso... La cuestión es que, como podrás imaginar, mi relación con ella terminó ahí y Martí dejó la habitación al día siguiente. Me dijo que lo mejor para ambos era que no volviésemos a hablar y que, por favor, no le contara a nadie lo que había sucedido, que había sido un error y efecto de la droga.

—¡Qué fuerte! Lo siento mucho, Liam. Yo me enteré esa misma noche de que Georgina le había echado droga a Martí en la copa para «avivar la llama» entre ellos, según me dijo. Supongo que de mi habitación fue a la tuya y ahí fue cuando os encontró. Ojalá hubiese caído en avisarte, pero no lo pensé.

—Tranquila, no te preocupes. ¿Cómo ibas a imaginarte que podía haberme acostado con Martí? Ni yo mismo me lo creo, a veces aún pienso que fue un sueño —dijo con lágrimas en los ojos.

Puse mi mano sobre la suya. Aquel gesto hizo que Liam derramase dos lagrimones.

—Eh, no pasa nada, lo superarás. Pero bajo ningún concepto puedes dejar la escuela, ¿me oyes?

—No, no pienso hacerlo. Por eso he vuelto.

—Además, te digo una cosa. Tú no lo obligaste a nada y, por lo que me has contado, la droga tampoco es que lo dejara inconsciente, ¿no?

Liam negó con la cabeza.

—¿Se le puso dura? —curioseé.

—Claro, si no, ¿cómo íbamos a hacer nada?

—¿Y no se supone que para que se te ponga dura te tiene que poner la persona?

Liam se quedó pensativo.

—Supongo.

No quise decirle nada más para no crearle falsas ilusiones, pero para mí que a Martí le gustaba Liam, solo que no se atrevía a reconocerlo.

—Adri, hay algo que tienes que saber. Debería habértelo dicho antes y puede que pienses que te lo digo ahora solo por lo que me ha pasado con Georgina... Bueno, en parte sí lo hago por eso, pero también porque eres una buena persona. Te has portado siempre muy bien conmigo. Te mereces saber la verdad.

—¿Qué verdad? Me estás asustando —dije al ver lo serio que se había puesto.

# 54

## ADRIANA

—Georgina nunca ha sido tu amiga. Solo se acercó a ti para tenerte cerca y controlada porque te ve como una gran rival. A la vista está que lo eres, pues os han seleccionado a las dos para el papel protagonista... Bueno, el caso es que el casting en el que te seleccionaron para el corto no existe, se trata de un papel que le ofrecieron a ella y que rechazó.

—Eso no es cierto, fuimos juntas al casting.

—¿Y había alguien más?

—No, porque fuimos con cita.

—No, no fuisteis con cita. Ella conoce al productor y hablaron la noche de la fiesta para que te seleccionaran a ti. Y lo del corte de pelo le vino muy bien. No sé si lo sabías, pero para la obra de la escuela siempre seleccionan a actrices con voluminosas melenas porque da más juego... Además, este año, que la actriz protagonista tenga el pelo largo va más acorde con la época de la obra.

Estaba tan confundida que no supe qué decir.

El vuelo de una paloma me llevó a mirar hacia arriba. El sol refulgía sobre las vidrieras de la catedral. Algunas personas, probablemente locales, recorrían deprisa y en silencio la calle; otros, los turistas, se detenían a hacerse fotos en aquel escenario dominado por los muros de piedra que conformaban las diferentes naves de la catedral.

—Entiendo que te cueste creerme, ha fingido muy bien. En el fondo, yo creo que te aprecia y que no todo ha sido fingido, pero ten cuidado. Georgina es sumamente competitiva y va a hacer todo lo posible por mantenerte ocupada, te llevará a castings o te hablará de otros proyectos con la única intención de que no tengas tiempo para ensayar la obra y así llevarse ella el papel principal.

—Me cuesta tanto creerte.

—Lo sé, por eso no te pido que lo hagas, solo que vayas con cuidado. Me siento en la obligación de decírtelo. No quiero perderte como amiga.

Las palabras de Liam me dejaron muy desconcertada. No era la primera persona que me había advertido sobre Georgina, Cristina también lo había hecho en numerosas ocasiones, y yo no la había escuchado.

De pronto, mi cerebro comenzó a interceptar signos que hasta el momento habían sido imperceptibles para mí. Tenía que hablar con Georgina.

Nos terminamos el café y regresamos a la escuela. No me hizo falta ir a buscar a Georgina a su habitación porque cuando entré en la residencia la vi por el pasillo. Acababa de llegar, lo supe por la maleta que arrastraba.

—Adriana. —Se acercó y me saludó con una euforia que parecía sincera.

Nos dimos dos besos. Más bien, ella me los dio a mí, yo estaba paralizada. No sabía qué hacer, si hablar con ella o dejarlo pasar. Hubiera sido más inteligente callarme y seguirle el juego, usar sus propias tácticas, pero yo no era así. La rabia me consumía por dentro.

—¿Tuviste algo que ver en que me eligieran a mí para el rodaje del corto? —pregunté directamente.

—¿Qué?

—No te hagas la sorprendida y responde.

—A ver, tengo contactos. Si podía ayudarte, ¿por qué no hacerlo?

—Y si tenías contactos ¿por qué no te ayudaste a ti misma?

Mi pregunta la cogió por sorpresa. Ella sola se había delatado.

—¿Quién te ha dicho esto? Ha sido Liam, ¿no? No te creas nada de lo que te diga, solo está despechado.

—¡Responde a mi pregunta! —exclamé en un tono demasiado brusco.

—No me convencía el papel.

—¿Por eso te presentaste al casting? ¿Porque no te interesaba? —dije con ironía.

—Lo hice por acompañarte, para que no te sintieras sola, sabía que era tu primer casting y...

—¡¡¡Deja de mentir!!! —la interrumpí.

—Eres una desagradecida. Encima que lo hice por ti.

—¿Desagradecida yo? Tú eres la desagradecida. No valoras nada, das por sentado que todos tenemos que girar en torno a ti y que siempre vamos a estar ahí para lo que necesites.

—Eso no es verdad, yo te he ayudado muchas veces.

—Solo cuando quieres algo a cambio o cuando tú sales beneficiada de algún modo, como en el caso de ese papel en el corto.

—Estás exagerando las cosas... Tú alucinas. ¿Cómo salgo yo beneficiada de que te hayan dado a ti el papel?

—Hiciste que me cortara el pelo.

—¿Yo? Eran exigencias del guion. Además, te puedes poner extensiones para la obra de la escuela.

—Ya no creo nada de lo que dices.

—Si tan poco te aportaba el papel, ¿por qué lo aceptaste? ¿Acaso te puse yo un cuchillo en el cuello? ¿Te he obligado a aceptarlo? ¿Sabes? Desde que llegaste a esta escuela, te he dado un lugar que no te correspondía. Gracias a mí, has ido en fiestas a las que no hubieses sido invitada nunca, tienes una cuenta de Instagram con más de tres mil seguidores y fotos que muestran una vida que no es tuya. Te he regalado historias para que las subas, te he aconsejado, te he conseguido un papel en un corto, ¿y así me lo pagas? Eso es lo malo de las personas como tú, que no valoráis nada, os creéis con derecho a algo que no os habéis ganado.

—¿Las personas como yo? —pregunté molesta.

—Sí, como tú. Personas fracasadas que no destacáis. Os aferráis al victimismo y criticáis a la gente como yo solo porque no podéis brillar de la misma forma. ¿Sabes que mis padres pagan más de un cuarenta por ciento de impuestos para que gente como tú pueda disfrutar de una seguridad social y de ayudas? Por no hablar de las donaciones a la escuela con las que se pagan becas como las que te han dado a ti, ¿o acaso crees que no sabía que eras becada?

—No tienes vergüenza. Te recuerdo que tus padres están arruinados, así que baja esos aires de grandeza...

—No están arruinados, es solo una pequeña falta de liquidez, que es diferente.

—Todo el mundo tenía razón en que no debía confiar en ti. No sé cómo he podido estar tan ciega. Has jugado conmigo desde el primer día, pero se acabó. Ya veremos si es verdad eso de que la gente como yo no destaca, porque hasta ahora, en el poco tiempo que llevo aquí, he destacado más que tú en dos años. Que yo sepa, el año pasado no te ofrecieron ningún papel protagonista en la obra de la escuela y este año aún está por verse si lo vas a conseguir.

—No me subestimes, Adriana.

—No te tengo miedo.

—Mejor mantén la boca cerrada sobre todo lo que sabes de mí si no quieres que yo también hable. No creo que ni a ti ni a Álvaro os interese que se haga público vuestro romance, ¿verdad? —Esbozó una sonrisa maléfica—. Después de todo, ambas queremos ser actrices y no nos interesan los escándalos.

—Tú no quieres ser actriz, tú solo quieres la fama. Son dos cosas muy diferentes. Pero tranquila, que tus secretos están a salvo conmigo.

—Entonces los tuyos también lo estarán conmigo. —Agarró la maleta y se fue.

Mientras la veía alejarse por el pasillo, sentí ganas de correr tras ella, agarrarla por el pelo y abofetearla, pero me contuve. Nunca le había pegado a nadie, no merecería la pena usar la violencia.

Lo bueno era que había podido ver la verdadera cara de Georgina a tiempo, antes de que me hiciese más jugarretas.

# 55

## GEORGINA

La semana había sido agotadora. Aparte de asistir a clase y hacer las tareas habituales, por las noches me había dedicado a estudiar el texto de la obra; no me quedaba más remedio que sacrificar tiempo de sueño si quería estar a la altura cuando comenzaran los ensayos. No podía permitir que se fijaran en Adriana y que yo pasara desapercibida.

Nunca me había sentido tan sola y perdida como en esos días. Desde que en Navidades había decidido terminar con Martí y centrarme en mí, todo había ido a peor. Cuando más necesitaba tener a mi lado una amiga, alguien con quien desahogarme, iba y perdía a Adriana. En el fondo, le había cogido cariño y me daba pena haber terminado así con ella, y todo por culpa de Liam. Pero me las pagaría, esto no se iba a quedar así. Le dejé pasar que arruinara mi relación con Martí, pero no le perdonaba que también hubiese contribuido a que mi amistad con Adriana se rompiera. Iba a darle donde más le dolía. Vale que yo también tenía mi parte de culpa, quizá no debería haber enviado a Adriana al casting del corto, pero ambas luchábamos por un mismo papel y en la guerra como en el amor todo vale.

Llegué a La Mansión agotaba y con unas ojeras que hacían que pareciera que tuviera ojos de panda. Entré por la puerta trasera porque era tarde y el local ya estaba abierto al público. Al entrar en el camerino me encontré a Frank charlando con Jasmine mientras se peinaba. Nos quedamos mirando a través del espejo. Tanto contacto visual no era bueno.

—Llegas tarde —dijo después de girarse hacia mí.

—Siempre hay una primera vez para todo —dije al tiempo que dejaba la mochila sobre el asiento.

—No es la primera vez, en Nochevieja también llegaste tarde —puntualizó.

Habíamos hablado en un par de ocasiones y en todas ellas podía palparse la tensión entre nosotros. Creo que ninguno de los dos nos soportábamos. Pese a ello, en Nochevieja me tocó trabajar y llegué media hora tarde; él me guardó el secreto.

—No habrá una tercera vez —aseguré.

—Eso espero, no quiero tener que informar a David.

Salió del camerino.

—¿Cómo se atreve a amenazarme? —dije mirando a Jasmine, enfadada.

—No te ha amenazado, lo habrás malinterpretado —dijo ella terminando de maquillarse.

—No, no lo he malinterpretado. No lo defiendas. Nada puede justificar el modo en el que me trata.

—No lo hago, es solo que os traéis un juego muy raro.

—¿Nos traemos? ¿Qué insinúas?

—No insinúo nada. Solo digo que estáis siempre tirándoos pequeñas puyitas.

—Pero si ni hablo con él. Es que no tenemos química, no nos soportamos.

—Yo creo que más bien es todo lo contrario, pero bueno...

—No me hagas reír, Jasmine. Me cuesta creer que pienses que puedo fijarme en un macarrilla como él.

—Te cueste o no creerlo, es lo que pienso. Y que sepas que, en el fondo, detrás de esa fachada de chico malo, es un buen tío.

—¿Qué vas a decir tú? Lleváis trabajando mucho tiempo juntos.

—Por eso mismo sé que es buena persona. —Se pintó los labios y se fue directa al burro donde estaban colgadas las prendas—. ¿Me ayudas a ponerme este *body*?

La ayudé y luego me dispuse a maquillarme.

—¿Estás bien? Te veo con mala cara hoy —dijo Jasmine acercándose a mí.

—Estoy agotada, he tenido una semana muy dura.

—¿Es por lo de tu ex?

El día de Nochevieja, llegué tarde porque decidí dejarlo con Martí. Quería comenzar el año centrada en mí y en mi futuro y me había dado cuenta de que él no formaba parte de este. Así que esa noche se lo tuve que contar a Jasmine para que me cubriera con David.

—No, es porque las clases son muy duras y, cuando termino, me tengo que poner a estudiar el guion de la obra de escuela. Luego los fines de semana no puedo descansar porque me toca venir aquí. No tendrás algo para darme, ¿no?

—Ya sabes que David tiene prohibido meter nada de drogas aquí. Anda, ve maquillándote, que te voy a pedir un Red Bull.

Me miré al espejo, daba pena.

Oculté el cansancio y mis penas con el maquillaje. No iba a mostrarle mis flaquezas a nadie.

Jasmine regresó con el Red Bull y luego salió a hacer su pase. Las semanas que llevábamos trabajando juntas nos habían unido mucho.

Aunque mi nivel de exigencia y mi afán de protagonismo me llevaban hasta el punto de querer quitarle el puesto de la estrella de la noche. Sin embargo, no podía desviarme de lo verdaderamente importante: la obra de teatro. Aquello era un trabajo pasajero y esporádico en el que no necesitaba brillar. Aunque aquel sitio se había convertido en una especie de refugio, un escaparate en el que lucirme y sentirme idolatrada a niveles inconcebibles.

Esa noche, como cada fin de semana desde que había empezado a bailar allí, cuando salí al escenario a hacer el *show* y todo se tiñó de rojo, busqué sus ojos negros, que brillaban en la oscuridad al final de la sala. Era como bailar para él, como si el público se desvaneciera. Teníamos aquella especie de pacto secreto y silencioso. Y para qué voy a mentir, era alucinante poder hacer eso. Algo dentro de mí veía a Frank como una vía de escape de la realidad que había vivido hasta ese momento, pero me negaba a abrir esa puerta, porque eso sería como saltar al vacío.

La canción terminó y el característico sonido de silbidos y aplausos de los presentes inundó la sala. Abandoné el escenario y entré en el camerino. Jasmine no estaba, supuse que habría ido a la barra a tomarse algo. A ella le gustaba ser accesible y charlar con los clientes, por algo era la estrella de la noche. Yo, en cambio, nunca salía.

Me intenté quitar el *body*, pero la cremallera que tenía en la espalda se había quedado atascada.

—Maldita cremallera, ¡bájate!

—¿Ahora hablas con la ropa? —se burló Frank, que apareció imponente en la puerta del camerino, irradiando un halo de sensualidad.

—No estoy de humor.

—Deja que te ayude —dijo acercándose.

Dudé unos segundos, pero no me negué. Bajó la cremallera del *body* y al hacerlo las yemas de sus dedos rozaron la piel de mi espalda. Un escalofrío me recorrió todo el cuerpo.

Me aparté de inmediato.

—¿Qué querías?

—¿Tanto te cuesta dar las gracias?

—Sí, me cuesta mucho. Sobre todo, porque no te he pedido que me ayudes.

—Hay un señor que insiste en verte.

—Ya sabes que no quiero visitas y menos después de lo que pasó aquella vez con aquel tipo.

—Es un cliente habitual con bastante poder. Insiste en que es importante, ha hablado incluso con David. Si no dejas que entre él, tendrás que salir tú.

—¿Por qué tanto interés en hablar conmigo?

—No lo sé, dice que te conoce.

¿Un tipo que me conocía estaba en el local y quería verme? ¿Quién sería? Por un momento, afloraron todos los miedos que había tenido al empezar a bailar aquí y que había conseguido controlar con el tiempo. Me sentí perdida. ¿Qué pensaría la gente de mí si se descubría que trabajaba en este... antro?

—Está bien, dile que pase.

—Estaré en la puerta por si me necesitas.

—Sé defenderme solita.

—Solo intento protegerte, forma parte de mi trabajo.

«¿Y quién me protege de ti?», pensé.

Estaba totalmente enganchada a sus ojos y a sus labios. Pero, por suerte, él aún no era consciente del poder que tenía sobre mí.

En cuanto Frank salió, me quité el *body* y me puse mi ropa. Estaba desmaquillándome cuando llamaron a la puerta.

—Adelante —dije.

El mundo se me vino encima cuando vi de quién se trataba. La última persona a la que esperaba encontrarme allí.

—¿Qué haces trabajando aquí? —preguntó enfadado.

—¿Qué otra alternativa tenía?

—¿Llamarme?

—¿Para qué? —dije al tiempo que me miraba al espejo y seguía desmaquillándome.

—Para pedirme lo que necesites, por el amor de Dios, Georgina.

—Si no tenemos dinero, ¿no? ¿Cómo vas a ayudarme?

—Pero, hija, lo hubiese buscado. No tenías que haber llegado a este extremo, es tu dignidad la que está en juego.

—¿Mi dignidad? ¿Y dónde está la tuya? —Lo miré con desprecio—. ¿Cliente asiduo de este sitio...? ¿Aquí venías los fines de semana cuando nos dejabas solas a mamá y a mí porque, según tú, tenías una cena de trabajo?

—Recoge tus cosas, nos vamos.

—¡Yo no voy contigo a ninguna parte! ¡¡¡Responde!!!

—Vengo algunos fines de semana para distraerme, eso es todo. Pero eso no significa que le haya sido infiel a tu madre... Vámonos, por favor, Georgina, no soporto verte aquí. ¿Qué necesidad tenías de pasar por esto?

—¿Quién iba a pagar la residencia de la escuela? Te fuiste y dejaste a mamá en la calle. Las tarjetas están bloqueadas y no hay liquidez. ¿Qué esperabas? ¿Qué me fuese a Banyoles también? Antes muerta.

—Había que desalojar la casa para venderla, pero si me lo hubieses dicho, habría buscado una solución. No me puedes echar a mí la culpa de que las cosas no hayan salido como tú esperabas.

—¿Cómo yo esperaba? —Forcé una risa burlona—. Ya ves que no ha hecho falta que me ayudes, yo misma he encontrado la solución.

—¿Te parece que trabajar aquí y liarte con ese segurata es una solución?

—¿De qué hablas? Yo no estoy liada con nadie.

—He visto cómo os mirabais durante tu... numerito. Si estabas tan centrada en él, que ni me has visto. ¡Ese muerto de hambre va a joderte la vida!

—Mi vida ya está jodida.

—No quiero que vuelvas a trabajar aquí. Pagaré las cuotas del resto del año para que puedas alojarte en la residencia.

Aquello no sonaba nada mal. No tendría que volver a bailar en ese antro y podría centrarme única y exclusivamente en las clases y en los ensayos para la obra, que era lo verdaderamente importante.

—¿Y de dónde vas a sacar el dinero?

—De eso no te preocupes. Vamos, te llevaré a la residencia de la escuela.

Dudé unos segundos, pero finalmente acepté.

Cuando salí del camerino con mi padre, me encontré a Frank en el pasillo. Me miró como si supiera que aquella sería la última vez que nos veíamos. Quise decirle unas palabras para despedirme de él. En el fondo, aunque apenas nos conocíamos, tenía la sensación de que en todas esas semanas se había creado un vínculo entre nosotros.

Mis pulmones comenzaron a hiperventilar. ¿Qué tenía ese chico? ¿Por qué cada vez que me iba del local sentía esa imperiosa necesidad de que llegara el fin de semana siguiente para volver a verlo?

Pasé junto a él y se me aflojaron las piernas. Odiaba cuando mi cuerpo mostraba esa debilidad que nunca antes nadie me había hecho sentir. ¿Por qué narices tenía que reaccionar de esa manera ante

Frank? ¿Por qué no podía ser la chica segura de sí misma de siempre, tal como me mostraba con cualquier otro hombre?

Antes de salir por la puerta de atrás, me giré para verlo una última vez. Me estaba mirando. ¿Por qué al destino se le había ocurrido la magnífica idea de juntarnos cada día un poco más para luego separarnos así de golpe para siempre?

Confieso que la noche que me dijo que no le hablara, no le mirara y no me acercase a él porque no me soportaba, me propuse volverlo loco. Parecía un plan sencillo, así que ¿por qué no? Ya lo había conseguido antes con otros hombres. Pero en esta ocasión no tuve en cuenta que el amor es un juego de dos. Mientras yo creía que él estaba cayendo rendido a mis encantos, la que había caído rendida a los suyos era yo.

# 56

## ADRIANA

Los días siguientes fueron un no parar. El poco tiempo libre que me dejaban las clases lo dedicaba a estudiar el guion. Me había quitado dos horas de sueño para estudiar, una por la noche y otra por la mañana. Quizá por eso acumulaba tal cansancio.

Estaba con Cristina y Liam en el patio de la escuela. Acabábamos de comer y nos habíamos sentado en uno de los bancos.

—Necesito dormir un poco, estoy muerta —dije tumbándome y cubriéndome la cara con el guion.

—Tienes que estudiar. La semana que viene empiezan los ensayos y te tienes que saber el texto a la perfección —apuntó Liam.

—Es demasiado largo —me quejé.

—Voy a echarme una siestecita de quince minutos, no dejes que me despierte antes —le pedí a Cristina.

—Te voy a hacer una foto y la voy a subir —bromeó Liam.

—No dejes que haga eso, Cristina.

Cerré los ojos y, tan pronto como lo hice, me sentí mal. Sabía que tenía que estudiar, que era superimportante que me supiera cada palabra del texto antes de comenzar los ensayos, pero mi cuerpo no podía más.

—¡Adriana! —Cristina me despertó.

Parecía que habían pasado solo unos segundos desde que había cerrado los ojos, pero al parecer había estado durmiendo un cuarto de hora. Estaba más cansada que antes.

—Necesito un café bien cargado —dije al tiempo que me levantaba.

—Vamos a la cafetería, yo necesito otro. —Liam se incorporó.

Mientras caminábamos por el pasillo, las miradas de todos, absolutamente todos los estudiantes, se posaron sobre nosotros.

—¿No habrás dejado que este capullo me hiciera una foto mientras dormía y la compartiera por todos los grupos? —bromeé mirando a Cristina.

Pero mi broma dejó de tener gracia cuando entramos en la cafetería. Me encontraba pidiendo un café cuando Martí se acercó a nosotros. En un primer momento, pensé que iba discutir con Liam, pues sabía que no se hablaban desde lo que había sucedido entre ellos, pero la sorpresa fue aún mayor.

—Hola —nos saludó—. Liam, siento ser yo quien te diga esto, pero... es que tienes que... —No encontraba las palabras.

—Martí, ¿qué pasa? Dilo de una vez.

—Hay un vídeo tuyo... —dijo con la voz rota.

—¿Un vídeo mío?

—Sí, está rondando por todos los grupos de la escuela. Tienes que denunciarlo a la policía.

—¿De qué es el vídeo? —pregunté. Me temía lo peor.

—¡Enséñamelo! —exigió Liam.

Martí dudó, luego sacó el móvil y se lo mostró. Dudé si acercarme a la pantalla, pero al ver que Cristina lo hizo, la imité. En cuanto vi el contenido explícito del vídeo, me aparté por respeto.

—Y precisamente suben este, en el que me follan a mí y me dan caña, porque, claro, compartir cualquier otro en el que yo hago de activo igual no es tan humillante, ¿no? —reflexionó Liam manteniendo la calma—. ¡Esto es cosa de tu novia! —Le apuntó con el dedo.

—No acuses sin saber. Y es mi novia —aclaró.

Todos nos quedamos en silencio. La cara de Liam cambió por completo. Pensé que haría algún tipo de comentario al respecto, pero no lo hizo.

—Por supuesto que es cosa de ella. ¡Qué casualidad que pase esto justo después de que tú y ella discutierais! —dijo Liam mirándome.

Tenía todo el sentido. Georgina sabía que había sido Liam quien me había contado lo del casting. Podría haber subido ese vídeo por venganza.

—Aquí tienes, bella. —El camarero me entregó el café que había pedido.

Le di las gracias sin hacerle demasiado caso porque estaba preocupada por lo que acababa de suceder.

—¿Qué vas a hacer? —le pregunté a Liam cuando Martí se alejó.

—De momento, tomarme una cerveza.

Cristina y yo nos miramos preocupadas.

—Hablo en serio, tendrás que denunciarla o hacer algo, ¿no?

—No puedo denunciarla a la policía.

—¿Por qué? —preguntó Cristina.

—Porque el dinero que cobro en OnlyFans no lo declaro y meter a la policía en todo esto...

—Ya... —Le di un sorbo a mi café y pensé en posibles soluciones.

—¿Entonces? ¿Piensas dejarlo estar? —Cristina parecía indignada.

—No me queda otra, ya se les olvidará. Total, todo el mundo folla, ¿no?

—Visto así... Mira el lado positivo, publicidad gratuita. Seguro que ganas nuevos suscriptores, aunque solo sea para cotillear —dije.

—¡Adriana! —me regañó Cristina.

—¿Qué?

Me fulminó con la mirada.

—Adri tiene razón —dijo Liam al tiempo que sacaba el móvil—. Tengo doce nuevos suscriptores —anunció.

—¿Y eso cuánto es en dinero?

—Pues a diez euros cada suscripción, imagínate...

Salimos de la escuela, pues en la cafetería no vendían alcohol, algo que nunca entendí porque todos los alumnos éramos mayores de dieciocho años. Fuimos a la plaza del Pi, que estaba a menos de cinco minutos, nos sentamos en una de las mesas de la terraza y pedimos tres cervezas.

Liam intentó tomarse lo sucedido lo mejor que pudo, pero yo sé que en el fondo le dolía que todo el mundo supiera que tenía una cuenta en esa aplicación y con ese tipo de contenido. Cada vez que alguien nos miraba, él levantaba más la cabeza, pero algo en su interior se hacía pequeñito.

Lo que le habían hecho era imperdonable. Aquel vídeo quedaría para siempre en internet, sería imposible eliminarlo de todas partes. Lo subirían a páginas porno, a webs de contactos, lo tendrían personas en sus móviles... Me agobié solo de pensarlo.

Si aquello había sido cosa de Georgina, había llegado demasiado lejos. Aunque no solo ella tenía la culpa, todos los que habían compartido el vídeo eran culpables y cómplices, de una forma u otra. No entiendo por qué a la gente le provoca tanto morbo la vida de otras personas.

Llegamos a la clase de Acting Camera con tres cervezas en el cuerpo cada uno. Liam se sentó a mi lado.

—Ni una palabra a nadie de lo que pasó entre Martí y yo —me susurró al oído.

—Eso no tienes ni que decírmelo. ¿A qué viene esa advertencia ahora?

—Lo digo por Cristina. No quiero que nadie lo sepa, ni siquiera ella.

—Tranquilo, ella no sabe nada. Por cierto, ¡qué fuerte que Martí y Georgina ya no estén juntos! ¿Tú lo sabías?

—No, no tenía ni idea.

—¿Quién crees que lo ha dejado, ella o él?

—¿Qué más da eso?

—No sé, igual...

—Adriana, ¿por qué no comparte con nosotros eso tan interesante? —me interrumpió Álvaro.

Se hizo el silencio en la clase.

—Igual están hablando del vídeo de Liam. Ha puesto en práctica delante de la cámara todo lo que ha aprendido en esta clase y mucho más —soltó un gilipollas.

—¿Te crees muy gracioso, pedazo de imbécil? ¿O es que tienes envidia porque a ti no te tocan ni con un palo? ¡Das asco! —solté furiosa. No iba a permitir que le hicieran a mi amigo comentarios como aquel solo porque se hubiera filtrado un vídeo en el que salía follando.

—Adriana, salga de la clase ahora mismo —ordenó Álvaro.

—Pero si ha sido...

—No voy a permitir este tipo de conductas en mi clase —interrumpió.

—¿Y sí va a permitir que un idiota como ese se mofe de otro alumno?

—Adriana, por favor, salga ahora mismo del aula. No haga esto más difícil de lo que ya es —dijo tan serio que tuve incluso miedo.

Directita a la calle. Eso me pasaba por ir medio borracha a clase. ¿A qué se había referido con eso de que no lo hiciera más difícil? ¿Estaría hablando de nuestra relación?

«¿Qué relación, estúpida?», me dije. No había ningún tipo de relación entre nosotros.

Me sentí furiosa, impotente. Aquello no se iba a quedar así, estaba muy molesta con Álvaro. ¿Cómo podía ser tan injusto? Fui al baño y contemplé mi reflejo en el espejo. Estaba algo demacrada, así que regresé a la habitación, me maquillé un poco y me arreglé el pelo. Antes de que terminara la clase, regresé y esperé en el pasillo.

La puerta se abrió y los alumnos comenzaron a salir.

—¿Qué haces aquí? —me preguntó Liam cuando me vio.

—Voy a hablar con Álvaro.

—Mejor no, vámonos.

—Sí, tengo...

—No, Adri, ¿qué le vas a decir? Es mejor dejarlo estar. Además, te has pasado un poco.

—¿Me he pasado? ¡Encima! —resoplé exasperada.

—Anda, vamos a la azotea. Tengo algo que nos vendrá bien para relajarnos un poco.

Lo miré extrañada porque no sabía a qué se estaba refiriendo.

Subimos y nos encontramos con que la terraza estaba en obras. Siempre había estado prohibido subir, así que no había ninguna señalización de advertencia adicional, pero todo estaba lleno de plásticos y materiales de construcción. Había unas tablas sobre una parte del suelo, escombros, una escalera sin soporte, caballetes y una mesa de corte.

Liam y yo pasamos sorteando todo aquello con cuidado y nos sentamos al otro lado de la terraza, donde no habían iniciado aún las obras.

Apenas eran las seis de la tarde y el sol ya se estaba poniendo. La ciudad a nuestros pies quedaba bañada por aquel cálido dorado. Al fondo, una amalgama de colores rosados y violáceos permitían distinguir el mar del cielo.

Liam sacó una bolsa de hierba de su mochila y me la enseñó con una sonrisa en el rostro. Me llevé las manos a la cabeza y no pude evitar pensar en la primera y la última vez que había fumado esa mierda. Recordar aquella primera cita que tuve con Álvaro me enterneció.

Liam se hizo un porro, se lo encendió y le dio una calada. El olor trajo de nuevo a mi mente recuerdos de aquella tarde en la que, como la niña inocente que era, pensé que Álvaro se convertiría en el amor de mi vida.

—¿Quieres? —ofreció Liam.

—¿Por qué no? ¡A la mierda! —dije al tiempo que sujetaba el porro con dos dedos como él lo hacía.

Le di una calada y comencé a toser.

—Intenta no toser, que es peor.

—¿Crees que lo hago a propósito? —me quejé.

El sabor me deprimía y me relajaba a partes iguales. Después de un par de caladas, una sensación de desinterés por todo se apoderó de mí.

Liam me dejó el porro y bajó a comprar unas patatas y refrescos. Le esperé semitumbada contemplando aquella maravillosa postal de la ciudad mientras seguía fumando.

Los colores brillaban de una forma sensacional, avanzando uno tras otro y perdiéndose en las profundidades del mar. Un sutil velo de oscuridad caía poco a poco sobre la ciudad.

Escuché el chirrido de la puerta de hierro que daba acceso a la terraza y me sorprendí de que Liam hubiese tardado tan poco. Realmente había perdido la noción del tiempo. Me giré y mi sorpresa fue encontrarme con Álvaro. ¿Me había seguido? ¿Sería una alucinación? Esperaba que sí, porque, de lo contrario, estaba metida en un buen lío.

# 57

## ADRIANA

—No se puede subir aquí y menos ahora con las obras. Es peligroso —dijo al tiempo que se acercaba con cuidado.

—¿Y entonces por qué has subido?

—Necesitaba un poco de aire. ¿Qué haces con eso? —preguntó señalando al porro.

—Es de... —Me callé antes de decir el nombre de Liam. No era necesario meterlo a él también en este problema.

—¿Estás con Oliver?

—No, ya te dije que nunca estuve con él.

—¿Pretendes que me crea que estás sola fumándote un porro aquí?

—¿Acaso ves a alguien más? —Señalé a mi alrededor.

—Nunca me hubiera imaginado que tú ...

—No soy ninguna enganchada —lo interrumpí antes de que terminara la frase—. Solo necesitaba relajarme después de que me echaras de tu clase.

—No era para menos. No le puedes hablar así a un compañero en mitad de la clase.

—Él ha empezado —me quejé.

—Pero no ha insultado. Hay una gran diferencia, Adriana.

—Me da igual, no tienes ni idea de por lo que está pasando Liam.

—No, no tengo ni idea. ¿Por qué está pasando?

—No te lo puedo decir. Es su vida, su intimidad.

En ese momento caí en que Liam podía llegar en cualquier momento. Yo sola podía lidiar con Álvaro, pero si descubría que mi amigo también se había saltado la norma de no acceder a la terraza, se veía en la obligación de delatarnos. Después de que me echara de clase, no me cabía ninguna duda de que era capaz de hacerlo.

Con disimulo, le escribí un mensaje a Liam.

YO

No subas. Acaba de llegar Álvaro, luego te cuento.

No esperé a ver si lo leía o me respondía. Bloqueé el móvil y me quedé embobada como una tonta mirando a Álvaro. Aquella hierba me estaba pegando fuerte.

Este chico era un adonis. No era tanto su belleza, como el morbo que daba todo él. Su atractivo era irresistible. Su sola cercanía me hacía humedecerme. Nunca antes me había pasado algo así.

—No me mires de esa forma, que tampoco te voy a comer.

No sé cómo lo estaría mirando, pero desde luego que me comiera era justo lo que quería que hiciera.

—¿Te lo vas a terminar tú sola?

—¿Quieres? —pregunté un poco confusa.

Asintió y le entregué el porro. Él tomó asiento a mi lado, inhaló y mantuvo el humo en los pulmones. Luego, al fin, lo soltó.

—Entonces ¿fumas a menudo? —curioseó.

—No, en realidad no lo hacía desde... aquella primera vez contigo.

En ese momento, pensé en que había demasiadas cosas que había hecho por primera vez con él.

Nos quedamos en silencio mirando al horizonte, pasándonos el porro hasta que se consumió. Me sentía ligera, despreocupada, feliz. Su presencia en ese momento era extraña y maravillosa a la vez.

Toda nuestra historia me parecía demasiado lejana, pero al mismo tiempo alcanzable, como un tren con las puertas cerradas en la estación a punto de emprender la marcha.

En ese instante, él me miró y, sin saber por qué, comencé a reírme. Su risa se fundió con la mía. No podíamos parar. No había ningún motivo en concreto, era solo que... No sé, me divertía compartir ese momento con él.

Compartir la risa y el silencio con alguien es la sensación más extraordinaria que se puede experimentar.

—Esto es una locura —dije.

—Una locura tremenda. El profesor y la alumna fumando en la azotea de la escuela. Si alguien nos pilla, estamos perdidos.

—Esto es de locos. —Me reí de nuevo.

—Loco, loco, loco... Así me tienes.

La risa se me cortó de golpe. Ya había anochecido y, si alguien subía, no nos vería. Puede que por eso me dejase llevar, por eso y porque me moría de ganas. Todos mis sentidos se habían elevado a otra dimensión, a un tipo de espacio más allá de mi mente y mi cuerpo. Tenía la sensación de que me había convertido en algo más, en algo mágico.

Cerré los ojos y simplemente sentí. Su mano en mi rostro me provocó un cosquilleo que me embriagó. Sentía su aliento con la misma potencia que el vapor que sale de un hervidor de agua cuando este comienza a silbar. Presencié una explosión de colores, como si cientos de mariposas de todas las especies revolotearan por un jardín repleto de flores exóticas. Quise decir algo, pero estaba tan entregada a vivir el momento que preferí no detener aquella experiencia sensorial.

Traté de calmar mis tremendas ganas de estrecharlo entre los brazos y besarlo. No sé cómo él podía tener tanto dominio de sí mismo.

—Dime que aún me deseas, Adriana. ¡Dímelo o vete antes de que me arrepienta de lo que estoy a punto de hacer!

—Nunca he deseado tanto a alguien.

Apoyó su frente en la mía y entonces no pude resistirme ni un segundo más. Las prohibiciones que yo misma me había impuesto, las palabras, la rabia, la decepción...; todo se esfumó. Lo besé, y fue un beso tan emocionante, tan intenso. Sus labios eran una delicia, bailaban sin control al tiempo que sus manos subían por mis caderas. Metió su lengua en mi boca en un gesto cargado de hambre, y yo solo pude seguirlo en aquella deliciosa guerra de lenguas.

Le rodeé el cuello con las manos y deslicé los dedos por su pelo. Mi ritmo cardíaco se disparó.

Me aparté e inspiré hondo. Nuestras miradas se encontraron. En aquel momento comprendí, sin que él tuviera que decirlo en voz alta, que sentía por mí lo mismo que yo por él, y esa es la sensación más placentera que se pueda experimentar. Hay sentimientos que no se pueden describir con palabras, simplemente se sienten sin necesidad de ser exteriorizados.

Álvaro era un hombre lleno de contradicciones, demasiado complejo, y yo no había sabido leerlo entre líneas.

—¿Puedo preguntarte algo? —susurró aún cerca de mis labios.

—Sí, lo que quieras.

—¿Lo querías?

¿Qué? ¿A quién se refería? ¿A Oliver? ¿A qué venía esa pregunta? ¿Acaso estaba celoso?

—¿A Oliver? —pregunté sin apartar la mirada.

Él asintió.

Me encogí de hombros sin entender por qué me lo preguntaba en ese momento.

—¿Qué significa eso? —preguntó.

—Pues que lo quiero... como amigo.

—¿Llegaste a... acostarte con él?

—No, ¿por qué lo preguntas?

—Entonces... ¿yo sigo siento el último?

—Tú eres el único —aclaré.

—¿Recuerdas nuestra primera cita? —preguntó nostálgico.

—Como si fuese ayer.

—Yo tampoco la olvidaré nunca. Creo que deberíamos tener una cita.

Su propuesta me cogió por sorpresa, me hubiese esperado cualquier cosa menos eso.

—Álvaro, pero... tú estás con Carla —me quejé.

—Mi historia con ella es muy compleja.

—No puedo tener una cita contigo si sigues con ella.

—Literalmente, no estoy con Carla. Solo dejamos que los de la prensa crean que estamos juntos, ni lo confirmamos ni lo desmentimos.

—Entonces ¿no te acuestas con ella?

No respondió y su silencio me rompió el corazón, porque confirmaba lo que yo ya sabía.

Me levanté con la intención de irme.

—Es tarde... —dije.

—Adriana, por favor... —Me agarró del brazo—. La única chica en la que pienso eres tú.

—Si eso es cierto, ¿por qué te sigues acostando con Carla? ¿Por qué dejas que la prensa crea que estáis juntos?

—Es complicado de explicar.

—¡Eso dices siempre y ya estoy cansada! ¿Tenéis una relación abierta? Creo que tengo la suficiente capacidad de comprensión para entenderlo si me lo explicas.

Él dudó unos instantes, luego me pidió que me sentara de nuevo y lo hice. Permaneció en silencio durante unos segundos, como si estuviera buscando las palabras adecuadas.

—Es por mi padre. —Agachó la cabeza.

—¿Qué tiene que ver tu padre en todo esto?

—Todo. Hace cuatro años mi madre tuvo cáncer, el tratamiento y la quimioterapia la dejaron bastante debilitada, así que mi padre se encargó de la dirección de la escuela y la llevó a la ruina. Se apropió de grandes cantidades de dinero que no le pertenecían y, cuando se descubrió todo, lo acusaron de malversación de fondos y acabó en prisión. Por suerte, un accionista minoritario decidió comprar parte de las acciones y la escuela comenzó a formar parte de un grupo de empresas. Eso nos salvó del cierre. —Álvaro enmudeció.

En ese momento recordé que Héctor, el bróker que conocí en la fiesta, comentó algo de que la escuela había comenzado a formar parte de un grupo de empresas y que incluso cotizaba en bolsa.

—Mi madre tuvo que hacerse cargo de todo cuando aún no estaba cien por cien recuperada y yo tuve que volver a Barcelona para ayudarla, aunque creo que no estuve a la altura, por eso no quiero decepcionarla esta vez.

—¿Y esto... cuándo sucedió exactamente?

—Al día siguiente de quedar contigo, mi madre me llamó y me contó todo lo que estaba pasando. Cogí el primer tren y me vine a Barcelona. Una vez aquí, ya no tuve cabeza para nada. Me centré en ayudarla, teníamos que mantener las apariencias y que el escándalo no saltara a la prensa para salvaguardar el prestigio de la escuela.

—¿Por eso no regresaste? —pregunté sin rodeos.

Álvaro asintió con la cabeza, luego comenzó a hablar.

—De haberme quedado en Madrid, habría ido cada día a verte como te prometí. Te diría que si hubiese tenido tu teléfono te habría avisado al llegar a Barcelona, pero la realidad es que no sé si habría podido. Fueron meses muy difíciles, pero nunca me he olvidado de esa noche... ni de ti.

Agradecí su sinceridad.

—¿Y tu padre...?

—Sigue en prisión. Nunca he vuelto a hablar con él.

—¿No le diste la oportunidad de escucharlo?

—No, no había nada que escuchar. En el juicio todo quedó bastante claro. Jamás le perdonaré lo que nos hizo a mi madre y a mí.

—¿Y qué tiene que ver todo esto con tu historia con Carla?

—Su padre es juez y ha podido averiguar lo que hizo el mío... A ella le interesa que la prensa crea que estamos juntos porque eso sube su caché y a mí me interesa que la prensa no descubra lo ocurrido porque ahora no solo destruiría el prestigio de la escuela, sino también mi carrera profesional.

—¿Te chantajea y, aun así, eres capaz de acostarte con ella? —dije sin dar crédito.

—Hace bastante que no nos acostamos...

Ambos nos quedamos en silencio mirando al horizonte. Estaba sorprendida con todo lo que me había contado. No supe qué decirle, no tenía fuerzas para seguir con aquella conversación. En el fondo lo entendía.

Comencé a sentirme en babia, debía de ser el efecto de la hierba. Miré las estrellas y por un momento me sentí como una de ellas, perdida en alguna galaxia del espacio.

# 58

## LIAM

Bajé al súper que había en la misma calle a comprar unas patatas, un par de refrescos y agua. Cuando entré en la residencia, me encontré de frente con Martí. No tenía intención de saludarlo, porque él me había estado esquivando desde la noche en que Georgina nos pilló juntos. Desde entonces no había vuelto a hablar con él hasta esa misma mañana, pero entonces, de repente, pronunció mi nombre. El corazón me dio un vuelco. Comencé a tensarme y creo que la vista se me nubló cuando nuestras miradas se encontraron.

—Liam, ¿podemos hablar?

—¿Ahora? —pregunté confuso.

—Sí.

Pensé que Adri podría esperarme unos minutos. Así que accedí.

—Dime.

—Prefiero que hablemos en la habitación.

Dijo «en la habitación», no «en tu habitación». Quizá una parte de él seguía considerándola «nuestra». Acepté y caminé en dirección al cuarto que habíamos compartido hasta hacía poco más de un mes.

Cuando entré, recibí un mensaje de Adri en el que me advertía de que no subiera a la azotea porque acababa de llegar Álvaro. Me pregunté cómo se las habría apañado para lidiar con él en el caso de que la hubiese pillado con el porro.

—Pues tú dirás —dije una vez que Martí cerró la puerta tras de sí. Miraba la habitación como quien mira un baúl repleto de recuerdos.

—¿Cómo estás? —preguntó.

—Bien —dije confuso.

—Me refiero por lo del vídeo.

—Bien —repetí.

—Yo... Bueno, primero, antes que nada, quería pedirte disculpas por haberme ido como me fui. Sé que tú no tenías la culpa de nada y te traté fatal.

—Te fuiste, Martí. Desapareciste de mi vida como si yo no significara nada para ti. ¡Ante todo, éramos amigos, joder!

—Lo sé, estaba muy confundido. Necesitaba tiempo para aclararme...

—¿Y lo has conseguido?

—No, estoy hecho un lío y no sé con quién hablar. —Se sentó en la que había sido su cama; yo tomé asiento en la mía, frente a él.

—¡Quiero ser hetero! —sollozó escondiendo el rostro entre las manos.

Aquella frase me cogió por sorpresa. En ese momento, supe que esa conversación iba a ser más complicada de lo que había imaginado. Que quisiera ser heterosexual solo podía significar una cosa: que no lo era. Lo sabía porque yo también había transitado por esa fase.

—¿Qué ha ocurrido con Georgina? —pregunté para intentar comprender por lo que estaba pasando.

—Los hemos dejado.

—¿Los dos?

—Más o menos. Yo había pensado en dejarla, últimamente no funcionábamos. En Nochevieja tuvimos una discusión y le dije que estaba harto y que no podíamos seguir así, ella se lo tomó al pie de la letra y puso fin a lo que ya estaba acabado. Cuando a los pocos días le dije de volver, me dijo que no, que aquello era lo mejor para ambos y que quería comenzar el año centrada en sí misma, que no tenía tiempo para mis dramas en ese momento.

—¿Y cuáles son tus dramas, si se puede saber?

Permaneció en silencio un largo rato y yo esperé pacientemente. Sabía que el silencio lo obligaría a hablar.

—No quiero callarme más —dijo al fin—, necesito decirle esto a alguien. No paro de pensar en lo que pasó y en que quiero ser hetero, no quiero pensar en lo que hicimos ni en hombres...

Pese a su sufrimiento, no pude evitar sentir cierta alegría. Aquello significaba que, para él, en el fondo, lo que había pasado entre nosotros también había sido especial.

No sabía cómo explicarle que eso es justo lo que hacíamos cuando estábamos en el armario, queríamos ser lo que en realidad no éramos. Era más sencillo seguir un modelo aceptado y bien visto por la sociedad.

Recuerdo que yo solía rezar para dejar de ser gay. Quedaba con otro chico del orfanato y nos masturbábamos juntos mientras mirábamos una revista heterosexual. No nos tocábamos mutuamente, pero el simple hecho de verlo y desearlo me hacía sentir culpable. Por eso, en una pared escondida del patio hacía una marca con tiza después de vernos e iba añadiendo una nueva marca por cada día que resistía sin volver a quedar con él, así, cuando veía todas las marcas que había conseguido hacer, me costaba más tener un encuentro con él, pues ello suponía volver a empezar mi particular cuenta desde cero. Era una lucha interior agotadora. Así que podía imaginarme todo lo que le debía estar pasando por la cabeza a Martí, pero tampoco quería dar por hecho que fuese gay. Quizá solo estaba confundido o igual era bisexual, aunque no creía mucho en la bisexualidad. Tenía que buscar muy bien las palabras que iba a decirle.

—¿En qué piensas exactamente? —pregunté.

—En lo que hicimos.

—¿Te sientes culpable?

—Mucho.

—¿Por qué?

—Porque no quiero sentir nada. Una voz en mi cabeza me dice que lo voy a superar, que pasará, pero... no pasa.

—¿Alguna vez... has sentido atracción hacia otro chico?

Tardó unos segundos en responder.

—No sé... A ver, me he podido fijar en el cuerpo de otro hombre cuando estoy en el gimnasio, pero porque lo quiero tener yo, no porque me guste. Nunca he sentido una conexión emocional con otro hombre hasta que...

—Nos acostamos —terminé la frase por él.

—Pero yo no soy gay, Liam. Todas las señales me dicen que no lo soy.

—¿Crees que, si lo fueras, habría algún problema?

—¿Tú qué crees? —preguntó en tono irónico.

—No sé, dímelo tú.

—Pues claro, todo se complicaría.

También recuerdo haber pasado por esa fase. Cuando uno está en el armario, se imagina que al salir va a suceder lo peor, y el miedo no te deja dar el paso.

—Bueno, tú eres masculino y eso tiene sus beneficios a la hora de ser gay y de salir del armario —dije para darle un toque de humor, aunque era muy cierto.

—Tú también eres masculino y, sin embargo, me has contado que has pasado por cosas muy poco agradables.

En ese momento, deseé no haberle explicado todas las humillaciones que había sufrido, todas las veces que me había tenido que enfrentar a situaciones desagradables solo por ser gay y toparme con personas retrógradas.

—Yo no soy tan masculino como tú. Si te digo la verdad, tengo más pluma de la que crees, solo que a tu lado la escondía porque no quería hacerte sentir incómodo o que te avergonzaras de ir conmigo —confesé, y Martí me miró con los ojos humedecidos—. Todos fingimos en algún momento ser diferentes por miedo a no ser aceptados, pero ¿qué sentido tiene? No tendrás una relación de verdad con tus padres, ni con Georgina, ni con nadie si te muestras como alguien que en realidad no eres No sé si me explico. No digo que seas gay ni bisexual, solo digo que tienes que permitirte descubrirlo sin prejuicios, sin miedo a lo que las personas de tu entorno vayan a pensar de ti. Si esas personas no te aceptan como eres, mejor que desaparezcan de tu vida. No te aportan nada estando cerca, porque no están por ti, sino por la versión falsa que ven de ti.

—Pero la gente habla, Liam. No es tan fácil como salir a la calle y jugar a descubrir quién quiero ser.

—Pues, si hablan, que hablen, lo que digan de ti no define quién eres. Y sí, es tan fácil como dices, de eso se trata. De salir, experimentar y descubrir. Si quieres acostarte con hombres y experimentar, ¿por qué no vas a poder hacerlo?

—Porque la etiqueta me pesará para siempre, ¿y si luego me doy cuenta de que no me gustaba tanto, de que solo estaba confundido?

—¿Qué etiqueta? ¿La de maricón? ¿La de bisexual? —dije con ira—. Eso es lo que sobran, las etiquetas y las personas que las necesitan. Tú puedes considerarte hoy bisexual y mañana si te da la gana y decides que ya no te gustan los chicos puedes volver a ser hetero o lo que te dé la gana ser, no tienes que darle explicaciones a nadie sobre tus gustos o preferencias sexuales, y la gente que te quiera te aceptará así.

—Toda la vida he soñado con tener una relación heterosexual, con tener una novia como Georgina, sensual, elegante, la envidia de todos..., y ahora ese sueño se desmorona, porque, si no es con ella, no podrá ser con otra.

—Ese es el modelo de relación que nos han inculcado y por eso la mayoría de chicos anhelan algo así, pero hay tantos tipos de relaciones como personas. Tú tendrás que descubrir cuál es la que realmente te hace feliz, porque está claro que con Georgina no lo eras. Y tú lo sabes.

—Es que yo también sé que ninguna relación me va a hacer feliz porque no encontraré el tipo de relación sana que tenía con ella.

—Martí, tú no sabes lo que es estar en una relación sana, porque no has tenido una relación con nadie siendo tú. Has sido el tío que se suponía que tenía que ser. No quiero que te enfades conmigo por decirte esto, pero soy tu amigo y te quiero. Ahora mismo da igual si Georgina te ha dejado, si piensas en lo que pasó entre nosotros, si crees que eres gay o bisexual, porque ahora mismo lo único importante eres tú y descubrir quién eres en realidad. Eso te va a llevar tiempo y terapia.

Martí rompió a llorar.

—Yo voy a estar aquí. Ante todo, somos amigos —dije acercándome a él.

Deseé que pudiéramos ser algo más, pero sabía que eso no sería posible. En el caso de que descubriese que le gustaban los chicos, no podría tener una relación con él, por más que quisiera, debía dejarle descubrir su sexualidad.

Pobre Martí, se hallaba inmerso en un serio dilema existencial y yo no podía hacer nada para ayudarlo, salvo decirle algo que a todos nos viene bien escuchar cuando estamos pasando por un mal momento:

—Todo saldrá bien, Martí.

# 59

## ÁLVARO

Cuando llegué a mi nuevo apartamento, me tiré en el sofá y suspiré. Pensé en... todo. La primera vez que la vi en aquel cine, la primera cita que tuvimos, nuestro primer beso, la noche que se entregó a mí, la noche que acabábamos de pasar... Pensé en cómo sería mi vida con ella si yo no fuera quien era, si tuviera las cosas más claras, si fuese alguien mejor... No sé en qué momento había comenzado a imaginar un futuro a su lado. Solo sé que, en ese futuro, a veces veía sufrimiento y no quería joderla. No me perdonaría hacerle daño como había sucedido con todas las mujeres con las que había estado. Adriana era diferente, se merecía a alguien que la hiciera feliz y yo quería ser ese alguien, pero dudaba si estaría a la altura.

Al menos había tenido el valor de contarle mi historia, algo que jamás le había podido contar a nadie. Resulta liberador cuando te atreves a explicar tus más temidos secretos a alguien en quien confías, sobre todo, cuando esa persona no te juzga.

Adriana y yo habíamos quedado en vernos ese fin de semana. «Una cita», dijimos. Esas mismas palabras me hubiesen sonado tan ridículas en otro momento y, sin embargo, con ella me parecían algo mágico, tierno.

Decirle a Carla que aquel paripé se había terminado la enfurecería muchísimo y sabía que tendría consecuencias. Tenía que encontrar la manera de que se cansara de mí, pero de una u otra forma acababa de decidir que aquello se había terminado. Me había aburrido de follármela, no sentía nada cuando estaba con ella. Follar por follar había dejado de satisfacerme. Era como si simplemente me hubiese acostumbrado al sexo vacío. Era algo así como acostumbrarse a estar perdido en la oscuridad y de pronto ver la luz al final del túnel. Esa luz era Adriana y era alcanzable, solo tenía que ir hasta ella, dejarme llevar.

Desde que la vi en la escuela por primera vez, había intentado hacer como si entre nosotros nunca hubiese pasado nada, pero ella se presentaba en clase cada día más radiante y yo cada vez estaba más perdido. Mis ganas de volver a sentirla y estar dentro de ella me estaban matando. Me había cansado de luchar a contracorriente. Nunca antes había sentido algo tan fuerte por una mujer. ¿Sería eso el amor? ¿Actuar de forma inestable como si volviese a tener dieciséis años? ¿Sentir un cosquilleo cada vez que la veía? ¿Desearla a todas horas? ¿Querer saber todo de ella? Estaba demasiado confundido como para encontrar la respuesta.

Perdido en lo que sentía por ella, me quedé dormido en el sofá.

# 60

## ADRIANA

—Adriana, despierta, vas a llegar tarde a clase —dijo Cristina.

Abrí un ojo y, cuando la vi completamente vestida y poniéndose la cazadora para salir, di un salto de la cama.

—¡Son casi las nueve! —anunció.

—Pero ¿por qué no me has despertado antes? —me quejé.

—Llevo llamándote desde que me he despertado y cada vez que lo he hecho me has dicho lo mismo: «Cinco minutos más y voy».

—¿En serio te he dicho eso?

—Sí.

Intenté recordarlo mientras me vestía. Dios, estaba muerta del cansancio. No sabía si el hecho de haber fumado marihuana la noche anterior tenía algo que ver o solo era el cansancio acumulado en el cuerpo. Últimamente, no podía con mi vida. Entre las clases, la preparación para la obra y los nervios apenas podía descansar bien.

Los siguientes días pasaron más o menos rápido. Durante toda la semana, me fue complicado ver a Álvaro fuera de clase. Desde que no vivía en la residencia, ya no nos cruzábamos por los pasillos y echaba de menos aquellos encuentros.

El sábado, tal y como habíamos hablado, tuvimos nuestra primera cita formal en Barcelona.

Habíamos quedado a las nueve en punto en la puerta de la escuela. A eso de las siete y media, cuando terminé de ducharme, me puse la última canción de Rauw Alejandro en los auriculares y le subí el volumen a tope mientras me maquillaba y peinaba.

Me puse un vestido lencero de satén y largo *midi* de tirantes finos en color burdeos que Cristina me había dejado. No estaba segura de haber acertado con la elección, pues la falda del vestido tenía una abertura lateral descaradamente provocadora. La zona del escote me encantaba: era fluida y se iba ajustando conforme se acercaba a la cintura.

Cuando salí, Álvaro ya estaba en la puerta esperándome. Me extrañó verlo hablar con la señora que siempre estaba ahí. Levantó la vista hacia mí y me miró de arriba abajo. Tras ello, sonrío. Me gustaba verlo sonreír así.

Me percaté de que la mujer estaba llorando y le pregunté qué le pasaba.

—Le han robado los cartones y las mantas que tenía —respondió Álvaro.

—Yo puedo traerle una manta.

Ella me miró y asintió.

—Le estoy diciendo que hay varios centros de acogida para personas sin hogar, que le puedo pagar un taxi.

—¡No, no, no quiero! —se alteró la señora, que no debía de estar muy bien de la cabeza.

—Álvaro, si no quiere, déjala que se quede aquí —dije mientras entraba de nuevo en la escuela a buscar una manta.

—Pero es que así no la estamos ayudando, solo estamos contribuyendo a su situación —me susurró cuando se acercó a mí.

—¿Es eso o es que quieres aprovechar para que se vaya de aquí porque perjudica la imagen de la escuela?

—Adriana, por favor, pero ¿por quién me tomas? ¿A qué viene ese comentario? —Me miró dolido.

—Lo siento, perdóname, estoy nerviosa y...

—¡No soy ese tipo de persona! —declaró molesto.

Entré en la escuela y fui directa a mi habitación. Quité una manta de mi cama que luego me tocaría pagar, cogí una botella de agua sin abrir y una bolsa de patatas, que era lo único que tenía en la habitación para comer. Fui con cuidado para que el vigilante no me viese salir con la manta y se la entregué a la señora. Ella me miró emocionada y me dio las gracias.

Álvaro y yo caminamos en silencio por la estrecha calle Salomó Ben Adret. Solo nuestros pasos y la tensión que se había instalado entre nosotros quebraban aquella quietud.

No sé en qué demonios estaba pensando para soltarle esa frase. Después de la decepción que me había llevado con Georgina, parecía que me costaba confiar en las personas.

Decenas de bombillas colgaban de un cable que recorría toda la calle en zigzag. Había llovido y la amarillenta luz resplandecía en los charcos del suelo.

—Siento mucho lo que he dicho, no sé por qué lo he hecho...

—Porque lo piensas.

—No, no lo pienso.

—Sí, y es normal, apenas nos conocemos. Tú misma lo dijiste. ¡Esto es una locura!

La incomodidad era notable. Había arruinado nuestra cita.

—¿El qué es una locura exactamente, Álvaro? Porque, si quieres, podemos dejarlo y regresar.

Nos detuvimos un instante al llegar a la empedrada plaza de Sant Felip Neri, completamente desértica en ese momento. Los árboles estaban atados entre sí con cables de los que también colgaban bombillas. Solo se oía el agua de la fuente que presidía la plaza y los ladridos de un perro en la lejanía.

—Lo que siento por ti. Eso es una locura. Casi ni nos conocemos, y yo no puedo sacarte de mi cabeza, Adriana. A veces pienso que voy a volverme loco.

De pronto me quedé sin palabras. No me esperaba para nada una confesión así. Nos quedamos allí el uno frente al otro, envueltos por la belleza de aquel lugar.

—Álvaro, yo... —Cerré los labios con fuerza y me mordí la lengua para evitar que las palabras salieran de mi boca.

—Dilo, por favor. Necesito que lo digas.

—Creo que me he enamorado de ti. —Me giré porque las lágrimas afloraron y me avergoncé. Miré a la Virgen incrustada en la fachada de la iglesia de estilo barroco al tiempo que trataba de secarme las lágrimas con cuidado de no estropearme el maquillaje—. Lo siento.

—No tienes que disculparte.

No entendía qué me pasaba. ¿Por qué de pronto rompía a llorar como una niña pequeña?

—Mírame —ordenó girándome hacia él.

Nuestras miradas se fundieron.

—Yo... no sé ponerle nombre a esto tan fuerte que siento. Solo sé que no puedo pensar en otra cosa durante todo el día que no seas tú.

Sentí un latigazo en el pecho y un calor me recorrió todo el cuerpo.

—Eres tan hermosa... —dijo antes de besarme.

Sus manos se aferraron a mi cintura. Me besó sin prisas, pero con pasión.

Me separé un poco y lo miré.

—¿A dónde tenías pensado llevarme esta noche? —pregunté.

—Quería dar un paseo por el centro, enseñarte esta plaza y llevarte a cenar a un restaurante que me encanta.

—¿Y para el postre habías pensado algo? —pregunté pícara.

—Sí.

—¿El qué?

—Enseñarte mi nuevo apartamento.

—Pues pasemos directamente al postre. —Sonreí y él me besó de nuevo.

Caminamos agarrados de la mano. Me moría de ganas de estar de nuevo entre sus brazos.

# 61

## ADRIANA

El apartamento de Álvaro no estaba muy lejos de la escuela. Era un pequeño ático con mucho encanto. La pared del acogedor salón era de ladrillo visto, había un mueble y una mesa de madera antigua, lámparas de diseño, algunos cuadros de arte abstracto, un par de discos de vinilo colgados de una de las paredes y una estantería blanca repleta de libros. Me acerqué y vi que tenía la colección completa de clásicos de la literatura de Penguin.

—Ahora sí que vas a ser mía —dijo atrayéndome hacía sí.

—No me gusta cómo suena eso —confesé con una ligera sonrisa—. Yo no soy de nadie, me gustaría ser solo mía.

—Bueno, pero eso no impide que puedas compartirte un poquito conmigo, ¿no?

—Un poquito solo. —Me reí y lo besé en los labios.

—¿Quieres que prepare algo de cenar? —preguntó cuando nos separamos.

—¿Sabes cocinar y todo? —dije sorprendida.

—Pues claro, aunque no tengo gran cosa. Pensaba ir el lunes a hacer la compra.

Me acerqué a la estantería para cotillear que leía Álvaro.

—Veo que eres de clásicos.

—Sí.

—¿Te los has leído todos?

—Los de la parte de abajo no. Blanco, ¿verdad? —preguntó mostrándome una botella de vino blanco en una mano y una de tinto en la otra.

—Sí. —Sonreí porque me gustó que se acordara de mis preferencias.

Miré los títulos que había en esa balda y encontré *Rayuela*.

—No me puedo creer que no lo hayas leído —exclamé mostrándole la edición conmemorativa de *Rayuela* publicada por Alfaguara.

—Será mi próxima lectura. —Me guiñó un ojo.

—¿Sí?

—Es que siempre me han dicho que es un libro para leer enamorado.

Se me encogió el corazón.

—¿Te gusta el hummus? —preguntó tras abrir la nevera sin ser consciente de la cosa tan bonita que acababa de decir.

—Sí. —Sonreí.

—¿De qué te ríes?

—De nada.

Me reía porque estaba feliz, muy feliz. Por supuesto que tenía miedo, porque me preguntaba si yo sería suficiente para él, si no se aburriría de mí en algún momento, pero así era el amor, irracional. Solo con sentirlo te hacía feliz sin saber muy bien por qué. Cuando no hay expectativas, la mente y el corazón encuentran el camino de la felicidad unidos.

—¿Te parece bien cenar el hummus con unos picos, un poco de

queso curado y estas hamburguesas de pollo? —preguntó mostrándomelas.

—Me parece perfecto, aunque no tengo mucha hambre. —Devolví el libro a su sitio y me fijé en unos posavasos que tenía en la estantería como elemento decorativo.

Una viva imagen de aquella noche cruzó mi mente.

Eran los posavasos que el camarero puso bajo nuestros botellines la noche que fuimos a aquel rocambolesco teatro en Madrid, en ellos estaba impresa la imagen del cartel de una antigua y conocida obra.

—Había olvidado que te los llevaste. No me puedo creer que aún los conserves.

—Sí, los he guardado.

—Pues sí que te gustaron —bromeé al tiempo que los dejaba en su sitio.

—Mucho.

—¿Puedo saber por qué?

—Porque, aunque estuvieras lejos y aunque pasara el tiempo, esos posavasos me recordaban que estuviste en mi vida y que no habías sido un sueño.

Me quedé paralizada. Álvaro era tan impredecible. Soltaba esas frases con una naturalidad y una espontaneidad sorprendente, como si no fuese consciente de lo que provocaba en mí.

Él seguía trasteando en la cocina, ajeno al revuelo que había provocado en mi pecho. Hay frases y acciones que te remueven por dentro, que te dejan pensando en todo y en nada a la vez. Que aún conservara esos posavasos era una de ellas.

Quise creer que dos personas destinadas a estar juntas, por mucho que se equivocaran, por mucho que se empeñaran en permanecer separadas, al final siempre coincidían en algún punto. ¿Sería aquel nuestro punto de encuentro, ese en el que ya no nos volveríamos a separarnos jamás?

—¿Te ayudo con algo? —pregunté mientras me dirigía a la cocina.

—No, si esto se hace en un momento. —Me entregó una copa de vino y brindamos antes de beber.

—¿Cuál es tu comida favorita? —pregunté.

—La paella.

—¿En serio?

—Sí.

—A mí no me gusta nada.

—¿Cuál es la tuya? —Puso la sartén en el fuego.

—Los postres son mi debilidad. Y las croquetas caseras.

—¿Qué aficiones tienes? —preguntó.

Me resultó tan extraño haberme enamorado de él sin saber esas cosas... Supongo que el amor va más allá de compartir gustos, aficiones y opiniones. El amor es química, conexión e imperfección.

—Leer, ver cine y estudiar inglés. ¿Y tú?

—Ver cine, montar en bicicleta, leer y jugar al pádel.

Los estereotipos, la compatibilidad que otorgaban los horóscopos o los test de las revistas adolescentes eran puro cuento. Había que confiar en la intuición, en ese estallido repentino de lucidez, en ese don que nos brinda la vida y nos ilumina sin esperarlo.

Me paseé por su salón intentando descubrir más cosas de él. Miré de cerca los vinilos. Eran de Bach y Chopin.

—¿Te gusta la música clásica?

—Me gustaba, ahora ya me aburre un poco.

—Yo nunca he sido fan de la música clásica.

—¿Eres más de reguetón? —preguntó con burla.

—Si te digo que no, miento; pero odio que me guste, la verdad —confesé.

—¿Y eso por qué?

—En general, es un género bastante machista y vulgar.

—Pensé que a las chicas les encantaba.

—Eso es porque no escuchan la letra.

—Yo las he visto incluso cantarla. —Rio.

—Pues saca tus propias conclusiones. —Le dediqué una sonrisa.

Álvaro dejó los platos sobre la mesa. No sé a dónde tenía pensado llevarme a cenar, pero sin duda aquella cena improvisada en su apartamento preparada por él era mejor que cualquier restaurante caro de la ciudad.

Durante la cena hablamos de cine. ¡Qué raro!

—En sus planos todo está calculado y cuidado al detalle, todo tiene que ser perfecto. —Álvaro hablaba de Wes Anderson.

—De él solo he visto *Gran Hotel Budapest*.

—¿No has visto *Fantástico Sr. Fox*?

Negué con la cabeza.

—Es un proyecto íntegramente animado con la técnica del *stop motion*, bastante en desuso, lo que pone de manifiesto el rasgo romántico de Wes de capturar la magia perdida de un cine pasado.

—Podríamos verla juntos —sugerí.

—También podríamos ver juntos la nueva, que se estrenó hace poco y no he tenido ocasión de verla.

—¿Cuál es la nueva?

—*La crónica francesa*, sale Timothée Chalamet, que se ha puesto tan de moda después de su debut en *Llámame por tu nombre*. Por lo que he leído, en esta película, el director ha querido darles la razón a sus críticos y ha creado un filme fácilmente reconocible.

—¿A qué te refieres?

—Pues que su cine es muy personal. Su universo humanista es realmente bello, en él los personajes se dejan llevar por un principio de rectitud. En sus películas hay que fijarse en las cosas pequeñas, porque es en ellas donde se encuentra la grandeza de su universo.

—¿Nunca te has planteado ser director de cine?

—Muchas veces —confesó.

—Es que se nota que te apasiona, y sabes muchísimo.

—He crecido viendo cine, mi madre es una cinéfila. Siempre soñó con dirigir una película, pero se tuvo que conformar con dirigir una escuela de actores. La suya no era una época para ser directora.

—Bueno, la nuestra tampoco es que sea diferente, ¿acaso conoces a muchas mujeres que sean directoras de cine?

—Está Isabel Coixet.

—Ni idea, ¿qué películas ha hecho?

—*Mi vida sin mí* o *La vida secreta de las palabras*, ¿las has visto?

—No —confesé un poco avergonzada por no saber tanto de cine como él.

—Y también está también esa otra directora... Ahora no recuerdo su nombre... La que hizo la peli de *Lost in translation*, en la que salen Bill Murray y Scarlett Johansson.

—Ah, sí, es cierto, Sofía Coppola.

—Eso, veo que tú no te quedas atrás.

Me reí al escucharlo decir aquello, y él también se rio.

—¿Y no tienes ningún nuevo proyecto a la vista? —curioseé.

—La verdad es que no.

—¿Y eso? Me imaginaba que te lloverían las ofertas.

—Y así es, pero todo lo que me llega es del mismo género.

—¿Y qué tiene de malo la comedia romántica?

—Nada, es solo que no quiero encasillarme.

Terminamos de cenar y me levanté para ayudarlo a recoger la mesa, pero él insistió en que me quedara sentada, que yo era la invitada.

—Ya sé que tu debilidad son los postres, siento no tener ninguno para ofrecerte —dijo desde la cocina—. Podemos pedir algo por Glovo si quieres.

—Seguro que algo tienes para ofrecerme. —Sonreí pícara y él no tardó en pillar la indirecta.

—Así que me quieres a mí de postre... —dijo con voz seductora al tiempo que se acercaba a mí y me hacía levantarme del sofá.

Hacía tiempo que yo también pensaba en la idea de volver a perderme entre sus brazos, así que no veía ningún motivo para no hacerlo en ese momento. Sin embargo, me puse nerviosa y de pronto tuve miedo.

Me agarró de la cintura con fuerza y pegó mi cuerpo al suyo. Sentir su corpulenta figura me hacía imaginar cosas muy calientes.

—Eres tan guapo —pensé en voz alta y, tan pronto como escuché mis propias palabras, me avergoncé.

—Tú eres mucho más guapa y sexi. Si no dejas de humedecerte el labio, voy a perder el control. —Su mirada parecía hambrienta.

—¡Piérdelo! —Aquello sonó más a súplica que a orden.

—¿Qué has dicho?

Sonreí, de pronto me dio vergüenza repetirlo.

—Voy a follarte como un loco.

Las piernas se me aflojaron, iba a perder el conocimiento. Tal vez era el vino lo que hacía que sintiera ese calor que recorría todo mi cuerpo o tal vez era el hecho de que comenzaba a notar su erección a través de la ropa.

—¿Quieres? —me preguntó con voz jadeante mientras sus manos se aferraban a mis nalgas con fuerza.

No respondí porque quería hacerlo sufrir un poco más. Entonces comenzó a dejar un rastro de besos por mi cuello y fue descendiendo hasta mi hombro. El contacto de sus labios calientes con mi piel me hizo perder el control e introduje la mano por debajo de su camiseta. Recorrí con los dedos sus abdominales perfectamente marcados.

—Dime qué quieres, Adriana. Quiero escucharlo —susurró en mi oído.

—Te quiero dentro de mí.

Sin darme lugar a decir nada más, me cogió en brazos y me dejó caer sobre la cama. El aroma que emanaba de él me estimuló, olía a chocolate, a madera, a tierra de campo. Olía a felicidad.

Impaciente, comencé a besar todo su cuerpo hasta llegar a su pubis. Mi boca, golosa, quiso lamer su sexo, que palpitaba ansioso debajo del pantalón, pero él me cogió la cabeza y la guio hasta sus labios. Me abrazó y, arropada entre sus brazos, supe que quería descubrir qué me depararía el destino junto a él.

Me quitó la camiseta, me desabrochó el sujetador con demasiada facilidad y comenzó a acariciarme los pechos. Sus manos quemaban.

No me cansaba de mirarlo, su belleza era adictiva.

En ese momento, alguien llamó a la puerta del apartamento. Vi el desconcierto en su mirada. Volvieron a llamar y entonces se incorporó, cogió su camiseta del suelo y se la puso.

—¿Quién es? —preguntó mientras se acercaba a la puerta.

—Soy yo, cariño —escuché decir a una voz femenina, pero no tuve tiempo de reaccionar porque Álvaro llegó a la habitación como loco.

—Vístete y escóndete en el armario —me pidió al tiempo que me entregaba mi ropa.

—¿Perdón? —pregunté incrédula—. ¿Esperabas a otra?

—Ahora no es el momento, Adriana. Tienes que esconderte. —Abrió el armario de puertas correderas para que entrase dentro—. ¡Ya voy! —vociferó.

Hice lo que me pidió totalmente descolocada, como quien sigue instrucciones en una emergencia que te coge por sorpresa. No podía creer que tuviera la poca vergüenza de pedirme que me escondiera en el armario como si fuese una cualquiera. Esto sí que no se lo iba a perdonar.

Perdida entre sus prendas y embriagada por su olor, escuché a la chica entrar. Aunque su voz me resultó familiar, al principio no la reconocí.

Esto no iba a quedarse así. Álvaro había sobrepasado el límite de mentiras y había engañado a la persona equivocada.

# 62

## GEORGINA

Me sentía tentada con ese mundo en el que había estado sumergida las últimas semanas. Tenía la necesidad de volver, quizá me había empezado a acostumbrar a tener mi propia independencia económica. Aunque mi padre me había dicho que se encargaría de todo y pagaría las cuotas de la residencia, yo quería regresar a La Mansión. Puede que en el fondo solo quisiera verlo a él. Desde que nos habíamos conocido, nuestra relación había sido prácticamente nula e inexistente, sin embargo, no podía quitármelo de la cabeza. Desde el primer día, había pensado mucho en él, quizá demasiado. Las últimas páginas de mi diario estaban llenas de él.

Llamé a David y le dije que esa noche iría a bailar como cada sábado. Se sorprendió porque, como había imaginado, mi padre había hablado con él y le había dicho que ya no volvería. Pero no dijo nada; estaba claro que le acababa de salvar la noche. No había encontrado aún una sustituta para mí, de ser así no me habría dejado volver.

El taxi me dejó en el callejón que daba a la entrada trasera de La Mansión. No sé por qué esperaba encontrarme a Frank fumando, pero no fue así. Sin embargo, no tardé demasiado en verlo. Fue entrar en el camerino y cruzármelo de frente.

—¿Qué haces aquí? Pensé que... no volverías.

Parecía sorprendido.

—Pues ya ves que sí. No tendrás esa suerte de perderme de vista —dije al tiempo que pasaba por delante de él.

A través del espejo, pude ver que sus labios esbozaban una sonrisa. Era la primera vez que lo veía sonreír y, para qué voy a mentir, aquel gesto no hizo más que corroborar lo que ya pensaba de él: era una peligrosa tentación. Era un guaperas con aires de macarrilla y con un don innato para volver loca a cualquier chica con solo una mirada.

Frank desapareció y yo saqué mis cosas y comencé a prepararme para salir a escena. Esa noche le había pedido a David que me dejara usar el micro por primera vez, iba a cantar una canción muy sensual.

Cuando Jasmine entró en el camerino, también se sorprendió de verme. Tanta fue la emoción que me dio un abrazo al que le correspondí algo incómoda, aunque me pareció un gesto muy tierno por su parte.

Las muestras de afecto no me agradaban demasiado. En mi familia, si podía llamarse así a la relación que había tenido con mis padres, nunca mostrábamos nuestros sentimientos. No nos saludábamos ni nos despedíamos con besos y abrazos, tampoco había escuchado jamás a mi padre o a mi madre decirse «Te quiero». Teníamos un trato frío y distante, aunque la relación con mi madre había mejorado desde su intento de suicidio, y, pese a que ella se había ido a vivir a Banyoles con mi abuela, sentía que estábamos más cerca de lo que nunca habíamos estado.

Jasmine y yo charlamos mientras nos maquillamos y luego me ayudó a colocarme uno de los *outfits* más extravagantes que había llevado puesto hasta el momento. Quizá fuera el que más piel mostraba, pero esa noche quería brillar. Le pedí si podía hacer yo el primer pase, y ella aceptó.

Salí al escenario decidida, segura de mí misma. Aquello se había convertido en algo rutinario. El local aún no estaba a pleno rendimiento. La sala estaba más oscura que de costumbre, aunque con la habitual iluminación tenue que le daba un ambiente íntimo y misterioso.

Las primeras notas musicales comenzaron a sonar. Un foco me acompañó mientras caminaba hasta el micro. Moví con sensualidad los flecos de mi traje y busqué la mirada de Frank al final de la sala. Cuando nuestros ojos se encontraron, comencé a cantar para él.

No sé cuánto tiempo llevaba inmersa en aquella cautivadora melodía. Mis notas vocales envolvían toda la sala como un fino velo que embelesaba al público, cuando de pronto se escuchó el sonido de lo que parecía un disparo y me asusté. Traté de mantener la calma, pero cuando vi a Frank desenfundar su arma, entré en pánico y grité. Un grupo de encapuchados irrumpió en el local disparando al techo. Todos los presentes se tiraron al suelo y se refugiaron detrás de las mesas volcadas y de las columnas. Yo, en cambio, me había quedado petrificada en el escenario. De pie, expuesta, contemplando la escena como si se tratara de una obra de teatro.

Uno de los encapuchados miró hacia mí y Frank no se lo pensó dos veces, le disparó sin miramientos. Aquello lo complicó todo. Los encapuchados comenzaron a disparar a sangre fría. Los otros dos seguratas del local hicieron lo mismo y de desencadenó una batalla campal.

Reaccioné y salté del escenario para refugiarme detrás de uno de los sofás del reservado. Algunos de los hombres que hacía unos instantes contemplaban plácidamente mi actuación lloraban entonces de miedo; otros simplemente esperaban aturdidos a que llegara el final de aquella pesadilla.

Vi que Frank vino hacia mí gritando algo, pero no lo entendí. Uno de los encapuchados apareció de la nada y le arremetió con una de las sillas. El golpe hizo que la pistola de Frank cayera al suelo y acabaron librando una violenta pelea a puñetazos.

Frank tropezó y cayó al suelo, y el encapuchado aprovechó para tomar ventaja. Pensé que iba a matarlo y me vi obligada a reaccionar. Con valor, agarré la botella de champán que había en una de las cubiteras del reservado y le di con ella en toda la cabeza. Un chorro de espuma sanguinolenta lo inundó todo. El tipo cayó de lado. Se tocó la cabeza y, tambaleándose, se incorporó de nuevo. No sé si fue el golpe o la decisión que vio en mi mirada mientras sujetaba la botella partida, pero al final cayó al suelo inconsciente.

Frank, que había recuperado el arma, apareció a mi lado.

—¿Estás bien? —preguntó al tiempo que escupía un chorro de sangre.

No respondí. Estaba demasiado aturdida. El impacto de una bala sonó a nuestro lado. Frank me agarró y me tiró al suelo.

—¡Ahí no! —me dijo al ver que me arrastraba para refugiarme de nuevo detrás del sofá.

—¿Por qué?

—Las balas atraviesan ese tejido. Por eso he venido.

—El salvador —dije con ironía.

—Hasta en estas sigues siendo tú. —Sonrió.

Detrás de la barra, David y otro tipo se pelaban por hacerse con la pistola que estaba sobre la encimera. Nadie se atrevía a salir de sus refugios, pues teníamos miedo a resultar heridos.

Frank me agarró las piernas y tiró de ellas hacia sí. Una bala impactó en el suelo justo donde había tenido las piernas un instante antes. Me puse a temblar solo de pensar que podía morir.

Lo miré asustada. Allí, detrás de aquella columna, junto a él, sentí que el mundo se desvanecía. Pensé que aquel podría ser el último de mis días.

—Tengo que sacarte de aquí, esto se está poniendo muy feo —dijo Frank al tiempo que apuntaba a la enorme lámpara de cristal que había en mitad de la sala.

—Pero ¿qué está pasando? ¿Quiénes son esos tipos?

Frank apretó el gatillo y la lámpara se desplomó sobre dos de los encapuchados que se acercaban a nosotros.

—¡Ahora! ¡Vamos! —Frank me agarró de la mano y tiró de mí.

Nos refugiamos detrás de otra de las columnas que había próximas a la puerta que daba al pasillo de acceso al camerino y a la salida trasera.

Una bala arrancó de cuajo parte del decorado del escenario y solté un grito. Me sentí tan indefensa al ver que mi integridad física corría serio peligro, que de los nervios tuve ganas de llorar, pero luché por controlar mis emociones. Nunca había llorado delante de nadie. Nunca me había sentido tan vulnerable como en aquel momento.

—Ey... —Frank me limpió una lágrima rebelde con su pulgar—. Todo va a salir bien, te lo prometo.

Toda mi vida desfiló ante mí en ese instante. Pensé en lo triste que sería mi final, en todas las cosas que no había hecho aún y en lo poco que significaban aquellas a las que tanto valor le había dado hasta ese momento.

—Gracias —dije en un susurro con la voz rota.

—Dámelas cuando salgamos de esta. —Sonrió.

—No, quiero decir que gracias por haber estado ahí desde el principio, pese a lo altanera que soy. Me he portado como una niña pija e insoportable.

—Lo que eres. Escúchame bien, Georgina. Cuando comience a disparar, ve lo más rápido que puedas hacia esa puerta, sal por el callejón y echa a correr sin mirar atrás.

—¿Y tú qué vas a hacer?

—Tengo que quedarme aquí.

—Déjame que me quede contigo.

—¿Te has vuelto loca? Tienes que ponerte a salvo.

—¿Por qué todos mis encuentros contigo son tan intensos?

Mis ojos se desviaron hacia su boca. Nunca antes lo había contemplado desde tan cerca. Sus labios eran gorditos y estaban algo agrietados, tenían una forma bonita y sensual. Se los humedeció con la punta de la lengua y se acercó despacio. Me fijé en que en el labio de abajo, en la parte central, tenía un pequeño lunar que le daba un toque muy sexi.

Mi capacidad de habla quedó mermada tras sentir su respiración demasiado cerca. Lo miré a los ojos, había un brillo especial en ellos. Supe lo que estaba a punto de suceder y solo pude esperar inmóvil y dejarme llevar. Pero en aquel momento en el que el mundo parecía acabarse, los segundos se hacían eternos como horas y no pude seguir esperando. De mis entrañas salió un impulso incontrolable que me llevó a abalanzarme sobre él. Atrapé sus labios, él succionó los míos. Percibí el sabor amargo de la cerveza mezclado con la sangre, su calor, su erotismo... De pronto, una tensa calma se instaló a nuestro alrededor.

Dicen que cuando besas a la persona que amas, una corriente eléctrica te recorre el cuerpo. Un estallido incontenible tiene lugar en tu pecho, las emociones te desbordan y el mundo se desvanece, salta en pedazos y se convierte en una constelación. Siempre me pareció pura palabrería literaria, un bodrio sacado de alguna novela romántica. Sin embargo, en ese instante, sin estar yo enamorada ni nada parecido, había sentido algo incluso más extraordinario, algo que iba más allá de lo sobrenatural, algo que jamás podría explicar con palabras.

En ese momento, una bala reventó el botellero de cristal y todas las botellas cayeron al suelo provocando un estruendo infernal.

—¡Corre, Georgina!

Mi nombre en sus labios fue lo último que escuché antes de que se desatara el caos.

Mientras corría hacia la puerta, no podía dejar de pensar en lo que acababa de sentir. Pese a haber estado más cerca de la muerte que nunca, jamás había estado tan viva como ese ese momento.

# 63

## ÁLVARO

—¿Qué haces aquí? —pregunté extrañado.

Entró sin necesidad de que la invitara a pasar.

—Te he llamado veinte veces al móvil. ¿Se puede saber qué estabas haciendo?

—Perdón, lo tenía en silencio y no lo he visto.

—¿Estabas con alguien? —preguntó al tiempo que inspeccionaba el apartamento.

—No. ¿A qué has venido, mamá?

—A ver si necesitabas algo.

—No necesito nada, estoy bien. Además, eso podrías habérmelo preguntado por un mensaje.

—Sí, pero pasaba por aquí y quería visitarte. ¿No puedo visitar a mi hijo o es que tengo que pedir cita para poder venir a verte?

—No empieces...

—¿Qué estás comiendo? —Se fue directa a la nevera—. Pero si no tienes nada. ¿Esto es lo que comes? —Sacó una cazuela con macarrones con moho que había guardado la semana anterior y que no había tenido tiempo de tirar—. ¿O esto? —Señaló con asco el medio limón seco que había en una de las baldas.

—Tengo veintisiete años, sé cuidarme solo —me quejé, porque me estaba tratando como un niño pequeño y lo peor era que Adriana lo estaba escuchando.

—Como si tuvieras quince. Esto no es una nevera de una persona que sabe cuidar de sí misma.

—Llevo muchos años viviendo solo y aquí sigo.

—¿Sigues tomando esta mierda? —dijo señalando el bote de las proteínas, los aminoácidos y la creatina que tomaba para entrenar.

Resoplé.

—Esto te destroza el hígado y deteriora el esperma, hijo, y yo quiero un nieto.

—¡Qué exagerada! Bueno, ¿necesitas algo más? Iba a ducharme...

—¿Me estás echando?

—No —intenté sonar sereno.

—Pareces nervioso, hijo. ¿De verdad va todo bien?

La sangre me burbujeaba por dentro.

—Sí, mamá. Solo quiero ducharme y acostarme.

—Está bien, ya me voy. Te veo mañana en la escuela. Abrígate, que está haciendo mucho frío por las mañanas y te vas a resfriar por querer enseñar tanto musculito.

Prácticamente la empujé para que se fuera. Me sentí avergonzado de que Adriana estuviera escuchando aquella conversación en la que mi madre aún me trataba como si fuera un crío.

En ese momento, un ruido procedente de mi habitación hizo que mi madre se girase.

—¿Qué ha sido eso? —preguntó.

—¿Qué ha sido el qué? —disimulé.

—Ese ruido.

Cogí aire y traté de no mostrar expresión alguna.

—Yo no he oído nada.

—Sí, ha sido como un golpe.

—Serán los vecinos, su dormitorio y el mío comparten pared. A veces los escucho... ya sabes.

—¡Qué horror! No hay nada peor que escuchar la vida de tus vecinos. Tendrías que haberte venido a vivir conmigo.

Mi madre me dio un beso en la mejilla y se dirigió a la puerta.

En cuanto cerré, me dirigí al dormitorio.

—Ya puedes salir —dije temiéndome lo peor—. Siento mucho haberte hecho pasar por esto, pero si mi madre te ve aquí...

—Tranquilo, yo también he preferido que no me haya visto. Hubiera sido muy violento.

—No es la mejor forma de presentártela. Por suerte, ha sido una visita corta —dije intentando excusarme.

—Bueno, será mejor que me vaya.

—¿Estás enfadada?

—No, es solo que... No sé, me he sentido rara, incómoda. Como si lo que estamos haciendo no estuviera bien.

—Vaya, lo siento. Te entiendo y no era mi intención hacerte sentir así, pero comprende que...

—Que no estás preparado para tener una relación y presentarme a tu madre —dije acabando la frase por él.

—No es eso, Adriana. Necesito tiempo y pensar en cómo voy a hacerlo. Igual es mejor esperar a que acabe el curso y luego hablar con ella. Si tengo que renunciar a mi puesto como profesor, lo haré.

—Yo jamás te pediría eso.

—Solo quédate conmigo esta noche, por favor. No tenemos que hacer nada si no quieres —le rogué al tiempo que le ponía las manos sobre las caderas.

—Necesito aire. —Se soltó de mi agarré y caminó hasta la puerta.

Mi corazón comenzó a latir desesperado. Me asustó la sensación que me produjo la idea de perderla.

—Si te vas, entonces... ¿Qué ha sido todo lo que ha pasado entre nosotros esta noche? —pregunté, perdido en una especie de trance.

Me miró consternada.

—No sé, dímelo tú.

—Si te vas, me sentiré vacío. No quiero perderte, Adriana.

A la mierda el autocontrol. Me acerqué a ella y la besé. Ella me correspondió y el beso acabó tornándose más apasionado de lo que hubiese podido esperar.

—Mira cómo me pones. —Le llevé la mano hasta mi miembro, que solo con aquel beso ya estaba duro.

Pensé que ella apartaría la mano, en cambio, comenzó a acariciarme por encima de los pantalones, y eso me puso a mil. Dejé de besarla para poder mirarla a los ojos mientras me acariciaba.

Le bajé los tirantes del vestido y este cayó al suelo. Le masajeé los pechos por encima del sujetador. Con descaro, ella me desabotonó el pantalón, que acabó, junto con el vestido, a nuestros pies. Mi bóxer gris estaba húmedo por la parte que cubría la punta. Ella jugó con el dedo índice haciendo pequeños círculos sobre el líquido preseminal que había traspasado la tela, luego se lo llevó a la boca y lo chupó. Aquello me encendió.

Enloquecido, la tomé en brazos y la llevé de nuevo a la habitación. La lancé sobre la cama dejándola caer de espaldas. Retomamos la escena justo donde la habíamos dejado antes de que nos interrumpiera mi madre.

Ella se quitó el sujetador al tiempo que yo me quitaba mi camiseta. Me deshice de su tanga y me metí entre sus piernas. El placer la llevaba a arquearse. La hice jadear una y otra vez hasta que se corrió.

Cuando me cansé de saborear su sexo, la besé. Me quité el bóxer y dejé salir mi erección. No aguantaba más, necesitaba estar dentro de ella, pero entonces se incorporó y comenzó a lamer mi miembro. Noté cómo la punta rozaba su garganta, su lengua alrededor, su saliva, su calor... Tuvo una arcada y la saqué rápido.

—¡Para, para!

—¿Qué pasa? —me preguntó mirándome con lujuria.

—Que, si sigues, me corro, y quiero follarte.

Ella ignoró mi petición y me envolvió con su boca.

—¡Me corro! —la avisé y ella siguió lamiendo y succionando con intensidad.

Exploté en ráfagas sobre sus pechos y parte de sus labios. Sin detenerme y con mi miembro aún palpitante, me introduje en ella. Noté cómo la abría lentamente, cómo resbalaba hacia su interior... Estaba tan húmeda...

No era habitual en mí poder aguantar dos asaltos seguidos, pero estaba tan cachondo y ella tan húmeda y estrecha que no pude resistirme. A decir verdad, era la primera vez que me sucedía algo así. No podía creer que después de correrme una vez siguiera duro. Me impresionó poder funcionar tan bien. Sus gemidos y mis gruñidos hacían todo mucho más intenso.

Ella me envolvió con sus piernas y noté cómo entraba aún más. El sonido de mi piel contra la suya se unió a nuestros jadeos.

—Me encantan tus caras de placer —dije sin dejar de mirarla mientras la penetraba.

—No pares —me rogó.

No sé cuánto tiempo estuvimos haciendo el amor, porque aquello iba más allá de follar. Por momentos, me quedaba quieto dentro de ella, sintiéndola, besándola, abrazándola. Y, después, para evitar que se aburriera, le daba fuerte y rápido.

Sus dedos se deslizaron por su entrepierna, se frotó el clítoris y sus músculos se tensaron atrapándome en su interior. La miré, me miró y entonces se corrió por segunda vez. Yo no paré, continué embistiéndola. Estaba desbocado, mi nivel de excitación no era normal. Aquello que sentía era sobrenatural. Mi corazón palpitaba tan deprisa y mi respiración estaba tan agitada que por un momento pensé que iba a morirme.

Su tercer orgasmo llegó sin necesidad de tocarse y fue violento, lo supe porque la hizo gritar como nunca había escuchado gritar a una mujer. Sus gemidos estaban cargados de morbo y placer, de sensualidad y de verdad. Me corrí con solo escucharla. Ambos caímos hechos polvo.


Desperté abrazado a ella. Había dejado la persiana levantada la noche anterior y los rayos de sol entraban por la ventana iluminando su piel. La observé mientras dormía, quería grabar aquella imagen en mi memoria para siempre. Sentir su respiración pausada me relajaba.

La noche anterior, y por primera vez en mi vida, comprendí la diferencia entre follar y hacer el amor. Nunca le había hecho el amor a una mujer, así que para mí también fue la primera vez con ella.

No quería separarme de su lado nunca. Lo que sentía por Adriana me consumía, no podía dejar de mirarla.

Comencé a acariciar su admirable rostro, a pasar los dedos sutilmente por sus mejillas sonrosadas... Abrió sus ojos cautivadores y el fulgor de su mirada me invadió.

—Lo siento, ¿te he despertado? —me disculpé.

—No lo sientas, es el mejor despertar que he tenido en mi vida. —Me besó en los labios—. Creo que necesito urgentemente una ducha.

—Y yo estar dentro de ti una vez más. Tengo una gran debilidad por ti.

—¿Puedo pedirte algo?

—Lo que quieras.

—Solo prométeme que esto no será el final —me pidió mirándome con cierta preocupación.

—Como si pudiera ponerle fin a esto que siento.

—¡Prométemelo!

—Te lo prometo. —Esta vez fui yo quien la besó.

# 64

## GEORGINA

No sé cómo conseguí salir ilesa de allí. Corrí sin mirar atrás como él me había pedido. Giré a la derecha y crucé varias calles. Iba corriendo cuando de pronto un coche frenó en seco. El conductor comenzó a gritarme. De repente me di cuenta de que había llegado al puerto.

Llevaba puesto un abrigo masculino que me había encontrado sobre unas cajas en el pasillo al salir. No me quiero ni imaginar si hubiese tenido que pasearme sola por las calles de Barcelona con el *body* con el que había actuado esa noche.

Caminé deprisa sin disculparme con el conductor que casi me atropella y me perdí por las estrechas calles del Barrio Gótico.

Introduje las manos en los bolsillos y noté algo duro. Era una cartera. La saqué y no dudé en abrirla, al ver la foto del documento de identidad supe que se trataba de Frank, aunque su verdadero nombre era Francisco José. Pese a las circunstancias, no pude evitar esbozar una sonrisa, aquel nombre no le pegaba nada. Miré la fecha de nacimiento, era Virgo como yo, y tenía veintinueve años.

Había más de doscientos euros en efectivo, tarjetas de crédito y varias tarjetas de visita en las que se anunciaba una empresa de servicio de seguridad privada. Supuse que debían de ser suyas, ¿quién guarda varias tarjetas de visita idénticas, si no son propias? Encontré la foto de una mujer. Por el deterioro de la imagen, supuse que debía tratarse de su madre. Guardé la cartera de nuevo.

Caminé desorientada. A mi alrededor reinaba un silencio sobrecogedor. Estaba perturbada por todo lo que acababa de suceder. Parecía un mal sueño, pero había sido real.

Entré en la residencia por la parte trasera, pues era más de la una de la madrugada. Por suerte, a esa hora no había nadie por los pasillos, no quería que nadie me viese con aquellas pintas y el maquillaje corrido por las lágrimas.

Cuando entré en mi habitación, me senté en la cama y rompí a llorar. En ese momento, necesitaba tener a mi lado una amiga como Adriana, alguien a quien poder contarle lo que acababa de vivir sin ser juzgada. Ojalá hubiese sabido cuidar nuestra amistad.

Me recosté sobre la cama sin quitarme el abrigo. Cuando me tranquilicé, percibí las notas de su perfume. Olía a Frank. Me abracé a la almohada imaginando que era él. Nunca había necesitado tanto a alguien como en ese momento necesitaba a Frank. La angustia por no saber si estaba bien me estaba matando.

Qué caprichosa sería la vida si me pusiera a alguien como Frank en el camino solo para luego arrebatármelo. Quería pensar que todo quedaría en un susto, tenía que ser así. No me perdonaría jamás que hubiese dado su vida por salvar la mía. ¿En qué momento me había convertido en la protagonista de una telenovela romántica? ¿Cómo había llegado a ese punto? ¿Desde cuándo alguien tenía toda mi atención? Supongo que, en el fondo, todos tenemos un demonio y un ángel dentro, solo que uno de los dos está dormido y nunca sabes qué o quién va a despertarlo.

Un golpe en el pasillo me despertó. Tenía el pulso acelerado. No conseguía quitarme de la cabeza el sonido de aquellos disparos. El miedo. La fragilidad que sentí ante aquellas balas.

Bebí un poco de agua para calmarme, pero ni siquiera eso consiguió deshacer el nudo que se me había formado en la garganta. Nunca antes me había parado a pensar en las consecuencias de la muerte. Sin embargo, en ese momento no pensaba en otra cosa. La idea de no volver a ver a Frank nunca más, de no poder decirle todas las cosas que me había guardado, me mortificaba.

Por momentos me parecía una idea descabellada, irreal, dramática, pero era posible, demasiado tal vez. La muerte era así, inesperada, te sorprendía en cualquier momento. Necesitaba saber cómo estaba Frank y qué había pasado. ¿Por qué entraron esos hombres? ¿Qué querían? ¿Y Jasmine? ¿Qué habría sido de ella? ¿Habría conseguido salir ilesa? La cabeza me iba a explotar. Esto parecía una pesadilla y yo solo quería despertar.

No lo pensé y me levanté de la cama. Cogí la cartera y llamé al teléfono que aparecía en las tarjetas de visita que había encontrado en el interior.

Un tono.

Dos.

Tres.

—Este es el contestador automático de...

Dudé unos segundos si dejarle un mensaje, pero colgué. No quería pensar en la posibilidad de que Frank estuviese muerto. Ni siquiera podría ir a su funeral, no sabría nada de él nunca más. ¿Cómo iba a localizarlo? Lo único que me quedaría de él sería aquella cartera.

Me dejé caer en la cama desolada. Miré la mesita de noche y decidí sacar mi diario. Escribir me mantendría la mente ocupada hasta la hora del ensayo. Pese a ser domingo, el director de la obra nos había citado en el teatro de la escuela a los que habíamos sido elegidos para interpretar la adaptación de *Orgullo y prejuicio.*

Trataba de escribir lo que estaba sintiendo, pero no podía, cada vez que lo intentaba, algo me atravesaba el pecho. Era como si me estuviese ahogando en el vacío que la idea de su muerte había dejado en mí.

No sé muy bien lo que escribí, ni siquiera si tenía sentido, solo sé que cuando me vine a dar cuenta era la hora de irme al teatro. Me levanté y me temblaron las piernas. En ese momento fui consciente de que no había comido nada desde el día anterior. Mi miré al espejo antes de salir y comprobé que no estaba presentable. Me lavé la cara y me maquillé un poco, cualquiera que me viese pensaría que estaba lista para irme de fiesta. El maquillaje por sí solo no tiene el poder de ocultar lo que sientes, pero con un poco de actitud nadie notará por lo que estás pasando.

Cuando llegué al teatro, la mayoría de mis compañeros estaban sentados en el suelo del escenario en una especie de círculo. Me acomodé entre ellos sin interrumpir al director que estaba hablando. Hicimos una serie de ejercicios que consistían en plantear los problemas con los que nos encontrábamos cuando actuábamos. El director, que revisaba con cada uno de nosotros el ejercicio, me dijo que aquellos miedos que yo tenía eran el principio de un buen camino en mi carrera. Si tan solo hubiera sabido cuáles eran mis verdaderos miedos...

El ejercicio fue interrumpido por la aparición de una conocida actriz española. Se sentó con nosotros y nos contó sus triunfitos y también alguno de sus fracasos. Nos habló de la importancia de la atención externa e interna, de los detalles, de los objetos en el teatro y de la verdad y la falsedad. Yo la escuchaba a ratos. Juro que hice un gran esfuerzo por prestar atención y sacar el máximo partido de aquella sesión, pero mi mente estaba en otro sitio, aunque traté de mantenerme serena.

El final de la lección lo dedicamos a resumir las claves que la actriz nos había dado y a estudiar hasta el último detalle que había en la sala. El profesor aclaró que tampoco era necesario dotar de una vida imaginaria a cada objeto que estuviese presente en la escena, como la actriz había sugerido.

Estuve a punto de acercarme a Adriana y pedirle perdón por lo del casting y por todo lo que le dije. Sin embargo, por mucho que necesitara sus consejos y su apoyo, no podía rebajarme. Por mucho que quisiera recuperar nuestra amistad, eso era algo imposible. Competíamos por un mismo papel. Nada volvería a ser igual. No me quedaba más remedio que lidiar con mi drama yo solita.

En cuanto regresé a la habitación, hice lo que durante todo el día había estado deseando hacer. No aguantaba más aquella incertidumbre y llamé de nuevo al número que aparecía en aquellas tarjetas de visita.

Sonaron tres tonos y pensé que de nuevo saltaría el contestador automático, estaba a punto de colgar cuando escuché su voz.

—¿Sí?

—Soy yo, Georgina —dije con la voz temblorosa, pero aliviada al saber que estaba bien.

—¿Estás bien? ¿Cómo has conseguido mi número?

—Al salir, me llevé tu abrigo y encontré la cartera en un bolsillo y... Bueno, dentro vi varias tarjetas de visita... Siento...

—Gracias a Dios que estás bien —me interrumpió—. Estaba muy preocupado por... la cartera, no te imaginas lo que suponía para mí perderla.

—Sí, ya he visto que había bastante dinero en efectivo. Tranquilo, no he tocado nada.

—No, no es por el dinero, es por una foto. Es de mi madre y es la única que tengo de ella.

—Puedes estar tranquilo, también está aquí.

—Veo que has estado cotilleándome...

—Eh..., yo... Lo siento, es que tenía que ver de quién se trataba para poder devolverla —me excusé.

—Vaya, tú disculpándote, eso es nuevo —se burló.

—Puedes pasar a recogerla cuando quieras.

—Hoy ya no creo que pueda, aún estamos intentando averiguar quién está detrás de lo que pasó anoche.

En ese momento, se escucharon unos gritos de fondo.

—¿Qué ha sido eso?

—Nada, no tienes que preocuparte. Está todo bajo control.

—¿Qué pasó anoche, Frank? ¿Por qué esos tipos entraron así? ¿Qué querían?

—Tengo que dejarte. Te llamaré en cuanto pueda pasar a recoger la cartera.

Me tumbé en la cama y traté de olvidar todo lo que había sucedido en las últimas horas, pero era imposible. Las imágenes venían a mi mente una y otra vez. Los impactos de las balas, el caos, el peso de los labios de Frank... Tenía la sensación de que me había besado el alma, desatando con ello la peor tormenta de mi vida. ¿Habría arcoíris cuando pasara la tempestad?

# 65

## ADRIANA

Después de la noche tan especial que había pasado con Álvaro, me tocó volver a la rutina y ponerme las pilas. Aunque aún quedaba tiempo para el estreno de la obra, la muestra para la escuela y para personas influyentes del mundo de la cultura se haría en marzo. Ahí elegirían quién de las dos aspirantes se llevaría el papel protagonista y quién sería la suplente.

No había vuelto a hablar con Georgina, apenas la veía en las clases que coincidíamos y casi que lo prefería. Aunque el domingo por la tarde, durante nuestro encuentro con el director de la obra, la vi muy distraída, como si estuviese preocupada por algo. Quise preguntarle si estaba bien, porque en el fondo me daba pena, pero no se merecía mi amistad. No después de las jugarretas que me había hecho.

El lunes por la mañana, asistí nerviosa a clase de Acting Camera. No sabía cómo esconder mis sentimientos, pero todo fluyó con naturalidad. Álvaro y yo nos habíamos convertido en dos expertos escondiendo nuestro amor.

Al mediodía fui a la cafetería con Cristina, aunque apenas comí nada, últimamente tenía el apetito descontrolado. En realidad, siempre lo había tenido, para mi madre la gordura era sinónimo de salud, es algo que estaba arraigado en la generación de mis abuelos. Siempre me hacía comentarios del tipo «Come, que estás muy flaca». Y lo estaba, desde niña recuerdo ser muy muy delgada y alta, algo que llamaba la atención del resto de niños, que se burlaban de mí por ser demasiado flaca. Me decían cosas muy feas sobre mi aspecto físico que yo me tomaba a risa de cara a la galería, pero que cuando llegaba a casa, en la soledad de mi habitación, me pasaban factura.

En un intento por encajar, comencé a comer para estar más gorda, porque ese era mi deseo por aquel entonces. Para cuando cumplí dieciséis años, mi cuerpo se había transformado por completo y, aunque ya nadie me llamaba flaca, porque no lo estaba, yo no me veía bien. Comencé a usar ropas holgadas y eso me daba un aspecto muy poco atractivo. Estaba obsesionada con el peso y los michelines. Mientras que mis amigas compraban ropa de las marcas de moda para jóvenes delgadas, a mí me costaba comprar ropa que me gustara, porque por entonces tenía una talla cuarenta y cuatro. Mi forma de vestir tan diferente hacía que me sintiera desplazada y de nuevo quise estar delgada y sentirme sexi para ligar con los chicos como hacían mis amigas, pero en mi casa rechazaban cualquier intento de dieta que hiciera.

Cuando mis padres fallecieron, perdí mucho peso y empecé a tener una percepción distorsionada de mi imagen corporal, hasta el punto de que no me reconocía en el espejo. Por momentos me veía delgada, por momentos gorda... Me llevó un tiempo reconocerme en el espejo y aceptar que estaba delgada y que solo tenía algunos michelines. Sin embargo, mi miedo a que mi cuerpo volviese a sufrir algún cambio brusco me llevaba a comer y dejar de comer según el día. Y así iba por la vida, tratándome de responsabilizar por lo que comía y al mismo tiempo culpándome por ello.

Después de almorzar, Cristina y yo nos tomamos un café y nos fuimos al teatro de la escuela. Para los que formábamos parte del reparto de *Orgullo y prejuicio*, las clases fueron sustituidas por un ensayo con el director de la obra. Era la primera vez que iba a ensayar allí y estaba bastante nerviosa.

—Ya hemos tenido bastante teoría por hoy, vamos a ponerla en práctica —dijo el director después de casi dos horas hablando del guion.

Cuando llegó mi turno de interpretar a Elizabeth y me encontré sola en el gran escenario, que permanecía totalmente abierto y desnudo, clavé la mirada en el espantoso vacío, más allá de la solemnidad y la calma del patio de butacas.

De pronto me confundí, olvidé parte del texto y la entonación que debía darle.

—Los ojos cansados, los músculos tensos, la voz temblorosa y los movimientos torpes no forman parte del personaje, Adriana. Por no hablar de que ni siquiera te sabes el texto. Se suponía que ya os lo teníais que saber a la perfección —dijo el director con voz dura.

No intenté justificarme, pues hacerlo solo podía empeorar las cosas.

—Georgina, hoy interpretarás tú todas las escenas de Elizabeth. Esperemos que el próximo día Adriana traiga, al menos, el texto aprendido.

Georgina me miró y esbozó una ligera sonrisa triunfante.

Oliver, que estaba frente a mí, se entristeció. Él estaba deseando interpretar la escena que su personaje, el señor Darcy, el aristócrata extremadamente rico, orgulloso y altivo, compartía con mi personaje.

—Cada postura en escena debe estar sujeta al control, además de basarse en una idea. Y, por supuesto, debe ser determinante y acorde con el personaje. Es la única forma de que deje de ser una mera pose para convertirse en parte de la acción —continuó el director.

Hicimos un pequeño descanso y aproveché para beber agua. El día se me estaba haciendo larguísimo, porque como el director me había dejado fuera del ensayo, yo solo podía observar y escuchar sus indicaciones.

Vi a Georgina acercarse a mí y consideré la posibilidad de ir al baño para no tener que encontrármela de frente, pero me quedé.

—Más te vale ponerte las pilas en los próximos tres meses, de lo contrario me lo vas a poner demasiado fácil para quedarme con el papel.

—Mejor para ti. —Esbocé una falsa sonrisa.

—No, sería muy aburrido. La verdad, esperaba que fueras a dar más de ti.

—Y lo daré.

—Sé que lo harás —dijo antes de salir del teatro.

Me quedé mirando cómo se iba y pensé en que, sin quererlo, o quizá queriendo, me había enseñado mucho. Gracias a ella, había aprendido lo superficial que era ese mundo. Georgina me había hecho más fuerte. Gracias a ella, había comprendido que, por muy triste que pudiera parecer, éramos productos, y no solo nos vendíamos por nuestro arte o nuestro físico, sino también por lo que aparentásemos. Aquel era un mundo de fieras y, al igual que en la selva, solo había dos roles: cazador o presa, y yo no quería ser esta última.

—No te vengas abajo —dijo Oliver, que apareció a mi lado—, tienes que demostrar que eres la mejor.

—Lo haré —aseguré regalándole una sonrisa triste.

—Tienes que llevarte ese papel, no quiero estar todo el verano interpretando la obra con ella. No la soporto. Quiero hacer esta obra contigo. Sería genial...

—Sí, ojalá me den el papel a mí.

—Lo hacemos tan bien juntos...

Cuando el descanso terminó, el director preguntó por Georgina.

—Ha salido —dije sin pensarlo.

—Ve a buscarla, por favor —ordenó.

Eso me pasaba por hablar. ¿Por qué no me había quedado con la boca cerrada? Supuse que estaría fuera fumando, así que fui directa a la puerta principal. Antes de salir, la vi a través de uno de los ventanales hablando con un tipo que no había visto en mi vida. Alcancé a ver que Georgina le entregó algo, parecía una cartera. Salí con disimulo y me quedé escuchando en el umbral de la entrada. El tipo debía de ser de sangre caliente o quizá venía del gimnasio, porque, pese a que la temperatura no era nada cálida, iba en manga corta. Quizá lo hacía solo para lucir sus tatuajes.

Traté de agudizar el oído, pero me costaba escuchar de qué hablaban. En ese momento, él se inclinó hacia ella como si fuera a besarla, pero Georgina lo detuvo.

—No creerás que vas a besarme de nuevo, ¿verdad?

—Sabes que lo estás deseando. —Y sin darle lugar a réplica, se abalanzó sobre ella.

Vi cómo sus bocas se movían con pasión. Me quedé pasmada. No supe qué hacer. Me sorprendió que Georgina hubiese superado tan rápido su ruptura con Martí y que ya estuviese besándose con otro en la puerta de la escuela, donde cualquiera podría verlos.

Con disimulo, ella lo apartó y miró a ambos lados de la calle. Escondí la cabeza detrás del arco de piedra de la puerta.

—Alguien podría vernos —se quejó ella.

De nuevo se hizo el silencio y, cuando volví a mirar, sus labios estaban enredados entre mordiscos de deseo. Una de las manos del chico se perdió entre las piernas de ella.

Ya había visto demasiado. Salí y me aclaré la garganta con disimulo.

—¡Adriana! —Georgina se sorprendió al verme.

—El director me ha pedido que salga a buscarte, vamos a comenzar. —Y, sin más, entré en el edificio y me dirigí al teatro.

Cuando Georgina entró, retomamos el ensayo. Sin embargo, algo en ese encuentro con el chico tatuado la había perturbado, porque no estaba concentrada y no fui la única que lo notó.

—Has actuado muy bien, Georgina, pero no ha sido la misma escena que aparece en el guion —dijo el director.

—Sí, he dicho el texto exactamente igual que está...

—No me refiero al texto —la interrumpió él—. Te pedí que hicieras la escena como si tuvieras un bebé en brazos y tú la has hecho con una caja inerte envuelta en un abrigo.

Estaba claro que ese beso la había alterado.

—Es que era lo único que tenía a mano para representar el bebé. —Se revolvió el pelo.

—No estamos hablando del objeto en sí, si no de lo que transmites tú.

En ese momento, el director me pidió subir de nuevo al escenario para que representara la escena con la misma caja y el mismo abrigo. Era mi oportunidad para demostrar que, pese a los nervios del principio, podía representar aquella obra igual o mejor que Georgina.

Me concentré en la imagen de un bebé al tiempo que miraba aquella caja. Obviamente, no tenía ni bracitos ni piernas, pero yo puse en práctica las técnicas y conocimientos que había aprendido. Visualicé al bebé con todas sus extremidades y, mientras me mecía, lo envolví entre mis brazos, le acaricié la cabecita con delicadeza, le toqué las manitas, le sonreí, le besé las mejillas... Cuando sentí la conexión con aquella criaturita, recité el texto. Las lágrimas no tardaron en aflorar.

Cuando terminé la actuación, el director elogió mi trabajo delante de todos.

—Hay que evitar la falsedad a toda costa, evitar todo lo que se opone a la naturalidad y al sentido común, eso solo engendra mentiras. Adriana se ha apoyado en sus sentimientos, en su experiencia vital, para decir el texto mientras que Georgina ha hecho movimientos mecánicos carentes de vida. Eso es porque, en vez de extraer el material de recuerdos de la vida misma, lo hizo de archivos de su mente procedentes de películas, obras de teatro o cualquier otra fuente. El problema es que, si la fuente de inspiración es mala, la actuación será aún peor.

El comentario del director no hizo más que aumentar la rivalidad ya existente entre Georgina y yo.

—Como habréis comprobado hoy —continuó—, todo lo que nos rodea en el escenario tiene un impacto sobre nosotros, por eso es tan importante otorgarle un sentimiento a cada objeto que está en escena y que este vaya acorde con lo que pretendemos transmitir.

Esa noche, cuando llegué a mi habitación, tenía la cabeza repleta de pensamientos, pero solo me detuve en uno: debía esforzarme aún más si quería conseguir ese papel.

# 66

## LIAM

Estaba leyendo en la cama algunos de los comentarios que hacían sobre mí en Twitter cuando alguien llamó a la puerta de mi habitación. Extrañado, me levanté y abrí.

—¿Qué haces aquí? —pregunté al ver a Martí.

—No lo sé, creo que no me encuentro bien —dijo al tiempo que entraba tambaleándose y apestando a alcohol.

Por un momento, me pregunté si se habría confundido.

—¿De dónde vienes?

Cerré la puerta y me acerqué a él.

—De una fiesta —dijo antes de dejarse caer en la que había sido su cama—. Todo me da vueltas.

—Sabes que esta ya no es tu habitación, ¿verdad?

No respondió.

Le quité los zapatos y le tendí una manta por encima. La piel de su garganta, que le rocé al taparlo, me quemó al instante. Nunca había deseado tanto a otro chico. Tuve la tentación de extender el dedo para volver a rozarlo, pero me contuve, no quería aprovecharme de la situación.

—Hueles muy bien. —Se trabó un poco al pronunciar aquellas palabras.

«Ojalá pudiera decir lo mismo», pensé.

Martí no estaba bien, sufría una crisis existencial y sabía que nuestra amistad me traería problemas, porque estaba perdidamente enamorado de él y haría cualquier cosa que me pidiese.

Me acosté en mi cama y me quedé dormido mirándolo. Me gustaba saber que estaba ahí, tan cerca y tan lejos a la vez, pero estaba. Esa noche soñé que me metía en su cama y follábamos.


Por la mañana, Martí se disculpó y se excusó diciendo que le había sentado algo mal. No le di mayor importancia y fuimos a desayunar juntos. Hablamos sobre la posibilidad de que regresara a la habitación y a él la pareció buena idea. No quería que cambiara de opinión, así que después del desayuno, como yo no tenía clases, fui a la secretaría para solicitar el cambio.

El mostrador estaba vació, me encontraba esperando a la chica cuando vi a la directora pasar por el pasillo que daba a su despacho acompañada de un señor que me pareció el padre de Georgina. No estaba seguro, pues nunca lo había visto en persona. Solo lo había visto en fotos de artículos de revistas y periódicos y en las historias que Georgina había subido con él a su Instagram en alguna ocasión.

Me pregunté qué haría allí y no pude resistir la tentación. Aproveché que la secretaria no estaba y me colé por el pasillo. Tenía el corazón a mil por hora, como si estuviese a punto de cometer un delito. La puerta del despacho estaba entreabierta, pero si me asomaba, me verían. Saqué el móvil y con disimulo tomé una foto para ver dónde estaban exactamente. Miré la foto y vi que la directora estaba sentada tras su mesa y el padre de Georgina de pie, como si no fuese a demorarse mucho.

Puse el móvil a grabar para ver si luego podía escuchar mejor lo que hablaban.

—¿Estás intentando chantajearme? —preguntó la directora.

—Por supuesto que no —respondió el padre de Georgina.

—Pues te aconsejo que te mantengas al margen de las decisiones que tomo. Que seas el accionista mayoritario no te da ningún derecho a interferir en mi trabajo.

—Y yo te aconsejo que le deis el papel protagonista a mi hija. La junta directiva quiere quitarte del cargo de directora, porque está claro que tus decisiones no están ayudando a que esta escuela deje de generar perdidas y sea rentable. Así que no vendría mal que, para evitar que eso suceda, tomes alguna decisión acertada.

Escuché unos pasos y supe que el padre de Georgina iba a salir. No me daba tiempo a recorrer todo el pasillo para volver, pero tenía que hacer algo, y rápido. Giré el pomo de la primera puerta que vi y, para mi suerte, estaba abierta. La estancia estaba completamente oscura. Encendí la linterna del móvil y vi que era una especie de archivo repleto de cajas, papeles, ordenadores antiguos y un sinfín de trastos. Cuando dejé de escuchar los pasos, abrí con cuidado y salí.

No tenía ni idea de que el padre de Georgina fuera uno de los accionistas de la escuela... No entendía nada. ¿Cómo tenía ese hombre el descaro de pedirle a la directora que le diera el papel a su hija? Debía hablar con Adri.

Esperé a que la secretaria regresara a su puesto y, una vez que solicité el cambio de habitación para Martí, me fui directo a clase.

No vi a Adri y entonces recordé que esa semana tenían los ensayos de la obra. Así que esperé hasta la noche para hablar con ella.

—¿Puedes salir un momento? —le pregunté a Adri cuando abrió la puerta de su habitación y vi que Cristina estaba dentro.

—Sí, espera. —Se puso una sudadera y salió—. ¿Qué sucede?

—Tienes que ver esto —dije enseñándole el vídeo.

—¿Quién es? —preguntó mirando las imágenes.

—El padre de Georgina, pero escúchalo. —Puse otra vez la grabación desde el principio.

La sorpresa no tardó en instalarse en su rostro.

—¿Accionista mayoritario? ¿La junta directiva quiere destituir a la directora? No entiendo nada. No sabía que el padre de Georgina fuera accionista...

—Que la ha chantajeado —aclaré como si no fuese obvio.

—Tanto como chantaje... En realidad, solo le ha lanzado indirectas.

—¿Indirectas? Yo creo que el chantaje ha sido bastante directo. En cualquier caso, tenemos que usar este vídeo.

—¿A qué te refieres? —Adri frunció el ceño.

—A que tenemos que hacerlo público.

—No, no podemos hacer eso.

—Sí, sí que podemos. No voy a permitir que Georgina se salga con la suya y consiga el papel jugando sucio y que tú te quedes de suplente de la protagonista.

—No me uses de justificación. Quieres difundirlo para vengarte de ella por sacar tu vídeo de OnlyFans. Si usas esto, te cargarás el prestigio de la escuela, por no hablar del de la directora.

—La directora no hace ni dice nada. No está cometiendo ningún delito.

—Un delito quizá no, pero el escándalo afectaría a su imagen...

Reflexioné durante unos instantes sobre lo que Adri me acababa de decir.

—Entonces ¿qué propones? ¿Quedarnos de brazos cruzados?

—No sé, puedo probar a hablar con Georgina y amenazarla con hacer público el vídeo si no juega limpio.

—Eso no servirá de nada.

—¿Qué perdemos por intentarlo?

—El factor sorpresa.

—En cualquier caso, no vamos a difundir ese vídeo, Liam.

Ambos permanecimos en silencio. Para algo que descubría que podía destruir la reputación de Georgina y no podía utilizarlo.

—Ahora que lo pienso, ¿sabes que en la fiesta a la que fuimos en casa de ese productor conocí a un bróker que gestiona las acciones del grupo de empresas del que forma parte la escuela?

—¿Qué tiene eso que ver con lo que estamos hablando? —pregunté confuso.

—Que quizá el bróker pueda proporcionarme algún tipo de información que nos sirva sobre el padre de Georgina —habló tan deprisa que casi se pisaba unas palabras con otras.

—¿Qué nos sirva para qué?

—Ay, no sé, pues para tener algo con lo que poder chantajear a Georgina o a su padre sin que el prestigio de la escuela o el de la directora se vean afectados...

—¿Te estás escuchando? ¿Tú te crees que estamos en *CSI* o qué?

—No, pero es por pensar en alguna alternativa.

—¡No necesitamos una alternativa, ya tenemos el vídeo! —dije al tiempo que respiraba hondo para evitar alterarme más.

—No podemos usarlo, Liam. Álvaro no me lo perdonaría jamás —sentenció.

Si no quería perjudicar a Adri, tendría que renunciar a mi plan de difundir ese vídeo. Una vez más, Georgina se saldría con la suya. Supongo que el amor hacia una amiga puede más que la sed de venganza hacia otra.

# 67

## ADRIANA

El despertador sonó a las ocho de la mañana. Estaba muerta.

—Qué puntual hoy —dijo Cristina, que aún estaba metida en su cama.

—Sí, no me puedo retrasar. Tengo algo que hacer antes de los ensayos —dije mientras me vestía.

Antes de salir, le toqué la pierna por encima del edredón para que no se fuese a quedar dormida.

Fui directa a desayunar, apenas había cinco o seis alumnos en toda la cafetería, era demasiado temprano. En unos quince o veinte minutos, empezaría el caos, todos venían a la misma hora y con el tiempo justo.

Miré las opciones que había y se me revolvió el estómago. Por las mañanas no tenía demasiado apetito. Me pedí un café y un yogur con granola. Me senté en una de las mesas y no sé por qué miré las calorías que tenía, casi trescientas. Dejé de leer cuando vi ocho gramos de grasas y seis de grasas saturadas.

Seguía sin poder creer que Georgina hubiese sido capaz de pedirle a su padre que hiciera algo tan bajo. ¿Tan poca confianza tenía en sí misma que tenía que recurrir a eso? Traté de mantener la calma, quería pensar que no podía ser tan fácil manipular el resultado, pues la elección final no dependía únicamente de la directora. Los miembros del jurado serían ella, el director de la obra y tres profesores, entre los que estaba Álvaro.

Dejé la mitad del yogur y me tomé el café. Tras ello, fui directa a la habitación de Georgina. Sabía que no solía desayunar en la cafetería de la escuela. Se pedía un café para llevar y se lo tomaba mientras se maquillaba.

Llamé a la puerta y enseguida me abrió. Parecía sorprendida de verme.

—¿Te has perdido? —preguntó con arrogancia.

—No, he venido a hablar —dije cruzándome de brazos.

—Ahora no tengo tiempo. —Trató de cerrar la puerta, pero alcancé a poner el pie para impedirlo. —Será mejor que te vayas. —Me fulminó con la mirada.

Me quedé quieta, retándola en silencio.

—No pienso repetirlo. —Se peinó el pelo hacia atrás con los dedos.

—Y yo no pienso moverme de aquí hasta que me escuches.

—Una conversación contigo a primera hora de la mañana se me hace bastante pesado y la poca paciencia del día ya la he agotado con Samara, así que acaba rapidito.

Su prepotencia sobrepasaba mis límites.

—¿Por qué le has pedido a tu padre que interceda por ti?

—¿Qué? ¿De qué hablas? —Frunció el ceño.

—No te hagas la tonta. Sé perfectamente que te has aprovechado que es accionista mayoritario de la escuela para pedirle que hable con la directora y que te den el papel de protagonista a ti. No sabía que me tuvieras tanto miedo como para hacer que tu padre recurriese al chantaje.

—No sé de qué demonios estás hablando, pero mi padre no ha

chantajeado a nadie. Y realizar aportaciones desinteresadas a la escuela no lo convierte en accionista, un poco de cultura económica —soltó con burla.

—Solo te digo que tengo un vídeo y que, si sigues con esto, me veré obligara a hacerlo público.

—¿Cómo te atreves a venir a mi habitación a estas horas de la mañana a amenazarme? No sé de qué estás hablando ni qué estás tramando, pero te aconsejo que no juegues con mi paciencia.

—Y yo te aconsejo que juegues limpio.

—¿Y crees que no lo estoy haciendo? Solo tendría que hacer pública tu relación con Álvaro para poner en duda tu valía. ¿Qué crees que pensaría la gente si salieras elegida después de saber que te has tirado a uno de los miembros del jurado?

—A él déjalo fuera de esto. —La voz me tembló.

—Pues deja de tocarme las narices o voy a tener que contarlo. Quedarás ante toda la escuela como alguien capaz de hacer lo que sea con tal de conseguir sus objetivos.

—Yo también podría revelar muchas cosas de ti.

—Que sabrás tú de mí...

—Lo suficiente como para joderte la carrera —aseguré.

—Tienes mucho más que perder que yo.

—Tengo hilos de los que tirar, como, por ejemplo, ese chico de los tatuajes con el que te besaste ayer.

—¿Ahora también te dedicas a espiarme? ¿Tan aburrida se ha vuelto tu vida?

—No sé cómo he podido ser tan estúpida... Yo veía una amiga en ti, qué ciega he estado.

—Ay, no pongas esa cara de mosquita muerta. Se te ve en los ojos que ya no eres ninguna... inocente. —Su tono me resultó odioso.

—Desde luego que eres una excelente actriz, has jugado conmigo como te ha dado la gana.

—Qué cierto es que en esta sociedad siempre ganan los que saben ir de víctima. —Puso los ojos en blanco—. Yo no he jugado contigo, simplemente eras demasiado inocente para este mundo. Deberías estar agradecida, yo te he hecho más fuerte.

No entendía que Georgina pudiera ser tan cabrona y yo no lo hubiera visto antes.

—¿Has acabado? —preguntó levantando las cejas y poniendo boca de pato—. Se me hace tarde para llegar a clase.

—Sí, he acabado.

—Pues si me permites un consejo, ponte las pilas. Estoy dándolo todo en los ensayos y tú deberías estar haciendo lo mismo en vez de venir aquí a amenazarme con falsas acusaciones. —Me cerró la puerta en las narices sin darme lugar a responder.

# 68

## GEORGINA

El día se me hizo larguísimo y las clases pesadas. Cuando terminaron, me encerré en el aula de ensayo y me puse a recitar el texto de mi personaje en la obra, pero no me salía como yo quería. Últimamente, estaba demasiado distraída. Frank ocupaba todos mis pensamientos, no sé en qué momento había dado rienda suelta a aquella pasión. Por otro lado, me sentía un poco frustrada por la conversación que había tenido esa misma mañana con Adriana. No podía creer que fuese capaz de inventarse algo así para poner en duda mi valía. Jamás habría pensado que pudiera llegar tan lejos solo por envidia. Seguro que había sido idea de Liam. ¿Cómo se atrevía a asegurar que mi padre había chantajeado a la directora para que me dieran el papel? Eso era totalmente imposible. Esta tía quería arruinar mi carrera y yo no se lo podía permitir. Si ella ponía en duda mi valía como actriz, yo haría lo mismo.

La había avisado, le había dicho que no intentara jugármela y que permaneciera calladita, que yo haría lo mismo, pero no, ella tenía que provocarme.

Pues no sabía con quién se la jugaba. Iba a revelar que se acostaba con Álvaro. Así, en el caso de que resultara elegida, todo el mundo pensaría que le habían dado el papel por eso y no por su valía como actriz. Con suerte, no la elegirían para evitar el escándalo y que no se pusiera en duda el valor de la obra y el prestigio de la escuela.

Había trabajado mucho durante el último año como para permitir que nadie arruinase mi carrera y mi oportunidad de alcanzar mi sueño.

Sin pensármelo dos veces, entré en Instagram y busqué el contacto de una periodista que conocía. Le escribí un mensaje privado preguntándole cuándo podíamos quedar, que le tenía una exclusiva. Me respondió al momento.

# 69

## ADRIANA

Tuvimos una prueba de vestuario y todos los trajes me quedaban grandes, mientras que a Georgina le quedaban perfectos. La modista, al ver mi cara, me dijo que no me preocupara, que podían arreglarse. Sin embargo, yo ya estaba preocupada. Tenía que ganar algo de peso para que me quedaran igual de bien que a Georgina. Ese mismo día me metí en internet y me descargué la primera dieta que encontré para engordar cuatro kilos en dos semanas. Justo lo que necesitaba.

Comencé a pasar más tiempo con Álvaro. Cenábamos juntos a menudo en su apartamento y veíamos películas que luego comentábamos. Creo que durante esas cenas él se percató de mi descontrol alimenticio, pues lo mismo no comía nada que de pronto comía mucho, pero nunca dijo nada hasta esa noche.

Ya me iba a la residencia cuando del bolso se me cayó la dieta que me ha había descargado de internet y que llevaba siguiendo toda la semana.

—¿Qué es esto? —preguntó con el papel en las manos.

—Una dieta que me ha pasado una amiga —mentí porque por alguna razón aquello sonaba mejor.

—¿Qué te ha pasado una amiga? Está sacada de internet —dijo, pues en el folio podía verse perfectamente la fuente e incluso los anuncios de la página.

—Es que necesito ganar un poco de peso para el personaje.

—¡Eres una irresponsable! ¿Tú crees que una actriz profesional se pone a hacer una dieta de internet?

—Las actrices a veces tienen que engordar y otras que adelgazar según las exigencias del personaje. Forma parte del trabajo —me quejé.

—Por supuesto, pero lo hacen bajo la supervisión estricta de profesionales, no por su cuenta y siguiendo una dieta sacada de internet. —Se llevó las manos a la cabeza.

Que me tratara como una cría me sentó fatal. Tuvimos una gran discusión. Le dije que no tenía derecho a meterse en mi vida ni en mis asuntos y él me dijo que estaba poniendo en riesgo mi salud y mi plaza en la escuela, pues esta tenía una política muy estricta con las personas que sufrían trastornos alimenticios.

Al final conseguimos llegar a un acuerdo. Comprendí su postura, en el fondo sabía que tenía razón y que solo estaba preocupado por mí. Al día siguiente me regaló una consulta con una nutricionista que me proporcionó una dieta bastante saludable que me permitiría alcanzar el peso ideal. Me prohibió el alcohol y todos los alimentos ultraprocesados que tomaba.

Cumplí con rigor aquella dieta tan estricta y, unas semanas después, conseguí el resultado que esperaba. En la siguiente prueba de vestuario, todos los trajes me quedaban igual de bien que a Georgina.

Cuando el problema de mi peso parecía haberse resuelto, llegó otro. Al salir del teatro de la escuela, me encontré con Liam.

—¿Estás bien? —le pregunté al verlo acercase tan alterado.

—¿No te has enterado?

—¿De qué?

—¿No has entrado hoy en Instagram?

Negué con la cabeza.

—Entra, debes de tener cientos de mensajes.

—¿Por qué? —pregunté, extrañada.

—Has salido en la portada de una revista.

Entré en mi cuenta de Instagram y me llegaron cientos de notificaciones. Era imposible no ver la portada de la revista, aparecía en grande la foto de Álvaro y, en un círculo más pequeño, la mía. El titular era: «¿Son éticas las relaciones entre alumno y profesor en la Escuela de Actores Carme Barrat?», pero ahí no quedaba la cosa, había decenas de titulares similares: «El actor y docente Álvaro Fons sale con una de las candidatas al papel protagonista de la obra que organiza la prestigiosa Escuela Carmen Barrat», «Ya sabemos quién será la protagonista de la obra este año»...

—¡¿Qué demonios es esto?! —exclamé alterada.

—Alguien ha filtrado la noticia. Ha tenido que ser Georgina, seguro. Ahora sí que tienes que usar el vídeo.

—No podemos, eso junto con la noticia de que salgo con Álvaro arruinaría el prestigio de la escuela y estaríamos perjudicándonos a nosotros mismos y a nuestro futuro.

—No puedes dejar que Georgina se salga con la suya.

—Tengo que hablar con Álvaro. No me puedo creer que a unas semanas de que se elija a la protagonista salga esto a la luz —dije a punto de romper a llorar.

—Es que ha tenido que ser ella. Esto está hecho con maldad.

—Ahora tengo menos posibilidades aún de que me seleccionen. Si lo hacen, todo el mundo pensará que es por mi relación con Álvaro y no por mi talento.

—Lo siento, Adri. —Liam me abrazó.

Tan pronto como llegué a mi habitación, recibí un mensaje de Álvaro en el que me pedía que fuese urgentemente a su apartamento, que teníamos que hablar.

No me dio tiempo a procesar todo lo que aquello significaba. Para entonces, ya estábamos demasiado cerca de la presentación de la obra y de conocer quién sería la protagonista oficial, por lo que el ambiente era muy tenso y sacaba lo peor de mí misma.

Mientras caminaba por las calles del centro en dirección al apartamento de Álvaro, se me pasaron por la cabeza todo tipo de barbaridades. Quería matar a Georgina, pues estaba segura de que había sido ella quien había difundido aquella noticia.

Caminé bajo las sombras que proyectaban los balcones sin dejar de mirar hacia todos los lados, con miedo a que algún periodista me siguiera y me fotografiara entrando en casa de Álvaro. Si eso ocurría, sería mi perdición.

Leí algunas de las barbaridades que se decían de mí en las redes. Twitter se coronaba como la más cruel. Me sentía totalmente vulnerada. Cientos de personas opinando sobre mí y mi vida privada.

La forma en la que me atacaban resultaba preocupante, los tuits se hacían virales con una rapidez sorprendente. Me entristecía y a la vez me irritaba saber que había personas que disfrutaban haciendo daño de esta forma tan sanguinaria. Sobre todo, porque la mayoría de cosas que se decían de mí eran falsas o estaban tergiversadas. Yo no me había acostado con Álvaro por la fama, ni siquiera lo había seducido durante las clases como muchos tuits afirmaban, yo ni siquiera sabía que él sería mi profesor cuando me acosté con él. Lo había hecho únicamente por amor.

«A esta la veremos pronto en alguna serie, seguro se tira algún director para que le den el papel».

«Madre mía, de lo que es capaz la gente por un poco de fama».

«Debería retirarse por respeto a la profesión y a los grandes actores de este país»

Quería responder a todos los comentarios, defenderme, dar mi punto de vista, pero era en vano, había tantos que era imposible responder a todos. También había usuarios que me defendían, pero eran los menos y al hacerlo recibían una avalancha de críticas y más odio. Como el comentario de esta chica:

«A vosotros lo que os jode es que haya mujeres que puedan hacer con su vida personal lo que les salga del coño y aun así tener éxito en lo laboral». Su tuit tenía ochenta comentarios y casi todos atacándola. Algunos usuarios se peleaban entre ellos, me defendían diciendo cosas como «Yo tampoco me habría podido resistir a acostarme con semejante maromo», «A Álvaro Fons no se le puede decir que no». Decir que me defendían es una forma de interpretarlo. En general los mensajes lo ponían a él como el bueno, el guapo, el actor exitoso, mientras que yo era «la cazaoportunidades», «la buscafama», «la fracasada sin futuro».

Cerré la aplicación antes de volverme loca. Nadie me había preparado para esto. Yo trabajaba cada día con ilusión por lograr mi sueño, para dedicarme a lo que me apasionaba y de pronto sentía que toda mi carrera como actriz se había ido al traste antes incluso de comenzar. Me sentía una fracasada y no veía la forma de recuperar la ilusión, de salir de aquello. Leer ataques tan violentos hacia tu persona era muy duro. ¿Por qué la gente no hacía comentarios respetuosos y un buen uso de las redes sociales? No entendía cómo a alguien en su sano juicio le divertía publicar comentarios ofensivos e hirientes.

¿No se ponían en el lugar de la persona que va a recibirlos? ¿Qué clase de corazón tenían?

Mi autoestima estaba por los suelos y no sabía qué hacer para recuperarme de aquel golpe. Solo quería llegar a casa de Álvaro y que me reconfortara con un abrazo. Eso es todo lo que necesitaba.

Llegué a su portal y me pareció escuchar un ruido procedente de detrás de un contenedor de basura. Por un momento, pensé que podía tratarse de un periodista y continué caminando. El terror me perseguía. Di la vuelta a la manzana y observé el contenedor desde detrás de un coche, y al cabo de un rato me di cuenta de que se trataba de un gato callejero que husmeaba entre las bolsas. Sin embargo, no se me calmaron las pulsaciones. Corriendo, me acerqué a la puerta, llamé al telefonillo y subí las escaleras sin encender la luz del portal.

—¿Qué es todo esto? —preguntó Álvaro estrellando una revista sobre la mesa del salón en cuanto entré en su casa.

El ruido que hizo el papel al chocar con el cristal de la mesa resonó en mi pecho. Álvaro apretó los puños y golpeó el sofá como un loco. Me asusté porque nunca lo había visto así.

—Lo acabo de ver hace un momento —confesé con la voz temblorosa.

—¿Cómo se han enterado?

—Ha tenido que ser Georgina —dije al borde del llanto.

—¿Cómo se te ocurre hablarle de nuestra relación a la gente? ¿Sabes lo perjudicial que puede ser esto para la escuela, para mi madre, para ti misma?

—¿Crees que lo he hecho a propósito?

El enfado podía percibirse en mi respuesta. Aquel recibimiento no era precisamente el que esperaba por su parte.

—Obviamente, no; pero deberías haber sido más precavida. Sois rivales, ¿qué esperabas?

—¿Más precavida? —dije con burla—. Perdón por contarle a alguien que consideraba una amiga que me he enamorado. Perdón por cometer semejante delito —grité, furiosa conmigo misma.

—En este mundo, no hay amigas, Adriana. No puedes ser tan inocente.

—Mira, Álvaro, he gestionado esta historia lo mejor que he podido. Sabes que he tenido unas semanas complicadas con el tema nutricional. Los ensayos están siendo muy duros y estar en la sombra de esta relación me está matando. No puedo hacer más... —dije al tiempo que me sentaba en una de las sillas y rompía a llorar.

Él se acercó a mí y por fin me abrazó.

—¿Qué vamos a hacer? —pregunté entre sollozos.

—Desmentirlo —dijo sin dudarlo—. No es el momento. Esto podría arruinar tu carrera para siempre, ¿no lo ves?

Me dolió que ni siquiera dudara, que no me preguntara qué opinaba yo al respecto. Puede que tuviera razón en que hacer nuestra relación pública justo en ese momento podría arruinar mi carrera. Si me daban el papel, todo el mundo pensaría que era por acostarme con él.

—Mi madre quiere denunciar a la revista —dijo mientras se separaba de mí.

—¿Denunciar? —levanté la cabeza y me limpié las lágrimas que cubrían mi rostro.

—Sí, por el titular. Quiere solicitar daños y perjuicios por dañar la imagen de la escuela. No tienen pruebas de nuestra relación.

—¿A tu madre le has contado la verdad?

Negó con la cabeza.

—Es mejor así —dijo dándome la espalda y tocándose el pelo—. A partir de ahora, tendremos que ser más cuidadosos. No podremos salir juntos a ninguna parte y solo nos veremos aquí. Nos estamos jugando mucho.

Una relación a escondidas, ¿eso era lo que me estaba proponiendo? ¿Ser mi secreto inconfesable?

# 70

## ADRIANA

Las semanas pasaron demasiado rápido. Cuando me quise dar cuenta, llegó la gran noche del estreno privado en el que se tomarían muchas decisiones importantes, entre ellas quién sería la protagonista de la obra.

Durante esas semanas y siguiendo los consejos de Liam había permanecido alejada de las redes y de los comentarios que se hacían sobre mí. Apenas había visto a Álvaro fuera de clases. Solo habíamos quedado una vez en su apartamento. Y lo echaba de menos. No sé por qué, pero no me gustaba la sensación que me producía esconderme como si estuviese cometiendo un delito. Él me había escrito varios mensajes la última semana, pero yo no le había respondido. Me mentía a mí misma diciéndome que era porque estaba centrada en los ensayos, pero la verdadera razón era que estaba dolida y decepcionada. Necesitaba tomar distancia para ver las cosas desde otra perspectiva.

Entendía que no pudiera revelar lo nuestro, si en algún momento hubo un «lo nuestro», porque comenzaba a dudarlo. No me gustaba cómo me hacía sentir esta historia. No quería quedar en su apartamento solo para cenar y acostarnos, quería una relación de verdad, libre, como la que podía tener cualquier pareja: salir a cenar, pasear agarrados de la mano, besarnos en mitad de la calle sin miedo...

Llegué sola y desmotivada al teatro de la escuela. Era mi gran noche, había esperado meses para ese momento. ¿Qué digo meses? Años, llevaba años esperando una oportunidad así y, cuando por fin había llegado, no tenía ilusión. Solo sentía una pena enorme en el pecho, un vacío, soledad...

Entré en el camerino que me habían asignado y me senté frente al tocador. Todo estaba repleto de pelucas de época, postizos, cepillos, maquillajes, productos para el cabello y ropas antiguas colgadas de un burro.

Me miré al espejo y no me reconocí: había vuelto a perder peso. Con todo el revuelo que había provocado la noticia de mi relación con Álvaro en la prensa y los ensayos tan exigentes de las últimas semanas, me había saltado algunas comidas de la dieta que me había prescrito la nutricionista. Los pómulos me sobresalían del rostro y los huesos de la clavícula se me marcaban por encima de la ropa. Parecía un pajarillo frágil que en cualquier momento iba a romperse. Aquella imagen me trasladó a mi niñez, y la sensación no me gustó. Quería volver a ser yo otra vez, la chica que llegó a Barcelona con su maleta cargada de ilusiones.

Traté de concienciarme de que yo podía con aquello, que estaría a la altura. Comencé a maquillarme de forma sutil como exigía el guion, buscaba parecerme lo máximo posible al personaje que iba a encarnar. Luego me coloqué las extensiones que me había comprado. Mientras lo hacía, no pude evitar odiar a Georgina por habérmela jugado así con el rodaje del corto, por el que me vi obligada a cortarme la melena. Me gustaba el cambio, ya me había adaptado, pero para interpretar a Lizzy me hubiese sentido mucho mejor con mi pelo natural. No quería imaginarme tener que estar poniendo y qui-tándome esas incómodas extensiones cada vez que me tocara actuar en la obra si salía elegida.

«Si salía elegida», esa era la cuestión, y yo parecía haber perdido todas las esperanzas. Me preguntaba si Álvaro me votaría a mí.

Me dirigí al burro y busqué el *outfit* de la primera escena. El vestuario era de estilo regencia en algunos detalles, fiel a la época.

Me desnudé y, en ese instante, entró Georgina. Se quedó mirán-dome y en su rostro vi cierta preocupación.

—¿Qué haces aquí? —grité al tiempo que me cubría con el vestido.

—Nos toca compartir camerino. Todo el vestuario de mi perso-naje está aquí.

¿Había dicho «mi personaje»? Ella y su arrogante seguridad.

Comencé a vestirme tratando de ignorarla.

—Ya basta, ¿no? —dijo mientras dejaba sus cosas frente al espejo.

—¿Perdón? —contesté al tiempo que me subía la cremallera del vestido. Me quedaba un poco grande en comparación con la última prueba.

—Creo que ya está bien de perder peso. Si entras en ese bucle, no podrás salir nunca.

—¿Ahora te preocupas por mí? —me reí.

—He visto a chicas pasar por la escuela y arruinar su carrera y su vida por culpa de un trastorno alimenticio. Está bien que te cuides y quieras estar delgada para el papel, pero para ya.

—No estoy intentando perder peso, más bien todo lo contrario. Pero he tenido unas semanas muy duras con los ensayos y tratando de gestionar el escándalo que tú has provocado...

—Esa es la excusa que ponen todas... Cuidar la alimentación for-ma parte de nuestra rutina.

Contemplé mi reflejo en el espejo y, sin decir, nada, salí del camerino. Era consciente de que me había quedado demasiado delgada, pero de pronto me costaba un mundo comer con normalidad y el hecho de que todos me lo recordaran no ayudaba.

Entre bambalinas me encontré con Oliver.

—Estás muy guapa.

—Gracias. Tú también, te queda muy bien ese *look* del siglo XIX.

Lucía una chaqueta rígida, que pretendía mostrar la personalidad contenida y estricta de su personaje.

—¿Nerviosa? —preguntó.

—Mucho. —Miré el reloj. Faltaba poco para que comenzara la obra.

Vi a Georgina llegar, éramos dos gotas de agua. Se puso a hacer unos ejercicios vocales, el primer acto lo interpretaba ella. Estaba segura de que muchos de los asistentes no notarían que éramos dos personas diferentes las que interpretábamos a Lizzy. Los miembros del jurado tenían anotada qué escena hacíamos cada una para evitar confusiones.

No quise ver su interpretación, pues para mí sería una tortura verla y tratar de ser su réplica. Cuando el acto terminó, el aplauso invadió todo el teatro. Supe que ella y Oliver lo habían hecho de maravilla, porque el público siempre devuelve lo que recibe.

Georgina entró en el *backstage* saltando de alegría, Oliver se acercó a mí.

—¿Qué tal ha ido? —le pregunté.

—Nos ha salido increíble.

—Me alegro —dije honesta.

—Tenemos que superarlo. Esta obra tiene que ser nuestra —dijo cogiéndome las manos.

Por un momento me sentí arropada.

—No estés nerviosa, lo vas a hacer genial. Lo sé —me aseguró Oliver al ver que me temblaban las manos, pero no eran nervios, era una sensación que no sabía describir.

Antes de salir al escenario, una de las chicas que no actuaba en ese acto y con la que apenas había interactuado durante los ensayos, me dijo:

—Mucha mierda.

La miré y su sincera sonrisa me transmitió la paz que tanto necesitaba en ese momento. Con aquel gesto tan sencillo, pude ver que esa chica me admiraba, que para ella me había convertido en un referente a seguir, sin ser yo nada de eso.

La expresión «mucha mierda» no era precisamente la más elegante, pero era la que se utilizaba en el gremio. Iba más allá de simplemente desearle suerte a alguien, suponía confiar en el éxito de su interpretación. Según cuenta la leyenda, el origen se sitúa en el siglo XVI, cuando las personas de la alta sociedad acudían al teatro en carruajes tirados por caballos, por lo que, si asistían muchas personas a ver la obra, en los alrededores del teatro se acumulaban grandes cantidades de boñigas, lo cual significaba que la obra había sido un éxito.

Le di las gracias y le devolví la sonrisa. Tras ello, salí.

Sacar al escenario la vida de un personaje totalmente diferente a lo que una es supone explorar sentimientos, pensamientos y acciones que jamás se te han pasado por la cabeza y hacerlos tuyos. Quizá por eso cuando estuve ahí, quieta, esperando a que el telón se abriera, tuve miedo. Miedo a abrir la boca y que de esta no saliera nada o, peor aún, que saliera solo basura.

El patio de butacas estaba lleno; no lo podía ver, pero sí sentir. Experimenté una conexión y una energía difícil de explicar con palabras. Sin duda, el teatro es un lugar mágico por la especial comunicación que se crea entre los actores y el público.

Se abrió el telón.

Al actuar, la imaginación busca la inspiración para representar al personaje en todos los detalles, mientras que la concentración actúa como una especie de faro que evita que te pierdas en las divagaciones.

Cuando el acto terminó, se hizo un silencio sepulcral. Luego el público comenzó a aplaudir con la misma intensidad que lo había hecho al finalizar el acto interpretado por Georgina. Tuve la sensación de haber hecho una actuación magnífica, de haber entrado en el estado interno perfecto. Fue maravilloso.

Fue ese el primer momento en que miré el patio de butacas. No había ni un asiento libre, estaba a rebosar. En la primera fila, vi a la directora y dos butacas a la izquierda a Álvaro, sentado junto a Carla, que en ese momento le susurraba algo al oído. Verlos juntos me rompió el corazón. No podía creer que hubiese ido con ella.

El dolor no tardó en ser perceptible. La angustia en el pecho me debilitó las piernas y, por un momento, pensé que me iba a desvanecer en mitad del escenario. ¿Cómo canalizar todo lo que me recorría por dentro? Tantas emociones juntas me sobrepasaron, tuve ganas de llorar, pero no lo hice. No podía permitírmelo.

Oliver me agarró de la mano y me sacó del escenario. Yo estaba en *shock*.

A veces el oleaje que se produce en el subconsciente de un actor apenas afecta a la obra; otras, en cambio, lo envuelve y lo arrastra a las profundidades de su propia psique. Por suerte, había estado trabajando durante mucho tiempo y me había preparado para esos momentos de dificultad. Conocía las técnicas para que esa misma tormenta que me arrastraba en aquel momento me devolviera a la orilla y así poder recuperar la calma que necesitaba para terminar la obra.

—Has estado brutal —dijo Oliver tan pronto como abandonamos el escenario.

—Gracias... Discúlpame... —dije, y eché a correr hacia mi camerino.

Entré y cerré la puerta. Busqué el móvil en el bolso y vi que tenía un mensaje de Álvaro de hacía más de una hora.

**ÁLVARO**

Va a salir todo bien, confío en ti.

Mucha mierda.

Leer su mensaje me tranquilizó y me hizo sentir algo mejor, aunque la sensación duró solo unos segundos. Cometí el error de entrar en Instagram después de semanas sin hacerlo solo para ver qué decía la prensa de él, de Carla y de mí. La curiosidad me pudo. Gritos de rabia, odio y dolor salieron de mi pecho cuando vi las historias que subía la gente, y en concreto las que había compartido Carla. Las había publicado una conocida revista digital. Las imágenes se habían grabado en la puerta del teatro esa misma noche y en ellas se veía a la periodista preguntándole a Álvaro por nuestra relación. Él desmentía los «rumores» mientras agarraba a Carla de la mano. No daba crédito. Tuve que hacer el mayor esfuerzo de mi vida para no romper a llorar, porque no quería cargarme el maquillaje.

—¿Estás bien? —Oliver llamó a la puerta.

—Sí, sí. Ya salgo.

—¿Puedo pasar?

—Sí, adelante.

—Me ha parecido escuchar gritos —dijo sentándose a mi lado.

—Estoy practicando, haciendo unos ejercicios para la voz —mentí forzando una sonrisa.

Él no me creyó, pero fingió que lo hacía y simplemente me abrazó.

—Tienes que darlo todo esta noche, Adriana. Tienes que ser tú. Este papel tiene que ser tuyo, no quiero hacer la obra con Georgina —dijo abrazado a mí.

Quería decirle que por supuesto que iba a ganar, pero a esas alturas había perdido la fe en mí misma.

# 71

## ADRIANA

La obra finalizó con un baile que el guionista encargado de adaptar la novela había añadido. Se trataba de una fiesta en casa del señor Darcy para anunciar su compromiso con Elizabeth después de que el padre de esta aceptase que contrajeran matrimonio. Había entendido al personaje como nunca antes lo había hecho, ni con la lectura de la novela ni mucho menos con la película había conseguido conectar de ese modo con Lizzy. Había entrado en ella, me había perdido a mí misma. Con ella, reí, lloré y bailé. En mitad del acto, se me rasgó parte del vestido por debajo de la manga derecha.

Por suerte, aquel no era el que luciría la protagonista de la obra, pues el definitivo aún no estaba listo porque sería confeccionado a mano por un famoso diseñador. Teníamos una especie de réplica barata y mal confeccionada, por eso la costura se me abrió durante uno de los movimientos, aun así, se veía hermoso: era largo, de época al más puro estilo de la regencia, en color blanco roto, de corte por debajo del pecho con escote pronunciado y hexagonal. De los tirantes salía una manga corta y ceñida en un puño ligeramente abullonado. La parte delantera era toda drapeada en oblicuo y tenía una cinturilla no muy ancha, que se anudaba en la espalda con una bonita y larga lazada. Por la cintura estaba ligeramente fruncido, lo que le aportaba algo de volumen. El original sería confeccionado en crepé francés, que era un tipo de crepé fino, suave y muy ligero, con muy buena caída, así nos lo había explicado el diseñador en la prueba de vestuario cuando nos tomaron las medidas. A juego con el vestido, llevaba uno zapatos de salón de época confeccionados en piel en color crudo con tacón Luis XV; estos sí eran los definitivos. Había estado dos semanas ensayando con ellos puestos para acostumbrarme a ellos.

—Has estado genial —me susurró Oliver al oído.

Todo el elenco de actores salió al escenario a agradecer la buena acogida.

Cuando los aplausos y gritos del público cesaron, un presentador comenzó a hablar y pidió a los actores que abandonaran el escenario; a todos menos a Georgina y a mí. Las dos nos miramos con respeto, pero no nos dijimos nada. En ese momento, me hubiese gustado que fuéramos amigas para poder darnos la mano mientras esperábamos el veredicto final. Reconozco que la echaba de menos. Lucía radiante, sonreía segura de sí misma, impecable. En su rostro no había ni un ápice de miedo ni de inseguridad. En el fondo la envidié.

Si hubiese sabido todo lo que aquella noche iba a suceder, le habría dicho muchas cosas.

Un asistente fue hasta el asiento en el que se encontraba la directora.

—Espero que el jurado haya tomado ya su decisión —dijo el presentador a través del micrófono.

La directora sonrió y el asistente le entregó un micrófono.

—Quiero decir que ha sido una decisión muy difícil. Ambas sois dos actrices excelentes, ya es un éxito haber llegado hasta aquí, por lo que debéis estar muy orgullosas de haber superado unos castings y ensayos tan duros. Lamentablemente, solo puede haber una protagonista, pero quiero felicitaros a las dos por vuestro trabajo. Aprovecho también para dar las gracias a todos los asistentes y a los profesores, que tanto se han implicado en esta obra. Este año el estreno, que como siempre será en junio, será muy especial porque lo haremos en el Liceu, uno de los mejores teatros de Barcelona, y porque contaremos con uno de los escenógrafos más famosos de toda España. Gracias.

El público comenzó a aplaudir y la directora le entregó el micrófono y el veredicto final al asistente, que subió al escenario y le entregó el sobre al presentador.

—¿Nerviosas? —nos preguntó—. Sé que no debe de ser fácil este momento para vosotras, ya que una se convertirá en actriz principal y la otra tendrá que quedarse esperando a que suceda algo que le permita interpretar el papel protagonista —dijo con un toque de humor que hizo reír al público.

El presentador abrió el sobre y extrajo una tarjeta.

—Vamos ya a conocer quién será la protagonista oficial que interpretará a Elizabeth Bennet en la adaptación teatral de *Orgullo y prejuicio*... Y la ganadora con tres votos a favor de cinco es... ¡¡¡Georgina Mas!!!

Todo el mundo comenzó a aplaudir y a gritar. El asistente le entregó un ramo de flores a Georgina, que lloraba de alegría. Nunca la había visto tan feliz y emocionada. En ese instante, me lanzó una mirada. No fue una mirada altiva o de victoria como hubiese podido esperar. En sus ojos vi algo que iba más allá, como si se sintiera triste por mí. Creo que en el fondo se compadecía de mi situación.

Me quedé un poco en segundo plano sin saber qué hacer. Supongo que ese sería mi lugar a partir de entonces.

Salí del escenario y me encontré a Álvaro en el *backstage*. Sin decir nada, me abrazó y rompí a llorar.

—Gracias por votarme —dije entre sollozos, pues di por hecho que uno de los dos votos que obtuve era de él.

—Yo... —Se apartó de mí con delicadeza y miró al suelo—. En realidad..., ninguno de tus votos es mío.

La cabeza me comenzó a dar vueltas y unos sudores fríos se deslizaron por mi espalda.

—Ah... —musité confundida. Tenía que aceptar que le hubiese parecido más acertada la interpretación de Georgina.

—La he tenido que votar a ella —se excusó al tiempo que se rascaba la parte trasera de la cabeza.

—¿La has tenido que votar? ¿Te han obligado? ¿Es eso lo que quieres decirme? —Levanté el mentón.

No dijo nada.

—¿De quién son mis votos?

—Del director de la obra y del profesor de baile.

Un silencio incómodo se instaló entre nosotros. Sabía que tenía que decir alguna cosa, pero nada de lo que se me venía a la cabeza era apropiado, no quería decir algo de lo que después me arrepintiese. En ese momento, mis emociones estaban a flor de piel.

Álvaro entornó los ojos hacia mí.

—Vamos, di algo. Insúltame, enfádate, pero no te quedes callada. Este silencio me va a matar.

—¿Qué quieres que te diga? Habría aceptado que la votaras a ella porque piensas que es mejor, pero que lo hagas por intereses económicos... ¡Qué decepción!

—En realidad, mi madre me obligó.

—Si el profesor de baile pudo votarme, tú también podrías haberlo hecho si hubieses querido.

Álvaro permaneció en silencio.

—Claro, a él no lo han podido sobornar, ¿no? —dije antes de girarme para irme.

—Adriana, por favor. —Me agarró del brazo con fuerza—. Tienes que entenderme. Yo en realidad no tomo ninguna decisión...

—¡Suéltame! —le exigí, pero no lo hizo.

—Escúchame un momento.

—Ya te he escuchado bastante. —Me solté de su agarre—. Estoy harta de que la historia se repita una y otra vez. Primero me haces daño, luego te disculpas o ni eso, simplemente te perdono y la vuelves a cagar. ¿Qué excusa tienes para haberte presentado esta noche con Carla en el teatro y mentirle a la prensa sobre nuestra historia?

—Eso ya lo habíamos hablado. Quedamos en que teníamos que desmentirlo. Ahora no es el momento, y es mejor que crean que estoy con Carla.

—Nunca es el momento y nunca lo será. Esto —dije señalándonos con el dedo— es solo una ilusión. ¿Cómo he podido estar tan ciega contigo? Para ti no soy nada. He sido solo un pasatiempo.

—No digas eso, Adriana, por favor. ¿Cómo puedes pensar que...?

—Es la verdad —lo interrumpí—. De lo contrario, no esconderías nuestra relación ni hubieras permitido que tu madre arruinase mi carrera profesional manipulando el resultado de la votación. Solo con tu voto podría haber conseguido el papel por el que llevo meses luchando. Ahora lo he perdido todo. —Rompí a llorar.

—Por favor, no llores. —Me puso las manos sobre el rostro.

—¡No me toques! No quiero que vuelvas a acercarte a mí nunca. Esto se acabó y ahora sí que es para siempre.

—¿Acaso no me amas?

—Amaba lo que eras o lo que creí que eras. No puedo amar una mentira. No sé quién eres, pero desde luego no eres el chico que conocí en el cine de mi abuelo.

—Estás siendo muy injusta, Adriana.

—¿Yo soy la injusta...? —Me giré y caminé para alejarme de él.

—Algún día te darás cuenta de lo equivocada que estás y te culparé por habernos hecho tan infelices...

Las lágrimas afloraron. No tuve tiempo de responderle, porque en ese momento se empezó a escuchar una grabación por los altavoces del teatro y un silencio invadió todo el patio de butacas. Me asomé al escenario por una de las cortinas y en la enorme pantalla aparecía proyectado el vídeo que Liam había grabado aquel día.

—No, no, no... —fue lo único que salió de mi boca.

Georgina miraba atónita las imágenes en las que salía su padre sugiriéndole a la directora que le diera el papel a ella. De pronto, se le cayó el ramo de flores al suelo. El impacto hizo que algunas hortensias se deshojaran y el suelo quedó cubierto de pétalos rosas.

Cuando el vídeo terminó y la pantalla se volvió negra, la gente comenzó a abuchearla y a insultarla. Georgina salió corriendo del escenario y la vi perderse entre bambalinas.

—No me puedo creer que lo haya hecho... —pensé en voz alta.

—¿Sabías de la existencia de ese vídeo? —preguntó Álvaro, que apareció de la nada a mi lado.

—Sí.

—¿Quién lo ha proyectado? ¿Has tenido tú algo que ver?

—Por supuesto que no...

—Entonces ¿por qué no me dijiste nada sobre esta grabación? Podríamos habernos preparado. ¿Sabes lo que esto significa?

—Encima tendré yo la culpa...

—¿Cómo puedes hablarme con esa frialdad? Me criticas con dureza, pero mira tú en lo que te has convertido. Ya poco o nada queda de la chica de las palomitas —dijo con desprecio antes de irse corriendo en busca de su madre, a la que la gente había empezado a acosar con preguntas de todo tipo.

Algo se rompió dentro de mí. Sentí un miedo atroz. Su ausencia me dejó vacía. Me desgarró el alma ver cómo se alejaba, porque sabía que aquello era el final.

Me ahogaba.

Fui a buscar a Georgina. No quería ni imaginarme cómo se sentiría.

Le pregunté a uno de los chicos de seguridad y me dijo que la había visto subir por las escaleras de incendios. En ese momento, pensé en lo peor. Subí a la terraza a toda prisa.

Toda historia tiene un final, pero siempre quise creer que todos los finales, de una u otra forma, eran felices. Esa noche comprendí lo equivocada estaba.

# 72

## GEORGINA

Cuántas mentiras, cuánta palabrería, cuánta decepción. Jamás pensé que mi propio padre fuese capaz de hacerme algo así. Le había mentido a mi madre, me había mentido a mí, nos había engañado a todos. Seguro que había fingido estar en la ruina solo para que mi madre fuese más benévola durante el divorcio. ¡Qué cabrón!

En el fondo envidiaba a Adriana, a ella la valoraban por su valía y no por ser hija de. Pese a todas nuestras diferencias, la admiraba y respetaba. Desde la primera vez que la vi actuar supe que tenía talento y esa noche lo había demostrado. Ella merecía ese papel tanto como yo.

Mis ojos recuperan la visión y de pronto soy consciente de que todos me miran. Permanezco inmóvil. Solo pienso en que este mar de oscuridad me arrastre hasta las profundidades y me saque de aquí. Quiero que dejen de señalarme, quiero hacerme invisible, quiero que alguien me abrace y me diga que todo va a estar bien, quiero volver a lo que fue, quiero comprender por qué.

Dicen que se puede pasar del éxito al fracaso con facilidad, pero nunca imaginé que fuera posible hacerlo en tan solo unos segundos.

Mis piernas se mueven temblorosas en busca de una salida. Veo las escaleras de emergencia. Subo los escalones de dos en dos, sin mirar atrás, sin pensar. Necesito aire, *necesito* respirar.

Salgo a la azotea. Todo está patas arriba, están de obras y parece que esta zona ya no es transitable; sin embargo, hay una especie de pasillo con tablas. Camino con cuidado y llego hasta el final. Me asomo al borde y miro al vacío. Por un momento pienso en que es la altura suficiente para poner fin a esto que siento. Me viene a la mente el recuerdo de esos sueños en los que caes al vacío y despiertas justo antes del impacto. Me pregunto cómo será no despertar, ¿dolerá?

Una pareja camina por la calle, pero no se percatan de mi presencia aquí arriba. Eso es todo lo que sucede durante unos minutos, ellos caminan y yo los observo casi sin parpadear, con el rumor de fondo del ligero tráfico nocturno.

Pienso en él y en lo que debe estar pensando de mí después de lo que acaba de pasar. Lo he visto entre el público, ha venido a verme... ¿Será que en el fondo sí me quiere? Ya no lo sabré.

Hace mucho frío. Cierro los ojos. Todo lo que acontece en mi mente está envuelto por una niebla densa e irreal. Si me lanzo al vacío ahora, todo terminará. Es lo mejor. Esto no tiene solución, ya nada volverá a ser lo que fue. Todo el mundo hablará de lo que acaba de suceder, todos me señalarán a mí.

Por un momento me imagino lo impactante que será encontrarme ahí abajo con los sesos esparcidos por toda la calle y mi ropa de sangre. Siento que me va a explotar la cabeza de la presión.

Tengo miedo de abrir los ojos porque sé lo que va a pasar a continuación. He tomado una decisión, pero antes tengo derecho a contar mi historia.

Saco el móvil de una de las botas y me topo con el paquete de tabaco que guardé ahí para salir a fumar cuando terminase la obra. Aprovecho y me enciendo un cigarro. Me hago un selfi con este traje. Parezco un fantasma con todo el maquillaje corrido y el vestido blanco de la época.

Me decido a escribir un texto de despedida mientras fumo.

*Sé que este post será revisado, estudiado y analizado. Sé que mi decisión de rendirme y abandonar este mundo tomará por sorpresa a muchas personas que me consideran una chica fuerte, una chica invencible, la más popular de la escuela. Ojalá hubiese sabido ser más sociable, ojalá alguien hubiese sabido ver lo sola que estoy en realidad. Odio a todo el mundo, los odio por haber nacido con esa facilidad de comunicarse y ser comprendidos. Me siento culpable por haber hecho daño a personas a las que quiero. ¿Qué culpa tengo yo de ser así, una narcisista incomprendida? He intentado hacerme un hueco en este mundo, he luchado por mi sueño, pero ahora me doy cuenta de que me equivoqué. Esta noche he perdido la ilusión y sé que no podré recuperarla. ¿Por qué no puedo disfrutar de las pequeñas cosas de la vida? ¿Del amor? No lo sé. Me viene su recuerdo a la mente, las últimas semanas que he pasado con él, nunca me he sentido tan comprendida como en esos silencios que compartíamos... Confieso que una parte de mí pensó que podía tener mi final feliz, que después de todo me lo merecía. Estaba claro que no. Soy un ser voluble...*

De pronto dejo de escribir. Fumar y redactar este mensaje me ha hecho ver que no todo está perdido. Que la vida aún tiene mucho que ofrecerme y que aún puedo encontrarle un sentido, encontrarme a mí misma.

Retrocedo, pero al poner el pie en una de las tablas que conforman el puente que da a la entrada, esta se tambalea, pierdo el equilibro y piso sobre el área de la terraza que está en obras. Tropiezo y caigo. El impacto de mi cuerpo en la superficie desnuda hace que el suelo se desplome en cuestión de segundos, los únicos de que dispongo para aferrarme a una de las tablas. Un agujero inmenso se abre a mis pies. El cigarro cae al vacío, mientras que mi móvil queda sobre una de las tablas a pocos centímetros de donde he conseguido aferrarme. Estoy literalmente colgando en el aire.

El corazón me late desbocado y las manos me tiemblan. Los hombros se me cargan y pienso que, si no hago nada, voy a caer. Algo me arrastra por dentro, me siento frágil y el miedo se apodera de mí.

Intento alcanzar el móvil, pero temo levantar todos los dedos de una mano y caer al vacío. Subo uno, luego otro... Escucho a alguien acercarse.

—¡¡¡Auxilio!!! ¡¡¡Aquí!!! ¡¡¡Que alguien me ayude!!!

No veo nada con la oscuridad de la noche. Salvo una luz anaranjada a mis pies. Sube un olor a quemado y con cuidado miro al vacío. Unas telas han empezado a arder por culpa del cigarro. Si no me mato del impacto, moriré achicharrada.

—Gracias a Dios —suspiro aliviada al ver un rostro conocido acercarse—. ¡Ayúdame, por favor! —ruego al ver que no hace nada.

Se acerca, me tiende las manos para que las coja y, justo cuando me suelto de la tabla para hacerlo, veo en sus ojos la frialdad.

Hay un tipo de mal al que se ve llegar desde lejos, el calculado, ese que te deja unos segundos para reaccionar y prepararte para evitarlo, pero hay otro mucho más peligroso, ese que no ves venir. Simplemente se manifiesta cuando ya lo tienes delante, te sobreviene sin saber que has sido acechada por él hasta que es demasiado tarde.

Una parte de mí sabe que este es el precio que me toca pagar por mis errores. Somos fieras salvajes. Nos movemos por instintos, aunque nos arrepintamos.

Duele irse de este mundo y al mismo tiempo quieres que acabe cuanto antes. Llega el momento de despedirse y no hay tiempo para reflexionar demasiado. Solo tengo tiempo para arrepentirme de una cosa: de no haber sido valiente, valiente para llorar, para arriesgar, para sentir, para sufrir, pero sobre todo para amar de verdad.

Mientras caigo al vacío, no hay sufrimiento ni siquiera dolor, porque todo sucede demasiado rápido y con el impacto llega un fundido en negro.

# Nota de la autora

Escribo esta nota sentada en una terraza en el barrio gótico de Barcelona, frente a un edificio precioso que desconozco; su fachada de piedra y el gran portón de madera le dan un aire especial como si en otro tiempo hubiese pertenecido a la nobleza. Me sorprende la cantidad de años que pueden permanecer en pie algunos edificios y lo rápido que caen otros, supongo que dependerá de los materiales empleados en los cimientos y del cuidado que se les preste a los detalles.

La nostalgia que me provocan estas vistas, me ha traído a la mente imágenes de mi último viaje a esta ciudad, en el que aproveché para documentarme y escribir esto que hoy es una novela y que tienes en tus manos. Ha sido entonces cuando me he acordado de que, aunque ya hace algún tiempo que puse el punto y final, aún tenía que escribir esta nota, que estamos a unas semanas de enviar el libro a imprenta y yo aún no sé qué decir aquí.

Con cada proyecto aprendo algo nuevo, bien por la historia o bien por lo que sucede en mi vida durante el proceso de escritura de la misma.

Esta es mi octava novela y escribo esta nota tan nerviosa o más que el primer día, porque si algo me ha enseñado cada una de mis publicaciones es que no hay nada garantizado, que una no se puede confiar por el éxito de su anterior trabajo, porque todo puede pasar por el camino y es que la cima de una montaña no es más que el comienzo de la siguiente.

No hay nada peor para un artista, da igual si es escritor, actor, cantante... que perder la ilusión. Confieso que cuando fui consciente de la decepción que provocó en muchas de mis lectoras saber que soy una persona de género fluido y no la «mujer» que ellas se habían creado en sus cabezas, perdí la ilusión, porque siempre me he apoyado demasiado en mis lectores, en el caso de mis lectoras cero eran mi todo, hablábamos de literatura cada día, me contagiaban su ilusión y yo les confiaba todo, absolutamente todo.

Cuando salió a luz este dato sobre mi sexualidad, ya casi tenía terminada esta novela. Pero me tocó seguir adelante pese a todo, aprender a motivarme a mí misma, porque perdí a muchas personas, personas a las que he conseguido perdonar y dejar ir. Ahora más que nunca valoro la importancia de rodearte de personas sin prejuicios, que no te juzgan y te respetan, más que como artista, como ser humano, porque eso dice todo sobre sus valores.

El miedo al fracaso, a decepcionar, a no hacer nada mejor de lo que ya has hecho, a no superarte, a las críticas, al odio... ha estado presente durante todos estos meses. En más de una ocasión he pensado en rendirme, pero no es tan fácil cuando amas la literatura más incluso de lo que te puedes amar a ti misma. Es entonces cuando llegas a la conclusión de que lo único que te queda es dejarte la piel en todo lo que haces y cuidar cada detalle con amor.

Con este proyecto he aprendido a no hacerme demasiadas expectativas, a no aferrarme a las críticas positivas ni dejarme contaminar por las negativas, pero, sobre todo, he aprendido a concienciarme de que tanto si sale bien como si sale mal, yo seguiré escribiendo, porque la escritura es y será mi refugio y al igual que este edificio que tengo frente a mí, quiero que perdure en el tiempo.

Confieso que no lo he conseguido sola. Tengo que dar las gracias a todo el equipo de Penguin Random House, en especial a Ana Lozano, que pese a no ser mi editora en este proyecto estuvo ahí cuando más lo necesité, brindándome su amor, su apoyo y su sabiduría. A Ana Palou, quien me contactó por primera vez y me hizo sentir grande; confió en mí desde el primer momento cuando este proyecto solo era una idea, una idea sin sentido. Sin ella esta historia nunca hubiese sido contada. Gracias a Gemma, mi editora en Montena, gracias por aguantar mis crisis, sé que a veces soy demasiado minuciosa. Gracias por transmitirme seguridad y tranquilidad, por hacerme ver que todo va a salir bien, por tener siempre una sonrisa para regalarme, por aceptar mis exigencias y, sobre todo, por aceptarme tal y como soy. Gracias a Maria Fornet por ser la amiga y compañera perfecta, por su sabiduría y por respetar mis opiniones pese a ser diferentes a las suyas en muchas cosas. Ojalá en el mundo hubiese más personas como ella, capaces de defender sus ideales y debatir con respeto. Gracias a Diana e Irene por todas sus aportaciones, ideas y sugerencias en lo que se refiere al tema nutricional, gracias por la confianza. Gracias a Julio Vila por su experiencia como *fashion designer* y vestir a los personajes de esta historia como se merecen.

Vaya, parece que está empezando a llover y no me quiero ir sin dar las gracias a mis amigas y amigos por haberme apoyado en los momentos difíciles. A mi madre, quien, pese a haberse enterado por las redes de un aspecto tan íntimo de mi vida privada, me ha comprendido, respetado y apoyado sin juzgarme ni cuestionarme.

Gracias a mis lectoras más fieles, esas que me escriben con mensajes de amor, que comentan mis publicaciones, que comparten mi contenido, que me escriben correos a través de nuestra comunidad, ellas me han vuelto a contagiar con su ilusión, por eso este libro va para ELLAS (y cuando digo ellas me refiero a las lectoras y lectores, pues quienes me conocen ya saben que no soy de usar la E, no tengo nada en contra del lenguaje inclusivo, es solo que me resulta muy complicado aplicarlo con naturalidad y al final si un lector se ofende porque digo lectoras y se siente excluido es que no está en el sitio correcto).

Y, por supuesto, gracias a ti que me lees y que quizá llegaste a esta historia sin conocerme, gracias por la oportunidad y por apoyar mi trabajo. Espero que lo hayas disfrutado. Me encantará saber tu opinión, puedes dejarla en la plataforma en la que hayas comprado tu ejemplar o en su defecto en Amazon. En agradecimiento a ese apoyo, todas las reseñas que reciba antes del 31 de enero de 2023 entrarán en el sorteo de un pack especial con un *tote bag* y una libreta de la novela y por supuesto un ejemplar dedicado. Anunciaremos al ganador ese mismo día en mis historias de Instagram. Para participar solo tienes que enviarme una captura del comentario a mi Instagram @elsajennerautora o a mi email personal elsajennerautora@gmail.com

¡Gracias por tu apoyo! Significa muchísimo.

A continuación, te dejo mi página web donde encontrarás todas mis novelas, próximas publicaciones y contenido gratuito. Así como un acceso directo al Reservado nº 7, un pequeño diván donde conectar más allá de las novelas. Te espero.

Un beso muy fuerte.

https://elsajenner.com